W0464032

Irene Euler

DIE MACHT DER FÜNF TUGENDEN

DRACHENMOND VERLAG

Drachenmond Verlag GmbH
Auf der Weide 6
50354 Hürth
http: www.drachenmond.de
E-Mail: info@drachenmond.de

Lektorat: Stephan R. Bellem
Korrektorat: Michaela Retetzki
Satz & Layout: Astrid Behrendt
Karte & Tugendsymbole: Irene Euler

Umschlagdesign: Alexander Kopainski
Bildmaterial: Shutterstock

Druck: Booksfactory

ISBN 978-3-95991-362-1

Für alle,
die sich von überkommenen Traditionen
gefesselt fühlen und ihren Weg suchen.

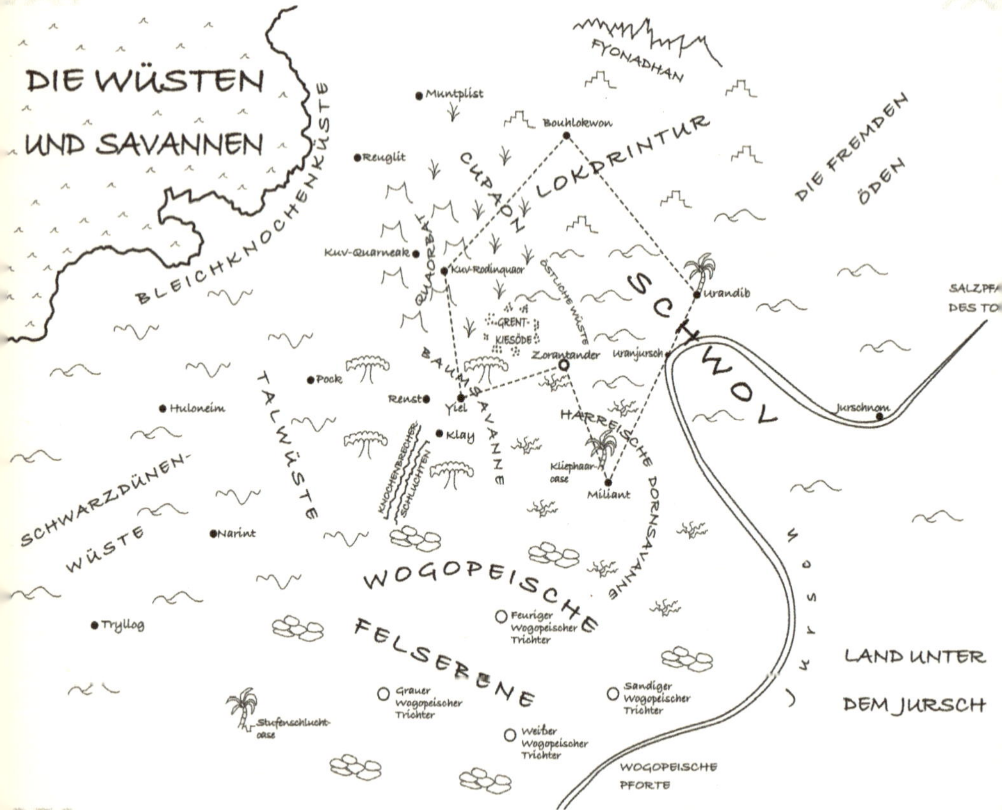
DIE WÜSTEN
UND SAVANNEN
BLEICHKNOCHENKÜSTE
Muntplist
Reuglit
FYONADHAN
Bouhlokwon
LOKDRINTUR
CUPAON
DIE FREMDEN ÖDEN
Kuv-Quarneak
Kuv-Rodinquaor
QUAORBAT
ÖSTLICHE WÜSTE
GRENT-KIESÖDE
SCHWOV
Urandib
SALZPFA
DES TO
Zorantander
Uranjursch
BAUMSAVANNE
Pock
Renst
Yiel
Huloneim
Klay
TALWÜSTE
KNOCHENBRECHER-SCHLUCHTEN
HARREISCHE DORNSAVANNE
Kliephaar-oase
Miliant
Jurschnom
SCHWARZDÜNEN-WÜSTE
Narint
WOGOPEISCHE FELSERENE
Tryllog
Feuriger Wogopeischer Trichter
Jursch
LAND UNTER DEM JURSCH
Grauer Wogopeischer Trichter
Sandiger Wogopeischer Trichter
Stufenschlucht-oase
Weißer Wogopeischer Trichter
WOGOPEISCHE PFORTE

1

Zähneknirschend betrachtete Myan den schwarzen Streifen Stoff mit den dunkelrot eingestickten Emblemen. Ihre Finger krampften sich um die Enden des Stirnbands. Heute würde sie es zum letzten Mal umbinden. Es musste das letzte Mal sein. Sie hatte im Kampf um Treue, Frieden, Reinheit, Gleichheit und Mäßigkeit alles gegeben. Die Ruhe und Sicherheit der wahrlich Tugendhaften warteten auf sie – wenn es ihr gelang, den Rhythmus zu finden. Myan nahm einige tiefe Atemzüge. Sobald ihr Herz sich beruhigte, zählte sie seine Schläge. Mechanisch verknotete sie die Enden des Stirnbands in ihrem Nacken, erhob sich von der Bettstatt und nahm im Takt ihrer Herzschläge die drei Schritte bis zur Tür ihrer Kammer.

Im Vorraum lehnte Quint an der Wand, ein Abbild heiterer Gelassenheit. Kein einziges Mal hatte Myan ihren Novizenbruder unsicher oder aufgeregt erlebt, nicht einmal bei ihrer ersten Begegnung vor einem Jahr. Dabei waren damals, während der Aufnahmezeremonie in den Orden, alle Augen auf ihn gerichtet gewesen. Mit seiner hellen Haut und dem blauschwarzen Haar stach der Kuv-Viandri immer noch unter den anderen Novizen hervor wie ein Flecken Grün in der Wüste. Doch inzwischen fragte niemand mehr, ob der Fremde den Dienst an der magischen Steinschale leisten könne. Quint stach nämlich ebenso durch die vollkommene Beherrschung der fünf Tugenden hervor. Er tänzelte geradezu den Weg des Zorant entlang, in tiefer Ruhe und Sorglosigkeit.

Myan fand, dass er mehr in den Orden gehörte als alle anderen Novizen, Adepten und Priester. Nach ihrer Verschwisterung zu einem Novizenpaar hatte sie ihm nichts beibringen können, obwohl er aus einem anderen Volk stammte. Sogar seine Haut zeigte denselben beigen Ton wie der Fels, auf dem die Stadt ruhte. Die Gesichter der Einwohner Zorantanders hoben sich dagegen deutlich vom Stein ihrer Heimatstadt ab, rotbraun unter schwarzbraunem Haar. Quint war Myans Leitstern auf ihrem Weg zur Tugendhaftigkeit. Und ihr größtes Hindernis.

»Guten Morgen, meine liebe und werte Schwester.« Quint deutete scherzhaft eine Verbeugung an. »Möge deine Nachtruhe eine gute gewesen sein. Es sieht jedenfalls so aus.«

Mit einem lebhaften Funkeln in den graublauen Augen pflückte er eine Daunenfeder aus Myans kurz geschorenem Haar und hielt sie ihr unter die Nase. Myan fuhr unter der flüchtigen Berührung zusammen und fühlte ihr Herz schneller schlagen. An anderen Tagen war sie einfach froh darüber, dass ihre Hautfarbe ihren Kampf mit der Tugend der Reinheit verbarg. Wenn sie wie eine Kuv-Viandri erröten könnte, hätte Quint schon längst schockiert festgestellt, was seine geschwisterliche Freundlichkeit in ihr auslöste. Doch heute stand mehr auf dem Spiel als dieses eine, sorgfältig gehütete Geheimnis. Sie musste schleunigst den Rhythmus wiederfinden.

Quint blies die Daunenfeder fort und setzte in seinem leichten Tonfall nach: »Oder sollte ich mich von einer Daune aus deinem Kopfpolster besser nicht in die Irre führen lassen? Immerhin könntest du ja auch die ganze Nacht wach gelegen sein, um tausendmal die einzelnen Zeilen des Zorantodion durchzugehen.«

»Natürlich habe ich mich auch während der letzten Stunden auf die Beschwörung der fünf Tugenden vorbereitet«, fuhr Myan auf. Ihr Kopf war tatsächlich nicht unter süßen Träumen im Kopfkissen versunken. »Es sollte doch meine letzte Nacht im Novizenstand sein – unsere letzte Nacht.« Noch während sie sprach, begann Myan wieder, ihre Atemzüge und Herzschläge zu zählen.

Quint schüttelte den Kopf. »Du konntest alle Zeilen des Zorantodion auswendig und im richtigen Rhythmus, bevor wir anderen Novizen die ersten zwei Zeilen gemeistert hatten. Niemand arbeitet so hart wie du. Wie kannst du nur daran zweifeln, heute zur Adeptin erhoben zu werden? Außer, du zweifelst an mir. Dann hilft es dir aber nicht im Geringsten, wenn du nächtelang übst.« Nun grinste er.

Myan winkte gequält ab. Natürlich würde ihr glänzender Novizenbruder die Beschwörung makellos sprechen. Er hatte sich Zeit gelassen, bevor er die einzelnen Zeilen vorzutragen wagte, doch dann waren sie sofort musterhaft geraten.

»Quint, bitte! Ich muss mich konzentrieren! Ich finde den Rhythmus nicht.«

Myan schloss die Augen und presste die geballten Fäuste auf die Schläfen. Angestrengt lauschte sie ihrem Herzschlag. Das Pochen war völlig unregelmäßig und viel zu schnell. Ihr Atem ging flach und stoßweise. Sie zwang mehr Luft in ihre Lunge. Plötzlich fühlte Myan, wie Quints angenehm kühle Finger sich um ihre Hände schlossen und sie von ihrem Kopf fortzogen.

»Jetzt mach dich doch nicht fertig«, hörte sie ihn sagen. »Spätestens nach dem Morgengesang hast du den Rhythmus gefunden. Und wenn nicht – was soll's. Dann bleiben wir eben noch ein weiteres Jahr Novizen. Aegin und Rutilja haben schon das dritte Jahr hinter sich und ich bin mir nicht sicher, ob sie das Zorantodion heute meistern werden.«

»Ja – Rutilja könnte in der Tat nochmals scheitern«, gab Myan heftig zurück. »Und Aegin ist inzwischen so verärgert, dass er sich schon viermal einem Reinigungsfasten unterziehen musste. Rutilja hält ihn zurück. Manche werden nach drei Jahren schon zu Zorantani geweiht ...«

Quint hob die Schultern. »Novize, Adept, Priester – Leben im Orden ist Leben im Orden. Wenn Aegin glaubt, dem Zorant nur im Priesterrang dienen zu können, ist das sein Problem. Er ist jung. Selbst wenn er wegen Rutilja noch drei weitere Jahre Novize bleiben sollte, wird er immer noch jahrzehntelang als Zorantani leben können.«

»Die Novizen und Adepten dienen aber nicht nur dem Zorant, sondern auch den Zorantani.« Myan rückte ihr Stirnband zurecht, während sie um einen ruhigen Ton rang. »Außerdem sind nur die Priester wahrhaft Erleuchtete. Jeder will bei seinem Eintritt in den Orden so rasch wie möglich aufsteigen. Und gerade du wärest jetzt schon der Weihe würdig. Du sagst das alles nur, um mich zu beruhigen.«

Erneut erschien ein unbekümmertes Grinsen auf Quints Gesicht. »Natürlich, was sonst? Mich selbst muss ich ja nicht beruhigen. Ich bin sicher, dass du das Zorantodion heute meistern wirst und dass wir zu Adepten erhoben werden – das heißt, wenn wir uns jetzt endlich auf den Weg machen. Andernfalls könnten wir zu spät zum Morgengesang kommen. Dann würde uns auf jeden Fall ein weiteres Novizenjahr winken, ganz ohne Prüfung durch die Beschwörungszeremonie.«

Quint schob seine Hände in die weiten Ärmel seines Gewandes und verließ den Vorraum. Myan folgte ihm durch den düsteren Gang, hinaus in die Morgendämmerung. Wie immer verspürte sie das Bedürfnis, sich unter den Türstöcken zu ducken. Nicht einmal ihre Gestalt schien sich in die altertümlichen Ordenshäuser fügen zu wollen. Mit einem Seufzen rief Myan sich zum tausendsten Mal jene Ordensleute ins Gedächtnis, die sie überragten. Quint etwa war ebenso groß wie sie und er schritt ihr in kerzengerader Haltung voraus. Also konnten es nicht die Gebäude sein, die sie niederdrückten.

Draußen schlossen Myan und Quint sich den anderen Novizen, Adepten und Zorantani an, die gemessenen Schrittes zur Geweihten Höhe hinaufstiegen – eine Prozession von Ordenspaaren in losen weißen Gewändern. Die lange Treppe im beigen, goldgeäderten Fels brachte die Regelmäßigkeit in Myans Herzschläge und Atemzüge zurück. Als sie die letzten Stiegen erklomm und ganz Zorantander sich vor ihren Augen ausbreitete, kehrte jenes hoffnungsvolle Gefühl zurück, das sie an ihrem ersten Morgen auf der Geweihten Höhe empfunden hatte. Sie stand hier mit dem Stirnband einer Novizin. Ein ganzes Jahr im Dienst des Ordens lag hinter ihr. Sie hatte sich durchgekämpft, trotz der schweren Last, die sie vom Weg des Zorant fernzuhalten drohte.

Niemand konnte mehr sagen, dass alle Hoffnung für sie verloren sei und dass sie gar nicht hier sein dürfte. Der Zorant mochte ihr die härteste Buße abfordern, aber selbst ihr war es möglich, seinen Schutz zu erringen. Wenn sie heute die Beschwörung der fünf Tugenden meisterte, würde sie endlich Ruhe und Sicherheit kennenlernen. Dann lägen Angst und Kampf hinter ihr. Dann wäre sie keine Tochter der Sünde mehr, sondern eine wahre Tochter der Stadt auf dem goldgeäderten Felsen. Eine Tochter der Stadt des Friedens, der Händler, der Künstler, der Weisen und rechtschaffenen Wohlhabenden. Eine Tochter der Stadt der magischen Steinschale.

Feierlichkeit umgab die Ordensleute, während die Novizen sich in einem Halbkreis vor dem Hohen Paar sammelten. Die Zorantani bildeten einen größeren Bogen um sie und die Adeptenpaare nahmen am äußersten Rand Aufstellung. Für gewöhnlich gab es beim Morgengesang auf der Geweihten Höhe keine festgelegte Ordnung. Meist standen die Priester, Adepten und Novizen gemischt in einem losen

Halbkreis. Nur an besonderen Tagen wie heute flossen die Ordensleute in bestimmte Formationen. Mit den ersten Sonnenstrahlen, die über die Sanddünen der Östlichen Wüste strichen, stimmte das Hohe Paar den Morgengesang an. Wie aus einer Kehle fielen die versammelten Ordenspaare ein:

Wir leben die Treue, steh'n fest auf dem Stein,
wie Feuerkristall voll von bläulichem Schein.
Wer losbricht vom Fels in blindem Wahn,
wird brennen weitab von des Zorant Bahn.

Wir leben den Frieden, wir bauen die Wand,
dem Tingantbaum gleich an der Wüstenei Rand.
Wer Kampflust verfolgt in blindem Wahn,
verkohlt ungeschützt, fern des Zorant Bahn.

Wir leben die Reinheit, das tiefe Gefühl
verschwisterter Bindung, besänftigend kühl.
Wer Leidenschaft anfacht, blind vor Wahn,
verzehrt sich getrennt von des Zorant Bahn.

Wir leben die Gleichheit, das älteste Recht,
wie ausgleichend reißendes Quellengeflecht.
Wer Macht an sich reißt in blindem Wahn,
zersetzt jeden Steg zu des Zorant Bahn.

Wir leben in Maßen, wir sieben den Sand,
nur nötiger Stoff bleibt in unserer Hand.
Wer Masse heranrafft, blind vor Wahn,
hat längst schon verlassen des Zorant Bahn.

Wir leben in Tugend, wir suchen das Licht,
den fünf hohen Werten gilt unsere Pflicht.
Wir folgen ergeben dem heiligen Plan
und schützen die Stadt auf des Zorant Bahn.

Myan schloss die Augen, als die letzten Töne verklangen. Sie wollte die Ruhe und das Gleichmaß des Gesangs festhalten. Wenn sie ihr Herz jetzt davon abhalten konnte, schneller zu schlagen, würde sie den Rhythmus des Zorantodion finden. Um sie herum breitete sich erwartungsvolles Schweigen aus. Nur direkt neben ihr summte eine kaum hörbare Stimme selbstvergessen die Melodie des Morgengesangs weiter. An einem anderen Tag hätte Myan Quint einen Stoß mit ihrem Ellbogen versetzt. Heute war sie beinahe dankbar dafür, dass sie sich an dem getragenen Ton festhalten konnte. Ihren Anflug von schlechtem Gewissen, weil sie dem Hohen Paar nicht in voller Treue lauschte, schob sie rasch von sich. Jedes Jahr wurden in dieser Zeremonie dieselben streng festgelegten Worte gesprochen.

»In fünf Tagen wird die Sonne zu Mittag den höchsten Zenit des Jahres erreichen«, ergriff Lurethe, die Höchste der Zorantani, das Wort. »Vor genau einem Jahr wurden neue Novizen aufgenommen und zu Paaren verschwistert. Gemeinsam mit den älteren Novizen lernten sie, den Pfad der fünf Tugenden in seiner ganzen Wahrhaftigkeit zu erkennen und ihm auf einer höheren Ebene zu folgen.«

»Jeder Bewohner von Zorantander unterliegt der Pflicht, dem Pfad des Zorant zu folgen«, nahm der Höchste Priester die Rede auf. Jivirokans Stimme lieferte den gleichförmig schwingenden Bass zu Lurethes trillernden Tönen. »Denn die Einhaltung der fünf Tugenden gibt unserer magischen Schale ihre Macht, die sie bei Gefahr als undurchdringlicher Schutzschild über unserer Stadt entfaltet.«

»Doch nicht alle Einwohner leben so tugendhaft, wie der Zorant es verlangt.« In zürnender Geste umfasste Lurethe die Stadt, die sich am Fuß der Felsnadel ausbreitete. »Einige verstehen es nicht besser, andere sündigen mit offenen Augen. Damit schwächen sie ihren eigenen Schutz und damit schwächen sie den Schutz aller. Wir Zorantani wachen über die Einhaltung der Tugenden. Es ist unsere Pflicht, sie zu lehren und sie in ihrer höchsten Reinheit zu leben.«

»Indem wir sie in ihrer höchsten Reinheit leben, werden wir zu Gefäßen der fünf Tugenden. Dadurch ist es uns gegeben, manchen Fehltritt der weniger Standhaften auszugleichen. Denn als Gefäße der fünf Tugenden vermögen wir diese zu beschwören, damit ihre volle Kraft in den Zorant fließt, um seine Macht zu bewahren und zu steigern.« Jivirokan dämpfte seinen Ton immer stärker, wie wenn er den versammelten Ordensleuten die tiefsten Geheimnisse anvertrauen würde, statt rituelle Worte zu wiederholen.

Lurethe hingegen hob ihre Stimme stärker: »Die Beschwörung der fünf Tugenden erhöht nicht nur die Macht des Zorant. Das Zorantodion ist außerdem der Schlüssel zu dieser Macht.«

»Das Zorantodion ist der Schlüssel zur Erleuchtung«, setzte Jivirokan fort. »Doch es entfaltet seine heilbringende Kraft nur, solange es unter der vollkommenen Herrschaft jener Tugenden gesprochen wird, die es beschwört.«

Das Hohe Paar fiel in einen wohlbekannten Chor. Ohne es zu wissen, formte Myan die Laute stumm mit ihren Lippen nach:

»Treu dem Wort
Friede im Herzen
Reinheit der Gedanken
Gleichmaß der Silben
Mäßigkeit des Tempos.«

Nach einer Pause sprach die Höchste Zorantani wieder allein: »Wer die Beschwörung der fünf Tugenden zu langsam, zu schnell oder im falschen Rhythmus spricht, weicht vom Weg des Zorant ab und schwächt unseren Schutz.«

Jivirokan nickte bedeutsam. »Das Zorantodion ist mächtig und ebenso machtvoll ist seine schädliche Wirkung, wenn es falsch gesprochen wird. Deshalb dürfen nur Berufene die Worte sprechen. Deshalb darf ein Novize während des Studiums immer nur einzelne Zeilen sprechen.«

Mit feierlicher Miene blickte Lurethe in die Runde. »Novizen, das Zorantodion ist eure erste Prüfung. Nur wenn ihr euch völlig unter die Herrschaft der fünf Tugenden begeben habt, vermögt ihr sie auch zu beschwören.«

»Wenn ihr besteht«, dröhnte Jivirokan, »steigt ihr zu Adepten auf und die Zeit eurer Bewährung beginnt. Die Tugenden, die ihr beschworen habt, werden euch weiterhin prüfen. Ihr müsst sie auch künftig meistern, um Erleuchtung zu erlangen und euch höherer Weihen würdig zu erweisen.«

Auf einen Wink der Höchsten schlossen die Zorantani einen engen Kreis um die Novizenpaare. Die Priester nahmen ihre Stirnbänder ab, spannten sie vor sich und ergriffen die Hände ihrer jeweiligen Nachbarn. Die dunkelroten, mit den Symbolen der fünf Tugenden bestickten Stoffbänder umgaben die Novizen nun wie ein Ring, der die schädliche Wirkung einer falsch gesprochenen Beschwörung bannen würde. Tiefes Schweigen senkte sich über die Geweihte Höhe. Lurethe und Jivirokan traten auseinander, sodass zwischen ihnen genügend Raum für ein Novizenpaar entstand.

»Myaniti und Quintolaon«, sagten sie im Chor.

Myan hielt beinahe die Luft an, doch sie besann sich rechtzeitig auf den Rhythmus ihrer Herzschläge und ihrer Atemzüge. Als Erste zur Prüfung gerufen zu werden, war eine große Auszeichnung. Trotz ihres glänzenden Novizenbruders hatte sie nicht einmal von dieser Ehre geträumt. Nun mussten sie zwar vor allen anderen in den heiligen Rhythmus des Zorantodion finden, aber kein anderes Novizenpaar konnte ein falsches Maß in ihre Ohren pflanzen. Myan suchte Quints Blick. Nach kurzer, stummer Verständigung schritten sie Seite an Seite in die Mitte zwischen das Hohe Paar. Lurethe legte ihre rechte Hand auf Myans Kopf, wobei sie sich ein wenig strecken musste. Jivirokan platzierte seine linke Hand auf Quints kurz geschorenem Haar.

»Sprecht die heiligen Worte des Zorantodion«, zitierte das Hohe Paar die traditionelle Formel. »Sprecht sie gut und wahr. Sprecht sie unter der Herrschaft der fünf Tugenden, die ihr beschwört:

Treu dem Wort
Friede im Herzen
Reinheit der Gedanken
Gleichmaß der Silben
Mäßigkeit des Tempos.«

Einer von Lurethes Fingern tappte sanft und gleichmäßig auf Myans Kopf. Viermal. Beim vierten Mal war Myans Lunge voller Luft. Sie öffnete die Lippen im selben Moment, in dem Lurethes Finger nach dem fünften Tappen still lag:

»Flyndráng júrien pólaígrin
yóbindrár héleriz wosuonibeiréz kaletchiú-bend rómeiv
fol ánsekiróntiu móchbloa káletchiort-pend rif
holeírón grest
ágouversta ágouverstua ágouvezton
churoú-wárleont quirírzeund tachblíuv enéirmand krin
aalienár lonk.«

Myan balancierte an dem komplizierten Rhythmus des Zorantodion entlang wie ein Tänzer, der die zahllosen Gefahren auf seinem schmalen Grat nur deshalb zu meistern wusste, weil er sie unzählige Male studiert hatte. Kein einziges Mal schwankte sie in falschem Zögern oder in trügerischer Hast. Selbst in ihrer tiefen Konzentration nahm sie die scheinbar mühelose Eleganz ihrer Worte wahr. Die viel geübten Einzelzeilen des Zorantodion verbanden sich zu jener Formel, die von den Zorantani so sorgfältig gepflegt und bewahrt wurde. Nie erklang ein Misston im Chor mit Quint.

Dennoch fiel Myan ins Leere. Keine Kraft wallte in ihr auf, um sie mit der Ruhe und Sicherheit der Tugendhaften zu erfüllen. Nichts wurde in ihr lebendig, um sie mit der Macht des Zorant zu verbinden. Selbst der dümmste Kinderreim hätte mehr Gefühle in ihr geweckt, als das Zorantodion es soeben tat. Myan hörte die letzte Silbe in dem Wissen verklingen, dass sie gescheitert war. Der Zorant hatte sie zurückgewiesen. Ihr Kampf war nicht zu Ende. Sofort erstickte sie den Schmerz, der in ihr aufsteigen wollte, zu einem dumpfen Rumoren. Während der Beschwörungszeremonie auf der Geweihten Höhe durfte sie auf keinen Fall ihre Haltung verlieren – egal wie niederschmetternd die Prüfung verlaufen war.

»Kniet!«, forderte das Hohe Paar die beiden Novizen auf.

Myan folgte dem zeremoniellen Befehl und faltete pflichtgemäß ihre Hände über der Nase. Sie wartete auf die Worte des Bußgebetes, die Lurethe und Jivirokan sprechen mussten, nachdem ein Novizenpaar am Zorantodion gescheitert war. Weil die Höchste Zorantani ihr stattdessen das schwarze Novizen-Stirnband vom Kopf zog, hätte Myan es beinahe festgehalten, überzeugt von einem Irrtum.

»Ihr habt die heiligen Worte des Zorantodion gesprochen«, deklamierte das Hohe Paar. »Ihr habt sie unter der Herrschaft der fünf

Tugenden gesprochen und sie beschworen. Eine neue Zeit der Prüfung beginnt. Setzt eure Schritte fest auf dem Weg des Zorant.«

»Treue. Friede. Reinheit. Gleichheit. Mäßigkeit«, hörte Myan sich wie durch einen Nebel hindurch antworten.

Mechanisch stand sie auf, sobald Quint sich neben ihr bewegte. Das Hohe Paar trat beiseite und der Ring der Zorantani öffnete sich auf der Ostseite. Von der Sonne geblendet schritt das neue Adeptenpaar in den losen Kreis ihrer nunmehrigen Kameraden. Myan steckte ihre Hände in die Ärmel und senkte den Kopf. Die weitere Beschwörungszeremonie zog schemenhaft an ihr vorüber.

»Eigentlich dachte ich, du würdest erleichtert und glücklich sein, nachdem du das Zorantodion gemeistert hast.«

Quint stützte sein Kinn in die Hand und sah Myan über den Tisch hinweg an. Mit dem Stirnband der Adepten – dunkelrot, bis auf die schwarz eingestickten Symbole der fünf Tugenden und die breiten schwarzen Enden – bot er einen ungewohnten Anblick. Seine Unbekümmertheit war jedoch ungebrochen.

»Ich werde glücklich und erleichtert sein, wenn ich nicht mehr so erschöpft bin«, fauchte Myan zurück.

Im nächsten Moment verfluchte sie ihre schnelle Zunge. Mit einer Lüge verstieß sie gleich gegen zwei Tugenden – Treue und Reinheit. Außerdem war ihr Ton das Gegenteil von friedlich gewesen. Sie rückte ihr neues Stirnband zurecht, um ihr Gesicht verdecken zu können. Wie sollte sie jemals zugeben, dass die Worte des Zorantodion nicht den winzigsten Funken Kraft in ihr freigesetzt hatten? Dass sie sich immer noch genauso schutzlos fühlte wie in ihrem ganzen bisherigen Leben? Wenn sie das zugab, würde sie den Orden verlassen müssen. Denn dann wüssten alle, was sie in Wahrheit war: eine brillante Schauspielerin. Niemand außer einer brillanten Schauspielerin hätte das Hohe Paar über ein Zorantodion hinwegtäuschen können, das keineswegs ein Zeugnis für die Beherrschung der fünf Tugenden gewesen war.

Aber der Zorant ließ sich nicht täuschen, er verweigerte ihr seinen Schutz. Hatte Onkel Filo doch recht? War es ihr verwehrt, Sühne zu erlangen, egal wie hart sie kämpfte?

Weil sie den Blick ihres Adeptenbruders auf sich ruhen fühlte, murmelte Myan abwehrend: »Die Vorbereitung auf die Beschwörungszeremonie hat mich unerwartet viel Kraft gekostet.«

»Du musst die Kraft des Zorant frei durch dich hindurchfließen lassen«, näselte Quint in einem vertrauten Ton. So sprach Innistheos, ein Lehrmeister der Novizen. »Sie ist das reine Glück – selbst in völliger Erschöpfung, selbst in schwerer Krankheit, selbst im Angesicht des Todes. Haltet inne und lasst euch von der Kraft des Zorant durchströmen – sogar, wenn ihr gerade von der Geweihten Höhe herabstürzen solltet.« Die graublauen Augen verklärten sich in einer perfekten Nachahmung von Innistheos' schleierverhangenen Blicken.

Myan fror ihre gefährlich zuckenden Mundwinkel ein. Quint konnte es sich vielleicht erlauben, über einen Zorantani zu scherzen, der die Tugend der Mäßigkeit in allem befolgte, außer in seinen schwärmerischen Worten. Doch solange die Kraft des Zorant nicht durch sie selbst hindurchfloss – und sei es nur für einen Augenblick –, stand ihr nicht einmal der Ansatz eines Lächelns zu.

»Im Ernst, Myan.« Quint legte seine Rolle wieder ab. »Du lässt gar nichts fließen. Du hetzt immer dem entgegen, was ohnehin auf dich zukommt. Du hetzt der Erhebung zur Adeptin entgegen, der Weihe zur Zorantani, dem Zorant …«

Myan stützte die Ellbogen auf den Tisch und legte die Hände um ihren Hals, den sie schon immer zu lang gefunden hatte. »Manche Menschen tragen Barrieren in sich, die erst niedergerissen werden müssen, bevor etwas fließen kann«, murmelte sie auf die Tischplatte hinunter. Danach klemmte sie hastig wieder ihre Zunge zwischen die Zähne. Solch unbedachtes Gebrabbel forderte Fragen heraus, die sie keinesfalls beantworten wollte. Sie hatte die Hindernisse, die sie vom Weg des Zorant trennten, nicht selbst aufgebaut, sie waren bei ihrer Geburt auf sie übergegangen. Quint wusste dies nicht und er sollte es auch nicht erfahren.

Zum Glück blieb er seiner tiefen Gelassenheit treu: »Wenn du meinst … Allerdings lassen Barrieren sich auch langsam abbauen, statt fieberhaft über sie herzufallen.«

Die Erleichterung über die ausgebliebenen Fragen war nicht groß genug, um einen giftigen Blick auf Quint zu verhindern. Reue folgte auf dem Fuß. Ihr Verstoß gegen den Frieden und die Mäßigkeit bewies erneut, wie hoch die Barrieren waren. Sandkorn für Sandkorn würden sie sich nicht abtragen lassen.

Unter Myans verstocktem Schweigen breitete Quint ratlos die Arme aus. »Warum können die Novizen oder Adepten es nie erwarten, endlich den Zorant zu sehen? Habe ich dir nicht schon heute Morgen vorgerechnet, dass jeder, der vor seinem zwanzigsten Geburtstag in den Orden eintritt, jahrzehntelang das Leben eines Zorantani führen wird?«

Diesmal schluckte Myan den größten Ärger rechtzeitig hinunter. Dennoch gelang es ihr nicht, den Groll völlig aus ihrer Stimme zu verdrängen: »Nicht alle Novizen und Adepten schaffen es bis zur Priesterweihe. Und kein Novize oder Adept hofft ernsthaft darauf, jemals den Zorant zu sehen.«

Quint runzelte erstaunt die Stirn. »Weshalb nicht?«

Betroffen starrte Myan ihn an. Zum ersten Mal stand ihr Adeptenbruder knapp vor einem Tugendbruch. »Weil nur zwei Priester unter vielen die Höchsten sein können«, antwortete sie leise, aber nachdrücklich. »Und weil wir im Namen der Mäßigkeit und der Gleichheit keine Auszeichnung erwarten dürfen, die uns nur zum Lohn für den vollkommenen Dienst am Zorant gewährt werden kann.«

Das Stirnrunzeln vertiefte sich zu Nachdenklichkeit. Quints Blick wanderte unstet durch den Raum. »Sicher, sicher ... Ich meinte nur, dass jeder Ordensangehörige den Wunsch in sich trägt, ein vollkommener Diener des Zorant zu werden und damit auch des höchsten Amtes würdig zu sein.« Das Funkeln kehrte so rasch in seine Augen zurück wie es verschwunden war. »Wäre es nicht ein erhebendes Gefühl, sich würdig erwiesen zu haben, in den Gemächern des Hohen Paars das Heiligtum Zorantanders zu hüten?«

Myan war unfähig, auch nur zu nicken. Zu schmerzhaft nagte der Verdacht an ihr, für keinen Dienst am Zorant würdig zu sein, nicht einmal für den niedrigsten. Zur Ablenkung hackte sie auf einer wohlbekannten Nebensache herum:

»Der Zorant wird doch nicht in den Gemächern des Hohen Paars aufbewahrt.«

»Nicht? Wo denn dann?«

»In der Küche natürlich – er wird dort als Abfalleimer verwendet.« Entnervt zog Myan eine Grimasse. Sie war nicht in der Stimmung für Quints Späße. Erst an seinem völlig ernsten, ein wenig verwirrten Blick erkannte sie ihren Irrtum. »Entschuldige«, stammelte sie. »Ich hätte nie gedacht, dass du gerade das nicht weißt. Schließlich ist dir unser Orden so vertraut – obwohl du nicht in Zorantander aufgewachsen bist …«

»Das harte Schicksal eines ahnungslosen Kuv-Viandri.« Quint führte theatralisch einen Handrücken zur Stirn. »Kläre also deinen armen Adeptenbruder auf, der nun nicht mehr weiß, wohin er seine Gedanken beim Gebet lenken soll.«

»Der Zorant wird in einem Versteck in der Seegrotte aufbewahrt, das nur das Hohe Paar kennt.« Myan wies auf den Fußboden, obwohl das weitverzweigte Höhlensystem Hunderte Meter tief unter den Ordenshäusern lag.

Quint neigte den Kopf zur Seite. »Seit ich hier bin, sind Lurethe und Jivirokan kein einziges Mal in der Seegrotte gewesen. Sie lassen sich sogar ihr Badewasser heraufbringen. Sucht das Hohe Paar denn niemals den Zorant in seinem Versteck auf?«

»Warum sollte es das tun? Nur die Zeremonie zur Weihe des Hohen Paars verlangt danach – damit der oder die verwaiste Höchste den Nachfolgern das Versteck zeigen kann. Danach macht es keinen Sinn, den Zorant aufzusuchen. Solange die Stadtbewohner auf dem Pfad der fünf Tugenden bleiben, schützt er uns. Und sobald wir davon abweichen, bringt es nicht das Geringste, wenn das Hohe Paar unten in der Seegrotte die magische Schale betrachtet.«

Nun trommelte Quint gedankenverloren mit den Fingern auf die Tischplatte. »Ich dachte, dass das Hohe Paar am Zorant abliest, ob seine Macht zunimmt oder abnimmt – dass er also selbst signalisiert, wie treu die Menschen den Tugenden folgen.«

Myan schüttelte beinahe entsetzt den Kopf. »Die Macht des Zorant muss gelebt, erfühlt und beschworen werden. Man kann sie nicht sehen. Die einzig wirkliche Gewähr für seinen Schutz ist, auf seinem Weg zu bleiben.« Unweigerlich wallte der alte Schmerz in ihr auf. Wie sehr sie sich danach sehnte, diesen Schutz zu fühlen!

»Warum sprechen dann so viele Lieder vom Leuchten des Zorant?«, wunderte Quint sich.

Myan musterte ihn voller Unsicherheit. Sprach er immer noch im Ernst? Jedes Kind von Zorantander hätte ihn nach dieser Frage entweder ungläubig angestarrt oder ausgelacht.

»Der Zorant leuchtet nur, wenn er den Angriff von Feinden abwehrt – wenn er im Moment der höchsten Gefahr die volle Macht seines Schutzschildes entfesselt. Und er wird nur während großer Bedrohung aus seinem Versteck geholt, damit sein Anblick die Menschen davor bewahrt, aus Angst vom Weg der fünf Tugenden abzufallen – damit sie die Macht nicht in jenem Moment schwächen, in dem sie am dringendsten gebraucht wird. Die Stadtbewohner haben die Schale deshalb immer nur gesehen, wenn Zorantander belagert wurde, und während dieser Belagerungen kam es auch oft zum Moment der höchsten Gefahr. Wenn die Menschen den Zorant überhaupt sahen, sahen sie ihn also meistens leuchtend. Daher kommen die Liedtexte. Aber für gewöhnlich vergehen Jahrhunderte ohne die Notwendigkeit, unser Heiligtum aus seinem Versteck zu holen. Die Völker der Wüsten und Savannen wagen es kaum mehr, uns anzugreifen. Solange wir dem Weg der fünf Tugenden folgen, ist Zorantander uneinnehmbar und unbesiegbar.«

»Und während der langen Friedenszeiten sehen die Menschen den Zorant niemals?« Quint rieb sich die Schläfen. »Besteht nicht die Gefahr, dass sie vom Pfad der fünf Tugenden abfallen, wenn ihnen der Quell ihres Schutzschildes ständig verborgen bleibt?«

»Nur wenn der Anblick des Zorant etwas Besonderes bleibt, kann er bei großer Gefahr seine Wirkung entfalten«, gab Myan entschieden zurück. »Womit sonst sollten die Menschen auf dem Pfad gehalten werden, wenn plötzlich Feinde auf unsere Stadt einstürmen? In Friedenszeiten erinnern die Bilder unseres Heiligtums an die Bedeutung der fünf Tugenden für die Sicherheit unserer Stadt.«

Myan deutete auf die Wandmalerei an der Stirnseite des großen Speisesaals. In jedem Haus war ein solches Bild zu finden, das die magische, aus dem beigen, goldgeäderten Fels geschlagene Steinschale von mehreren Seiten zeigte. Von oben bot sie den Umriss eines unregelmäßigen Sechsecks. Eine Ecke wies in das Innere der Schale, sodass keine sechs glatten Außenflächen entstanden. Die beiden nach innen geneigten Wände stießen nicht scharf aufeinander, sondern verbanden sich zu einer rundlich eingebuchteten Fläche.

In die fünf Außenseiten – die vier glatten und die gebuchtete – war je ein rundes Emblem mit dem Symbol einer Tugend eingraviert. Ein unregelmäßiges Oval mit einem aufgesetzten Dreieck stand für die Treue. Der Friede wurde durch ein schmales, senkrecht aufragendes Rechteck symbolisiert, aus dessen Mitte drei Strahlen nach rechts ausfächerten. Das Zeichen für die Reinheit war ein Kreis, der sich zu den Enden des Kreuzes in seinem Inneren hin einkerbte. In den vier Kammern, die das Kreuz voneinander abtrennte, befand sich jeweils ein großer Punkt. Die Gleichheit wurde von zwei Bögen dargestellt, die in der Mitte zusammenliefen. Der mit einem Gittermuster durchzogene Kreis war das Symbol für die Mäßigkeit.

Quints Blick blieb lange an dem Bild des Zorant hängen, doch Myan war nicht sicher, ob er es wirklich ansah. Seine Miene war plötzlich verschlossen, beinahe düster. Sonst behielt er sogar während der tiefsten Versenkung ins Gebet einen gelösten Ausdruck. Fürchtete er nun, den Zorant niemals zu Gesicht zu bekommen und bereute seine Worte über ungeduldige Novizen und Adepten? Trotz seiner Enttäuschung fühlte Myan kaum Mitleid, stattdessen stieg eine neidische Sehnsucht in ihr auf. Ihr Adeptenbruder schritt mit schlafwandlerischer Sicherheit auf dem Pfad der fünf Tugenden dahin, tief beseelt von dem Wunsch, dem Zorant zu dienen. Selbst wenn er jetzt glaubte, dass ihm der Anblick der magischen Schale verwehrt bleiben würde, hatte er die besten Aussichten darauf. Er, der schon jetzt die tiefe Ruhe und Sicherheit eines Priesters besaß, konnte zum höchsten Zorantani aufsteigen – wenn ihm eine ebenso würdige Schwester zur Seite gestellt wurde.

Diese Schwester würde niemals Myan heißen. Während der Priesterweihe wurden die Ordensleute neu verschwistert, damit harmonische Paare entstanden. Von dieser Zeremonie war Myan heute weiter entfernt denn je. Und selbst wenn sie zur Zorantani aufsteigen sollte, stünde Quint immer noch weit über ihr. Wahrscheinlich war es besser so. In seiner Nähe fiel es ihr unendlich schwer, die Tugend der Reinheit zu bewahren. Natürlich müsste sie diese Herausforderung bereits meistern, um überhaupt eine Priesterin zu werden.

Völlig unvermittelt wandte Quint sich wieder Myan zu. Das vertraute schiefe Grinsen stand erneut in seinem Gesicht. »Jetzt ist mir klar, weshalb ein aufrechter Priester nicht darauf hofft, sein Heiligtum zu sehen – schließlich müsste seine Heimat dafür in größter Gefahr schweben. Allerdings verstehe ich jetzt noch weniger, warum manche es so eilig mit der Priesterweihe haben.«

Mit einem Schlag war der ahnungslose Kuv-Viandri verschwunden und hatte dem glänzenden Adepten Platz gemacht. Myan sprach sich lautlos die Formel für die Beschwörung der fünf Tugenden vor, um eine scharfe Antwort zurückzuhalten. Natürlich konnte Quint die Eile der Novizen und Adepten nicht verstehen. Sie selbst verstand sie jedoch allzu gut. Es ging nicht darum, möglichst schnell ein Zorantani zu werden. Es ging darum, den Zweifel auszuräumen, ob man jemals der Priesterweihe würdig sein würde.

»Findest du es nicht schön, ein Ziel zu erreichen?«, fragte Myan so beiläufig wie möglich.

»Nicht unbedingt.« Quints schiefes Grinsen wurde geradezu unverschämt. Unter Myans verwundertem Blick griff er nach seinem leer gegessenen Frühstücksgeschirr und stand auf. »Das Ziel, jetzt ein Stündchen im Grottensee zu schwimmen, scheint mir allerdings sehr verlockend.«

Missmutig betrachtete Myan die Reste auf ihrem eigenen Teller. »Wir müssen noch in den Adeptentrakt übersiedeln. Die neuen Novizen werden heute Nachmittag aufgenommen und brauchen unsere Kammern.«

»Richtig.« Quint produzierte einige Denkerfalten auf seiner Stirn. »Wenn ich jetzt schwimmen gehe – nebenbei bemerkt im Dienst an der Tugend der Reinheit –, könnte die Zeit zu knapp werden, um die reichen Besitztümer eines Adepten von einer Kammer in die andere zu tragen.«

Vor Myans innerem Auge stieg das Bild des kargen Inhaltes ihrer Kleidertruhe auf: zwei weitere der weißen knöchellangen Ordensgewänder, Unterwäsche, eine Zahnbürste und eine kleine Glasflasche mit Pflegeöl.

»Nun geh schon zum Grottensee hinunter«, grummelte sie in Quints Richtung. Sie vermied es, ihren Blick zu dem breiten Grinsen zu erheben, das zweifellos die Denkerfalten abgelöst hatte.

»Bin schon weg.« Tatsächlich setzte Quint sich in Bewegung. Über seine Schulter hinweg sagte er noch: »Und wehe, du übersiedelst auch meine Sachen. Ich muss doch meine Unabhängigkeit von meiner Schwester bewahren – schließlich werden wir nicht ewig ein Ordenspaar sein.«

Myan seufzte und legte wieder die Hände um ihren Hals. Wie recht Quint doch hatte. Sie musste froh sein, wenn sie die nächsten Tage im Orden überstand. Irgendwann würde den Zorantani auffallen, dass sie des Adeptentums nicht würdig war.

2

Pass doch auf, wo du hinläufst!«

Girestuur packte Myan am Arm und zog sie grob zur Seite – gerade noch rechtzeitig, bevor sie gegen eine schlanke Felsstange stieß, die das Sonnensegel vor einem Obstladen stützte.

»Würde!«, verlangte der Zorantani halblaut. »Als Angehörige des heiligen Ordens des Zorant müssen wir vor allem Würde ausstrahlen. Das gilt für Adepten ebenso wie für die Priester.«

Girestuurs Augen vollbrachten das Meisterstück, trotz ihrer goldbraunen Farbe vor Kälte zu sprühen. Die Schärfe seines Blickes wurde nicht einmal dadurch gemildert, dass Myan den stämmigen Zorantani um einen halben Kopf überragte. Nur mit Mühe unterdrückte sie den Impuls, seine Hand wie ein giftiges Insekt von ihrem Arm abzuschütteln. Girestuur war ihr von Anfang an zuwider gewesen. Obwohl er nicht zu den Lehrmeistern der Novizen gehörte, verfolgte er die Neulinge mit bohrenden Blicken, die den kleinsten Verstoß bemerkten und für immer in sein Gehirn brannten. Ständig fürchtete Myan, von ihm durchschaut zu werden – seit ihrer Erhebung zur Adeptin mehr denn je.

Der Priester sah sich forschend um. Sein Ausdruck wechselte von verächtlicher Kälte zu hoheitsvoller Kühle, sobald er sicher war, dass niemand dem Vorfall Beachtung geschenkt hatte. Er ließ Myans Arm los und zupfte ihr Gewand zurecht. Die Geste sollte fürsorglich wirken, aber sein Raunen klang alles andere als gütig in ihren Ohren:

»Wirst du ab jetzt deine Augen auf den Weg richten oder soll ich dich besser gleich zurückschicken?«

Mit einer knappen Kopfbewegung deutete Girestuur auf die mächtige Felsnadel, die in der Geweihten Höhe gipfelte. Direkt darunter lagen die Ordenshäuser in den Stein gemeißelt. Myan biss sich auf die Lippe. Sich beinahe eine Beule zu holen und ein Sonnensegel herabrauschen zu lassen, war für ihren Lehrmeister offenbar genauso schlimm, wie alle fünf Tugenden gleichzeitig zu verletzen. Sie rang das Gefühl nieder, das ihr zum Aufgeben riet, und wappnete sich für ihren täglichen Kampf um den Weg des Zorant.

»Entschuldigt, ehrwürdiger Vater«, presste sie hervor. »Ich werde von nun an besser aufpassen.«

»Vor allem wirst du darauf aufpassen, was ich tue«, plusterte Girestuur sich auf, so gut es mit gedämpfter Stimme ging. »Du bist hier, um zu lernen, wie ein Zorantani die Menschen den Weg der fünf Tugenden lehrt. Und währenddessen hat dich nichts davon zu interessieren, was sonst noch in dieser Stadt vor sich geht. Übrigens hat sich hier unten nichts geändert – alles ist genau so wie immer.« Naserümpfend setzte er endlich seinen Weg fort.

Myan heftete sich pflichtgetreu an seine Fersen und ließ ihren Blick nicht mehr abgleiten, obwohl Girestuur unrecht hatte. In einer Handelsstadt wie Zorantander gab es jeden Tag etwas Neues zu sehen und sie war nun schon ein Jahr lang nicht mehr durch die Straßen gegangen. Die Novizen durften die Ordenshäuser nur verlassen, um im Fels zu einem ganz bestimmten abgelegenen Grottensee hinabzusteigen und dort zu baden.

Nach der tiefen Ruhe des Ordenslebens schlugen der Lärm und das Gewimmel Zorantanders über Myan zusammen. Bauern und Händler riefen ihre Waren aus, Karawanen von Lastvögeln wurden durch die engen Gassen zwischen Geschäften und Marktständen geführt. Aus Werkstätten tönte Hämmern oder Schleifen und dazwischen erklangen immer wieder die Melodien der Straßenmusikanten. Es wollte Myan nicht gelingen, sich wie zu Hause zu fühlen.

Ihr ganzes Leben lang hatte sie darauf gewartet, alt genug für den Eintritt in den Orden zu sein, um dort endlich ihren Kampf um Tugendhaftigkeit zu gewinnen und die Schande ihrer Geburt auszulöschen. Vor einem Jahr hatte sie sich vorgenommen, als würdige Adeptin mit dem Zorantodion auf den Lippen auf die Straßen der

Stadt zurückzukehren. Nun lag das ersehnte Stirnband deutlich sichtbar um ihren Kopf, aber der Kampf dauerte an. Allein ihre Schauspielkünste übertrafen alle Erwartungen.

Myan rief sich energisch zur Ordnung. Sie hatte doch bereits beim Abendgebet nach ihrer Erhebung zur Adeptin erkannt, wie vermessen solche Gedanken waren. Lurethe und Jivirokan gingen ganz Zorantander auf dem Weg der fünf Tugenden voran. Wenn das Hohe Paar das Zorantodion aus ihrem Mund guthieß, dann hatte sie es tatsächlich gemeistert – egal, wie es ihr selbst erschien. Vielleicht war sie wirklich von den Vorbereitungen auf die Zeremonie erschöpft gewesen. Vielleicht gehörte das ausbleibende Gefühl für die Macht des Zorant bereits zu den Prüfungen, die sie während ihrer Adeptenzeit bestehen musste. Denn wer sie nicht fühlte, dem musste es umso größere Mühe bereiten, dem richtigen Weg zu folgen. Eine wahrhaft harte Prüfung für eine Adeptin, aber gerade sie musste mit den härtesten Prüfungen rechnen.

Trotz der zahlreichen Sonnensegel lastete die Hitze schwer auf Zorantander. Oben in den Ordenshäusern sorgten die Wüstenwinde für etwas Durchzug, doch hier unten blieb die Luft unbewegt und drückend. Myans Stirnband klebte auf ihrer Haut und unter ihrem weiten Gewand bahnten sich immer mehr Schweißtropfen ihren Weg. Der Durst ließ nicht lange auf sich warten. Trotzdem schöpfte Myan nicht einmal Hoffnung auf einen Becher Wasser, als Girestuur einen Brunnen ansteuerte. Ihr Lehrmeister wurde nicht von dem kühlen Nass angezogen, sondern von zwei Frauen, die in einen lautstarken Streit verstrickt waren.

»Friede!«, gebot der Zorantani mit erhobenen Händen. »Gedenkt der zweiten Tugend!«

Die beiden hielten inne. Die Jüngere zog verlegen den Schleier ihres fließenden orangefarbenen Kleides vor den Mund. Die andere zeigte sich ungerührt und ließ mit einem heftigen Kopfschütteln ihr weißes Haar fliegen.

»Die zweite Tugend geht flöten, wenn einmal die erste gebrochen wurde«, entgegnete sie dem Priester resolut.

Girestuur sah sie missbilligend an. »Welche Verletzung der ersten Tugend wirfst du deiner Mitbürgerin vor?«

Die Weißhaarige stemmte die Hände die in Hüften. »Sie brach die Treue, die Geschäftspartner einander schulden. Sie versprach, nur Eier von meinen Glinks zu verkaufen. Und nun macht sie auch Geschäfte mit Renturpan.«

»Ehrwürdiger Vater«, warf die beschuldigte Händlerin hastig, aber mit zaghafter Stimme ein. »Curni liefert mir nicht mehr genügend Eier, seit sie auch mit ausgewachsenen Glinks handelt und nicht nur die Vögel aus ihrer eigenen Zucht verkauft. Ich muss Renturpan Ware abkaufen, um meine Kunden zufriedenstellen zu können.«

Nun schnaubte Curni verächtlich durch die Nase. »Warum schickst du einen Teil meiner Ware zurück, wenn deine Kunden angeblich so viele Eier kaufen?«

Bevor die Händlerin diese Frage beantworten konnte, schaltete Girestuur sich ein: »Die Tugend der Treue meint zuallererst Treue zu den fünf Tugenden«, tadelte er. »Sie meint also Treue zum Weg des Zorant. Und niemals rechtfertigt der Verstoß gegen eine Tugend den Verstoß gegen eine andere. Um auf dem Weg des Zorant zu bleiben«, wandte er sich an die weißhaarige Glinkzüchterin, »musst du immer Frieden halten.«

Curni zog eine Augenbraue hoch. »Steht die Tugend des Friedens also über der Tugend der Gleichheit, die ja auch Gerechtigkeit meint?«

Girestuur hob einen Zeigefinger. »Unter der Treue als oberste Tugend stehen die anderen vier gleichwertig nebeneinander. Gerade deshalb müssen wir in Frieden für ihre Einhaltung eintreten. Wer Gleichheit und Gerechtigkeit nicht in Frieden erreichen kann, verlässt den rechten Weg.«

»Gleichheit und Gerechtigkeit«, ereiferte sich plötzlich die Händlerin. »Wenn ich nicht auch Renturpans Ware verkaufe, behandle ich nicht alle gleich und breche eine Tugend. Du hättest mich gar nicht zu dem Versprechen auffordern dürfen, nur die Eier von deinen Glinks zu verkaufen, Curni.« Ihr Blick heischte um Girestuurs Bestätigung.

Der Zorantani rügte jedoch mit bedeutungsschwangerer Stimme: »Der Weg des Zorant steht über allen Geschäften.«

Inzwischen hatte die weißhaarige Glinkzüchterin ihre Arme vor der Brust verschränkt und musterte den Zorantani skeptisch. Die Händlerin wiederum starrte ihn voller Nervosität an, als versuche sie, einen wirklichen Rat von seinem Gesicht abzulesen. Girestuurs Miene blieb jedoch äußerst glatt. Fahrig wickelte die Händlerin sich den Stoff ihrer weiten Ärmel um die Hände und setzte mehrmals zu sprechen an, ohne einen Ton hervorzubringen. Während dieses Schauspiels verdüsterte Curnis Ausdruck sich immer mehr, bis sie zuletzt in kühlem Ton sagte: »Mach deine Geschäfte mit Renturpan. Ich suche mir jemand anderen, der die Eier meiner Glinks verkauft.«

Mit der Andeutung eines Grußes wandte die Züchterin sich um und verschwand im Getümmel. Girestuur nickte zufrieden auf die Händlerin hinunter, die ein halb erleichtertes, halb schuldbewusstes Lächeln aufsetzte.

»Und schon ist das Problem aus der Welt geschafft«, sprach der Zorantani. »In Frieden und in Einklang mit den anderen vier Tugenden.« Nach einem letzten Tätscheln löste Girestuur seinen Griff um die Schultern der Frau.

»Ich danke Euch, ehrwürdiger Vater …«, stammelte die Händlerin. Wieder rang sie sichtlich nach Worten.

Ohne darauf zu achten, hob Girestuur seine rechte Hand mit den aufgefächerten Fingern zum Abschiedsgruß und winkte Myan, an seiner Seite davonzuschreiten. Sofort begann er, die Adeptin zu belehren: »Siehst du, so führt man die Menschen auf den Weg des Zorant zurück: Erinnere sie daran, warum wir den fünf Tugenden folgen und was auf dem Spiel steht, wenn wir sie vernachlässigen. Bei einem Streit wird dann der Schuldige sofort die Folgen seines Fehlers erkennen und die Buße auf sich nehmen.«

Myan knirschte mit den Zähnen und zitierte stumm die Formel für die Beschwörung der fünf Tugenden, um nicht mit der unbedachten Bemerkung herauszuplatzen, dass die Händlerin ihr verwirrt und die Glinkzüchterin angewidert erschien. Girestuur hielt ohnehin bereits wieder Ausschau nach weiteren Stadtbewohnern, die der Lehre eines Zorantani bedurften.

Bald stießen sie auf eine heftig diskutierende Menschengruppe, die sich um das Tor einer Karawanserei versammelt hatte. Girestuur erkundigte sich weder nach dem Grund für den Auflauf noch bat er die Versammelten, ihm Platz zu machen. Stattdessen nahm er am

Rand der Gruppe Aufstellung und ließ ein kurzes, scharfes Räuspern hören. Sobald die Umstehenden das Stirnband des Zorantani erblickten, traten sie mehr oder weniger ehrfürchtig beiseite. Angespannt grub Myan die Fingernägel in ihre Unterarme. Kannte Girestuur keinen besseren Weg, im Namen der Gleichheit auf sich aufmerksam zu machen?

Mit dem sechsten Räuspern erreichte der Priester das Zentrum des Geschehens, wo ein Karawanenführer Hof hielt. Er war offenbar erst zu dieser Stunde in Zorantander eingetroffen, denn im Hof der Karawanserei wurden noch die unruhig schnatternden Glinks von ihren Lasten befreit.

»Natürlich habe ich das Heer nicht mit eigenen Augen gesehen«, sagte der Karawanenführer soeben. Seine krächzende Stimme entrang sich einem ausgedörrten, aber stolz aufgerichteten Körper. »Unser Weg führte nur bis Huloneim, rund zwanzig Tagesreisen von Tryllog entfernt.«

»Ehrwürdiger Vater! Ehrwürdiger Vater!«, stürzte ein Mann sich atemlos auf Girestuur. »Die Karawane dieses tapferen Händlers bringt furchtbare Neuigkeiten. Tryllog hat einen neuen König und er sammelt ein riesiges Heer. Es heißt, er wird gegen Zorantander ziehen, sobald genügend Krieger unter seinem Befehl stehen.«

»Bleib ruhig, mein Sohn.« Der Priester klopfte dem aufgewühlten Mann auf den Rücken. »Der Zorant schützt uns vor jedem Heer, egal wie stark es sein mag. Wenn dieser neue König es wirklich wagen sollte, gegen unsere Stadt zu ziehen, wird er genauso scheitern wie alle anderen Dummköpfe, die im Lauf der Jahrhunderte an unserem magischen Schutzschild zerschellten.«

»Das ist es ja gerade«, quietschte der Mann. »Der König von Tryllog hat auch einen Zorant.«

Girestuur runzelte tadelnd die Stirn. »Es gibt nur einen Zorant. Was ist das für ein Gerede?«

Die Frage war an den Karawanenführer gerichtet, der bedächtig seinen weiß durchzogenen Bart kraulte. Er antwortete mit derselben Ruhe, mit der ein erfahrener Wüstenwanderer einen Fuß vor den anderen setzte:

»In Huloneim geht die Kunde, dass Tryllog einen neuen König hat – einen Kriegerkönig, der die Stadt eroberte und die Dynastie der Tryll-Inaranti stürzte. Er soll einen magischen Stein von unermesslicher Macht besitzen, mächtiger als der Zorant. Mit diesem Stein will er unser goldenes Zorantander unter seine Herrschaft bringen – und natürlich jede andere Stadt, die auf seinem Weg liegt.«

»Nichts kann die Macht des Zorant außer Kraft setzen«, tönte Girestuur. »Nichts, was außerhalb der Stadt liegt. Solange Zorantander tugendhaft lebt, kann selbst das gewaltigste Heer mit der schwärzesten Magie uns nichts anhaben. Außerdem sind das alles nur Gerüchte, die irgendeiner Fata Morgana entsprungen sein mögen. Ein namenloser Kriegerkönig, der aus dem Nichts kam und eine über tausend Jahre alte Dynastie gestürzt haben soll … Zwischen Tryllog und Huloneim liegen dreißig Tagesreisen –«

»Zwanzig«, brummte der Karawanenführer und erntete dafür einen strengen Blick des Zorantani, der sich indessen nicht weiter beirren ließ: »… wenn die Route durch die Schwarzdünenwüste genommen wird. Und diese Reise kann nur während der Taunachtmonate unternommen werden. Auf der anderen Route über die Wogopeischen Trichter dauert die Reise dreimal so lang. Kein Händler nimmt den ganzen Weg auf sich, also wandern die Nachrichten von Karawane zu Karawane, von Oase zu Oase, von Mund zu Mund und werden dabei immer fantastischer. Das kennen wir alle.«

»Manche Karawanenleute schmücken in der Tat Nachrichten aus anderen Städten aus«, bemerkte der Händler mit hochgerecktem Kinn. »Aber nur, solange es um Prinzenhochzeiten, prachtvolle Bauwerke und kostbare Handelswaren geht. Wenn es um Krieg und um Kämpfe geht, wird sich jeder Reisende davor hüten, von der Wahrheit abzuweichen. Ein Karawanenführer muss wissen, welche Routen sicher sind und wo Gefahr droht. Jeder hat die Pflicht, andere Karawanenleute vor Unheil zu warnen. Auf Sand und Fels sind wir alle gleich – egal, wie hart wir in den Städten und in den Oasen um unsere Waren feilschen.«

Girestuur fixierte den Mann skeptisch. »Und deine Nachrichten stammen alle aus dem Mund anderer Karawanenleute, die selbst in

Tryllog waren? Nichts davon hast du auf den Basaren von Huloneim aufgeschnappt, nachdem sich die ganze Stadt bereits tagelang das Maul darüber zerrissen hat?«

Der Händler begegnete den kalten Augen des Priesters standhaft, aber verdrossen.

Das reichte Girestuur als Bestätigung: »Die Sorge der Karawanenleute um ihr Leben und ihre Waren in Ehren – aber diese Schauermärchen um den mächtigen Kriegerkönig mit seinem magischen Stein brauchen wir nicht ernst zu nehmen. Das Einzige, was wir ernst nehmen müssen, ist der Weg des Zorant. Die Befolgung der fünf Tugenden schützt uns vor jedem Übel, auch vor dem größten. Ein tugendhaftes Zorantander wird immer sicher sein.«

Während ihr Lehrmeister zu einer Predigt anhob, blieb Myans Blick an der unbewegten Miene des Karawanenführers hängen. Er betrachtete den Zorantani auf dieselbe Weise wie dunkle Wolken über dem Dünenhorizont, die einen Sandsturm ankündigten.

Die Adern im Fels von Zorantander reflektierten die letzten Strahlen der untergehenden Sonne rötlich golden. Für einen Moment schien die Stadt zu glühen, obwohl die Hitze des Tages endlich gebrochen war. Bald würde die Wärme des Steines angenehm wirken, anstatt ermattend. Myan streckte ihre Beine aus und lehnte sich gegen die Felswand. Sie war allein auf den Stiegen zur Geweihten Höhe zurückgeblieben, nachdem die Ordensleute ihr Abendgebet gesprochen hatten. Wie alle neuen Adepten musste sie sich fünf Wochen nach der Glutsonnenwende einem fünfzehntägigen Fasten unterziehen. Während dieser Zeit gab es ein kleines Frühstück, einen noch kargeren Mittagsbissen und kein Nachtmahl. An den vergangenen drei Abenden hatte Myans leerer Magen ihre Gedanken unweigerlich in den Speisesaal gelenkt. Heute tauschte sie die Enge an den Esstischen gern gegen die Einsamkeit auf den Stiegen.

Ihr Blick schweifte über die gelblichen Sanddünen der Östlichen Wüste und über die schmutzig grauen Böden der Harreischen Dornsavanne. Zwischen ihnen ragte der Felsen von Zorantander empor wie eine Festung. Das Massiv erhob sich so schroff aus dem Umland, dass eine natürliche, mindestens drei Mann hohe Mauer entstand. Erst darüber erlaubten sanftere Hänge die Errichtung von Häusern. Das einzige Baumaterial war der beige, goldgeäderte Stein, auf dem die ganze Stadt stand. Wohnhäuser, Basare, Karawansereien und Werkstätten drängten sich dicht an dicht, bis sie sich an die Wände jener großen Felsnadel schmiegten, die in der Mitte des Massivs aufragte. Um die Stadt zog sich ein grüner Ring aus Palmhainen und Feldern, die durch ein ausgeklügeltes Kanalsystem mit Wasser aus dem riesigen See unter dem Felsmassiv versorgt wurden.

Keine andere Stadt der Wüsten und Savannen konnte so viele Menschen ernähren wie Zorantander. Keine andere Stadt war reicher und größer. Und trotz ihres Reichtums war keine andere Stadt sicherer. Zorantander blieb über Jahrhunderte hinweg von den Kriegen unberührt, die so häufig zwischen den anderen Völkern der Wüsten und Savannen tobten. Der Zorant verlangte Frieden und schenkte Frieden. Doch nun war die Sicherheit trügerisch geworden.

Inzwischen hatten mehrere Karawanen Nachrichten über einen Kriegerkönig in Tryllog gebracht, der über einen magischen Stein gebot. Alle behaupteten, dass er ein Imperium aufbauen und zuletzt Zorantander erobern wollte. Manche Bürger sprachen immer noch abfällig von einer Fata Morgana, von Basargeflüster und Schauermärchen, die sich in nichts auflösen würden. Wenn überhaupt etwas an den ganzen Gerüchten stimme, so meinten sie, dann der Sturz der Tryll-Inaranti. Der Rest der Geschichte klang nämlich so, als ob sie von den entflohenen Sprösslingen dieser mächtigen Dynastie erfunden worden wäre – die Besiegten wollten ihren Untergang mit Lügen beschönigen und zum Mythos erheben.

Andere spotteten über den König und forderten ihn lauthals heraus, seinen Kriegszug zu beginnen. Sein Stein würde ebenso wie sein Heer an dem undurchdringlichen Schutzschild zerschellen, den der Zorant über die goldene Stadt legte. Wahrscheinlich wäre dieser Stein ohnehin ein ganz gewöhnlicher Kiesel. Doch unter all diesen lauten Tönen schlich sich Unsicherheit in die Straßen. Zaghaftere Naturen und weit gereiste Karawanenleute richteten besorgte Blicke auf die allgegenwärtigen Abbilder ihres Heiligtums. Würde die

Magie der Steinschale gegen den zauberkräftigen Stein des Kriegerkönigs ankommen? Lebten alle Bürger tugendhaft genug, um die volle Macht des Zorant zu erhalten? Hatte man in den langen Zeiten der Sicherheit zu sorglos gelebt und dadurch den Schutz geschwächt?

Die Beunruhigten scharten sich dichter um die Zorantani, die jeden Tag in die Stadt hinunterstiegen, um zu lehren und über die Einhaltung der fünf Tugenden zu wachen. Die Städter hatten mehr Fragen an die Priester und vertrauten ihnen größere Sorgen an. Sie sorgten sich besonders wegen der Unbekümmerten, die jede Gefahr leugneten, und wegen der Großmäuler, die den Kriegerkönig herausforderten. Die Zorantani taten ihr Bestes, um Zuversicht zu verbreiten. Aber selbst im Orden wurden die Mienen ernster. Allein Girestuur tat jederzeit seine Überzeugung kund, dass reine Hirngespinste verbreitet wurden. Myan hätte gern an den Nachrichten der Karawanenleute gezweifelt, doch sie kannte deren Welt. Sie stammte aus einer Familie von reisenden Händlern und hatte ihren Onkel mehrmals begleitet.

Das Leben der Karawanenleute hing davon ab, jene Nachrichten aus dem Basargeschwätz zu filtern, die für eine sichere Reise bedeutsam waren. Wenn mehrere Händler von einem Kriegerkönig berichteten, dann gab es ihn. Wenn sie sagten, dass er einen großen Kriegszug plante, dann stand dieser tatsächlich bevor. Und wenn dieser König sich sogar an Zorantander wagen wollte, musste er eine besondere Waffe besitzen.

Warum sollte es eine solche Waffen nicht geben? Der Zorant konnte unmöglich der einzige magische Gegenstand auf dieser Welt sein. Ob diese anderen Heiligtümer größere Macht besaßen, war eine völlig andere Frage. So wenig Myan an den Nachrichten der Karawanen zweifelte, so wenig vermochte sie sich von der Unbesiegbarkeit des Zorant zu überzeugen. Denn seine Macht hing von den Menschen in Zorantander ab – und diese Menschen zweifelten offenbar an der eigenen Tugendhaftigkeit und an der ihrer Nachbarn. Offenbar fühlten sie sich schutzlos. Und dieses Gefühl – den ständigen Begleiter der Tugendlosen – kannte Myan allzu gut. Zweifelten die Menschen also zu Recht?

»Hier.«

Myan fuhr unter dem plötzlichen Klang von Quints Stimme zusammen. Erst nach einer Atempause streckte sie die Hand nach dem Tonbecher aus, den ihr Adeptenbruder ihr entgegenhielt.

»Ich wollte dich nicht erschrecken.« Auf Quints Entschuldigung folgte ein breites Lächeln. »Ich dachte, deine Sinne wären vom Fasten schon so geschärft, dass du selbst einen Wüstenschleicher kommen hören würdest – oder wie nennt ihr in Zorantander dieses schwarze Raubtier doch gleich? Siskond?«

»Ja, Siskond.« Myan nippte an dem kalten Tee aus Uspekkräutern, den ihr Adeptenbruder gebracht hatte. Sie ärgerte sich darüber, so heftig zusammengezuckt zu sein, weil Quints Stimme sie mehr aufgewühlt hatte als sein unerwartetes Auftauchen. »Ich war einfach in Gedanken versunken.«

Nun grinste er. »Richtig – das Fasten soll ja bei der Versenkung in die Welt der fünf Tugenden genauso gut helfen wie bei der Schärfung von Augen, Ohren und Nase.« Sein Magen gab ein lautes Knurren von sich. Quint verzog das Gesicht. »Solche Geräusche könnten freilich bei der Versenkung ein wenig stören. Aber glücklicherweise haben unsere Lehrmeister versprochen, dass unsere Mägen bald verstummen werden, um all unsere Sinne für größere Wunder zu öffnen.«

Unversehens wünschte Myan sich, schon jetzt schärfere Ohren zu haben. Dann hätte sie mit Sicherheit sagen können, ob die Unbekümmertheit ihres Adeptenbruders diesmal an der Grenze der Tugendhaftigkeit kratzte oder nicht. Quint ließ sich neben ihr nieder und blickte in die Savanne hinaus. Aus seiner Miene las Myan die übliche Gelassenheit, nichts deutete auf eine innere Auflehnung gegen die Fastenprüfung. Mit lautlosem Seufzen wandte sie sich wieder ihrem Teebecher zu. Wahrscheinlich machte ihr Hunger sie überempfindlich. Schon Girestuur war heute noch schwerer zu ertragen gewesen. Dabei hatte er nicht einmal gelehrt, sondern nur den Segen der fünf Tugenden über ein neugeborenes Mädchen gesprochen. Vier Worte in seiner metallisch kühlen Zeremonienstimme waren genug gewesen, um den Säugling zum Brüllen zu bringen.

»Warst du heute mit Kedjanky auf der Straße?«, fragte Myan, um Girestuur aus ihren Gedanken zu verjagen. Auf Quints Nicken setzte sie nach: »Beruhigen die Leute sich langsam wieder?«

»Wir waren zumindest nicht mehr in Gefahr, erdrückt zu werden. Aber alle, die sich heute um Kedjanky scharten, waren noch hysterischer. Oder vielleicht suchen nur mehr diejenigen den Beistand der Zorantani, die am hysterischsten sind … Die meisten von ihnen klagten jedenfalls über die fehlende Tugendhaftigkeit ihrer Nachbarn und flehten Kedjanky an, die Übeltäter mit strengen Worten an den Weg des Zorant zu erinnern.«

Erneut betrachtete Myan Quint von der Seite. Die Nachrichten aus Tryllog hatten seine Sorglosigkeit nicht im Geringsten getrübt. Der größere Eifer, der hin und wieder hervorblitzte, kam wohl vom neuen Adeptentum und hatte nichts mit dem Kriegerkönig zu tun. Wer schon im Novizenrang so sicher auf dem Weg des Zorant gewandelt war wie Quint, musste es als Bereicherung empfinden, nicht nur zu lernen, sondern auch die ersten Schritte zum Lehrmeister zu tun. Gerade funkelten seine Augen wieder besonders lebhaft auf.

»Drei Städter baten Kedjanky, den Zorant durch die Straßen zu tragen. Der Anblick würde ihnen Vertrauen in seine Macht geben und alle Tugendlosen an ihre heilige Pflicht erinnern.« Er schüttelte den Kopf. »Kein Wunder, dass die Schale erst bei der allergrößten Gefahr aus ihrem Versteck geholt wird. Wenn die Bürger jetzt schon so aufgelöst und ängstlich sind – kannst du dir dann vorstellen, was beim Anblick eines feindlichen Heeres los sein wird?«

Quint ließ seinen Blick über den dämmrigen Horizont schweifen, wie wenn er die Vorboten der Armee bereits sehen könnte. Seine Gelassenheit schien immer noch unerschüttert, aber darunter lag nicht der vertraute Frohmut, sondern etwas Härteres. Erst als sie ihre eigenen Worte hörte, begriff Myan, was sie aus seiner Haltung las:

»Bist du so sicher, dass dieser Kriegerkönig angreifen wird?«

»Ich rechnet stark damit«, erwiderte Quint trocken. »Der Name Zorantander steht unter den Völkern der Wüsten und Savannen für eine uneinnehmbare Festung. Jeder, der große Worte über die Eroberung der Stadt spuckt, macht sich lächerlich. Wer sie trotzdem ankündigt, muss es deshalb wirklich ernst meinen. Dieser König bereitet garantiert einen Kriegszug vor. Und sofern er nicht auf seinem Weg hierher von anderen Städten geschlagen wird – was unwahrscheinlich ist, nachdem er Tryllog einnehmen konnte –, wird er irgendwann vor Zorantander stehen.«

»Und wird er die Stadt auch erobern?«, fauchte Myan. Quints Gewissheit verstörte sie tief genug, um die Tugenden des Friedens und der Mäßigkeit zu gefährden.

»Nicht unbedingt.« Quint hob die Schultern. »Das werden wir sehen.«

»Das werden wir sehen?« Myan schrie beinahe. »Kannst du dir vorstellen, welch grässliche Kräfte ein Stein entfesseln muss, um den Zorant zu besiegen? Willst du diese Macht wirklich über die Wüsten und Savannen hereinbrechen sehen?« Sie hielt für einen Moment inne, weil sie begriff, was sie wirklich so tief traf. »Du zweifelst an der Tugendhaftigkeit der Menschen in Zorantander.«

Ein Schauer lief über Myans Rücken. Das Gefühl der Schutzlosigkeit lastete noch schwerer auf ihr. Wenn sogar Quint zweifelte, stand es wirklich schlimm.

»Nein, das habe ich nicht gemeint«, sagte er nach einer Pause. Seine Stimme klang sanft und ein wenig bekümmert. »Aber wir wissen eben nicht, was dieser Kriegerkönig mit sich herumträgt. Vielleicht würde nicht einmal die vollkommene Tugendhaftigkeit aller Stadtbewohner ausreichen, um seine Wunderwaffe zu besiegen. Genauso gut könnte es sein, dass der Kriegerkönig nur glaubt, einen magischen Stein in seinen Händen zu halten.«

Sofort floss Myans Atem freier.

»Die Menschen lassen sich leicht täuschen«, fuhr Quint fort. »Dieser Kriegerkönig ließ sich vielleicht an der Nase herumführen und hütet einen gewöhnlichen Felsbrocken wie einen Schatz. Und viele Menschen werden einen hohen Preis dafür bezahlen.«

Die letzten Worte wurden von einem tiefen Seufzen getragen. Myan fühlte sich Quint wieder nahe. Zu nahe. Sie ertappte sich gerade noch rechtzeitig dabei, wie sie ihren Kopf gegen seine Schulter lehnen wollte. Manchmal schien er die Kraft eines Magneten auf sie auszuüben. Besonders schlimm war es, wenn ihr sein Geruch in die Nase stieg – der Hauch einer fremden, verlockenden Gewürzmischung. Quint würde in ihrem Kopf an seiner Schulter nur ein Zeichen der geschwisterlichen Verbundenheit sehen, andere Gedanken ließ seine Tugendhaftigkeit nicht zu. Aber für sie stand ein Bruch mit der Reinheit auf dem Spiel. Myan riss sich los und stand auf.

»Ich werde noch einige Gebete sprechen, bevor die Priester zur nächtlichen Versenkung in die Tugenden rufen.«

Zu Myans Erleichterung blieb Quint zurück und blickte gedankenverloren auf die Stadt hinunter, die nun im Schein von Fackeln und Öllampen glänzte.

3

Die Buchstaben verschwammen vor ihren Augen, als ob plötzlich ein Sandsturm über der Schriftrolle aufgezogen wäre. Unwillig schüttelte Myan den Kopf, blinzelte mehrmals und ließ ihren Blick auf das Geflecht aus weißen Glinkfedern wandern, das die Fenster des Ordensarchivs abschirmte.

Unversehens wurde die Stille von einer Stimme durchbrochen, in der eine panische Note mitschwang: »Wonach suchen wir eigentlich?«

Nicht nur Myan fuhr zusammen. Auch die anderen Adepten schreckten auf. Vorwurfsvolle bis unfreundliche Blicke richteten sich auf den Sprecher. Ein Anflug von Schuldbewusstsein glitt über Aegins Gesicht, dann schob er seine Unterlippe vor.

»Wir sollen die wichtigsten Chroniken und Listen unseres Ordens durchgehen«, antwortete seine Adeptenschwester in mahnendem Ton. »Und besondere Ereignisse notieren. Du hast Pisandris Auftrag doch gehört.«

Kaum hatte sie zu Ende gesprochen, senkte Rutilja ihren Kopf wieder zu dem Schriftstück, das vor ihr lag.

»Natürlich habe ich Pisandris Auftrag gehört«, tönte Aegin. »Aber wozu soll diese Suche gut sein? Und welche sind die wichtigsten Chroniken und Listen? Unsere Archivare bewahren nichts Unwichtiges auf. Wenn wir keine genaueren Anweisungen bekommen, müssten wir eigentlich alles durchgehen und das kann Pisandri nicht gemeint haben. Es würde ewig dauern.« Er wies auf die rundum in den Fels geschlagenen Regalfächer, die vor Schriftrollen aus gepresstem Palmenbast strotzten. »Und was sind besondere Ereignisse? Ist der Ausfall einer ganzen Ernte von Palmfrüchten ein besonderes Ereignis?

Oder wäre es das nur, wenn die Stadt deshalb ein halbes Jahr lang gehungert hätte?« Frustriert schlug Aegin mit der flachen Hand auf die Liste, die vor ihm lag.

In der halbherzigen Hoffnung, ihn zum Schweigen und Weiterarbeiten zu bringen, knurrte Myan: »Wenn ich Pisandri richtig verstanden habe, meinte sie besondere Ereignisse, die den Orden betrafen – nicht ganz Zorantander.«

»Was soll ich dann mit den Erntelisten?« Aegin warf einen anklagenden Blick in die Runde, obwohl niemand ihm geraten hatte, diese Dokumente zur Hand zu nehmen. »Andererseits – kann man das überhaupt trennen? Betreffen nicht alle besonderen Ereignisse im Orden die ganze Stadt und umgekehrt?«

»Wir sollten weiterarbeiten«, drängte Rutilja. »Pisandri wird uns zürnen, wenn wir ihrem Auftrag nicht treu sind.«

»Pisandri wird genauso wenig zufrieden sein, wenn wir ihren Auftrag falsch ausführen, weil wir ihn nicht verstehen.« Es kostete Aegin sichtlich Mühe, Frieden, Gleichheit und Mäßigkeit zu bewahren. »Und ich verstehe nun einmal nicht, wofür diese völlig ziellose Suche gut sein soll.«

»Mir fallen auf Anhieb einige Dinge ein.« Quints Stimme klang völlig gelassen. »Erstens lernen wir das Archiv besser kennen. Zweitens erfahren wir Einzelheiten über die Ordensgeschichte, die uns neu sind. Drittens müssen wir ohne die Hilfe unserer Lehrmeister entscheiden, ob diese Einzelheiten wichtig sind. Dadurch sollte uns klar werden, was ein Ereignis im Orden zu einem bedeutenden macht. Und ganz abgesehen davon haben wir gerade nichts anderes zu tun, als nach besonderen Ereignissen zu forschen. Deshalb ist es egal, wie groß das Archiv ist und wie lange Pisandri uns suchen lassen wird.«

Aegin beäugte den Kuv-Viandri mit einer Mischung aus Empörung, Bewunderung und Neid. Myan kannte solche widerstreitenden Gefühle nur zu gut. Manchmal war es schwer, reinen Ansporn in Quints glänzendem Beispiel zu sehen. Sie biss die Zähne zusammen und wandte sich wieder der Liste zu, auf der die Namen der Hohen Paare verzeichnet waren, mitsamt dem Tag ihrer Weihe und dem des Amtsendes. Wenn ein Zorantani starb, musste die verwaiste Schwester oder der verwaiste Bruder so lange in der Abgeschlossenheit einer einzelnen Zelle verharren, bis durch einen weiteren Todesfall oder durch die Weihe eines Adepten ein neues Priesterpaar gebildet werden konnte. Weil niemand wusste, wie viel Zeit bis zur neuen Verschwisterung vergehen würde, blieb kein Höchster nach dem Tod seines Bruders oder seiner Schwester im Amt.

Eine Lücke im Verzeichnis riss Myan vom Rand der Geistesabwesenheit zurück. Sie betrachtete die Stelle genauer und wurde von jäher Aufregung gepackt. Am vierten Tag des Glutnachtmonats im 3203. Jahr des Zorant waren Nitimone und Romeigur zum Hohen Paar aufgestiegen. Am sechzehnten Tag des Langnachtmonats im 3209. Jahr hatten die Zorantani die nächsten Höchsten geweiht, doch es war kein Todestag eines Vorgängers eingetragen worden.

Leise stand Myan auf, um die Totenliste aus diesem Jahr zu prüfen, und fand weder Nitimones noch Romeigurs Name darin verzeichnet. Noch aufgeregter wechselte sie zu den Namensverzeichnissen aller Ordensleute. Die Liste für 3209 führte die zwei als Hohes Paar, in den Aufzeichnungen des Folgejahres war keiner der Namen zu finden. Myan kehrte zum Tisch zurück. Mit Stolz fühlte sie die neugierigen Blicke der anderen Adepten auf sich, während sie ein Notizblatt, Feder und Tinte heranzog. Das Verschwinden eines Hohen Paars war zweifellos ein besonderes Ereignis in der Geschichte des Ordens. Und sie konnte sich nicht daran erinnern, dass ihre Lehrmeister jemals davon gesprochen hätten.

Ohne Appetit nahm Myan an der Durchreiche zur Küche ihren Nachtmahl-Teller entgegen, auf dem ein Fladenbrot neben einer Portion Palmfruchtcreme und einer Scheibe gekochtem Glinkei lag. Seit ihrer Fastenzeit schien ihr Magen zu klein für die normalen Ordensmahlzeiten geworden zu sein.

»Das ist aber eine gespannte Stimmung heute Abend«, bemerkte Quint auf dem Weg zu ihrem Tisch. »Kündigt sich etwa ein Sandsturm an?«

»Unmöglich«, gab Myan zurück. »Am Nachmittag kam der Wind von der Savanne her. Sandstürme kommen aber immer aus der Wüste und um diese Jahreszeit dreht der Wind nie so schnell.«

Obwohl sie völlig geistesabwesend geantwortet hatte, bemerkte sie nun selbst, was Quint meinte. Im Speisesaal entstand nie wirklicher Lärm, aber heute breitete sich ein gedrücktes Schweigen aus, das von dem Hohen Paar auszugehen schien. Lurethe und Jivirokan nahmen mit hölzernen Bewegungen ihr Nachtmahl ein und die Archivare neben ihnen verhielten sich ähnlich auffällig. Pisandri kaute geradezu fieberhaft, während ihr Bruder Turginox auf seinen unberührten Teller starrte. Die übrigen Zorantani wechselten unsichere Blicke, aber kaum ein Wort. Novizen und Adepten saßen geduckt dazwischen. Unweigerlich wurde Myan von der gespannten Unruhe angesteckt. Als auch noch Pisandris Blick an ihr hängen blieb, ließ sie beinahe ihren Teebecher fallen.

Die gespannte Atmosphäre musste mit ihr zu tun haben – die Zorantani hatten erkannt, dass sie nur ein schlechtes Schauspiel von Tugendhaftigkeit bot und zu Unrecht in den Adeptenstand gehoben worden war. Myan ließ sich wie ein Stein auf die Bank fallen und versteckte ihre zitternden Hände in den Ärmeln, sobald sie ihr Essgeschirr abgestellt hatte. Quint setzte sich an ihre Seite, doch glücklicherweise richtete er seine Aufmerksamkeit auf den Saal, statt auf sie. Er allein ließ sich von der seltsamen Stimmung nicht beeinflussen. Nur halblaut, aber ohne ein Anzeichen von Beunruhigung sagte er: »Das kann doch unmöglich immer noch wegen der Nachrichten aus der Stufenschluchtoase sein. Die sind doch schon vier Tage alt.«

Mit der Verzweiflung einer Verdurstenden lenkte Myan ihre Gedanken auf diese letzten Neuigkeiten über den Kriegerkönig. Erstmals waren Karawanenleute nach Zorantander gekommen, die mit eigenen Augen gesehen hatten, was andere nur vom Hörensagen kannten: In der Stufenschluchtoase, fern von Tryllog und dem Grauen Wogopeischen Trichter, waren sie auf einen Spähtrupp aus dem Heer des Kriegerkönigs gestoßen. Die Händler erzählten von Soldaten in Brustpanzern aus einem rötlichen Metall und mit weißen Helmen, die aus einer unbekannten Art von Nüssen geschnitten waren. Ihre Sprache erinnerte an das Inar, das in Tryllog gesprochen wurde, aber zumindest der Anführer des Trupps hatte auch einige Brocken Savannen-Plistisch beherrscht.

Dennoch konnten die Karawanenleute nicht sagen, wer oder was jener »Korotimber« war, von dem der Anführer gesprochen hatte.

Handelte es sich um den Namen des Kriegskönigs oder um einen Titel? Nichtsdestotrotz hatten selbst die größten Zweifler in Zorantander einsehen müssen, dass der König keine Fata Morgana war, sondern ein höchst lebendiger Mensch mit zerstörerischen Plänen.

Myan würgte ihr Nachtmahl herunter, damit sie keine besorgten Fragen beantworten musste. Was nach dem Essen kam, würde schlimm genug sein. Als die ersten Zorantani aufstanden, um den Speisesaal zu verlassen, hielt Jivirokan sie zurück:

»Wir bitten alle Priester und Adepten, zu bleiben. Das Hohe Paar muss eine Mitteilung von hoher Tragweite machen. Nur die Novizen sollen sich in ihre Kammern zurückziehen, sobald sie ihre Mahlzeit beendet haben.«

Kurz darauf waren die jüngsten Ordensleute der drückenden Versammlung entflohen, während die Zorantani und Adepten an leeren, sauberen Tischen saßen. Niemand wollte die bedeutsame Mitteilung, die wie eine dörrende Wüstensonne über den Anwesenden hing, hinauszögern – nicht einmal Myan, obwohl sie den noch glühenderen Wunsch hegte, die Sache bereits hinter sich zu haben. Morgen früh würde sie bei einer Karawane anheuern. Mit etwas Glück wäre sie aus Zorantander verschwunden, bevor Onkel Filo von ihrem Ausschluss aus dem Orden erfuhr. Einen Moment lang sehnte sie das Ende des ständigen Kampfes herbei, doch im nächsten Augenblick schreckte sie heftig vor dem zurück, was danach kommen würde: Ein Leben ohne jede Hoffnung auf die Ruhe und Sicherheit der Tugendhaften. Ein Leben in völliger Schutzlosigkeit.

Endlich erhob sich das Hohe Paar und schritt zu dem kleinen Podium, das unter dem Abbild des Zorant in den Fels geschlagen war.

»Meine lieben und werten Schwestern und Brüder, Priester und Priesterinnen, Adeptinnen und Adepten«, hob Jivirokan mit seiner Bassstimme an. »Was wir euch heute sagen müssen, wird tief in eure Herzen schneiden und euren Geist erschüttern. Weil das Wohl Zorantanders auf dem Spiel steht, dürfen wir euch jedoch nicht schonen und wir vertrauen darauf, dass ihr auf dem Weg des Zorant nicht schwanken werdet.«

Myan spürte, wie sich jedes Haar auf ihrem Körper sträubte. Dies waren gewichtige Worte für den Ausschluss einer unwürdigen Adeptin – vielleicht sogar zu gewichtige?

Lurethes Singsang erklang ungewohnt dünn und scharf: »Seit langer Zeit trägt jedes Hohe Paar ein grausames Geheimnis mit sich, das es zum Wohl des Ordens und zum Wohl Zorantanders tief in seinem Inneren verschließt. Es schützt die Stadt und musste deshalb sicher bewahrt bleiben. Doch nun kommt eine Zeit über uns, in der die Bewahrung des Geheimnisses Schaden anzurichten droht. Deshalb müssen wir es mit euch teilen – mit euch Priestern und Adepten. Allen anderen Menschen muss es verschlossen bleiben. Leistet mit dem Zorantodion euren Schwur, dieses Geheimnis niemals zu verraten!«

Die Höchsten deklamierten die einleitende Formel, damit alle Zeit bekämen, sich für die heiligen Worte des Zorantodion zu sammeln. Auf Lurethes Zeichen erklang schließlich die Beschwörung der fünf Tugenden aus über hundert Kehlen. Zum ersten Mal weckten die Worte in Myan ein anderes Gefühl als Leere. Doch sobald sie ihm einen Namen zu geben vermochte, war sie entsetzt über sich selbst. Es war Dankbarkeit – Dankbarkeit dafür, dass dieses schreckliche Geheimnis nichts mit ihr zu tun hatte und dass der Orden sie nicht verstieß. Wie konnte sie in einem solchen Moment nur an sich selbst denken?

Jivirokan räusperte sich. Zweimal setzte er vergeblich zum Sprechen an, dann gelang es ihm: »In den kommenden Monaten wird dieser unselige Kriegerkönig mit seinen Soldaten Stadt um Stadt, Oase um Oase angreifen und womöglich erobern. Mehr und mehr Bürger werden euch anflehen, den Zorant aus seinem Versteck zu holen, damit sein Anblick die Leute mit Vertrauen erfülle und sie auf dem Weg der fünf Tugenden halte. Ihr dürft ihnen nicht versprechen, unser Heiligtum vor die Augen der Stadt zu bringen – auch nicht in der Stunde der größten Gefahr. Denn sogar wenn Korotimber mit seinen Truppen vor Zorantander stünde, könnten wir unseren Schützlingen ihren Wunsch nicht erfüllen.« Der Höchste schloss die Augen und holte nochmals tief Atem, bevor er hervorbrachte: »Wir wissen nicht, wo sich der Zorant befindet.«

Eine lautlose Schockwelle brandete durch den Raum. Myan fühlte sich, als ob ihr jemand mit einem Knüppel auf den Kopf geschlagen hätte. Quints heftige, unbestimmte Bewegung neben sich nahm sie wie aus weiter Entfernung wahr. Mitten in das allgemeine Entsetzen hinein stimmte das Hohe Paar einen kurzen Gebetsgesang an, um die

Priester und Adepten zu besänftigen. Nicht alle Ordensleute fielen ein und aus einigen Kehlen erklangen die Worte zittrig oder in unreinen Tönen.

Auf dem Podium konnte Lurethe die Tränen nicht verbergen, die ihr über die Wangen liefen. Doch ihre Stimme klang fest: »Wir kennen euren Schock, eure Unsicherheit und eure Trauer. Wir erlebten sie selbst an jenem Tag, an dem wir zum Hohen Paar geweiht wurden und an dem die verwaiste Höchste uns zum vermeintlichen Versteck des Zorant hinabführte. Der Schrein war leer. In der Tiefe der Seegrotte erfuhren wir von unserer Vorgängerin, dass unsere heilige Schale seit langer Zeit verschollen ist. Niemand weiß, wie viele Hohe Paare am Tag ihrer Weihe diese schreckliche Wahrheit bereits erfahren mussten.«

»Nur ein Datum kennen wir mit Sicherheit«, erläuterte Jivirokan. »Vor vierhundertdreiundzwanzig Jahren wurde der Zorant zum letzten Mal durch die Straßen unserer Stadt getragen – als Druginjy die Wahnsinnige ihre Wüstenhorde hierherführte und von unserem Schutzschild niedergestreckt wurde. Danach begann die lange Periode des Friedens, die bis in unsere Zeit andauerte. Irgendwann in diesen über vierhundert Jahren muss der Zorant verloren gegangen sein.«

»Doch wir müssen uns nicht fürchten. Nichts kann uns geschehen, solange wir auf dem Weg der fünf Tugenden bleiben.« Beschwörend hob Lurethe ihre Hände. »Gerade die lange Zeit des Friedens beweist den anhaltenden Schutz. Alles spricht dafür, dass unser Heiligtum an einem sicheren Ort in der Seegrotte verborgen ist – an einem Platz, den niemand mehr kennt, weil einmal der höchste Bruder und die höchste Schwester starben, bevor ein neues Hohes Paar geweiht werden konnte. Es gab in der Geschichte des Ordens zwei oder drei Ablösen, wo dieser Fall eingetreten sein könnte. Wir sind also genauso sicher in unserer gesegneten Stadt, wie wenn wir den Zorant sehen und berühren könnten.«

Jivirokan ließ die Worte wirken und nahm sie mit einem ernsten Stirnrunzeln gleich wieder auf: »Wie gesagt – alles spricht dafür, dass der Zorant sich nach wie vor in der Seegrotte befindet. Nicht nur die lange Friedenszeit ist ein sicheres Zeichen dafür. Ein so mächtiges Heiligtum wie unsere magische Schale hätte unweigerlich von sich reden gemacht, wenn es in die Hände eines anderen Volkes gelangt wäre. Aber selbst wenn uns der Zorant durch ein böses Unglück entrissen worden wäre, hätten wir keinen Anlass für Sorge und Angst. Er ist aus dem steinernen Herzen Zorantanders geschlagen. Er ist ein Teil der Stadt und würde sie auch aus der Ferne schützen, solange alle Menschen hier unbeirrbar auf dem Pfad der fünf Tugenden wandeln.«

»In Tugendhaftigkeit sind wir sicher.« Lurethe schickte einen halb mahnenden, halb besänftigenden Blick in eine Richtung, aus der ein ersticktes Schluchzen ertönte. »Deshalb dürfen wir unser Volk keinesfalls beunruhigen. Solange kein Heer vor unserer Stadt steht, können wir uns auf die Tradition berufen, nach der das Heiligtum nur in höchster Gefahr aus seinem Versteck geholt wird. Sollte Korotimber jedoch bis vor unsere Mauern gelangen, so werden wir den Städtern Folgendes sagen: Der Zorant kann in der Seegrotte stärker wirken, weil er unter dem Fels vor dem magischen Stein des Kriegerkönigs geschützt ist. Natürlich werden wir nun, nachdem wir das grausame Geheimnis vor euch Brüdern und Schwestern lüften mussten, immer wieder einige Priester in die Seegrotte entsenden, um nach unserer heiligen Schale zu suchen. Der Großteil unserer Kraft muss jedoch darauf verwendet werden, die Stadtbürger auf dem Weg der fünf Tugenden zu halten.«

»Nichtsdestotrotz gebietet es die Vernunft, das Wohl unserer Heimat auf jede erdenkliche Weise gegen den größenwahnsinnigen Kriegerkönig und seine Magie abzusichern«, dröhnte Jivirokan. »Durch die treue Arbeit unserer Archivare und Adepten stießen wir auf einen Weg, unseren Schutzschild zu stärken. Vor zweihundertsiebenundsechzig Jahren machte sich ein Hohes Paar auf den Weg des Zorant – nicht so, wie wir Tag für Tag auf diesem Pfad fortschreiten. Sie gingen auf eine Pilgerreise – ein Weg, der die Macht unserer heiligen Schale verkörpert und damit vervielfacht.«

Der Höchste nickte Pisandri und Turginox zu. Die Archivare erhoben sich und stiegen ebenfalls auf das Podium, wo sie eine große Landkarte entfalteten und zwischen sich hielten, damit alle sie sehen konnten. Der feucht schimmernde Bast verriet, dass sie neu angefertigt worden war. Sofort erkannte Myan die vertraute Abbildung der Wüsten und Savannen. Ihre Aufmerksamkeit wurde jedoch von sechs goldfarbenen Linien gefesselt, die einzelne Punkte verbanden. Sie warfen einen neuen Umriss über die Landschaften – neu für diese Art von Karte, aber keineswegs neu für ein Kind Zorantanders. Sie zeichneten dasselbe unregelmäßige Sechseck wie jene Zeichnungen und Malereien, die den Zorant von oben zeigten.

»Dies hier ist der Weg, den Romeigur und Nitimone gingen.« Lurethe wies auf die glänzenden Linien. »Der einzige und wahre Pilgerweg, wie ihr alle auf den ersten Blick erkennen konntet. Wir wissen nicht genau, warum das Hohe Paar sich entschied, ihn zu gehen. Es scheint, als ob sie es zur Buße getan hätten – womöglich, weil das Wissen um den Verbleib des Zorant in ihrer Amtszeit verloren gegangen war. Doch in jedem Fall stärkte ihr Weg den Schutzschild. Denn während all der Jahrzehnte, die seither vergangen sind, war unsere Stadt kein einziges Mal von Unheil bedroht. Und jetzt, wo der Feldzug des Kriegerkönigs bevorsteht, ist es an der Zeit, dem Beispiel von Romeigur und Nitimone zu folgen und diesen Pilgerweg erneut zu gehen.«

Jivirokan wartete, bis die Unruhe abklang. »Diesmal werden allerdings nicht die Höchsten die Reise antreten. In diesen unsicheren Zeiten dürfen wir unsere Heimat nicht ohne die Obhut eines Hohes Paars lassen. Wir werden drei würdige Priesterpaare auswählen, die den Pilgerweg zum Wohl aller gehen werden. Lasst also eure Herzen wegen des grausamen Geheimnisses, das wir euch heute mitteilen mussten, nicht in Mutlosigkeit sinken. Der Zorant wacht über uns, auch wenn wir ihn nicht sehen können. Durch den Pilgerweg wird seine Macht ihr höchstes Ausmaß erreichen. Stimmt nun mit uns den Großen Lobgesang an!«

Der Große Lobgesang umfasste fünfundzwanzig Strophen. An seinem Ende blieb keinem Zorantani mehr Luft, um dem Hohen Paar Fragen zu stellen oder die grausame Enthüllung mit Bruder und Schwester zu bereden. Wie hypnotisiert verließen die Ordensleute den Speisesaal.

»Ehrwürdiges Hohes Paar!«

Myan erkannte ihre eigene Stimme nicht, als sie vor Lurethe und Jivirokan den Kopf senkte. Die hohlen Töne schienen wie ein fernes Echo aus der Seegrotte zu kommen. Trotz der nachmittäglichen Hitze waren ihre Hände eiskalt. Sie konnte kaum ein Zittern unterdrücken und fühlte sich unendlich einsam. In den Ordenshäusern stand für gewöhnlich ihr Adeptenbruder an ihrer Seite. Dass sie ohne Quint vor die Höchsten gerufen worden war, konnte nur eines bedeuten: Sie wurde hinausgeworfen. Warum jetzt, wo sie ihrer Stadt zum ersten Mal einen wahren Dienst erwiesen hatte? Ohne ihren Hinweis auf das verschwundene Hohe Paar wären die Priester niemals an den Pilgerweg erinnert worden.

»Myaniti«, tönte Jivirokans Bass. »Du bist die Nichte des Karawanenführers Filontir, richtig?«

Sie nickte und musste all ihre Beherrschung aufbringen, um nicht zu Boden zu sehen, sondern dem Blick des Höchsten standzuhalten. Die Erinnerung an ihre Familie sollte sie zweifellos darauf vorbereiten, dorthin zurückgeschickt zu werden. Ob Jivirokan die Namen ihrer Eltern aus Gnade oder aus Abscheu vermied, vermochte sie hingegen nicht zu sagen.

»Nahm Filontir dich jemals auf einen Karawanenzug mit?«

Myan fürchtete, den Höchsten bereits ungebührlich lange angestarrt zu haben, als sie endlich ihre Lippen auseinanderbrachte. Die Frage war unerwartet genug gekommen, um sogar ihr vorschnelles Mundwerk zu lähmen. »Ja – sogar auf mehrere. Einmal zum Weißen Wogopeischen Trichter, einmal nach Jurschnom und zweimal nach Pock ...«

»Hast du dabei die Aufgaben eines Karawanenarbeiters erfüllt?«, wollte nun Lurethe wissen.

»Jeder, der an einer Handelsreise teilnimmt, muss arbeiten. Die Wüste duldet keine müßigen Hände – so sagt mein Onkel«, hängte Myan rasch an. Niemand sollte glauben, dass sie das Hohe Paar belehren wollte.

»Du bist also mit Reisen durch die Wüsten und Savannen vertraut.« Die Höchste legte die Fingerspitzen aufeinander und sah die Adeptin bedächtig an. »Im Gegensatz zu den meisten Zorantani.«

Unsicher krallte Myan unter ihren weiten Ärmeln die Fingernägel in die Arme. Karawanenzüge vor ihrer Novizenzeit machten sie doch nicht zu einer schlechten Dienerin des Zorant … Plötzlich wurde sie von einer Ahnung emporgehoben, die sich nicht einmal von der Ungläubigkeit dämpfen lassen wollte, die ihr sofort folgte. Unwillkürlich ging Myan einen Schritt auf das Hohe Paar zu und holte Atem, bevor sie erschrocken innehielt.

In Lurethes Gesicht blitzte ein Lächeln auf, während Jivirokan seine Stirn runzelte.

»Sehnst du dich nach den Wüsten und Savannen, Myaniti?«, fragte er ernst.

Sie schüttelte fast verzweifelt den Kopf. Der übergroße Eifer, den sie soeben gezeigt hatte, musste Argwohn wecken. Wer ging schon mit Begeisterung auf einen langen und gefährlichen Pilgerweg? Sie hätte das Hohe Paar nicht merken lassen dürfen, wie sehr sie sich wünschte, diese Prüfung auf sich nehmen zu dürfen.

»Nein«, antwortete sie leise. »Ich sehne mich danach, dem Zorant zu dienen – mit allen Erfahrungen, die ich in meinem kurzen Leben machen durfte.«

Die Stirn des Höchsten glättete sich wieder. »Verzeih meinen Zweifel. Der Gedanke an eine Reise durch die Wüsten und Savannen stellt selbst die ergebensten Zorantani auf eine schwere Probe – wäre es anders, wäre der Pilgerweg keine so machtvolle Beschwörung der fünf Tugenden. Ich wollte deshalb Gewissheit haben, woher die Hoffnung in deinem Blick kam.«

»Das Aufleuchten deiner Augen war tatsächlich nicht zu übersehen«, bestätigte Lurethe. »Und es hat uns in dem Entschluss bestärkt, den wir schon vorher fällten. Jede Reise ist gefährlich und wir dürfen die unerfahrenen Priester nicht offenen Auges ins Verderben schicken. Deine Offenheit für den Pilgerweg erfreut mich, denn genau zu diesem Dienst werden wir dich verpflichten – und natürlich auch deinen Adeptenbruder.«

Myan meinte, Bedauern in Lurethes letzten Worten zu hören. Kein Wunder – Quints unerschütterliches Wesen war in einer Stadt voll aufgewühlter und ängstlicher Menschen von unschätzbarem Wert. Sogar die Nachricht, dass der Zorant verschollen sei, hatte ihn nicht aus seiner tiefen Ruhe aufgestört. Allerdings war er seitdem um einiges ernster geworden. Freilich machte gerade seine Unerschütterlichkeit ihn auch zum idealen Gefährten auf einem Pilgerweg durch die Wüsten und Savannen …

»Auch Quint kennt die Gefahren einer Reise«, erinnerte Myan die Höchste hastig. »Er kam schließlich von der Quaorbat nach Zorantander. Und der Pilgerweg wird uns auch zu seinem Volk führen, also kennt er –«

Jivirokan hob mahnend seine Hand. Sofort brach Myan ab und murmelte eine Entschuldigung. Wenn sie nochmals gegen die Tugend der Mäßigkeit verstieß, würde das Hohe Paar es sich womöglich anders überlegen und sie hierbehalten. Zu ihrer Erleichterung blieb der Singsang der Höchsten milde:

»Heute Abend werden wir die Namen jener Priesterpaare verkünden, die auf den Pilgerweg gehen. Ab morgen wirst du gemeinsam mit deinem Adeptenbruder bei den Vorbereitungen helfen.«

Noch respektvoller als zuvor senkte Myan den Kopf und hob ihn erst wieder, nachdem sie Lurethe und Jivirokan den Rücken zugewandt hatte. Sie konnte das Strahlen nicht von ihrem Gesicht bannen und wollte dem Hohen Paar keinen Anlass für neue Zweifel geben. Auf die Reise freute sie sich keineswegs, denn die Erinnerung an die Strapazen – an den Durst, die Hitze, den Staub, die schier endlosen Weiten – war niemals verblasst. Genau deshalb würde nur dieser Pilgerweg ausreichend Buße für jene Sünden bringen, die sie vom Pfad der fünf Tugenden fernhielten.

So unauffällig wie möglich eilte Myan zu den Zellen der Adepten, um dort Frieden und Mäßigkeit wiederzufinden. In dem winzigen Vorraum vor ihren Schlafkammern erhaschte sie einen Blick auf Quint, der über sein Bett gebeugt stand. Sollte er nicht bei den anderen Adepten sein und den Lehren des Küchenmeisterpaars über Nahrung und Reinheit lauschen? Vor Überraschung vergaß Myan, was sie eigentlich hier gesucht hatte.

»Quint!«

Erschrocken fuhr er herum und nahm ihr dabei einen Augenblick zu spät die Sicht auf sein Bett. Sie hatte bereits das schmale Bündel gesehen, das darauf lag. Ein Reisebündel. Röte stieg in Quints Gesicht, während Myan ihn fassungslos anstarrte.

»Warum packst du jetzt schon?«, platzte sie heraus. »Und wie konntest du wissen, dass wir auf den Pilgerweg mitkommen sollen?«

Quint rieb sich mit den Händen über das glühende Gesicht. »Ich … ich konnte es nicht wissen«, stammelte er. Mit größerer Ruhe fuhr er fort: »Aber ich habe es gehofft. Ich meine – welchen anderen Grund hätte das Hohe Paar haben sollen, dich zu rufen? Die Priester können nicht auf jemanden verzichten, der in einer Karawanserei aufwuchs und etwas vom Reisen durch die Wüsten und Savannen versteht. Da dachte ich … ich probiere schon einmal aus, wie sich die notwendigen Dinge am besten in ein Bündel packen lassen.« Ein schiefes Grinsen begleitete die letzten Worte.

Trotz ihres unermesslichen Staunens konnte Myan nicht anders, als zurückzulächeln. Quints Verlegenheit verriet seine Sorge, im Reisefieber über die Tugend der Mäßigkeit hinauszuschießen. Wenn sogar ihr tugendhafter Adeptenbruder so heftig von der Aussicht auf den Pilgerweg gepackt wurde, wog ihre eigene freudige Aufregung nicht mehr so schwer. Gleichzeitig war es ihr ein Rätsel, wie Quint immer nur das Beste von ihr denken konnte. Sie selbst wäre niemals auf die Idee gekommen, dass das Hohe Paar sie zu sich rief, um sie auf den Pilgerweg zu schicken.

»Ein Pilgerweg?«, erkundigte Curni sich. Kritisch beäugte die weißhaarige Glinkzüchterin die beiden Ordensleute, die vor ihr standen.

Myan hatte die Frau sofort wiedererkannt. Zum Glück war Girestuur heute nicht dabei. Dem Priester, der so ungünstig in ihre Geschäfte eingegriffen hatte, wäre Curni bestimmt noch skeptischer begegnet. An Myan schien sie sich nicht zu erinnern und der nachdenkliche Breungar weckte bei niemandem starke Ablehnung. Leider blieb Myan nicht dauerhaft von Girestuur erlöst. Auch er würde den Pilgerweg antreten, gemeinsam mit seiner Schwester Kedjanky. Dazu kamen Frullenie und Breungar sowie Jalongint und Tehli.

»Das heißt, Schnelligkeit spielt keine Rolle.« Curni beendete ihre kritischen Betrachtungen und wurde geschäftsmäßig. »Vielmehr werdet ihr Glinks haben wollen, die etwas behäbig sind, aber dafür umso robuster. Wie viele Reisende werden es sein?«

Breungar faltete die Hände vor seinem Körper und blickte zu Boden. Myan musste sich zusammenreißen, um nicht dazwischenzurufen. Selbst wenn es nichts zu überlegen gab, nahm der Priester sich Zeit für seine Antworten – viel Zeit. Curnis Augen flackerten bereits ungeduldig zu ihr, als Breungar endlich den Mund aufmachte:

»Acht.«

»Dann braucht ihr zehn Glinks. Kommt mit, ich werde euch einige Tiere zeigen.«

Die Züchterin stapfte auf die Gehege zu, in denen die Lastvögel durcheinanderschnatterten. Myan fragte sich, warum Breungar Curni nicht folgte. Stattdessen wandte sich der klein gewachsene, geradezu zart gebaute Zorantani ihr zu und sah sie abwartend an. Verwirrt erwiderte sie seinen Blick.

»Nun, Myan?«, fragte Breungar schließlich. »Du bist hier, weil du dich mit Reisen auskennst. Stimmst du den Worten der Züchterin zu? Brauchen wir zehn robuste, nicht besonders flinke Glinks?«

Er fragte ernsthaft nach ihrem Urteil? Myan schluckte ihr Erstaunen hinunter und nickte rasch. »Schnelle Glinks würden keinen Sinn machen, weil die Priester nicht gut zu Fuß sind.« Ihr Gesicht wurde heiß, während die Respektlosigkeit in ihren Ohren nachklang. Das Ordensleben erlaubte es zwar keinem Zorantani, fettleibig zu werden, aber körperliche Anstrengung gehörte nun einmal nicht zum Alltag. Trotzdem stand es ihr nicht zu, abfällig über Priester zu sprechen. »Ich meine – Jalongint und Tehli sind bereits … in einem würdigen Alter … Die Zahl stimmt auch«, befreite Myan sich hastig von dem peinlichen Thema. »Ein Glink pro Kopf und ein weiterer für je vier Köpfe, so rechnen die Karawanenführer – für das persönliche Gepäck der Reisenden. Für Handelswaren müsste natürlich extra gerechnet werden, aber wir werden ja keine mit uns führen.«

»Gut, gut«, gab Breungar nach einer Pause zurück. »Dann geh nun die Tiere aussuchen. Ich wüsste nicht, worauf ich achten müsste.«

Myan eilte Curni hinterher. Die Züchterin wartete mit ungehalten in die Hüfte gestemmten Händen.

»Ich habe noch andere Kunden«, bemerkte sie ärgerlich. »Selbst den ehrwürdigen Zorantani kann ich nicht ewig Zeit widmen. Und wenn er«, sie deutete mit dem Kinn auf Breungar, »so schnell entscheidet, wie er spricht, sind alle Kunden gegangen, bevor ihr nur fünf Glinks ausgewählt habt.«

»Er hat mich beauftragt, die Auswahl zu treffen«, versuchte Myan, sie zu beruhigen.

»Dich?« Curni musterte die Adeptin. »Das könnte schneller gehen – falls du weißt, was du tust …«

Gerade noch rechtzeitig hielt Myan eine scharfe Erwiderung zurück. »Warum lässt du mich nicht einfach zehn Glinks auswählen, während du dich um deine anderen Kunden kümmerst?«

Die Züchterin hob die Schultern. »Wenn dir das lieber ist … Es wird mir zwar keine Arbeit ersparen, sondern nur verschieben, aber zumindest muss ich niemanden warten lassen. Die Schnäbel der Glinks sind übrigens hart, also Vorsicht.«

»Was du nicht sagst«, murmelte Myan Curni hinterher. Mechanisch tastete sie nach einer Narbe über ihrer rechten Schläfe, die sie einem gereizten Lastvogel zu verdanken hatte. Gleichzeitig richtete Myan ihren Blick auf die Tiere. Ihre Köpfe befanden sich ein Stück über der Augenhöhe eines Menschen, wenn sie ihre Hälse streckten. Mit ihren langen, kräftigen Beinen und den breiten Rücken waren sie die idealen Lasttiere für die Wüste. Ihre rundlichen, kurzen Flügel dienten nur dazu, Schatten für die Jungtiere zu werfen, kein Glink hätte sich jemals auf ihnen in die Lüfte erheben können. Das Deckgefieder war hellbraun oder grau, nur an den Rändern der Flügel und an den langen Hälsen zeigte sich die untere reinweiße Federschicht. Die harten Schnäbel in der Form eines breiten Dreiecks glänzten schwarz, genau wie die runden Augen unter ihren weißen Daunenwimpern.

Myan holte tief Atem. Einem Glink musste man entschlossen gegenübertreten. Zaghaftigkeit machte sie launisch und störrisch. Mit ruhiger Hand griff Myan nach dem Führungsseil eines Glinks mit hellbraunem Gefieder und zog seinen Kopf näher zu ihr. Die Schnäbel verrieten das Alter – je glatter und glänzender, desto jünger. Dieser Vogel hier war sehr jung. Bestimmt hatte er noch keinen Karawanenzug mitgemacht. Myan ließ ihn los. Für unerfahrene Wüstenreisende war es ratsam, bewährte Tiere zu haben – ältere Glinks, die Curni bereits von Karawanenführern gekauft hatte. Ein graues Tier mit ungewöhnlich kurzem Hals, aber besonders kräftiger Statur passte perfekt. Myan band sein Führungsseil an die Umzäunung des Geheges.

Als sie gerade den achten Glink prüfte, blieb ein Mann neben ihr stehen und musterte die bisher ausgewählten Vögel. Unwillig wandte Myan sich ihm zu und blickte unversehens in ihre eigenen Augen – tief dunkelbraun unter rötlich braunen Wimpern. Die Augen ihrer Mutter. Vor ihr stand der Karawanenführer Filontir.

»Myaniti.«

Die einfache Begrüßung klang wie eine Rüge, wobei die Verwendung des vollen Namens keine Rolle spielte. Auch ein weniger förmliches »Myan« wäre in diesem Ton hervorgekommen – mit derselben Härte, die aus Filos hagerem Gesicht und aus seinem dürren, hochgewachsenen Körper sprach. Myan nickte eine stumme Antwort. Solange sie gar nichts sagte, konnte ihr auch nichts Unüberlegtes entschlüpfen. Nie hatte sie ihre plötzlich hervorschießenden Sätze so heftig bereut wie in ihren Gesprächen mit Filo. Lange Jahre unter seinem vorwurfsvollem Gehabe hatten sie den Wert des Schweigens gelehrt, wenn auch nicht das Schweigen selbst.

»Das sind gute Glinks.« Hinter dem Lob lauerte eine Anschuldigung, die prompt folgte: »Aber was hat eine Adeptin des Zorant mit Glinks zu schaffen?«

Die Betonung des Wortes »Adeptin« ließ keinen Zweifel daran, dass Filo ihr jegliches Recht auf diesen Titel absprach. Eilig leierte sie herunter, was die Stadtbewohner erfahren durften:

»Einige Priesterpaare werden auf einen Pilgerweg gehen. In diesen unsicheren Zeiten leistet der Orden jeden erdenklichen Dienst, um die Macht des Zorant zu bewahren und zu erhöhen.«

»Jeden erdenklichen Dienst?«, echote Filo mit vielsagendem Blick.

Ihr Onkel gehörte zu den wenigen Menschen, die auf Myan herabblicken konnten, obwohl er meist ein wenig gebeugt stand. Wahrscheinlich musste er sich zu oft unter Hauseingängen und Sonnensegel ducken. Nichtsdestotrotz betonte er seine lang gestreckte Gestalt auch noch durch einen Sont – eine hohe Kopfbedeckung aus den hohlen Flügelknochen eines Glinks, die mit einem Geflecht aus weißen Federn bedeckt war.

»Der Orden nimmt meinen Dienst an«, entgegnete Myan bitter. »Wie du selbst bemerkt hast, bin ich zur Adeptin aufgestiegen. Du kannst also nicht länger behaupten, ich würde Zorantander den größten Dienst erweisen, indem ich dem Orden fernbliebe.«

Seine skeptische Miene spiegelte in schmerzhafter Weise Myans eigene Zweifel wider. Gleichzeitig hob Filo resigniert die Schultern. »Hat es jemals eine Rolle gespielt, was ich meine? Deine Mutter wollte, dass du in den Orden eintrittst, sobald du alt genug sein würdest. Ich respektierte ihren Wunsch – und dein Versprechen an sie –, obwohl ich es hätte verhindern können.«

Mit mühsam unterdrückter Wut wandte Myan sich wieder den Glinks zu. Über ihre Schulter hinweg zischte sie: »Du hast mich trotzdem deutlich genug fühlen lassen, was du von dem Wunsch hältst, den Mutter auf ihrem Totenbett zum letzten Mal aussprach.«

»Ich hatte eben gehofft, du würdest am Ende vernünftiger sein als sie – das lebende Ergebnis einer Sünde gegen den Zorant ist nun einmal nicht dazu fähig, diese Sünde auszutilgen.«

Myans heftige Drehung ließ die freien Glinks davonstieben und die angebundenen Vögel aufgeregt schnatternd an den Seilen zerren. »Und was soll dann bitte diese Sünde, die nicht einmal meine ist, austilgen, wenn nicht der ergebene Dienst am Zorant?«

Filo richtete sich zu seiner vollen Größe auf. Sein Mund war ein starrer Strich. »Du kannst sie nicht hinter dir lassen. Du kannst sie nur für den Rest deines Lebens tragen. Dein Vater hatte zumindest den Anstand, genau das zu tun, im Gegensatz zu deiner Mutter. Kein Wunder, dass sie den Schutz des Zorant nicht zurückerlangte und früh starb.«

»Alles hinter sich zu lassen und nie zurückzukehren findest du anständig?«, fauchte Myan haltlos. »Mein Vater ist einfach gegangen und niemand hat je wieder etwas von ihm gehört.«

Filos Augen wurden schmal. Er rückte näher an sie heran, um seinen Ton dämpfen zu können: »Ich habe es dir schon fünfhundertmal gesagt: Er wollte deine Mutter und dich mitnehmen, aber sie weigerte sich, Zorantander zu verlassen. Diese Wahnsinnige behauptete, du seist das Kind des Zorant und müsstest deshalb hierbleiben – als ob die Tochter eines Priesterpaars eine Heilige sein könnte!«

Am liebsten hätte Myan sich die Ohren zugehalten. Sie wollte das alles nicht schon wieder hören. Niemand brauchte ihr zu sagen, dass sie kein Kind des Zorant war. Sie hatte die Ruhe und Sicherheit der Tugendhaften noch nie gefühlt, nicht für einen einzigen Augenblick. Aber sie verdiente eine Chance, jener Sünde zu entkommen, die sie nicht einmal selbst begangen hatte!

»So gesehen muss meine Abreise eine Erleichterung für dich sein.« Myan schob ihr Kinn vor. »Ich werde nämlich die Priester auf dem Pilgerweg begleiten.«

Filos Miene kündigte eine neue Anklage an. »Wenn du die Stadt mit einer Karawane verlassen würdest, wäre es in der Tat eine Erleichterung für mich. Ein Pilgerweg ist jedoch genauso unrecht wie dein ganzer Mummenschanz dort oben auf der Geweihten Höhe. Sieh dich doch an – du hast noch nicht einmal die Tugend des Friedens gemeistert, sondern empörst dich gegen mich, genau wie früher. Es ist mir ein Rätsel, weshalb die Priester dich aufnahmen und warum sie dich behalten. Ich hätte sie für weiser gehalten. Hoffentlich wirst zumindest du noch irgendwann einsichtig und entdeckst das Erbe deines Vaters in dir.«

»Mein Vater war ein Zorantani«, erinnerte Myan Filo durch ihre gefletschten Zähne. Ihre unbändige Lust, die Fäuste in das Gesicht ihres Onkels zu schlagen, verlieh seinen Worten über den Frieden eine grausame Wahrheit.

»Dein Vater wurde aus dem Orden verstoßen, weil er gemeinsam mit deiner Mutter auf das Schwerste gegen die Tugend der Reinheit frevelte. Aber er nahm seine Sünde auf sich und trug die Folgen. Dieses Erbe solltest du in dir finden, Myaniti!« Filo wischte mit dem rechten Zeigefinger durch die Luft, was stets ein Ende der Debatte bedeutete. Seinen Abschiedsgruß deutete er nur mehr an, bevor er ihr den Rücken zuwandte und davonschritt.

Myan hätte schreien können, doch Breungars nachdenklicher Blick und die aufgescheuchten Glinks zwangen sie zur Beherrschung. Erst nachdem die Geschäfte mit Curni abgeschlossen waren und Myan die Lastvögel wegführte, bemerkte sie, dass der junge hellbraune Glink nun doch in ihre kleine Karawane geraten war.

4

Sehnsüchtig dachte Myan an den Sont, den ihr Onkel Filo trug. Die Kapuze ihres Ordensgewandes schützte zwar Kopf und Augen vor der herabsengenden Sonne, schränkte aber ihre Sicht ein. Wann immer sie den Kopf zur Seite wandte, erblickte sie lediglich weißen Stoff. Wenn sie etwas rechts oder links von ihr sehen wollte, musste sie ihren ganzen Oberkörper drehen. Und das war oft notwendig. Der junge hellbraune Glink, den sie Rok genannt hatte, wehrte sich beharrlich gegen die ungewohnte Last auf seinem Rücken. Bei jeder Gelegenheit hackte er mit seinem Schnabel nach den Bündeln. Zur Sicherheit hatte Myan ihren Wasserschlauch dem kurzhalsigen grauen Glink aufgeladen, einem stoischen Karawanenveteranen. Außerdem führte sie Rok einzeln, statt ihn gemeinsam mit den anderen Lastvögeln am Karawanenseil festzubinden. Als er zum unzähligen Mal die Lederbeutel auf seinem Rücken attackierte, zog Myan seinen Kopf dicht an ihren heran.

»Wenn du so weitermachst, gibt es heute Abend Glinkbraten.«

Rok ließ ein aufgebrachtes »Geck« hören und zerrte an dem Seil, um wieder mehr Bewegungsfreiheit für seinen Kopf zu gewinnen. Mit einem Seufzen gab Myan nach. Es war nicht seine Schuld, dass sie ihn auf eine Reise mitnahm, obwohl er noch nie die Arbeit eines Lastvogels verrichtet hatte. Und egal, wie unerträglich er sich aufführte – die Pilger konnten auf keinen der zehn Glinks verzichten.

»Wir sollten ihm eine Jiralnussschale über den Schnabel binden.« Quints Augen glitzerten. Seit sie Zorantander verlassen hatten, war er unbekümmerter denn je. Geradezu ausgelassen.

Myan schüttelte den Kopf und musste danach ihre Kapuze zurechtziehen. »Eine Nussschale würde er einfach zerschmettern. Schließlich ist sein Schnabel hart genug, um ganze Jiralnüsse zu knacken.«

»Weshalb verwenden Karawanen eigentlich Glinks als Lasttiere?«, erkundigte Quint sich nach einer Pause. »Ein Legrom kann fünfmal so viel Gepäck tragen, außerdem sind sie ruhiger und man kann sogar auf ihnen reiten.«

Vor Myans innerem Auge stieg unweigerlich das Bild eines Legroms auf – das Bild eines plumpen, ungefähr hüfthohen Tieres mit Zottelfell, dessen Beine sich über dreizehigen Füßen nach außen bogen. Der lang gezogene, spitz zulaufende Kopf auf einem kurzen Hals verriet die bevorzugte Nahrung der Legroms, nämlich Insekten und die Blätter von Dornbüschen.

»Legroms müssten ihre Kraft darauf verwenden, ihre eigenen Wasservorräte zu tragen. Glinks hingegen können tagelang durchhalten, ohne getränkt zu werden, und gleichzeitig hat man mit ihnen immer einen Notvorrat Wasser bei sich.«

Quint beäugte die neun Lastvögel, die langsam neben den Zorantani durch die Savanne schritten. »Sie speichern also wirklich Wasser in ihren Federkielen?«

Myan sah ihn irritiert an. »Wenn du nicht einmal das weißt, hätte das Hohe Paar dich besser nicht auf diese Reise geschickt.« Betroffen sandte sie ihren unbedachten Worten ein versöhnliches Lächeln hinterher.

Tugendhaft wie immer nahm Quint ihr die Äußerung nicht übel. »Auf der Quaorbat gibt es kaum Glinks, schließlich reisen wir Kuv-Viandri so gut wie nie. Außerdem steht in unserem Namen nicht umsonst ›Kuv‹ – Quelle. Wir müssen nicht so sparsam mit dem Wasser sein, wenn auch viel vorsichtiger … Bei uns sind die Legroms die Arbeitstiere.«

»Glinks speichern wirklich Wasser in ihren Federn.« Zum Beweis rupfte Myan Rok eine kleine Halsdaune aus und presste einen Wassertropfen aus dem Kiel. »Verirrte Karawanen retten sich oft mit Glinkfedern vor dem Verdursten. Wenn die Lage wirklich kritisch wird, sind es dann freilich die Vögel, die als Erste sterben, obwohl sie ohne Menschen noch lange überlebt hätten.«

»Hm …« Quint betrachtete die Tiere noch eingehender. »Die Redewendung ›Rettung bei der letzten Feder des Glinks‹ trifft also nicht nur auf die Karawanenleute zu, sondern auch auf die Vögel.«

»Kein Glink überlebt bis zur letzten Feder«, entgegnete Myan düster.

»Nimm doch nicht alles so ernst!« Quint boxte sie sanft in den Oberarm.

Die unerwartete Berührung brachte Myan ins Stolpern. Reflexhaft ließ sie Roks Führungsleine los, um nicht zu hart am Kopf des Vogels zu reißen. Sofort verdrehte er seinen langen Hals und zerrte an einem der Riemen, die seine Last festhielten.

Quint lachte über die Verrenkungen, stupste aber rasch Roks Kopf beiseite und fing das Führungsseil wieder ein. »Ich kann mir nur schwer vorstellen, ein Tier zu rupfen, das mir auf einer langen Reise ein treuer Gefährte war.«

»Glaub mir, starker Durst macht vieles vorstellbar.« Myan massierte ihr Handgelenk. Roks ständiges Gezerre hatte es bereits steif werden lassen. »Auf einem meiner Karawanenzüge bestand mein Onkel darauf, wegen eines heraufziehenden Sandsturmes die letzte Wasserstelle vor unserem Ziel zu umgehen, auf einer geschützteren Route durch ein Felstal. Unsere Vorräte waren lange vor Mittag aufgebraucht und obwohl ich wusste, dass wir zu Mitternacht in Pock ankommen würden, sahen die Glinks mit jedem Schritt mehr wie Wasserschläuche aus und weniger wie Lebewesen. Seitdem weiß ich, wie schnell alle Bedenken dahin sind, wenn die Zunge am Gaumen klebt und das Blut zäh wie Sirup durch die Adern kriecht.«

Myan und Quint stapften für eine Weile schweigend über den harten Savannenboden, dann machte die kleine Karawane plötzlich halt.

Myan runzelte die Stirn. »Machen wir etwa noch einmal Rast? So spät am Nachmittag?«

Tehlis klare Stimme belehrte sie sogleich eines Besseren: »Wir schlagen hier unser Nachtlager auf. Diese Felsen werden uns vor dem Wind schützen, sodass wir die nächtliche Kälte nicht so stark zu spüren bekommen.«

Die anderen Priester und die Adepten sahen Tehli abwartend an. Weil sie nichts weiter sagte, sondern stattdessen fragend in die Runde blickte, entstand eine ratlose Stille. Langsam dämmerte Myan das Problem: Die Höchsten hatten keinem der Paare die Führung auf dem Pilgerweg anvertraut. Vielleicht zu Recht – keiner von den sechs war jemals durch die Wüsten und Savannen gereist. Sie selbst wusste genau, wie man ein Nachtlager aufschlug – Lurethe und Jivirokan hatten sie genau aus diesem Grund auf den Pilgerweg geschickt. Aber als Adeptin durfte sie nicht über den Kopf der Zorantani hinweg die Führungsleine der Karawane ergreifen. Unruhig kaute Myan auf ihrer Zunge. Zum Schluss beendete ausgerechnet der zögerliche Breungar die allgemeine Starre:

»Nun, lasst uns die Glinks von ihren Lasten befreien … Schlafrollen, Wasser und Nahrungsmittel laden wir am besten hier ab, direkt neben den Felsen …«

Die Zorantani tasteten sich so zaghaft an ihre Aufgabe heran, dass Myan allein durch ihre flinkeren Handgriffe einige Ordnung schaffen konnte. Nichtsdestotrotz reizte die Gedankenlosigkeit der Priester sie immer mehr. Sie musste die Futtervorräte für die Glinks – Jiralnüsse und getrocknete Käfer – aus der Reichweite der Vögel schaffen. Sie holte den Großteil der Nussschalen, die nach der Fütterung übrig geblieben waren, aus der künftigen Feuerstelle und füllte sie in einen leeren Sack. In der Dornsavanne war auch anderes Brennmaterial vorhanden, deshalb sollten die Schalen für spätere Lagerplätze aufgehoben werden. Bei der gleichen Gelegenheit verlagerte Myan die Feuerstelle an einen besser geeigneten Platz.

Zuletzt rettete sie die Glinks davor, sich heillos in dem Karawanenseil zu verwickeln. Irgendjemand hatte nur ein Seilende um einen Dornbusch gebunden, statt die Leine zu spannen. Zähneknirschend befestigte Myan das andere Ende um einen weiteren Dornbusch und zerkratzte sich wegen ihrer unbeherrschten Bewegungen die Hände. Danach sprach sie fünfmal lautlos den Segen der fünf Tugenden, um sich zu beruhigen. Unter den Zorantani brach indessen eine lebhafte Diskussion aus, wie viel Essen für das Nachtmahl gekocht werden sollte.

Girestuur bestand auf »Mäßigkeit!«, während Frullenie ebenso vehement nach größeren Portionen verlangte:

»Eine Tageswanderung durch die Savanne kostet viel mehr Kraft als ein Tag in Zorantander. Außerdem war schon unser Mittagsbissen ungewöhnlich karg, weil in der sengenden Hitze niemand großen Appetit gehabt hatte.«

»Friede!«, gemahnte Jalongint. »Wir machen besser weniger Propknolleneintopf, denn er hält sich in dieser Hitze nicht. Wer danach noch hungrig ist, isst eben mehr von den getrockneten Früchten. Wir müssen uns erst auf unserer Wanderung zurechtfinden. Nach einiger Zeit werden wir wissen, was wir brauchen und wie wir die Ordensregeln auf unserem Pilgerweg am besten befolgen können.«

»Wir sind auf dem Pilgerweg des Zorant«, plusterte Girestuur sich auf. »Also müssen wir die Regeln in ebenso großer Treue befolgen, wie wir es zu Hause tun würden. Haben wir nicht auch bei Sonnenaufgang haltgemacht, um den Morgengesang anzustimmen?«

Jalongint blieb gelassen. »Ich sprach durchaus für die Einhaltung der Regeln – und natürlich für die Tugend der Mäßigkeit. Wir sollten uns allerdings darauf vorbereiten, dass manche unserer Gesetze nicht auf einen Pilgerweg zugeschnitten sind. Wenn eines davon unseren besonderen Weg des Zorant gefährden sollte, wäre es unklug, es wortgetreu einzuhalten.«

»Die Regeln nicht einzuhalten, hieße die Tugend der Treue zu verletzen und den Weg der fünf Tugenden zu verlassen.« Girestuur hob einen Zeigefinger. »Das ist undenkbar.«

Weil Frullenie gerade den Kessel auf die Steine in der Feuerstelle niederscheppern ließ, täuschte Jalongint vor, Girestuur überhört zu haben. Seelenruhig massierte der betagte Priester Tehlis Füße. Unter einer plötzlichen Welle von Müdigkeit plumpste Myan auf einen Felsbrocken nieder und betrachtete Jalongint gedankenverloren.

Sie hatte bisher nicht viel mit dem kahlköpfigen Zorantani zu tun gehabt. Er war zusammen mit seiner Schwester für die Sauberkeit und Ordnung in der Seegrotte verantwortlich. Zweifellos setzte die Sonne ihnen beiden besonders zu, weil sie so viel Zeit in der dunklen Grotte verbracht hatten. Aber die zahllosen Stufen, die Tehli und Jalongint täglich im Felsen von Zorantander gegangen waren, hatten sie rüstig gehalten. Nur Tehlis Rücken begann sich etwas zu beugen. Dafür schien sie alles Haar, das ihrem Zorantanibruder ausgegangen war, auf ihrem eigenen Haupt gesammelt zu haben, in einem dichten weißen Teppich von hochstehenden Borsten.

Im Orden galten Jalongint und Tehli als Musterbeispiel für die Bindung, die zwischen verschwisterten Priestern herrschen sollte. Gerade in diesem Moment wurde ihre Harmonie besonders deutlich. Während Jalongint Tehlis Füße massierte, rieb sie seinen kahlen, rundlichen Schädel mit einem schützenden Öl ein. Am Ende stieg auf den faltigen Gesichtern ein vertrautes, friedliches Lächeln auf. Myan musste sich zusammenreißen, um endlich ihren Blick abzuwenden. Solche Harmonie würde sie nie gewinnen, wenn die Priester im Orden ihr entweder so zuwider waren wie Girestuur oder so anziehend wirkten wie Quint. Wie meisterten nur die anderen Zorantanipaare das enge Leben miteinander?

Möglichst unauffällig betrachtete Myan ihre übrigen Reisegefährten. Der nachdenkliche Breungar und die quicklebendige, energische Frullenie kamen trotz ihrer Gegensätze gut miteinander aus. Doch im Vergleich zu Tehli und Jalongint war ihre Bindung lose – voll Respekt, aber ohne geschwisterliche Liebe. Hinter Kedjankys Schweigsamkeit ahnte Myan Abneigung gegen Girestuur, weil die Priesterin voller Wärme und Weisheit sprach, solange ihr Bruder nicht in der Nähe war. Oder Myan sah nur Gespenster, in der Hoffnung, dass ihre eigene Abneigung kein Zeichen für ihre Tugendlosigkeit war …

Unwillig blinzelte Myan in den verblassenden Sternenhimmel. Wenn sie jetzt nochmals einschlief, würden die Priester sie kurz vor dem Morgengebet wahrscheinlich aus dem tiefsten Schlummer reißen. Besser, sie blieb gleich wach, obwohl sie nach dieser Nacht weit davon entfernt war, sich frisch und ausgeruht zu fühlen. Die Reisematten aus geflochtenem Palmenbast und Legromfilz polsterten den harten, unebenen Savannenboden nur ungenügend aus. Und die nächtliche Abkühlung wurde lediglich in der Stadt erleichtert willkommen geheißen. In der freien Landschaft geriet sie zu einer empfindlichen Kälte, die sich unaufhaltsam in die dicken, mit Glinkdaunen gefütterten Schlafsäcke stahl.

Deshalb schliefen die Pilger in einer engen Reihe. Zuerst war Myan noch froh darüber gewesen, Quint und Breungar neben sich zu haben, statt etwa Girestuur. Doch zu ihrem Unglück war Breungar ein lautstarker Schnarcher und dass Quint sie mehrmals unabsichtlich trat, war weniger schlimm gewesen als der Arm, den er im Tiefschlaf um sie geschlungen hatte. In dieser Stunde war es Myan zu warm geworden. Aber trotz ihres Gefühlsgewirrs, das die Tugend der Reinheit wanken ließ, hatte sie es sich nicht erlauben können, Quint wegzuschieben, weil er am Ende der Reihe lag, wo die Kälte am härtesten zuschlug.

Viel zu langsam für Myans Geschmack erhoben die Priester sich auf ihre mit Blasen übersäten Füße und streckten die muskelkatergeplagten Körper. Naserümpfend beschwerte Girestuur sich darüber, dass nicht genug Wasser zum Waschen und zum Trinken vorhanden war. Nach dem Morgengesang bereiteten die Ordensleute umständlich ihr Frühstück zu, rollten die Schlafsäcke in ihre Matten und bürdeten die Lasten den Glinks auf.

Myan brannte bereits vor Ungeduld, als die kleine Karawane sich endlich in Bewegung setzte. Doch die Zorantani kamen weiterhin quälend langsam voran. Kurz nach Mittag erreichten sie jenen Brunnen, an dem Karawanenleute ihr erstes Nachtlager nach der Abreise aus Zorantander aufschlugen. Voller Grimm kurbelte Myan Wasser hoch und wandte sich zuletzt an Frullenie:

»Ehrwürdige Mutter, wir halten die üblichen Karawanenetappen nicht ein. Das ist gefährlich, weil die Empfehlungen für die jeweils notwendigen Wasservorräte nicht mehr stimmen. Jeder von uns sollte einen zusätzlichen Wasserschlauch tragen.«

Bevor die Priesterin antworten konnte, mischte Girestuur sich ein: »Du wagst es, Priester zu kritisieren, die seit Jahrzehnten in unverbrüchlicher Treue dem Zorant dienen? Sprich dann weiter, wenn du einmal so weit bist – falls du dich jemals als würdig erweisen solltest! Natürlich sind wir keine Karawanenleute, die in maßloser Gewinnsucht von Stadt zu Stadt hetzen. Wir gehen in Mäßigkeit unseren Pilgerweg und müssen dabei Rücksicht auf die Würdigsten unter uns nehmen.« Er deutete auf Jalongint und Tehli. Trotz ihrer ruhigen Mienen trat die Erschöpfung der zwei Ältesten deutlicher hervor als die der übrigen Pilger. »Meinst du wirklich, dass du diesen Priestern einen Wasserschlauch über die in Würde gebeugten Schultern hängen kannst?«

»Natürlich, wenn es sie vor dem Verdursten rettet«, fauchte Myan, von jäher Wut überwältigt. »Würde ist hier draußen nichts, Wasser ist alles. Gerade aus Rücksicht auf diejenigen, die nicht von Brunnen zu Brunnen hetzen können, müssen wir zusätzliche Vorräte mitnehmen.«

Empört warf der Zorantani den Kopf in den Nacken. »Was für eine Unverschämtheit! Du hast noch nicht einmal einen kleinen Zeh auf den Weg der fünf Tugenden gebracht und schwächst den Schutz, den der Zorant uns gewährt. Das Hohe Paar machte einen riesigen Feh–« Girestuur stockte und verbesserte sich schleunigst: »Das Hohe Paar ließ zu große Milde walten und setzte zu große Hoffnungen in dich. Wenn unser Pilgerweg scheitern sollte, dann wegen dir.«

Trotz der mittäglichen Sonnenglut schauderte Myan unter ihrem Ordensgewand. Ihre Wut erlosch, wie von nächtlicher Kälte erstickt. Mit ihren wütenden Worten hatte sie gerade vor aller Augen die Tugenden des Friedens, der Gleichheit und der Mäßigkeit verletzt. Girestuur durchschaute sie. Unfähig, ihren Blick von seinen kältesprühenden Augen zu lösen, hörte Myan, wie Frullenie energische Worte äußerte. Deren Bedeutung sickerte erst in ihr Bewusstsein, als Quint einige leere Wasserschläuche brachte:

»Wer sich kräftig genug fühlt, trägt einen zusätzlichen Wasserschlauch.«

Beim Aufbruch blieben nur Tehlis Schultern frei von der neuen Last. Girestuur reihte sich demonstrativ am Ende der kleinen Karawane ein, wo Myan Rok einzeln am Seil führte. Der Glink gebärdete sich immer störrischer. Entweder würgten die stechenden Blicke des Priesters ihn genauso wie Myan oder die Anspannung färbte auf ihn ab. Irgendwann riss er die Führungsleine aus ihrer Hand und hackte mit seinem Schnabel nach den Lederriemen, die sich über seinen Rücken spannten. Im nächsten Moment lag die ungeliebte Last um seine Füße verstreut. Zum Glück war der Glink zu überrascht, um auf Nimmerwiedersehen in die Freiheit zu laufen.

»Aber du bist die Karawanenexpertin, ja?« Nach seiner schneidenden Frage eilte Girestuur an Myan vorüber, um die anderen Pilger anzuhalten. Mit großer Geste bot er Tehli einen Trunk aus seinem Wasserschlauch an.

Myan rieb sich mit einem Ärmel übers Gesicht – vorgeblich, um sich den Schweiß abzuwischen. In Wahrheit trocknete sie Tränen, die jedoch sofort nachflossen. Was war bloß los mit ihr? Auf dem Pilgerweg sollte doch alles anders werden. Sie war sicher gewesen, dass die Strapazen sie dazu zwingen würden, sich ganz den fünf Tugenden zu beugen. Stattdessen kämpfte sie noch härter als in Zorantander. Nach nur eineinhalb Tagen hatte sie jede Tugend mindestens einmal verletzt. Frieden, Gleichheit und Mäßigkeit waren im Streit um die Wasserschläuche gebrochen worden. Was sie nachts in Quints Umarmung empfunden hatte, stand der Tugend der Reinheit fern. Und somit konnte von der Treue, die ja zuallererst Treue zu den fünf Tugenden meinte, gar keine Rede mehr sein.

Hier, in dieser kleinen Gruppe, konnte sie ihre Verfehlungen nicht länger verbergen. Girestuur hatte einfach den schärfsten Blick, aber auch die anderen Priester würden allzu bald ihre Unwürdigkeit erkennen. Vielleicht war es an der Zeit, der Wahrheit ins Auge zu sehen, Onkel Filo recht zu geben und ihre Heimat mitsamt dem Orden hinter sich zu lassen.

»Nimm dir Girestuur doch nicht so zu Herzen«, ertönte plötzlich Quints Stimme neben ihr. »Er ist ein Kirollor.«

Myan wusste nicht, was ein Kirollor war, aber es klang wie ein Schimpfwort. Erschrocken starrte sie Quint an, der völlig ungerührt Roks Führungsleine an einem Dornbusch festband und sich daranmachte, die Last des Glinks wieder einzusammeln.

»Girestuur ist ein Priester«, brachte Myan heiser hervor. »Und er hat recht. Ich habe noch nicht einmal einen kleinen Zeh auf den Weg des Zorant gebracht.«

Nun war es heraus, schlimmer konnte es nicht werden. Sie gab sich einen Ruck und bückte sich ebenfalls nach einem Bündel.

Quint verschwand unter Roks Bauch, um die Gurte des verrutschten Tragegeschirrs zu richten. »Wer von uns könnte behaupten, einen Zeh auf den Weg des Zorant gebracht zu haben?«

Myan verzog verzweifelt das Gesicht. Wenn er ihr Mut zusprechen wollte, musste er überzeugendere Worte wählen. So zu tun, als ob er selbst hilflos auf der Suche nach dem rechten Pfad wäre, war kindisch. Dasselbe auch noch den Zorantani zu unterstellen, schrie geradezu vor Unglaubwürdigkeit.

»Für die Priesterweihe braucht es wahrlich mehr – nämlich beide Füße auf dem Weg und das ohne jegliches Stolpern.«

Zur Antwort hob Quint nur eine Braue und lächelte.

»Was soll dieses Lächeln? Hat etwa ein Priester eine der fünf Tugenden verletzt, so wie ich?« Myan vollführte eine ungelenke Bewegung, während sie sich gerade noch davon abhielt, mit ausgestrecktem Finger auf ihre Reisegefährten zu zeigen.

»Allerdings.« Quint reichte ihr das Ende eines Lederriemens, damit sie Roks Last auf ihrer Seite festbinden konnte. »Girestuur verletzte zum Beispiel die Tugenden der Gleichheit und des Friedens, als er dich anfuhr.«

Mechanisch schlang Myan einen Knoten. »Die Gleichheit? Ich bin noch eine Adeptin, Girestuur ein Priester. Er muss reagieren, wenn ich gegen die Tugenden verstoße.«

Quint winkte grinsend ab. »Seit wann gilt die Tugend der Gleichheit nur unter denjenigen, die ohnehin auf der gleichen Stufe stehen? Wird sie dadurch nicht widersinnig? Und nur weil jemand ein geweihter Zorantani ist, steht er noch lange nicht immer auf dem Weg der fünf Tugenden. Das ist unmöglich.«

Myan ließ ihren Blick über die Priester schweifen. Sie strahlten immer diese Ruhe und Sicherheit aus, die nur von vollkommener Tugendhaftigkeit kommen konnte …

»Aber ein Zorantani gesteht sich seine Verfehlungen sofort ein, bekämpft sie und tut Buße.«

Für einen langen Moment sah Quint ihr stumm in die Augen. Dann sagte er ungewöhnlich ernst: »Manche. Bei Weitem nicht alle.«

Er band Rok los und schloss zu den anderen Pilgern auf. Myan blieb mit dem völlig absurden Eindruck zurück, dass Quint nur sie zu den vorbildlichen Menschen zählte und niemand anderen – nicht einmal sich selbst.

Myan bemerkte kaum, wie Girestuurs Sticheleien am nächsten Tag verstummten und die Sonne den Frost aus seinem verdrießlichen Blick brannte. Mit am Gaumen klebender Zunge war sie zu dankbar für die zusätzlichen Wasserschläuche, um zu triumphieren. Endlich hatte sich der ersehnte Karawanenmodus eingestellt. In diesem

Zustand zählte nichts außer dem nächsten Schritt und dem nächsten Schluck Wasser, der nicht zu verschwenderisch, aber auch nicht zu sparsam ausfallen durfte. Jeder andere Gedanke wurde von der flirrenden Hitze aufgesogen.

Erst am nächsten Felsbrunnen, nachdem alle sich satt getrunken hatten, kehrten Myans Sorgen über die nicht eingehaltenen Karawanenetappen zurück. Diesmal hatten die zusätzlichen Schläuche und strenge Rationierung sie vor Schlimmerem bewahrt, aber noch befanden sie sich auf dem einfachsten Abschnitt ihrer Reise. Zum Glück teilte jemand ihre Bedenken.

Jalongint ließ einen überaus ernsten Blick über die Pilger schweifen. »Würden unsere Essensvorräte für einen oder zwei Tage mehr ausreichen? Meiner Meinung nach sollten wir unsere heutige Etappe nämlich hier beenden und auch morgen nicht weiterziehen. So können wir hoffentlich genügend Kraft sammeln, um danach die üblichen Karawanenetappen einzuhalten.«

Girestuur räusperte sich. Nachdem alle Köpfe sich in seine Richtung gewandt hatten, sagte er: »Auf der Strecke zwischen Zorantander und Miliant verdurstet man nicht, dank der vielen Felsbrunnen aus dem Erbe der legendären Liant. Wir befinden uns auf einer Pilgerreise. Aus Treue zum Weg des Zorant dürfen wir uns keine lange Rast erlauben.«

»Vorgestern hast du uns noch daran erinnert, wie wichtig die Mäßigkeit auf unserem Pilgerweg ist.« In Frullenies Stimme schwang ein wenig Häme. »Wenn die Mäßigkeit für unsere Geschwindigkeit gilt, dann gilt sie auch für die Dauer unserer Reise. Ich bin auf jeden Fall für einen Rasttag, damit wir nachher fähig sind, die Karawanenetappen einzuhalten. Nahrungsmittel können wir in der Kliepharr-Oase nachkaufen.«

Girestuur öffnete den Mund, doch Tehli kam ihm zuvor: »Ich wäre dankbar für einen Rasttag. Er würde mir helfen, mich an die Anstrengungen zu gewöhnen und den Dienst am Zorant mit frischer Kraft wieder aufzunehmen.«

Die Rücksicht auf die ältesten Pilger, die Girestuur Myan am Vortag abverlangt hatte, fiel nun auf ihn zurück und verurteilte ihn zum Schweigen. Er starrte mit verzerrter Miene vor sich hin.

»Wir sollten es vermeiden, so früh auf unserer Reise ungeplant Geld für Vorräte auszugeben«, überlegte Breungar schleppend in die Stille hinein. »Wenn wir länger brauchen, müssen wir eben auch unsere Essensvorräte dementsprechend einteilen.«

»Du hast recht.« Frullenie nickte. »Trotzdem ist es gut zu wissen, dass notfalls vorgezogene Einkäufe möglich wären. Was meinst du, Kedjanky? Du hast als Einzige noch nichts zu Jalongints Vorschlag gesagt.«

Die Priesterin vermied es sorgfältig, ihren Bruder anzusehen und wählte ihre Worte ebenso sorgfältig: »Unser Weg im Dienst des Zorant wäre sicherer, wenn wir die Karawanenetappen einhielten. Es mag sich also lohnen, während eines Rasttages neue Kräfte zu sammeln.«

Jalongint nickte. »Es ist also beschlossen. Wir rasten bis morgen.«

Myan verbiss sich den Hinweis auf die schwindenden Futtervorräte für die Glinks und führte die Vögel stattdessen bei der ersten Gelegenheit zu einem dichten Dorngebüsch, wo sie nach Insekten suchen konnten. Rok pickte hungrig nach grünen Glanzkäfern, bis er mit einem plötzlichen Ruck beinahe Myans Arm auskugelte. Alarmiert musterte sie den Boden, in der festen Überzeugung, ein gefährliches Tier zu entdecken. Sandläufer dürfte es in der Felswüste keine geben, aber Springstecher oder Zangenkriecher versteckten sich gern in solchen Gebüschen. Zuletzt lachte sie erleichtert auf.

»Das ist doch nur ein ganz normaler Glanzkäfer – eben violett, statt grün. Bist du einer von denen, die ausschließlich das fressen, was sie kennen?«

Liebevoll streichelte sie Roks Hals. »Wenn du Angst vor dem Unbekannten hast, sollte ich dich vielleicht einmal mit den Bündeln vertraut machen, die du jeden Tag auf deinem Rücken trägst …«

Die übrige Strecke nach Miliant überstand Myan ohne schweren Bruch mit den Tugenden. Rok entpuppte sich als musterhafter Lastvogel, sofern sie ihm beim Aufladen jedes Bündel kurz vor den Schnabel hielt, und die Pilger meisterten die Karawanenetappen mit jedem Tag leichter. Sie erreichten ihr erstes Ziel ohne quälenden Durst und ohne ungeplante Nahrungsmittelkäufe.

Wer sich Miliant näherte, sah nichts außer einer mächtigen Mauer aus schwarzgrauen Steinquadern. Kein Gebäude ragte über ihre Krone hinaus, denn die Stadt lag in einer Schlucht. Der Legende nach hatte das verschwundene Volk der Liant nicht nur die Felsbrunnen in der Harreischen Dornsavanne gebohrt, sondern auch die Schlucht von Miliant eigenhändig aus dem Boden herausgebrochen. In Wahrheit war sie durch den Einsturz eines gewaltigen Hohlraumes entstanden, der bis zu jenen Grundwasserschichten hinabreichte, aus denen die Brunnen gespeist wurden. Die Terrassen für die Häuser wiederum waren durch den Abbau der Steine für die Mauer geschaffen worden.

Der vier Meter hohe Steinring umfasste nicht nur die Schlucht, sondern auch Äcker und Gärten, doch diese versorgten die Stadtbewohner gerade mit dem Nötigsten. Die Böden der Dornsavanne waren karg und die Bedienung der großen Pumpen für die Bewässerung der Felder mühsam. Trotzdem rühmte Miliant sich, die angenehmste Stadt der Wüsten und Savannen zu sein. Anders als in den Wogopeischen Trichtern, wo die Sonne auf die brackigen Bodenseen herabbrannte, warfen die steilen Wände der Schlucht kühle Schatten auf das klare Wasser des Blauen Auges.

Nach der gleißenden Sonne über der graubraunen Savanne war bereits der Anblick der Felder hinter der Mauer überaus willkommen. Die tiefe Kluft, die sich hinter dem grünen Stadtrand von Miliant öffnete, kam für Myan jedoch wie ein Schock, obwohl sie bereits mit ihrem Onkel hier gewesen war. Dieses riesige längliche Loch im Boden, das in schmalen, verschatteten Stufen bis zu dem tiefblauen See abfiel, war der krasse Gegensatz zum aufstrebenden, goldgeäderten Felsen von Zorantander. Die Priester starrten noch viel fassungsloser in den Schlund der Harreischen Dornsavanne. Zuletzt juckte es Myan in den Fingern, Kedjanky das Führungsseil der Glinks aus der Hand zu nehmen. Die Pilger standen mitten auf der Straße und blockierten den Weg. Nicht einmal nach dem Abklingen des Schocks bemerkten sie ihre Unachtsamkeit.

Tehli breitete strahlend die Arme aus. »Wahrlich, jetzt ist Zeit für ein Dankgebet. Wir haben das erste Ziel erreicht. Der Zorant wacht über uns und unter seinem Segen fügen wir dem Schutzschild, den er über uns ausspannt, eine neue Schicht hinzu.«

Die Priester senkten die Köpfe und steckten ihre Hände in die Ärmel. Myan platzte beinahe vor dem Verlangen, die Reihe der Glinks zumindest an den Straßenrand und damit aus dem Weg zu ziehen. Alles Bemühen, sich auf das Gebet zu konzentrieren, war vergeblich. Unbändiger Zorn auf sich selbst wallte in ihr hoch. Auf dem Pilgerweg gab es nichts Wichtigeres als das Erreichen eines Etappenziels – und sie dachte an Glinks. Sie würde nie den Schutz des Zorant fühlen, wenn sie nicht alle ihre Gedanke treu auf seinen Pfad zu richten vermochte. Sie musste sich noch mehr anstrengen.

Frullenies Stimme riss Myan aus ihrem fieberhaften Bemühen um Versenkung ins Gebet: »Wo befinden sich denn die Karawansereien?«

»Auf den obersten Terrassen, wo sonst?«, schnauzte Myan die Priesterin an.

Wer in aller Welt würde schwer beladene Karawanen tiefer in die Stadt hinunterleiten? Frullenies irritierter Blick ließ Myan gegen eine Mauer aus Reumütigkeit prallen.

»Verzeiht, ehrwürdige Mutter. Ich … ich war noch zu sehr in der Freude darüber versunken, am ersten Ziel angekommen zu sein.«

Ihre Lüge erfüllte Myan endgültig mit Übelkeit. Sie hatte in drei Sätzen gegen Treue, Friede, Gleichheit und Mäßigkeit verstoßen – im selben Moment, in dem sie sich vorgenommen hatte, noch härter um Tugendhaftigkeit zu kämpfen.

Frullenie und Breungar machten sich auf den Weg, um Quartier in einer Karawanserei zu finden. Während sie die Glinks endlich am Straßenrand unterbrachte, um den Weg freizugeben, sprach Myan stumm ein Bußgebet. Doch die Worte zerfielen zu Staub wie eine leere, spröde gewordene Hülle, die niemals mit dem richtigen Inhalt gefüllt worden war.

5

Da fühlt man sich fast wieder wie zu Hause.« Tehli lächelte Jalongint zu. »Erst geht es unzählige Stiegen abwärts und am Ende der Treppen liegt ein See. Nur brauchen wir hier keine Öllampen.«

Ihr Bruder erwiderte das Lächeln nur flüchtig, während er sich umsah und dabei sein Kinn rieb.

»In dieser düsteren Felsspalte wären Öllampen keineswegs fehl am Platz.« Würdevoll ordnete Girestuur die Falten seines Gewandes.

Dieses eine Mal musste Myan ihm zustimmen. Am Ufer des Blauen Auges war es tatsächlich düster genug, um den Wunsch nach einer Lampe zu wecken, obwohl bis zum Sonnenuntergang noch einige Stunden blieben. Die Kühle, die sie beim Abstieg begrüßt hatte, kroch ihr nun unangenehm feucht unter die Tunika. Oben an den Rändern der Schlucht sah der schwarzgraue Fels nur so aus, als ob er nass glänzen würde. Hier unten war er wirklich feucht und glitschig. Myan fühlte sich eingesperrt, bis sie bemerkte, wie angenehm die Luft durch ihre ausgetrocknete Kehle strich. Sie nahm einige tiefe Atemzüge und gewann endlich genug Ruhe, um das Blau des Sees zu bewundern. Neben ihr ließ Quint seine Hand fast zärtlich über den nassen Fels streichen, die Augen glitzernd vor Begeisterung und Neugier.

Vor dem Palastportal straffte Myan entschlossen ihre Schultern. Jetzt galt es herauszufinden, warum die Ordensleute zu Miliants Herrscherdynastie gerufen worden waren. Erstaunlich kurz nach ihrer Ankunft in der Karawanserei hatte ein Diener die Aufforderung gebracht, im Palast zu erscheinen. In seltener Einigkeit hatten

Girestuur und Frullenie diese Aufmerksamkeit für eine Ehre gehalten, während Breungar, Tehli und Jalongint ihr mit Misstrauen begegneten. Ihr Pilgerweg, so meinten sie, betraf allein Zorantander; mit den Geschäften der Städte, die sie besuchten, hätten sie nichts zu schaffen. Vor allem wollten sie kein Aufsehen erregen und keine Fragen zu ihrer ungewöhnlichen Reise beantworten. Dennoch war es undenkbar, dem Wunsch der Liant-Ris – den selbst ernannten Erben der legendären Liant – nicht zu folgen.

Also hatten die Priester und die Adepten sich an den langen Abstieg zum Boden der Schlucht gemacht. Der Palast schmiegte sich um eine Uferbiegung des Blauen Auges. Aus der Nähe sah er wie ein lang gezogener, nicht besonders hoher Steinhaufen aus, da er aus unbehauenen Felsbrocken und völlig fensterlos errichtet worden war.

»Ich hätte ein prunkvolleres Gebäude erwartet«, raunte Quint Myan zu, während sie sich hinter den Priesterpaaren einreihten.

Vor dem Übertreten der Schwelle gab Myan ihrem Adeptenbruder recht. Aber schon in der Vorhalle erkannte sie ihren Irrtum. Aus den groben Felsbrocken ragten unzählige pyramidenförmige Kristalle hervor, deren kühl schimmerndes Blau den Raum in ein geisterhaftes Licht tauchte. Schlagartig erinnerte sie sich: Sie war in der Stadt der Feuerkristalle angekommen.

Diese gefährlichen Juwelen konnten niemals zu Schmuck verarbeitet werden, denn das kalte Aussehen des Feuerkristalls täuschte. Sobald er von seinem Mutterfelsen losgebrochen wurde, strahlte er eine unglaubliche Hitze aus, die alles Brennbare im Umfeld des Kristalls verkohlen ließ, bis er am Ende selbst verglühte. Die erste Strophe des Morgengesangs der Zorantani gemahnte daran, dass jeder, der sich von der Treue lossagte, genau auf diese Weise verglühen würde. Unweigerlich stieg Sorge in Myan auf. Der heiße Zorn, der so oft in ihr hochbrodelte, kam von ihren vielen kleinen Brüchen mit der Treue. Würde sie eines Tages daran verglühen?

Nur Quints Griff nach ihrem Ärmel bewahrte Myan davor, gegen Frullenie zu stoßen. Energisch rief sie sich in die Gegenwart zurück. Die Pilger waren im Audienzsaal angelangt. Würdevoll neigten sie ihre Köpfe vor den Liant-Ris, die Hände in die weiten Ärmel geschoben. Das älteste Priesterpaar an der Spitze der Gruppe sprach im Chor:

»Wir grüßen Euch im Namen der fünf Tugenden. Treue, Friede, Reinheit, Gleichheit und Mäßigkeit.«

Zur Antwort ertönte das Gebrüll eines kleinen Kindes. Die Herrscher von Miliant regierten tatsächlich als Dynastie. Bei jeder Zeremonie oder Audienz war die gesamte Familie zugegen und jede Entscheidung wurde gemeinsam getroffen. Sobald ein Kind sich aus eigenem Antrieb für oder gegen eine Angelegenheit entschied, wurde auch seine Stimme gezählt – egal, wie alt es sein mochte. Allein der Familienvorsitz blieb jenen vorbehalten, die bereits ihren siebzehnten Geburtstag gefeiert hatten. Aber auch er wechselte alle vierundvierzig Tage. Eine komplizierte Liste bestimmte, wer als Nächstes den besonders langen und spitzen Feuerkristall erhielt, der das Zeichen des Vorsitzes war.

Die junge Frau, die das Zepter heute hielt, tat es wohl zum ersten Mal. Sie konnte höchstens achtzehn sein. Nervös trat sie von einem Fuß auf den anderen, während sie darauf wartete, dass das Kind sich beruhigte.

Endlich kam ihre Antwort mit zitternder Stimme: »Seid gegrüßt, Ihr ehrwürdigen Priester des Zorant, im Namen des Blauen Herzens von Miliant. Die Liant-Ris heißen Euch willkommen.«

»Wir danken für Euer Willkommen«, gaben Tehli und Jalongint zurück. Danach blickten sie die Kristallträgerin erwartungsvoll an.

Die junge Frau schwieg. Fahrig wickelte sie eine ihrer rotbraunen Locken um den Zeigefinger.

Jalongint musste erneut das Wort ergreifen: »Wir schätzen die Ehre, in Euren Palast gerufen worden zu sein. Wir wissen jedoch nicht, womit wir sie verdient haben.« Sein Ton war respektvoll, ließ aber seine Zweifel an der erwähnten Ehre durchklingen.

Eine alte Frau schlurfte an der Kristallträgerin vorbei und fixierte Jalongint mit einem Blick voll beißender Ironie. »Seit langer Zeit hat kein Zorantani mehr einen Fuß in die Wüsten und Savannen gesetzt. Wie könnten wir also acht Priester, die Miliant mit einem ihrer überaus seltenen Besuche ehren, nicht zu einer Audienz laden? Wir wissen, was wir den Gebietern unserer fernen Nachbarstadt schuldig sind – im Gegensatz zu diesen Nachbarn, offenbar. Warum habt Ihr am Stadttor nicht den Auftrag gegeben, uns von Eurer Ankunft zu benachrichtigen?«

»Wir behelligen unsere Nachbarn nicht mit unserem bescheidenen Ordensdienst«, erwiderte Tehli sanft. »Wir sind als Diener des Zorant nach Miliant gekommen, nicht als Gebieter über unsere Stadt.«

Die Alte verzog ihr Gesicht zu einem schlauen Grinsen und schlurfte die Reihe der Pilger entlang. Jeden durchbohrte sie mit einem stechenden Blick. Myan erschrak beinahe über diese Augen, ebenso kühl und blassblau wie der Feuerkristall an den Wänden. Quint bedachte die Frau hingegen mit einem charmanten Lächeln, was diese mit einem missbilligenden Stirnrunzeln quittierte.

»Ihr Priester verlasst Euren Felsen nicht für irgendeinen Dienst am Zorant, der für die anderen Völker unbedeutend ist.« Quälend langsam machte die Alte sich auf den Weg zurück in die Reihen ihrer Familie. »Hinter dieser Reise steckt mehr.«

Tehlis Entgegnung kam immer noch ruhig, aber mit größerem Nachdruck: »Alles, was hinter unserer Reise steckt, ist den Völkern der Wüsten und Savannen bereits bekannt. Ohne Zweifel wisst auch Ihr von der Bedrohung durch den Kriegerkönig. Wir haben uns auf einen Pilgerweg begeben, um den Schutzschild unserer Stadt zu stärken. Wir reisen für Zorantander allein.«

»Zorantander allein«, wiederholte die Alte böse. »Dass es Euch Priestern nur um Eure Stadt und um Eure Haut geht, weiß sogar der dümmste Sandkopf. Ihr spinnt Eure Ränke und versteckt Euch hinter Eurer Steinschale. Nicht einmal jetzt denkt Ihr an die anderen Völker – obwohl sie leiden werden, weil dieser Kriegerkönig alle Städte erobern wird, die auf seinem Weg nach Zorantander liegen. Statt ihnen zu helfen und Korotimber Einhalt zu gebieten, wollt Ihr Eure Macht noch vergrößern, in aller Heimlichkeit. Hinter dieser Reise kann nichts Gutes stecken, sonst hättet Ihr uns Eure Ankunft nicht verschwiegen. Ihr wollt Euch auf Kosten anderer gegen den Kriegerkönig wappnen – ohne Zweifel mit noch größerer dunkler Magie. Gesteht Eure Pläne!«

»Großtante!« Eine mahnende, hohle Stimme unterbrach das Kreischen der Alten. »Erinnere dich an den Oasenfrieden!« Der Mann, der nun vortrat, schien in seinem rund vierzigjährigen Leben noch nie gelacht zu haben. Die Sorgenfalten auf seiner Stirn und um seinen Mund hatten sich tief eingegraben – zu tief, um jemals von einem heiteren Gefühl überwältigt zu werden.

»Der Oasenfriede«, zischte die Alte, »gilt nur für Reisende, die in Frieden kommen, Pyriastul.«

Ihr Großneffe hob die Hand, als Frullenie und Jalongint gleichzeitig zum Sprechen ansetzten. Voller Respekt nahm er ihnen die Worte aus den Mündern: »Die Zorantani sind dem Frieden verpflichtet, er ist eine ihrer fünf Tugenden.«

Unter seinem trauervollen, aber festen Blick schnaubte die Alte verächtlich, bevor sie sich zwischen die anderen Liant-Ris zurückzog. Pyriastul reichte Tehli die Hände und begrüßte auch die anderen Pilger auf diese Weise. Dabei löste er ihre Zweierreihe auf, sodass alle Priester und Adepten nebeneinander zu stehen kamen. Zu Myans Überraschung waren die Hände des ernsten Mannes nicht klamm und zaghaft, sondern fühlten sich warm an und packten fest zu.

»Während der Entscheidung, ob wir Euch in den Palast rufen sollen, stimmten meine Großtante und ich offenbar aus unterschiedlichen Gründen dafür. Meine Absicht war es, Euch zu warnen. Freilich hätte ich mir vor Augen halten müssen, wie wenig die meisten Mitglieder meiner Familie die Geschichte der Völker der Wüsten kennen. Denn die alten Schriften bezeugen die großen Gefahren, die eine Reise im Namen des Zorant mit sich bringt. Vor zweihundertsiebenundsechzig Jahren trafen zum ersten Mal Pilger in Miliant ein.«

Pyriastul legte eine kurze Pause ein und erforschte die Mienen der Zorantani. »Wie ich sehe, ist Euch dies bekannt. Doch Ihr wisst womöglich nicht, welche wilden Gerüchte damals aufkamen. Es hieß, der Zorant sei nicht mehr in Zorantander. Es hieß, die Pilger hätten die Schale bei sich. Es hieß, die Priester hätten ihre Macht verloren. Die Vernunft lehrt uns, dass dies Spinnerei war. Niemals würden Zorantani den Schutzschild aus ihrer Stadt entfernen. Und auch die Geschichte lehrt uns, dass es sich um nichts als Spinnereien handelte. Eure Heimat steht bis heute fest und sicher auf ihrem Felsen. Aber damals sammelten sich Vagabunden, die auszogen, um entweder die Pilger oder gar Zorantander anzugreifen, weil sie die Stadt ungeschützt wähnten. Die Menschen haben sich seit damals nicht verändert. Dieselben Gerüchte werden auch diesmal aufkommen. Es wird Leute geben, die Euch nachstellen, weil sie Euch an den Kriegerkönig verkaufen wollen. Weil sie glauben, den Zorant in ihre Hände bekommen zu können. Weil sie Euch einen magischen Schutz für ihre eigenen Städte abpressen wollen. Seht Euch vor! Ihr werdet auf Eurem ganzen Weg in Gefahr sein.«

Er wandte sich seiner Familie zu, die indessen in fieberhaftes Tuscheln und Murmeln verfallen war. »Ich schlage vor, den Pilgern eine bewaffnete Eskorte zur Seite zu stellen. Auf diese Weise werden wir Miliants Freundschaft zu Zorantander beweisen.«

In die plötzliche Stille hinein kicherte die Alte: »Ein guter Zug, Großneffe. Bring die Priester in unsere Schuld, damit sie uns später vor dem Kriegerkönig beschützen, und gib ihnen einige unserer Soldaten mit, damit diese die Machenschaften der Pilger ausspionieren können.«

Im nächsten Moment verhärtete sich ihre Miene und strafte ihre Worte Lügen. »Kein einziger Milianti soll einen Finger für diese Priester rühren oder gar sein Leben riskieren. Sie sitzen auf allen Reichtümern der Wüsten und Savannen und sie erlangen diese Schätze auf Kosten der anderen Völker, die ihr Dasein ohne magischen Schutz fristen müssen. Sie brauchen keine Unterstützung. Es ist vielmehr an der Zeit, dass sie ihre Schuld gegenüber den anderen Völkern bezahlen. Sie sollen uns jetzt und hier sagen, was sie tatsächlich mit ihrer angeblichen Pilgerreise im Schilde führen!«

Die Alte schlurfte auf die rechte Seite des Saales, während Pyriastul mit dem Ausdruck tiefster Sorge zur linken schritt. Erst als die übrigen Familienmitglieder sich auf die beiden Seiten verteilten – manche kurz entschlossen, andere zögerlich –, begriff Myan, was vor sich ging: eine Abstimmung. Unruhe und Empörung begannen in ihr zu schwelen. Mit welchem Recht stimmten die Liant-Ris über die Zorantani ab? Der Orden herrschte über seine Heimatstadt wie diese Dynastie über Miliant. Auch wenn sie sich nun in ihrem Palast befanden, durften diese Leute nicht einfach über Gleichgestellte entscheiden.

Was, wenn die Alte die Abstimmung gewinnen würde? Würden die Pilger dann etwa die Unauffindbarkeit des Zorant eingestehen müssen? Die Gerüchte, die Pyriastul befürchtete, würden dadurch noch mehr angeheizt werden. Womöglich würden dann Abenteurer nach Zorantander ziehen und die vermeintlich ungeschützte Stadt bedrohen, lange bevor der Kriegerkönig den goldenen Felsen erreichte. Vergeblich versuchte Myan, die Zahl der Menschen auf jeder Seite abzuschätzen. Sie war viel zu aufgewühlt. Warum griffen die Priester nicht ein? Sie standen alle nur stumm da.

Jalongint trug einen milde tadelnden Ausdruck zur Schau. Tehli machte ein unwilliges Gesicht und Frullenie ein hochmütiges. Girestuur beobachtete die Szene wie ein hungriges Raubtier. Breungar wirkte noch nachdenklicher als sonst. Kedjankys Miene blieb völlig ausdruckslos. Bevor Myan entscheiden konnte, ob Quint tatsächlich belustigt dreinblickte, hatte die Kristallträgerin endlich die Auszählung beendet:

»Die … die Liant-Ris haben mit Pyriastul entschieden, den Pilgern eine bewaffnete Eskorte zur Seite zu stellen«, verkündete sie zaghaft. Sie war allein in der Mitte des Saales stehen geblieben und zog den Kopf ein wie ein kleines Kind, das Schläge erwartete.

Myans Erleichterung war nicht groß genug, um sie von ihrem Unbehagen über das Schweigen der Priester zu befreien. Das kalte bläuliche Licht der Feuerkristalle an den Wänden verlor seinen Prunk und schimmerte stattdessen unwirklich, geradezu bedrohlich. Alles drängte Myan dazu, etwas zu sagen, um den Bann zu brechen. Aber dieses eine Mal, wo sie dringend rasche Worte gebraucht hätte, wollten sie nicht kommen.

»Narren!«, rief die Alte aus ihrer Ecke. »Wenn ihr glaubt, dass ihr euch so die Freundschaft der Zorantani erkaufen könnt, habt ihr euch geirrt. Sie werden Miliant ausnutzen und uns im Stich lassen – so, wie sie es immer getan haben.«

»Schweig, Mutter«, gebot eine Frau halblaut. »Die Dynastie hat entschieden.«

In plötzlicher Hast hob die Kristallträgerin ihr Zepter über den Kopf und die ganze Familie zitierte:

»Der Einzelne weiß nichts, doch aus der Mehrheit spricht Weisheit.«

Pyriastul begab sich an die Seite der jungen Frau und nahm mit unveränderter Trauermiene den spitzen Feuerkristall entgegen.

»Die Weisheit der Mehrheit hat gesprochen«, tönte er mit seiner hohlen Stimme. »Die Pilger werden unter den Schutz unserer Soldaten gestellt. Erwartet morgen fünfundzwanzig Mann in Eurer Karawanserei – selbstverständlich werden sie Proviant und Reiseausrüstung bei sich haben.«

Jetzt endlich kam Bewegung in die Priester.

Jalongint ergriff das Wort: »Ehrwürdige Liant-Ris, wir danken Euch für Eure Großzügigkeit. Der Weg des heiligen Zorant, unseres ewigen Schutzschildes, verbietet es uns jedoch, Euer Angebot anzunehmen. Er verpflichtet uns zu Frieden und bewahrt uns vor jedem Kampf, solange wir keinen beginnen. Sobald wir eine Waffe in die Hand nehmen, verletzen wir die Tugend und verlieren den Schutz.«

»Wir wissen, dass Ihr nicht kämpfen dürft.« Pyriastuls Sorgenfalten vertieften sich. »Umso notwendiger ist eine bewaffnete Eskorte. Unsere Soldaten sind nicht an Euren Weg gebunden. Wenn sie für Euch kämpfen, bleibt Ihr sicher unter dem Schutzschild Eures Heiligtums.«

Jalongint schüttelte entschieden den Kopf. »Alles, was in unserem Namen geschieht, muss im Einklang mit den fünf Tugenden stehen. Der Frieden wird auch verletzt, wenn andere für uns kämpfen. Zudem würden wir mit der Gleichheit brechen, wenn wir andere Menschen für uns kämpfen ließen. Wir können keine bewaffneten Begleiter akzeptieren.«

Verbitterung breitete sich über Pyriastuls Gesicht. Offenbar sah er nun seine Hoffnung schwinden, die Priester in Miliants Schuld zu bringen.

»Außerdem dürfen wir Euer Opfer um Euretwillen nicht zulassen«, versuchte Tehli, ihn zu besänftigen. »Miliant liegt östlich von Zorantander und der Kriegerkönig wird aus dem Westen oder Südwesten kommen. Höchstwahrscheinlich wird Eure Stadt also von seinem Heer verschont bleiben. Wenn Ihr Euch jedoch auf unsere Seite schlagt, könnte dies den Zorn Korotimbers entfachen und ihn zur Rache herausfordern.«

Pyriastul neigte nur stumm den Kopf. Die Worte der Priesterin konnten einen Mann, der heute zweifellos den Zorn seiner ganzen gedemütigten Dynastie zu spüren bekommen würde, unmöglich trösten.

»Gibt es einen anderen Dienst, den die Liant-Ris Euch bieten können?«, presste Pyriastul hervor.

Ein peinliches Schweigen breitete sich aus. Am Ende erklang Breungars schleppende Stimme:

»Die Diener des Zorant bitten Euch um einige kleine Feuerkristalle. Als das geheiligte Symbol für die erste Tugend, die Treue, werden diese kostbaren Talismane uns auf unserem gefahrvollen Weg stärken.«

Das missbilligende Gemurmel aus den Reihen der Herrscherfamilie fiel überraschend leise aus. Umso weniger verstand Myan, warum Jalongint flüchtig den Kopf schüttelte und Frullenie einen vernichtenden Blick auf ihren Zorantanibruder abschoss.

Myans Unbehagen begleitete sie über die vielen Stufen hinauf in die Karawanserei. Das Schweigen der Zorantani über die Respektlosigkeit der Liant-Ris nagte immer noch an ihr. Außerdem hatte sich eine Spannung unter den Priestern ausgebreitet, die sie nicht zu deuten vermochte. Und unter all dem lag eine noch tiefere Beklemmung. Sie hätte Zeit gebraucht, um diesem Gefühl nachzuspüren, doch Girestuur explodierte im selben Moment, in dem die Pilger die Tür ihres Quartiers hinter sich geschlossen hatten.

»Ist unser Orden nun so hochmütig geworden, dass er glaubt, jede Hilfe ablehnen zu dürfen?«, fauchte er in Jalongints Richtung. »Wir tragen eine hohe Pflicht! Wenn uns auf dem Pilgerweg Gefahr droht, dann müssen wir ihr ins Auge sehen und ihr vorbeugen. Der Schutz Zorantanders steht auf dem Spiel.«

»Vergiss nicht, welche Art von Hilfe wir ablehnten«, mahnte Tehli ernst. »Wir würden den Weg der fünf Tugenden verlassen, wenn wir Soldaten für uns kämpfen ließen. Sicher wirst du diesen Bruch mit der Treue, dem Frieden, der Gleichheit und der Mäßigkeit nicht auf dich nehmen wollen, wo dir doch nichts mehr am Herzen liegt als das Wohl unserer Heimat.«

Girestuur richtete sich so weit auf wie er konnte und reckte das Kinn in die Luft. »In der Tat – ich dachte keinen Augenblick daran, diese Soldaten für uns kämpfen zu lassen. Niemals würde ich dieses mehrfache Abweichen vom rechten Pfad dulden. Aber es wäre auch niemals notwendig geworden, die Milianti für uns kämpfen zu lassen – es hätte gereicht, uns mit Bewaffneten zu umgeben. Allein sind acht Pilger ein einfaches Opfer, doch niemand würde es wagen, uns anzugreifen, wenn wir eine Eskorte hätten. Pyriastuls Warnungen nicht ernst zu nehmen, ist Wahnsinn. Wenn die Völker der Wüsten und Savannen uns hassen, dürfen wir uns nicht schwach und verwundbar zeigen.«

»Der Zorant schützt uns, solange wir auf seinem Weg bleiben.« Aufgebracht stemmte Frullenie die Hände in die Hüften. »Die meisten Kinder der Wüsten und Savannen wissen nicht viel über unsere Lehren. Aber alle wissen von dem Schutzschild, den unsere heilige Schale über den Tugendhaften aufspannt. Wenn wir uns mit Bewaffneten umgeben würden, sähe es so aus, als ob wir unsere Tugendhaftigkeit eingebüßt und den Schutz des Zorant verloren hätten.«

Jalongint griff mit einem Ton ein, der die Auseinandersetzung beenden sollte: »Kein Priester darf sich mit Soldaten umgeben – nicht in Zeiten des Friedens und schon gar nicht in Zeiten des Krieges. Durch Korotimbers Machenschaften werden ganze Armeen mobilisiert. Eine Eskorte von fünfundzwanzig Mann würde uns also keineswegs vor einem Angriff schützen – im Gegenteil. Die Soldaten würden bedrohlich wirken und erst recht eine Attacke herausfordern. Dass umringt von diesem Trupp acht Pilger dahinziehen, wäre aus der Ferne nicht zu erkennen. Und wir könnten die Milianti nicht daran hindern, sich zu verteidigen – egal, ob wir ihnen vorher die Tugend des Friedens predigen oder nicht. Uns darf niemand begleiten, der nicht fest auf dem Pfad des Zorant steht, denn er ist unser einziger Schutz.«

Jalongint fixierte Girestuur mit einem bedeutungsschweren Blick. Myan fühlte sich davon nicht minder durchbohrt, obwohl sie ein wenig abseits stand.

»Gewiss hätten wir die Soldaten in wenigen Tagen auf den Weg des Zorant geführt«, tönte Girestuur. Dann hob er die Schultern. »Aber wenn ihr eurem Wirken als Lehrmeister nicht vertraut, würde eine Eskorte in der Tat nur Schaden anrichten. Ich werde nun fünfmal die fünfzig Verse der Schutzbeschwörung sprechen, um unseren Pilgerweg sicherer zu machen. Aber nicht hier, wo der Gestank von Glinkdung jeden höheren Gedanken mit Schmutz durchwabert.« Hoch aufgerichtet stolzierte er zur Tür hinaus.

Frullenie seufzte tief und rieb sich die Augen. »Ich werde ebenfalls beten. Jalongint – würdest du mit mir den Zweigesang des Friedens anstimmen?«

Der kahlköpfige Priester nickte mit schuldbewusster Miene. Bald darauf klang aus einer Ecke des Raumes halblaut ein harmonischer, zweistimmiger Gesang. Myan setzte sich auf ihre Reisematte und hoffte, dass die sanfte, einfache Melodie ihre Unruhe dämpfen würde. Für eigene Gebete war sie viel zu aufgewühlt. Sie wusste nicht einmal, ob sie ihre diffusen Gedanken entwirren sollte oder ob es besser war, sie versinken zu lassen. Bevor sie sich entscheiden konnte, ließ Breungar sich an ihrer Seite nieder und winkte Quint heran. Der Zorantani zog jenen reich bestickten Lederbeutel hervor, in den Pyriastul die gewünschten Feuerkristalle gelegt hatte.

»Ich möchte euch Adepten die Feuerkristalle zur Aufbewahrung geben«, sagte der Priester langsam.

»Weshalb?«, stieß Myan fassungslos hervor.

Diese ebenso kostbaren wie gefährlichen Juwelen gab es nur in Miliant und die Liant-Ris handelten schon lange nicht mehr damit, weil die Höhlen unter der Stadt durch den früheren Abbau beinahe erschöpft waren. Und für die Zorantani musste ihr Wert unermesslich sein, schließlich wurde der Feuerkristall im Morgengesang erwähnt und Breungar hatte ihn als Symbol für die Treue bezeichnet.

Der Priester verstummte für eine lange Weile. Nur seine großen Augen verrieten, dass er nachdachte und nicht in Trance verfallen war. »Pyriastul gab uns drei Kristalle«, sagte er zuletzt, drehte den Beutel um und ließ den Inhalt vorsichtig in seine Handfläche gleiten. Auf drei schwarzgrauen Brocken Muttergestein in der Größe von Kinderfäusten saß je eine blau schimmernde Pyramide, etwa einen halben Finger hoch. »Ich möchte nicht alle bei mir behalten, aber ich kann sie auch nicht gerecht aufteilen. Wir sind zwar drei Zorantanipaare, aber welchem Bruder oder welcher Schwester sollte ich jeweils einen Kristall geben? Und würde nicht die Gleichheit fordern, auch dem Adeptenpaar einen zu geben? Ich habe deshalb beschlossen, euch alle Feuerkristalle zur Aufbewahrung zu geben. Ihr wandelt noch nicht so fest auf dem Weg der fünf Tugenden wie wir Priester. Das Symbol der Treue wird euch stärken und euch in schwierigen Situationen Mut geben.«

»Außerdem werden Räuber oder andere Angreifer zuerst bei den Priestern nach wertvollen Dingen suchen, nicht bei den Adepten«, ergänzte Quint.

Breungar wiegte bedächtig den Kopf. »Darauf würde ich nicht zählen. Eure Stirnbänder mögen euch als Adepten ausweisen, aber fern von Zorantander weiß nicht jeder, was die unterschiedlichen Farben bedeuten, und überdies sind die schwarzen Enden an euren Stirnbändern leicht zu übersehen. Wenn es zu einem Angriff kommt, wären die Feuerkristalle höchstwahrscheinlich verloren – egal, wer sie aufbewahrt.«

Als Quint den Priester betrachtete, lag keine Spur eines fröhlichen Funkelns in seinen Augen. Er sah Breungar mild erstaunt und ein wenig lauernd an, aber gleichzeitig mit besonderem Respekt. Der Zorantani erwiderte den Blick ruhig und sagte zuletzt im Ton von jemandem, der eine Frage beantwortet:

»Ich werde tatsächlich nicht behaupten, dass wir vor jedem Angriff sicher sind. Nur zu Hause schützt die heilige Schale uns vollkommen, hier draußen ist ihr Schutz schwächer.«

»Und trotzdem dürfen wir uns nicht verteidigen, wenn wir angegriffen werden?« Quint kratzte sich am Kopf.

»Der Zorant verlangt Frieden von uns«, erinnerte Breungar ihn nach seiner üblichen Pause. »Sogar ganz besonders, wenn wir angegriffen werden und sterben könnten. Nur als tugendhaft Erleuchtete werden wir nach unserem Tod eins mit der Kraft des Zorant. Deshalb dürfen wir auf der Schwelle des Todes noch weniger vom Pfad der fünf Tugenden abweichen als sonst. Schließlich wissen wir in einer solchen Lage nicht, ob wir noch genügend Zeit erhalten werden, um unsere letzten Tugendbrüche zu büßen und zur Erleuchtung zurückzufinden.«

Plötzlich begriff Myan, woher ihr hartnäckiges Unbehagen kam. Sie hatte geglaubt, die Gefahren einer Reise durch Wüsten und Savannen zu kennen: Durst, Sandstürme, Irrwege, giftige Tiere. Niemals war sie auf den Gedanken gekommen, dass ihnen von anderen Menschen Gefahr drohen könnte – abgesehen von dem Kriegerkönig, dessen Heer jedoch noch in weiter Ferne stand. Heute war sie von Pyriastul eines Besseren belehrt worden. Und auch gegen diese neue Gefahren besaßen die Pilger nur einen Schutz: Ihre Tugendhaftigkeit, die Myan ständig schwächte.

Sie war nicht mehr in Zorantander, wo ihre kleinen Sünden von der Tugendhaftigkeit Hunderter anderer Menschen ausgeglichen wurden. Sie gehörte zu einer kleinen Gruppe und jeder Bruch mit den Tugenden schlug ein Loch in den Schutzschild aller Pilger. Sie musste ihren Kampf um den Weg des Zorant ab heute jeden Tag gewinnen. Nicht um ihrer selbst willen. Die Leben von Tehli, Jalongint, Breungar, Frullenie, Kedjanky, Girestuur und Quint standen auf dem Spiel.

6

Nach der Abreise aus Miliant kämpfte Myan in jeder wachen Minute um den Weg des Zorant, härter als je zuvor. Ständig presste sie ihre Lippen aufeinander und sprach von sich aus kein Wort. Wenn jemand eine Frage an sie richtete, zählte sie bis fünf und gab erst dann eine Antwort. Sie hielt mindestens eine Mannslänge Abstand zu Quint und wandte sich von ihm ab, bevor ihr Blick sich in seinen Augen, auf seinem Gesicht oder an seiner Gestalt festsaugen konnte. Abends bat sie Kedjanky, ihr neue Segensgesänge beizubringen. Wenn sie neue Worte und eine neue Melodie lernte, blieb kein Raum für untugendhafte Gedanken oder Taten. Doch obwohl es ihr gelang, die fünf Tugenden strenger einzuhalten, empfand sie weder Ruhe noch Sicherheit. Stattdessen fühlte sie sich gleichzeitig überwach und todmüde – wie wenn sie in einem viel zu engen, stickigen Raum eingesperrt wäre, statt durch die Dornsavanne und schließlich durch die Wüste zu ziehen.

Myan erinnerte sich noch gut an die Schwov, deren endlose Sanddünen unbezwingbar gewesen wären, wenn es nicht den Jursch gegeben hätte. Der breite, schlammig braune Strom zog seinen Bogen quer hindurch. Hinter Jurschnom verschmälerte er sich zusehends, bis er nur noch ein Flüsschen war und zuletzt in der Salzpfanne des Todes versiegte. Doch selbst in seinem mächtigsten Abschnitt vermochte der Jursch der gnadenlosen Schwov nicht mehr Grün abzuringen als zwei fünfzehn Schritt breite Uferstreifen.

Darauf wuchsen neben einigen Palmen vor allem Tangelbüsche, deren Äste sich so dicht ineinander verstrickten, dass es kaum ein Durchkommen gab. Das Gestrüpp machte sogar die Schifffahrt unmöglich, weil es den Einsatz von Zugtieren für die Fahrt stromaufwärts verhinderte. Rudern wiederum wäre kaum schneller gewesen als Gehen und Segelbooten stand der stetig stromabwärts wehende Wind entgegen.

Wie auf ihrer Reise in Onkel Filos Karawane, fand Myan es absurd, mit sattem Grün vor Augen durch den Wüstensand stapfen zu müssen. Dennoch würde sie den Strom, an dessen Ufer die nächste Wasserstelle immer nur ein paar Dutzend Machetenschläge entfernt lag, allzu bald vermissen. Ihr nächstes Ziel hieß nämlich Urandib und diese große Oase lag tief eingebettet in den endlosen Sanddünen der Schwov.

Ein unerträgliches Gewimmel hieß die Pilger an jenem Ort willkommen, an dem sie ihre letzte Nacht am Ufer des Jursch verbringen würden. Die hiesige Fähre – eine der raren Möglichkeiten zur Überquerung des Stroms – sorgte wie immer für die Überfüllung des Lagerplatzes. Während die Priester ein wenig abseits berieten, wo sie sich niederlassen sollten, eilte auch schon eine Aufseherin heran.

»Nein, hier könnt ihr euer Lager nicht aufschlagen«, rügte sie im kurzen, abgehackten Dialekt von Jurschnom. Energisch wies sie mit ihrer Peitsche stromabwärts. »Schließt an die anderen Karawanen an. Wenn der Lagerplatz noch weiter ausgedehnt wird, müssen wir bald eine ganze Tagesetappe gehen, bis wir wieder sauberes Grün und halbwegs reines Wasser finden.«

Die außerordentlich breite und kräftige Frau eskortierte die Pilger dicht an die anderen Karawanen heran und beäugte dabei misstrauisch die Lasten der Glinks.

»Ich muss eure Handelswaren sehen, damit ich bestimmen kann, wie viel Steuer ihr zu zahlen habt. Eure Handvoll Glinks kann nur heißen, dass ihr mit Edelsteinen handelt. Sehr unklug in diesen Zeiten, aber mir soll's recht sein. Die Steuerkasse wird sich freuen. Ich warne euch aber davor, die Waffen zu ziehen, die zweifellos unter euren weiten Gewändern versteckt sind. Hier gilt der Oasenfrieden und wir haben einen Scharfrichter. Jeder Verstoß wird sofort bestraft.«

»Wir führen weder Waffen noch Handelswaren mit uns.« Frullenies Ton übertünchte ihren Ärger nicht vollkommen.

Die Aufseherin zog überrascht die Augenbrauen hoch. »Seid ihr etwa Flüchtlinge aus der Wogopeischen Felsebene? Ist dieser verdammte Kriegerkönig schon so weit gekommen? Aber abgerissen seht ihr eigentlich nicht aus.« Sie musterte die Gruppe mit neuer Skepsis.

»Wir sind Priester des Zorant.« Mit vor Kälte sprühenden Augen postierte Girestuur sich vor der Aufseherin und streifte seine Kapuze ab, damit das Stirnband sichtbar wurde. Obwohl er stämmig gebaut war und die Frau zwei Fingerbreit überragte, wirkte er erbärmlich dünn, sobald sie ihre Hände in die ausladenden Hüften stemmte.

»Ach, ihr seid Priester aus Zorantander?«, tönte sie in voller Lautstärke. »Was treibt euch denn aus eurem sicheren Loch? Oder ist es nicht mehr so sicher, wie ihr alle glauben machen wollt? Jagt euch die Angst vor dem Kriegerkönig fort?«

Die Köpfe aller Karawanenarbeiter drehten sich in die Richtung der Pilger. Neben sich hörte Myan Jalongint verhalten seufzen.

Girestuur schwang sich in neue Höhen des Stolzes auf: »Wir sind Wächter über die fünf Tugenden und die Bewahrer des Schutzschildes von Zorantander. Ihr mögt vielleicht vor dem Kriegerkönig zittern, aber wir nicht. Wir sind Erleuchtete. Wir verkriechen uns nicht in Löchern und wir kennen keine Angst.«

Myan verfolgte das Schauspiel immer fassungsloser. Girestuur mochte ein Priester sein, aber nun hatte er eindeutig gegen die Gleichheit und die Mäßigkeit verstoßen – vielleicht sogar gegen den Frieden. Er schwächte den Schutzschild der Pilger! Und wie sollten die Karawanenarbeiter ihn als Wächter der fünf Tugenden achten, wenn er sie selbst nicht einhielt? Die übrigen Priester blickten besorgt drein, blieben aber wortlos stehen. Als Frullenie einen Schritt in Girestuurs Richtung machte, hielt Tehli sie sogar zurück. Myans Kiefer schmerzten unter ihrem Ringen um Beherrschung. Warum taten die Zorantani schon wieder nichts?

Die Lageraufseherin starrte Girestuur missmutig an und schien noch zu überlegen, was sie von dem aufgeblasenen Priester halten sollte. Ein Karawanenarbeiter hingegen, der in der Nähe saß, stand plötzlich auf. Stumm zog er ein Messer und ging mit grimmig zusammengezogenen Augenbrauen auf Girestuur zu. Gebannt vor Entsetzen verfolgte Myan jede Bewegung des Mannes. Sein schmaler Schnurrbart und sein aus Palmblättern geflochtener Sont verrieten, dass er aus dem Sandigen Wogopeischen Trichter stammte. Das stürmische Temperament dieser Leute war in allen Wüsten und Savannen bekannt.

Girestuur blieb zunächst mit hoch gerecktem Kinn stehen. Doch je näher der Mann kam, desto mehr verzog sich sein Gesicht in Angst. Völlig unversehens wich er zurück, packte Myan am Unterarm und zog sie wie einen Schutzschild vor sich. Sie kam nicht einmal mehr dazu, Empörung zu empfinden, denn im nächsten Moment blieb der Messerträger vor ihr stehen. Die Klinge war nur drei Fingerbreit von ihrem Magen entfernt.

»Bitte ...«, würgte sie hervor. Sie sah nichts mehr außer den fremden, harten Augen direkt vor ihren eigenen.

»Die Erleuchteten kennen keine Angst, was?«, knurrte der Mann nach dem längsten Augenblick in Myans Leben. Er steckte das Messer wieder in seinen Gürtel und brach in abgehacktes Gelächter aus: »Ha! Ha! Ha!«

Myan hätte ihm am liebsten den Sont vom Kopf geschlagen. Glücklicherweise ließ Girestuur sie erst los, nachdem dieser Impuls bereits vorübergegangen war. Einige der Umstehenden stimmten in das Gelächter des Schnurrbärtigen ein. Meist überwog der Hohn die Heiterkeit.

Girestuurs Stimme troff vor Gift: »Ihr werdet es noch bereuen, wenn ihr glaubt, mit einem Zorantani eure Scherze treiben zu können!«

Sofort verhärtete die Miene des Schnurrbärtigen sich wieder. Er spuckte auf den Boden. »Du wirst es bereuen, wenn du glaubst, dass ein Priester des Zorant etwas Besseres ist als alle anderen Kinder der Wüsten und Savannen. Eure Tage sind gezählt. Sobald Korotimber mit seinem magischen Stein vor eurer Stadt steht, ist es aus mit euch. Die wenigen Zorantani, die überleben werden, werden elend durch die Landschaft kriechen. An eurer Stelle würde ich nicht mit einer freundlichen Aufnahme in anderen Städten rechnen. Niemand liebt euch hochnäsige, verkniffene Priester. Und wenn ihr euch nicht benehmt, kann euch schon jetzt ein grausames Schicksal blühen – lange bevor eure Stadt fällt.«

»Du wagst es, mir zu drohen?«, zischte Girestuur. Die eigentlich rotbraune Haut auf seinen Wangen sah seltsam entfärbt aus.

»Ja, wieso nicht?« Der Mann hob die Schultern. »Wenn du dir wegen meines Messers ins Hemd machst, kann es mit eurem Schutzschild nicht viel auf sich haben. Ich würde vielleicht nicht eure Stadt angreifen, aber vor einer Handvoll Priester auf einem Lagerplatz habe ich keine Angst. Wenn ihr mich also zu sehr ärgert, ziehe ich mein Messer auch in ernster Absicht.«

»Oder wir verkaufen euch an Korotimber«, rief eine Karawanenarbeiterin in einem Akzent mit rollendem R. »Er würde gut zahlen für Priester des Zorant, die alles wissen über die Stadt auf dem goldenen Felsen.«

Zustimmendes Gelächter und Gejohle stieg aus den Kehlen der Zuschauer auf.

»Sklavenhandel ist gegen den Oasenfrieden«, schaltete die Lageraufseherin sich resolut ein. »Und wir haben den Scharfrichter gleich hier. Wenn ihr klug seid, macht ihr also keinen Ärger!« Der strenge Blick, den sie in die Runde warf, schloss auch die Pilger ein.

Tehli und Jalongint hatten sich inzwischen rechts und links von Girestuur postiert. Den Karawanenarbeitern mochte dies als Zeichen des Zusammenhaltes zwischen den Priestern erscheinen. Doch Myan zweifelte nicht daran, dass die beiden sich endlich dazu entschlossen hatten, Girestuur von weiteren Worten oder Gesten abzuhalten.

»Also, kümmert euch wieder um eure eigenen Angelegenheiten!« Die Aufseherin wies mit ihrer Peitsche in die Richtungen, aus denen die Umstehenden gekommen waren.

Belustigt oder verächtlich murmelnd zogen die Karawanenleute sich zurück – soweit es unter den beengten Verhältnissen auf dem Lagerplatz möglich war. Der Schnurrbärtige mit dem Sont saß immer noch nahe genug, um jedes laut gesprochene Wort der Zorantani zu verstehen.

»Wie jedem klar sein sollte, wird Wasser von flussaufwärts geholt.« Die Aufseherin wurde wieder geschäftsmäßig. »Latrinen sind flussabwärts. Getrockneter Glinkdung für die Kochfeuer wird ebenfalls flussabwärts gelagert. Den frischen Dung von euren Lastvögeln müsst ihr dorthin bringen. Steuern braucht ihr Pilger keine zu zahlen, aber natürlich den Karawanentribut. Ich komme später, um ihn zu kassieren.«

Mit diesen Worten schwang die Aufseherin ihren massigen Körper herum und verschwand zwischen Glinks, Zelten und aufgetürmten Handelswaren. Die eindringlichen Blicke der ältesten Zorantani versiegelten allen Pilgern die Lippen, selbst dem vor Wut zitternden Girestuur. Schweigend machten die Ordensleute sich daran, ihr Nachtlager aufzuschlagen. Myan hatte alle Mühe, den geradezu hysterischen Rok so weit zu beruhigen, dass er nicht mehr an dem gespannten Karawanenseil zerrte und die anderen Glinks damit verrückt machte. Trotzdem war sie dem jungen Lastvogel beinahe dankbar. Seine Kapriolen hinderten sie daran, mit bösen Gedanken über Girestuur den Frieden und die Mäßigkeit zu verletzen.

Eine Frage schob sich jedoch ständig in ihren Kopf: Würden die Priester Girestuur ungeschoren davonkommen lassen oder ihn mahnen, sobald sie wieder unter sich wären? Er hatte eindeutig den Schutzschild beschädigt, so wie sie selbst unzählige Male. Wenn die Zorantani darüber hinweggingen, konnte sie sich nicht mehr darauf verlassen, dass ihr nach schweren Verfehlungen eine gebührende Buße auferlegt wurde. Womöglich übergingen die Priester sogar kleinere Verfehlungen, voll Vertrauen auf das Gewissen und die Bußfertigkeit jedes Ordensmitgliedes. Dann vertrauten sie ihr zur sehr …

Nach langen Stunden voll Glinkgeschnatter, Schritten, Stimmen und unbestimmtem Geraschel zeigte der Himmel endlich die ersten Anzeichen von Morgengrauen. Gegen diesen Lagerplatz erschienen nun sogar die Sanddünen der Schwov einladend und Myan konnte es kaum erwarten, ihn hinter sich zu lassen. Sie schälte sich aus ihrem Schlafsack, um die morgendliche Futterration für die Glinks noch vor Sonnenaufgang vorzubereiten. Plötzlich fühlte sie sich, als ob ihr jemand einen Stein in die Magengegend geworfen hätte. Am Karawanenseil standen nur noch neun Vögel angebunden. Zuerst glaubte sie, dass Rok sich zuletzt doch losgerissen hatte, aber er scharrte am Ende der Reihe unruhig den Boden. Der kräftigste und trägste der Lastvögel, ein schlammbraunes Männchen, fehlte.

Myan stöhnte auf. Die Suche nach einem gestohlenen Glink war das Letzte, was sie nach den Vorfällen am vergangenen Abend brauchen konnten.

Jalongint setzte sich auf. »Was ist los, Myan, hast du Schmerzen?«

Sie schüttelte den Kopf und deutete stumm auf die Glinks. Der kahlköpfige Priester runzelte verwirrt die Stirn, bis sich Begreifen und Erbitterung auf seinem Gesicht abzeichneten.

»Kann er sich losgerissen haben?« Jalongint befreite sich hastig aus seinem Schlafsack und weckte damit die anderen Pilger.

Myan setzte sich in Bewegung, um nachzusehen, ob eine abgerissene Leine am Karawanenseil hing. Trotzdem antwortete sie, bevor sie bei den Glinks ankam:

»Er hätte sich nur losgerissen, wenn ihm irgendetwas Angst gemacht hätte. Aber dann wären auch die anderen Glinks in Aufruhr geraten und der Lärm hätte uns bestimmt aufgeweckt.«

Tatsächlich fand sich keine abgerissene Schnur am Seil. Inzwischen waren alle Pilger auf den Beinen, bis auf Quint, der noch in seinem Schlafsack auf dem Boden saß.

»Einer von uns muss rasch die Lageraufseherin benachrichtigen.« Entschlossen schob Frullenie den Unterkiefer vor. »Außerdem sollten wir schon einmal damit beginnen, bei den anderen Karawanen nach unserem Glink zu suchen.«

»Vielleicht sollten wir zuerst jemand anderen suchen«, warf Quint trocken ein. »Girestuur ist weg.«

Frullenie winkte ab, während sie mit zusammengekniffenen Augen die Lastvögel der Händler studierte, die direkt neben ihnen lagerten. »Er wird zu den Latrinen gegangen sein.«

»Mitsamt seinem Schlafsack und seinem Reisebündel?« Quint wies auf die Reihe der Schlafmatten. Am Abend war sie noch länger gewesen.

»Girestuur …? Heiliger Zorant!« Tehli drehte sich einmal um ihre eigene Achse, als ob der Priester sich hinter ihr verstecken würde.

Auch Kedjanky blickte hektisch um sich. »Wahrscheinlich fühlte er sich nach dem Vorfall gestern Abend unsicher und schlief deshalb abseits des Lagerplatzes.« Ihre Stimme zitterte.

»Dafür hätte er keinen Glink mitnehmen müssen«, knurrte Jalongint mit schlecht verhohlener Wut.

»Du meinst … dass … dass er fortgegangen ist?« Kedjanky packte den alten Priester am Arm und starrte ihn mit weit aufgerissenen Augen an.

Jalongint befreite sich aus dem Klammergriff, nahm aber die Hand der Zorantani in seine und streichelte sie beschwichtigend. »Was soll denn sonst geschehen sein?«

»Er hat sich gestern einige Karawanenarbeiter zum Feind gemacht.« Ein unterdrücktes Schluchzen schüttelte Kedjanky. »Vielleicht griff einer von ihnen ihn an, während er nachts zu den Latrinen ging – und anschließend ließ der Mörder seine Schlafrolle und einen Glink verschwinden, um sein Verbrechen zu vertuschen.«

Myan fiel von einer Fassungslosigkeit in die andere. Warum war ihnen Girestuurs Abwesenheit nicht sofort aufgefallen? Warum nahm Kedjanky sich die Sache so zu Herzen, wo sie ihrem Bruder doch kaum verbunden war? Und warum wies Jalongint Kedjankys Vermutung mit solcher Gewissheit zurück? Es sah Girestuur ähnlich, stillschweigend einen Platz zu verlassen, an dem seine Würde verletzt worden war. Sicher saß er außer Sichtweite auf dem Weg nach Urandib, um dort hoheitsvoll auf seine Reisegefährten zu warten. Seine Tugendhaftigkeit war nicht makellos gewesen, aber er würde doch nicht vollkommen vom Weg des Zorant abfallen und damit jeden Schutzschild hinter sich lassen!

»Kedjanky ...« Tehli legte der jüngeren Priesterin einen Arm um die Schultern und zog sie nahe zu sich. »Wer auf einem Karawanenlagerplatz einen Zorantani tötet, würde nicht auch noch das Risiko eingehen, bei der Beseitigung der Habseligkeiten seines Opfers ertappt zu werden.«

Verzweifelt sank Kedjanky auf die Knie und vergrub ihr Gesicht in den Händen. Myan verstand die Welt nicht mehr.

»Wieso seid ihr so sicher, dass Girestuur uns verlassen hat?«, sprudelte es unvermittelt aus ihr heraus.

Die Priester tauschten betretene Blicke. Zuletzt antwortete Breungar schleppend:

»Wir haben versagt. Wir hätten ihn stützen müssen, als er auf dem Weg der fünf Tugenden zu stolpern begann. Wir missachteten die ersten Warnzeichen, weil wir auf seine Ergebenheit für den Zorant vertrauten und weil wir mit unseren eigenen Prüfungen beschäftigt waren, die der Pilgerweg uns auferlegt. Die Sonne geht auf. Es ist Zeit für den Morgengesang.«

Die letzte, lauter gesprochene Bemerkung kam nicht nur für Myan zu plötzlich. Den Pilgern blieb keine Zeit, um sich angemessen für das Gebet zu sammeln. Kedjanky lag immer noch auf ihren Knien und brachte keinen Ton hervor. Ohne ihre volle Stimme klang der Morgengesang dünn und unsicher.

Widerwillig durchbrach Tehli das düstere Schweigen, das sich nach dem Gebet ausgebreitet hatte: »Myan, Quint, trennt von unseren Vorräten genügend Essen und Futter für eine Person und einen Glink ab – genug für die Heimreise nach Zorantander.«

Sie holte Atem, um weiterzusprechen, doch Myan konnte ihre Verwirrung ein weiteres Mal nicht im Zaum halten:

»Wieso?«

Tehli seufzte und ließ einen besorgten Blick zu Kedjanky wandern, die aus glasigen Augen ins Nichts starrte. »Du weißt doch, dass Zorantani sich aus dem Ordensleben zurückziehen müssen, wenn sie ihren Bruder oder ihre Schwester verloren haben. Das gilt auch auf dem Pilgerweg.«

Die halb strenge, halb bittende Miene der weißhaarigen Priesterin warnte Myan davor, noch tiefer in der offenen Wunde zu bohren. In ihrem Innerem brodelten die unausgesprochenen Worte jedoch weiter. Kedjanky musste die Pilger verlassen, weil Girestuur vom Weg der fünf Tugenden abgefallen war? Und was wäre, falls er doch in der Schwov wartete? Zumindest verstand sie endlich Kedjankys Verzweiflung.

»Wir müssen die Zeremonie zur Lösung der Geschwisterschaft mit Kedjanky durchführen«, erklärte Tehli gepresst. »Deshalb bitte ich euch Adepten, die Vorräte aufzuteilen und das Lager abzubrechen. Wir wollen nicht länger als notwendig an diesem unglückseligen Ort verweilen.«

Hass auf Girestuur und Wut über die Ungerechtigkeit gegen Kedjanky wallten heftig in Myan auf und lähmten jeden Muskel – zum Glück auch ihre Gesichtsmuskeln, sodass ihre untugendhaften Gedanken wenigstens unausgesprochen blieben. Erst Quints Hand auf ihrer Schulter jagte einen anderen Impuls durch ihren Körper und löste die Starre. Myan wandte den Kopf, um ihren Adeptenbruder anzusehen, und erschrak darüber, wie dicht er neben ihr stand. Seit sie Miliant verlassen hatten, war er ihr nicht mehr so nahe gewesen.

»Komm, Myan. Lass uns an die Arbeit gehen.«

Seine Stimme, seine Berührung und die graublauen Augen sprachen von Groll, Verständnis und Mitleid. Ein Hauch der fremden Gewürzmischung stieg Myan in die Nase und ließ einen Ruck durch ihren Körper gehen. Im letzten Moment hielt sie sich davon ab, ihre Arme um Quints Nacken zu legen und sich an ihm festzuhalten. Obwohl niemand die jähe Bewegung richtig gedeutet haben konnte, spürte Myan, wie die zarte Knospe der Tugendhaftigkeit, die auf der Pilgerreise in ihr gewachsen war, verwelkte. In ihrem Zorn auf Girestuur vergaß sie alle Tugenden – Frieden, Gleichheit, Mäßigkeit und nun auch noch die Reinheit. Dabei musste nun das riesige Loch, das er in den Schutzschild der Pilger geschlagen hatte, geflickt werden.

Trotz ihrer Schuldgefühle vermisste Myan Quints Berührung im selben Moment, in dem seine Hand von ihrer Schulter verschwand. Zähneknirschend ließ sie ihre Wut auf Girestuur wieder aufwallen. Wut auf einen Treuebrüchigen war immer noch tugendhafter als die Sehnsucht, in Quints Arme zu sinken. Beim Bereiten des Futters für die Glinks schlug Myan so heftig auf die Jiralnüsse ein, dass Splitter von den Schalen in alle Richtungen davonflogen. Der einzige Blick, den sie auf die Zeremonie zur Lösung der Geschwisterschaft zu werfen wagte, machte alles nur noch schlimmer.

Frullenie und Tehli nahmen Kedjanky soeben ihr Stirnband ab, das verwaiste Priester um ihr Handgelenk binden mussten. In Zorantander spielte dies keine Rolle, weil die Zeit bis zur neuen Verschwisterung allein in einer Zelle verbracht wurde. Aber Kedjanky würde den ganzen Heimweg zurücklegen müssen, ohne auf den ersten Blick als Zorantani erkannt zu werden und den gebührenden Respekt zu erfahren.

»Hoffentlich übersteht sie die Rückreise überhaupt.« Gegen ihren Vorsatz drängten die Worte über Myans Lippen. Solange ihr die Tugend der Reinheit zu entgleiten drohte, sollte sie besser nicht mit Quint sprechen, aber ihr Gefühlsaufruhr ließ sich einfach nicht bändigen.

»Bestimmt wird Kedjanky mit einer Karawane losgeschickt.« Quint wog einen Beutel mit getrockneten Früchten in seiner Hand und legte ihn zu dem Proviant, der für die verwaiste Priesterin bestimmt war. »Für einen einzelnen Reisenden wäre der Weg viel zu gefährlich. Jedenfalls hoffe ich, dass eine einsame Reise durch die Wüsten und Savannen sehr, sehr gefährlich ist – wegen Girestuur.«

Das Lächeln, das Quints Worte zu einem Scherz machen sollte, fiel außerordentlich dünn aus. Myan hielt kurz den Atem an, doch ihre Überraschung währte nur kurz. Natürlich musste Girestuurs Abfall vom Weg des Zorant ihren vollkommen tugendhaften Adeptenbruder zutiefst empören. In Wahrheit hätte es sie noch viel mehr irritiert, wenn Quints Gelassenheit auch diesmal nicht an ihre Grenzen gelangt wäre. Die tiefe Ruhe des Tugendhaften durfte nicht zu kalter Gleichgültigkeit verkommen.

»Jedenfalls bin ich froh, dass er weg ist«, setzte Quint hinzu.

Myan fuhr zusammen. »Wie kannst du das sagen! Girestuurs Bruch mit den Tugenden schwächt unseren Schutzschild enorm. Es wäre besser, er wäre noch hier.«

Quint hob die Schultern. »Wenn er geblieben wäre, hätte er uns auf Dauer mehr geschadet als durch seinen Abfall vom Weg des Zorant. Welchen Glink sollen wir für Kedjanky beladen?«

»Kurzhals.«

Gewaltsam schob Myan die Frage beiseite, ob ihre eigenen ständigen Verstöße gegen die fünf Tugenden schlimmer waren als ihr endgültiger Abfall vom Weg des Zorant.

Wie so oft behielt Quint recht. Jalongint überzeugte eine Karawanenführerin, die soeben nach Miliant aufbrach, Kedjanky in ihre Obhut zu nehmen. Myan musste beim Anblick der abziehenden Karawane ihre ganze Beherrschung aufbringen, damit sie die Zorantani nicht anflehte, die verwaiste Priesterin zurückzuholen. In ihr schwelte immer noch die Hoffnung, dass Girestuur schmollend vorausgezogen war und in der Wüste wartete.

Mit zusammengebissenen Zähnen stapfte sie schließlich die erste Düne hinauf und versuchte, ihren Hader gegen Girestuur zu verdrängen. Wutentbrannt in die Schwov zu stürmen konnte tödlich sein, denn im ständig fließenden Sand hielt sich kein Karawanenpfad. Die Sonne war der einzige Wegweiser zu den allzu raren Wasserstellen. Unerfahrene Reisende wie die Ordensleute durften sich nur in diese Wüste wagen, weil sie bereits während ihrer Novizenzeit gelernt hatten, den Sonnenlauf zu lesen.

Als Wegweiser in der Schwov kehrte die Sonne jedoch eine Gnadenlosigkeit hervor, die sie als Uhr über Zorantander nicht erkennen ließ. Der weiße Stoff von Myans Kapuze schien sich unter den sengenden Strahlen in ein Nichts zu verwandeln. Zum ersten Mal verfluchte sie die Regel, die zentimeterkurz geschorenes Haar von allen Ordensleuten verlangte. Ihre Kopfhaut fühlte sich heiß genug an, um Brandblasen zu werfen. Allerdings brachten die wabernde Hitze und die endlosen Sanddünen der Schwov endlich das, was Myan am Beginn der Reise erhofft und erwartet hatte: Die Wanderung über den rutschenden, im Wind mäandernden Sand raubte ihr jegliche überschüssige Kraft. Selbst wenn sie den Willen gehabt hätte, gegen eine der fünf Tugenden zu verstoßen, wäre sie nicht dazu imstande gewesen.

Im ersten Nachtlager fiel ihr erst kurz vor dem Einschlafen auf, dass sie seit dem frühen Vormittag kein einziges Mal mehr an Girestuur gedacht hatte. In der zweiten Nacht fühlte Myan nichts außer Dankbarkeit, als Quint sich in der bitteren Kälte eng an sie schmiegte. Am vierten Tag, unter den Wolken eines aufziehenden Sandsturms, beschwor Myan die fünf Tugenden mit bis dahin ungekannter Andacht. Und auch das Dankgebet sprach sie aus vollerem Herzen, nachdem die Pilger viele bange Stunden später hinter ihrer Barriere aus aufgestellten Schlafmatten und kauernden Glinks hervorkrochen.

Nur Tehli machte ihr und den anderen Pilgern immer mehr Sorgen.

»Hast du Schmerzen?«, erkundigte Jalongint sich zum hundertsten Mal bei seiner Schwester und erntete zum hundertsten Mal ein Kopfschütteln.

Myan wartete auf das hundertste ebenso resignierte wie bekümmerte Seufzen und wurde durch eine Änderung überrascht.

»Das ist doch lächerlich.« Jalongint blieb stehen. »Du reibst dir ständig den Rücken, du schlurfst durch den Sand, statt deine Füße zu heben, und du schnappst mühsam nach Luft. Hör auf, so zu tun, als ob alles in Ordnung wäre!«

Ein verzerrtes Lächeln erschien auf Tehlis Gesicht. »Gut, ich habe furchtbare Rückenschmerzen. Jeder Schritt tut weh. Und nun? Wirst du mich jetzt tragen oder mir empfehlen, etwas von den Schmerzmitteln aus unserem Medizinkästchen zu nehmen, die ich längst alle aufgebraucht habe?«

Ihr Bruder presste die Lippen aufeinander und wandte sich zu Myan um. »Wie lange noch bis Urandib?«

»Drei Tage ...«

An den tiefen Furchen in Jalongints Stirn konnte sie sehen, dass er verstand. Drei Tage – sofern sie ihr bisheriges Tempo halten konnten. Für diesen Zeitraum waren ihre Wasser- und Nahrungsvorräte bemessen. Wenn Tehli nicht schnell genug gehen konnte, würde sie alle in Lebensgefahr bringen.

Myan schüttelte das lähmende Gefühl ab, das von ihr Besitz ergreifen wollte, und machte sich an den Glinks zu schaffen. Kurz darauf hatte sie die Lasten neu verteilt und führte einen befreiten Vogel an Tehlis Seite.

»Hier – stütz dich auf Graufeder!«

»Und auf mich«, setzte Jalongint hinzu.

Die Strapazen der Wüstenwanderung vervielfachten sich durch den Anblick der Priesterin, die sich unter Schmerzen vorwärts quälte. Jeder schlitternde Schritt durch den lockeren Sand schmerzte doppelt. Jede Stunde unter der Sonne, diesem einzigen und lebensgefährlichen Wegweiser, ließ die Furcht wachsen, in der Weite aus gelben Dünen zu stranden – ohne Wasser, ohne Nahrung und mit einer Reisegefährtin, die nicht mehr weiterkonnte.

In ihrer Sehnsucht, endlich Palmen zu erspähen, ließ Myan sich zum ersten Mal in ihrem Leben von dem Flimmern der Hitze am Horizont täuschen. Wäre ihr Mund nicht zu trocken für schnelle Worte gewesen, hätte sie dreimal zu früh verkündet, dass Urandib in Sichtweite sei. Dreimal löste die Fata Morgana sich auf wie ein Wassertropfen im Wüstensand. Zuletzt begann Myan zu fürchten, die Oase verfehlt zu haben – selbst wenn sie wegen Tehli langsamer gegangen waren, hätten sie längst ankommen müssen. Verloren sie den Weg des Zorant unter ihren Füßen – obwohl die Wüste ihr auf diesem Weg Tugendhaftigkeit einbrannte?

7

Myan lag auf dem Rücken, ihren Blick auf die Palmblätter über ihrem Kopf geheftet, und wagte kaum zu blinzeln. Obwohl sie sich bereits vor einigen Stunden mit letzter Kraft in die Oase gerettet hatten, fürchtete ein kleiner Teil von ihr immer noch zu fantasieren. Hinaufzustarren war überdies der einzige Weg, nichts von dem gelben Sand der Schwov sehen zu müssen. Urandib lag in einer weiten Senke – ein großer Flecken Grün, der sich um einige Brunnen erstreckte und an dessen Rändern bedrohlich die Dünen aufragten.

Die Wasserstellen und die majestätischen Palmen schienen das Einzige zu sein, was fest auf dem Boden stand. Alles andere strömte im Grün umher wie Sandkörner in der Wüste. Die Bewohner der Oase, Dibjan genannt, schlugen ihre Lederzelte an rasch wechselnden Orten auf. Sie bauten keine Feldfrüchte an, sondern lebten von dem, was die Natur hergab. Sogar die Nuddkrins – schmal gebaute, hochbeinige Tiere, die eine gelbliche, dickflüssige Milch gaben – bewegten sich frei und galten als Gemeinschaftseigentum.

In plötzlicher Unruhe setzte Myan sich auf. Für das kleine Volk mochten die Früchte seiner Heimat reichen, aber im Überfluss lebte es keineswegs. Mit jeder Karawane drohte die Gefahr, dass die Oase über Gebühr ausgeraubt wurde. Das Eintreffen zusätzlicher Esser musste also eine heikle Angelegenheit sein, trotzdem hatte sie noch keinen einzigen Dibjan gesehen. Wurden sie etwa aus dem Hinterhalt beobachtet?

Sie wollte bereits aufspringen, schüttelte dann aber nur den Kopf über sich selbst. Ihre kleine Pilgergruppe war spätnachts angekommen. Wahrscheinlich hatten die Dibjan sie noch gar nicht bemerkt. Abgesehen davon brauchten die Oasenbewohner keine häufigen Besuche zu fürchten. Kaum ein Karawanenführer wählte den Weg über Urandib, der zwar die kürzeste Verbindung zwischen dem Jursch und den Landschaften nördlich der Schwov darstellte, aber keine lohnenden Handelswaren bot. Ebenso wenig konnten die Dibjan den Reisenden Waren abkaufen, denn sie hatten kein Geld.

Wieso führte der Pilgerweg eigentlich ausgerechnet an diesen völlig unbedeutenden Ort mitten in einer gnadenlosen Wüste? Zugegeben – die Etappen durch die Schwov hatten sie so nahe an den Pfad der fünf Tugenden gebracht wie nie zuvor. Aber es war keineswegs der Zweck dieser Reise, unwürdige Adeptinnen auf den rechten Weg zu bringen. Ging es wirklich nur darum, den Umriss des Zorant nachzuwandern? Und wieso war das überhaupt möglich? Es gab in den Wüsten und Savannen nicht genügend Orte, um Reiserouten in jeder beliebigen Form auf die Landkarte zu zeichnen …

Ein unterdrücktes Stöhnen aus Tehlis Kehle ließ Myan den Kopf wenden. Sofort war Jalongint an der Seite seiner Schwester und griff nach ihrer Hand.

»So geht das nicht weiter«, sagte er beinahe trotzig. »Ich setze keinen Fuß mehr in den Wüstensand, bevor wir nicht etwas für dich tun konnten.«

Tehli lächelte gezwungen. »Dann wirst du einen Jungbrunnen finden müssen.«

»Diese verdammten Dünen!« Der alte Priester hieb so zornig in ein Grasbüschel, dass Myan erschrocken den Atem anhielt. »In dem lockeren Sand rutscht man ständig ab, das geht auf den Rücken.«

»Ein oder zwei Tage Rast werden mich schon wieder auf die Beine bringen.« Tehlis Versuch, Zuversicht zu verbreiten, fruchtete nicht.

»Zwei Tage Rast werden dich vielleicht wieder auf die Beine bringen, aber die Schmerzen nicht verschwinden lassen. Haben die Dibjan so etwas wie Heiler?« Jalongint blickte grimmig in die Runde.

»Jedes Volk hat so etwas wie Heiler«, gab Frullenie ironisch zurück. »Die Frage ist vielmehr, ob einer von ihnen Tehli helfen könnte oder ob er noch mehr Schaden anrichten würde. Die Dibjan leben hier doch ziemlich … abgeschieden.«

»Soviel ich weiß, sind hier die Priesterinnen gleichzeitig Heilerinnen.« Breungar kratzte sich nachdenklich den Schädel. Sein Haar war inzwischen ungebührlich lang geworden. »Sie dienen der Grünen Göttin und brauen Medizin aus Pflanzen.«

Frullenie verzog zweifelnd das Gesicht. »Sollte eine Zorantani sich wirklich von einer Priesterin behandeln lassen, die nicht unserem Weg folgt? Mir ist schon bei dem Gedanken unwohl, eine Dibjan-Heilerin um Rat zu fragen – und wenn die dann auch noch eine Priesterin ist … Ich achte fremde Kulte natürlich, aber alles, was wir tun, muss im Namen der fünf Tugenden geschehen.«

»Hmmm«, brummte Jalongint. »Es steht im Einklang mit der Gleichheit, die Hilfe einer fremden Priesterin anzunehmen. Gleichzeitig widerspricht dies weder dem Frieden noch der Reinheit noch der Mäßigkeit. Also kann es auch unserer obersten Tugend, der Treue, nicht widersprechen.«

»Vielleicht sollten wir uns eher fragen, ob eine Dibjan-Priesterin bereit wäre, eine Zorantani zu behandeln.« Quint setzte sich auf und legte seine Arme um die aufgestellten Knie. Frullenies ebenso ungläubigem wie tadelndem Stirnrunzeln begegnete er mit einem Achselzucken. »Offenbar weiß keiner von uns viel über die Dibjan. Als Erstes müssten wir also eine Heilerin finden. Wenn sie bereit wäre, Tehli zu untersuchen, würde uns schon die Untersuchungsweise viel über ihre Fähigkeiten verraten.«

»Und wenn sich dabei herausstellt, dass diese Heilerin völlig ahnungslos ist – wie sollen wir sie dann davon abhalten, Tehli zu behandeln?« Frullenie schüttelte den Kopf. »Auf diese Weise könnten wir allzu leicht die Tugend des Friedens verletzen.«

Jalongint tauschte einen Blick mit seiner Schwester. »Ein Schritt nach dem anderen«, bestimmte er daraufhin. »Erster Schritt: Oasenbewohner finden.«

Wenig später fand Myan sich an Breungars Seite auf der Suche nach den Dibjan wieder. Quints sehnsuchtsvolle Miene hatte verraten, wie gern er mitgegangen wäre, doch weil die Ordensleute nur paarweise unterwegs sein durften, musste der Priester von einer Frau begleitet werden. Tehli konnte nicht gehen und Frullenie machte aus ihrer Skepsis gegen das ganze Unternehmen kein Geheimnis. Also war nur Myan übrig geblieben.

Breungar knetete ausgiebig sein Kinn, bevor er vorschlug: »Lass uns an den Rand der Oase gehen. Von dort oben gewinnen wir vielleicht einen besseren Überblick über die Senke.«

Myan vermutete, dass sie von dort oben nichts anderes sehen würden als Palmwedel, die undurchdringliche Schatten auf Mensch und Tier warfen. Am sichersten würden sie die Dibjan finden, indem sie alle Brunnen abklapperten. Doch weil sie keine Ahnung hatte, wie viele Wasserstellen es gab und wo sie lagen, ging sie stumm hinter Breungar her. Je näher sie dem Rand der Oase kamen, desto mehr lichtete sich das Dickicht aus Gräsern, Büschen und Palmen.

Plötzlich stieß Breungar ein erfreutes »Ahhhh!« aus und preschte davon. Myan erschrak heftig. Hatte der sonst so besonnene Priester den Verstand verloren? Er konnte sich doch nicht auf die Dibjan stürzen wie ein Angreifer! Myan eilte ihrem Lehrmeister hinterher und lauschte angespannt. Das befürchtete Geschrei blieb aus. Breungar war am Rand der Oase stehen geblieben und strich liebevoll über die Rinde eines mannshohen, stark verkrüppelten Baumes. Die Äste hingen bis auf den Boden herab und trugen dichte Reihen von dunklen Nadeln, die jeweils zu dritt aus einer gemeinsamen Knospe wuchsen. An der Wüstenseite des Gewächses häufte sich der gelbe Sand der Schwov knietief.

»Ich wusste es! Tingantbäume!« Strahlend wandte Breungar sich zu Myan um. »Schau – das Symbol für den Frieden! Sieh nur, wie diese Bäume die anderen Pflanzen gegen den Sand abschirmen! Die Tingantbäume bauen eine Wand gegen das Böse, das aus der Wüste kommt – so wie der Frieden eine Wand gegen Hass und Krieg baut. Diese Oase ist wahrhaft ein heiliger Ort.«

Verwirrt legte Myan eine Hand auf den gelblichen, schuppigen Stamm des Baumes. Die Borke fühlte sich ein wenig fettig an. Breungars Worte riefen unweigerlich die zweite Strophe des Morgengesangs in ihr Bewusstsein:

Wir leben den Frieden, wir bauen die Wand,
dem Tingantbaum gleich an der Wüstenei Rand.
Wer Kampflust verfolgt in blindem Wahn,
verkohlt ungeschützt, fern des Zorant Bahn.

Das Symbol des Friedens war ein schmales, senkrecht aufragendes Rechteck, aus dessen Mitte drei Strahlen nach rechts ausfächerten – wie ein Stück Holz mit drei Nadeln aus einer Knospe. Die erste Station ihrer Pilgerreise war Miliant gewesen, die Stadt des Feuerkristalls. Nun befanden sie sich in der Oase der Tingantbäume …

»Führt der Pilgerweg uns an jene Orte, an denen wir die Symbole für die fünf Tugenden finden?«

Breungar reagierte ungewöhnlich schnell auf Myans jähe Frage: »Das war jedenfalls mein Verdacht. Diese Bäume bestätigen ihn. Welch ein Glück, dass die Liant-Ris uns Feuerkristalle gaben. Ich denke, es ist unsere Aufgabe, die stofflichen Symbole der Tugenden heimzubringen, damit die heiligen Nischen unter dem großen Bildnis des Zorant im Ordenshaus endlich wieder gefüllt werden. Das wird die Magie unseres Schutzschildes über alle Maßen stärken. Wir müssen auf jeden Fall einige Stücke Tingantholz mitnehmen.«

Myan öffnete den Mund, um nach den stofflichen Symbolen für die Reinheit, die Gleichheit und die Mäßigkeit zu fragen. Doch als sie sich Breungar zuwandte, stockte ihr der Atem. Dicht hinter ihm blickte ein Gesicht durch das Pflanzendickicht – ein tiefbraunes, herzförmiges Gesicht, das in der Luft zu schweben schien.

»Zorandanje?«, knarrte es im nächsten Moment daraus hervor.

»Was?« Es fiel Breungar sichtlich schwer, sich aus seiner Begeisterung für den Tingantbaum zu lösen. Er sah zunächst Myan an und musste ihrem Blick erst folgen, um das schwebende Gesicht zu bemerken. »Oh!«

»Zorandanje?«, wiederholte die knarrende Stimme. Aus dem Dickicht löste sich eine Frau, die ihren dreißigsten Geburtstag noch nicht weit hinter sich gelassen haben konnte. Obwohl kein überschüssiges Fett an ihrem Körper war, vermittelten der Bau ihrer Arme, ihrer Beine und ihres Oberkörpers einen seltsamen Eindruck von Rundlichkeit. Auch der Kopf, um den sich streng zurückgebundenes, glattes dunkelbraunes Haar schmiegte, war bis auf das spitze Kinn einer Kugel ähnlich. Die Dibjani war genauso groß – oder vielmehr genauso klein – wie Breungar. Sie trug ein taillenkurzes, ärmelloses Hemd aus grün gefärbtem Leder über einem Rock aus getrockneten Palmblättern. Um ihre Schultern hing ein gut gefüllter Lederbeutel.

»Zorandanje«, stellte die Frau fest, sowie sie vor Breungar zu stehen kam. Sie tippte dem Priester auf das dunkelrote Stirnband.

Endlich fand Breungar Worte: »Ja, wir gehören zum Orden des Zorant. Wir grüßen Euch im Namen der fünf Tugenden. Treue, Friede, Reinheit, Gleichheit und Mäßigkeit.«

Die Dibjani breitete ihre Arme aus und sprach mit trockener Stimme, aber weichem Zungenschlag: »Die Grüne Göttin heißt euch in ihrem Garten willkommen.«

Ihre Miene blieb unbewegt. Myan vermochte nicht zu sagen, ob ihnen eine freundliche Begrüßung zuteil geworden war oder nur eine widerwillig-höfliche.

Breungar teilte ihre Unsicherheit offenbar. Die Pause bis zu seinem nächsten Satz fiel noch länger aus als üblich. »Wir sind Pilger auf dem Weg des Zorant.«

Die Dibjani nickte ernst. »Zorandanje suchen den Garten der Grünen Göttin immer nur auf dem Pilgerweg des Zorant. Die Priesterinnen wussten, dass bald wieder Zorandanje den Garten aufsuchen werden. Gefahr beutelt die Kronen der Bäume. Die Wurzeln müssen tiefer eingegraben werden, um die Bäume aufrecht zu halten. Zorandanje sind schwach. Nicht so stark wie die Kinder der Grünen Göttin.«

Die letzte Bemerkung hätte Girestuur zweifellos zum Kochen gebracht und sogar dem bedächtigen Breungar zwangen sie ein irritiertes Stirnrunzeln ab. Er ging jedoch nicht darauf ein, sondern fragte nach neuerlichem Zögern:

»Seid Ihr eine Priesterin der Grünen Göttin?«

Erneut folgte ein ernstes Nicken. »Ich bin Glunlan – die Priesterin der Gräser, in ihrer siebenhundertundersten Wiedererwachsung. Die Glunlan der sechshundertdreiundneuzigsten Wiedererwachsung spendete den Zorandanje auf ihrem ersten Pilgerweg den Schatten der Grünen Göttin. Deshalb sandte mein Volk mich, um euch auch diesmal ihren Schatten zu spenden.«

»Es ist überaus großmütig von den ehrwürdigen Dibjan, eine Dienerin der Grünen Göttin zu uns zu senden«, tastete Breungar sich vor. »Eine unserer Priesterinnen kann nicht mehr ohne Schmerzen aufstehen und gehen. Sie wäre dankbar, wenn eine Heilerin sie untersuchen könnte.«

»Zorandanje sind schwach«, nickte Glunlan. »Priester, die nicht heilen können, dienen ihrem Volk schlecht. Leben ist wichtiger als ...«, sie suchte nach dem richtigen Wort, »Tugend. Leben erfreut die Grüne Göttin. Tugend ist leblos. Aber auch das Leben der Zorandanje erfreut die Göttin. Zeigt mir eure Schwester.«

Mit Worten des Dankes geleitete Breungar Glunlan zum Lagerplatz der Pilger, wo sie mit einer Mischung aus Erleichterung und Wachsamkeit begrüßt wurde. Die Heilerin hielt sich nicht lange mit dem Austausch von Höflichkeiten auf, sondern begann, Tehlis ganzen Körper abzutasten – erst die Vorderseite, dann den Rücken. Jalongint stand dicht daneben, den Blick auf Glunlans Finger geheftet. Als Tehli verhalten aufstöhnte, fuhr er zusammen und vollführte eine hastige, unbestimmte Geste in Richtung der Dibjani. Mitten in der Bewegung besann er sich eines Besseren.

»Nimm ihre Handgelenke«, knarrte Glunlan nach einiger Zeit den kahlköpfigen Priester an.

Er kniete oberhalb von Tehlis Kopf nieder, um ihre ausgestreckten Arme zu umfassen. Wieder hielt er schlagartig inne. »Was wirst du tun?«

»Zorandanje wissen alles von Tugend«, stellte die Dibjani trocken fest, »aber nichts vom Körper. Alte Bäume werden steif, biegen sich nicht mehr mit dem Wind. Körperäste sind ineinander verkeilt. Müssen gerichtet werden. Nimm ihre Handgelenke und halte ihre Arme neben ihrem Kopf gestreckt.«

Jalongint wechselte einen Blick mit Frullenie. Ihre Lippen waren während Glunlans Rede immer schmäler geworden. Offenbar konnte sie sich nicht dazu entschließen, dieser wortkargen, völlig unbeeindruckten Heilerin ihr Vertrauen zu schenken. Glunlan rollte ein wenig mit den Augen, als ob sie unverständige Kinder vor sich hätte.

»Tu, was sie sagt«, bat Tehli schließlich ihren Bruder. »Ihre Finger fanden überaus schnell die Stelle, von der die Schmerzen ausgehen, obwohl sie mir keine einzige Frage gestellt hatte. Ich denke, dass –«

Tehli stockte. Jede Mutmaßung über Glunlans Kunstfertigkeit hätte gegen das Gebot der Höflichkeit verstoßen.

Endlich umfasste Jalongint Tehlis Handgelenke.

»Greif fester zu!«, forderte die Priesterin der Gräser.

Kaum war er ihrem Befehl gefolgt, zog Glunlan kurz und kräftig an Tehlis linkem Bein, das sie dabei leicht drehte. Alle konnten ein leises Knacken vernehmen, obwohl die Zorantani gleichzeitig einen Schmerzenslaut ausstieß. Eine furchtbare Grimasse erschien auf Jalongints Gesicht, doch selbst dieser grimmige Ausdruck prallte an Glunlan ab. Sie grub erneut ihre tastenden Finger in Tehlis Rücken und wiederholte ihr ernstes Nicken.

»Bleib so liegen, Zorandanje« wies sie ihre Patientin an. »Am Anfang werden die Schmerzen schlimmer sein. Aber sie werden bald abnehmen. Ich mache einen Umschlag, um mit den Schmerzen zu helfen.« Glunlan wandte sich an Breungar. »Bring mir Holz von dem Tingantbaum! Und du«, sie sah Myan an, »entzünde ein Feuer!«

Quint stand auf, griff nach dem Kessel und ging zum Brunnen. Ein weiteres Nicken begleitete ihn – diesmal als Geste einer ungeduldigen Lehrmeisterin, die gegen ihre Erwartungen doch noch eine Spur von Verstand in ihren Schülern gefunden hatte. Die Heilerin rückte näher zu der Feuerstelle, an der Myan sich zu schaffen machte, und öffnete ihren grünen Beutel. Der Duft getrockneter Kräuter breitete sich aus, während sie einzelne Päckchen hervorholte und vor sich aufreihte.

Jalongint saß bei Tehli, die immer noch bäuchlings auf ihrer Schlafmatte lag. Sie unterhielten sich im Flüsterton. Oft streichelte er über Tehlis Kopf oder über ihre Schultern. Frullenie war wieder dazu übergegangen, jeden einzelnen Handgriff der Dibjani genau zu beobachten. Das geradezu feindselige Schweigen der Zorantani lastete immer schwerer auf Myan. Glunlans Worte verrieten vielleicht keinen großen Respekt vor den Zorantani, aber immerhin hatte sie sich durch Jalongints und Frullenies Misstrauen nicht davon abhalten lassen, Tehli zu behandeln. Selbst wenn die Pilger noch nicht sicher sein mochten, ob die Heilerin Dank verdiente, schuldeten sie ihr mehr als stumme Ablehnung – nämlich eine Begegnung im Namen der Gleichheit. Und waren sie überhaupt nicht neugierig?

Unversehens hörte Myan sich fragen: »Haben auch die ersten Pilger des Zorant die Heilkünste der Priesterin der Gräser gebraucht und wurde sie ihnen ebenso großmütig gewährt?«

Die Dibjani richtete ihre dunklen Augen nur kurz auf Myan, bevor sie sich wieder ihren Kräutern zuwandte. »Die frühere Wiedererwachsung der Priesterin der Gräser spendete den Zorandanje den Schatten der Grünen Göttin.«

»Ich fürchte, ich weiß nicht, was das heißt«, entschlüpfte es Myan kleinlaut.

»Unwissen zu fürchten ist klug«, kommentierte Glunlan. Sie schlug die Beine unter und räumte alle Päckchen bis auf vier wieder zurück in ihren Beutel. »Alle Reisenden, die nach Urandib kommen, stehen unter dem Schutz des Oasenfriedens. Alle Dibjan stehen im Schatten – unter dem Schutz – der Grünen Göttin. Wer nicht Dibjan ist, steht nicht unter ihrem Schutz – außer, eine ihrer Priesterinnen spendet ihm den Schatten der Grünen Göttin. Wer darin steht, darf ohne Gegenleistung von ihrem Garten nehmen und essen. Ebenso darf er ihre Priesterinnen um Heilung bitten.«

Nun ergaben Glunlans Worte Sinn. Der Oasenfrieden gebot, niemals Waffen zu erheben und keinen Reisenden verhungern oder verdursten zu lassen. Wer allerdings nach dem Gesetz des Oasenfriedens Nahrung und Wasser erhielt, musste eine Gegenleistung dafür bringen – Geld, Tauschwaren oder Arbeit. Wenn Glunlan den Pilgern hingegen den Schatten der Grünen Göttin spendete, durften sie wie Dibjan leben. Nun schämte Myan sich unendlich für das Verhalten der Zorantani. Sie waren als völlig Fremde in das Gefüge von Urandib aufgenommen worden und zum Lohn beäugten sie Glunlan, wie wenn sie Tehli ermorden wollte.

»Weshalb finden die Dibjan die Zorantani würdig, den Schutz der Grünen Göttin zu genießen?«, schoss es unvermittelt aus Myan hervor. Im selben Moment fühlte sie, wie ihre Wangen heiß wurden. Sie wagte es nicht, auch nur aus den Augenwinkeln zu Frullenie hinüberzusehen. Wenn Girestuur noch hier gewesen wäre, hätte er wegen dieser frevelhaften Frage ihren Ausschluss aus dem Orden gefordert.

Glunlans schmale Lippen formten sich zu einem kaum wahrnehmbaren Lächeln. »Zorandanje wissen nicht viel. Aber manche stellen zumindest die richtigen Fragen. Diejenigen, deren Wiedererwachsungen ihr seid, stellten auch richtige Fragen. Deshalb erkannte die sechshundertunddreiundneuzigste Priesterin der Gräser, dass Zorandanje ein wenig von der Magie der Grünen Göttin kennen.« Die Dibjani ergriff einen der gelblichen Äste, die Breungar soeben neben ihr niedergelegt hatte. »Sie kennen die Magie des Tingantbaumes. Sie wissen um seine geheimen Kräfte. Sie tragen sie über Urandib hinaus und sind auf diese Weise immer mit uns Dibjan und der Grünen Göttin verbunden.«

Glunlan hielt das Stück Tingantholz in die Flammen, die Myan im Lauf des Gespräches entfacht hatte. Der hoch konzentrierte Gesichtsausdruck der Heilerin gebot Stille und Myan war überaus froh darüber. Zu viele unbedachte Fragen waren bereits aus ihr herausgesprudelt. Am Ende hätte sie noch verraten, völlig ahnungslos über die Magie des Tingantbaumes zu sein und dann wäre Glunlans Respekt vor den Zorantani ins Bodenlose gesunken. Myan sah Breungar an, in der Hoffnung, auf seinem Gesicht einen wissenden Ausdruck zu finden. Doch er beobachtete nur fasziniert die Handgriffe der Heilerin.

Myans Augen weiteten sich vor Erstaunen, als sie ebenfalls zurück auf das Feuer blickte. Das Tingantholz züngelte in giftig gelben Flammen. Statt eines beißenden Geruches, stieg ihr jedoch ein angenehm harziger Duft in die Nase. Wenig später stieß Glunlan den brennenden Ast in den Kessel mit frischem Wasser. Danach ließ sie noch ein zweites Stück Tingantholz brennen und löschte es auf dieselbe Weise. Zuletzt schöpfte sie die Asche aus dem Wasser, warf Kräuter in die zurückgebliebene blassgelbe Flüssigkeit und hängte das Gebräu über das Feuer, um es zum Kochen zu bringen.

Myan sprang auf, um völlig unnötigerweise nach den Glinks zu sehen. Ihre unausgesprochenen Fragen brodelten zu nahe unter der Oberfläche und würden herausplatzen, wenn sie nicht wegging. Die Magie des Tingantbaumes hatte anscheinend mit Heilkraft zu tun, aber die Zorantani waren keine Heiler. Also konnten sie dieses Wissen nicht mit den Priesterinnen der Grünen Göttin teilen. Welche Magie hatte Glunlan stattdessen gemeint? Laut Breungar stand der Tingantbaum für den Frieden, weil er den Wüstensand von der Oase fernhielt. Sie konnte nur hoffen, dass der Zorantani ihr mehr erzählen würde, sobald die Dibjani nicht mehr in der Nähe war.

Das Gebräu im Kessel verkochte zu einem dicken Brei, den die Heilerin auf einen Lederstreifen strich, um ihn Tehli über den Rücken zu binden.

»Lass den Umschlag bis morgen wirken«, wies Glunlan die Zorantani an. »Bewege dich langsam und vorsichtig, bleib aber auch nicht die ganze Zeit liegen, sonst verkeilen sich die Körperäste von Neuem. Ich werde morgen früh wieder nach dir sehen.« Sie warf sich ihren Beutel über die Schultern und wandte sich zum Gehen.

Breungar hielt sie zurück. »Einen Augenblick, ehrenwerte Priesterin der Gräser! Ich bitte um Eure Erlaubnis, einige Stücke Tingantholz mitzunehmen, wenn wir Urandib wieder verlassen.«

»Ich spendete euch den Schatten der Grünen Göttin«, knarrte Glunlan noch trockener als zuvor. In Myans Ohren klang der Ton inzwischen ärgerlich. »Ihr habt damit die Erlaubnis, aus ihrem Garten zu nehmen, was ihr für euer Überleben braucht – hier und auf dem Weg zu eurem nächsten Ziel.«

»Brauchen wir Tingantholz zum Überleben?«, erkundigte Frullenie sich sarkastisch, sobald die Priesterin der Gräser mit den umstehenden Pflanzen verschmolzen war. »Sollten wir den Glinks nicht besser mehr Nahrung und Wasserschläuche aufladen?«

Breungar kratzte sich sinnierend das linke Ohr. »Vielleicht brauchen wir tatsächlich Tingantholz zum Überleben. Nicht auf unserer Reise. Aber in Zorantander. Zur Stärkung des Schutzschildes – indem wir die heiligen Nischen unter dem großen Bildnis des Zorant füllen.«

»Nicht schon wieder …« Frullenie seufzte und setzte nachdrücklich fort: »Breungar, diese Nischen sind ein Relikt aus der Vergangenheit – aus einer Zeit, in der unser Orden noch glaubte, dass der Anblick der stofflichen Symbole die Tugendhaftigkeit steigern würde. Plideman und Hajanburi räumten vor vierhundert Jahren mit diesem Aberglauben auf. In Wahrheit schadet dieser Anblick. Er lenkt vom Gefühl ab, das der wahre Maßstab für die Tugenden ist. Gerade die jüngsten Ereignisse haben gezeigt, wie bedeutungslos der Anblick stofflicher Dinge ist – schließlich hat schon seit langer Zeit niemand mehr den Zorant gesehen und trotzdem lag unsere Heimat sicher unter seinem Schutzschild.«

»Und doch gewann das Hohe Paar auf dem ersten Pilgerweg den Schutz der Grünen Göttin wegen des Tingantbaumes ...« Breungar starrte in die Glut des niedergebrannten Feuers. »Nitimone und Romeigur müssen ihn also für wichtig gehalten haben – obwohl sie lange nach Hajanburi und Plideman wirkten, die der Verehrung der stofflichen Tugendsymbole ein Ende gesetzt hatten.«

Nun schnaubte Frullenie ungeduldig. »Wahrscheinlich waren die beiden einfach klug und wussten, wie sie sich am besten die Freundschaft der Dibjan sichern konnten. Wir teilen nichts mit den Priesterinnen der Grünen Göttin, denn sie glauben an magische Kräfte des Tingantbaumes. Das Holz hat aber höchstens eine heilende Wirkung. Jeder vernünftige Mensch weiß, dass Magie durch das Zusammenwirken höherer geistiger Kräfte entsteht. Ich bin nicht sicher, ob das auch den Dibjan klar ist«

Breungar antwortete nicht, aber es war ein beharrliches, statt zustimmendes Schweigen.

»Ich sehe auch keinerlei Übereinstimmung mit den Priesterinnen der Grünen Göttin.« Tehlis Stimme hatte genug Kraft zurückgewonnen, um alle noch mehr aufhorchen zu lassen. »Und wie sehr der Pilgerweg auf die stofflichen Tugendsymbole zugeschnitten zu sein scheint, ist wahrlich nichts Neues. Wir bemerkten es vor dem Antritt unserer Reise und diskutierten darüber. Ich darf an unseren Beschluss erinnern, die stofflichen Symbole nicht zu beachten, weil sie zu den alten, lang vergangenen Zeiten gehören.«

»Nein, wir beschlossen aus einem anderen Grund, sie nicht zu beachten.« Breungar stotterte beinahe, so schnell sprach er plötzlich. »Wir glaubten, niemals Feuerkristalle bekommen zu können, und ohne sie wären die vier anderen Symbole wertlos gewesen. Nun, nachdem wir Feuerkristalle erhielten, lohnt es sich, auch die übrigen stofflichen Symbole zu sammeln.«

»Ja, wir sollten sie sammeln«, stimmte Jalongint entschlossen zu. Er erntete dafür einen erstaunten Blick seiner Schwester und einen empörten von Frullenie. »Nicht weil sie irgendeine Bedeutung für unseren Orden haben. Aber sie geben unserer Reise einen Grund, der leicht zu verstehen ist. Wenn wir Fremden sagen können, dass wir die stofflichen Symbole einsammeln, werden sie kein Misstrauen gegen uns hegen. Auch für das Schicksal unserer Heimatstadt könnte es heilbringend sein, etwas von unserer Pilgerreise mitzubringen. Falls der Zorant verschollen bleiben sollte, könnten wir den Bürgern zumindest die stofflichen Symbole zeigen, wenn sie beim Anblick von Korotimbers Armee in ihrer Tugendhaftigkeit schwanken. Keines von ihnen wiegt viel oder nimmt viel Platz ein. Also werden sie uns auf unserer Reise nicht belasten. Aber bitte – um des heiligen Zorant willen – lasst uns nicht nochmals dieselbe Debatte anfangen, die uns schon vor unserer Abreise in die Gefahr brachte, den Frieden zu verletzen.«

Die grimmige Miene des kahlköpfigen Priesters verschärfte seinen verbindlichen Ton genug, um das Gespräch tatsächlich zu beenden. Myan musste ein weiteres Mal alle Fragen hinunterwürgen und fühlte sie schwer in ihrem Magen liegen. Die stofflichen Symbole der fünf Tugenden schienen jenes Rätsel zu lösen, das sie an diesem Morgen beschäftigt hatte: Warum führte der Pilgerweg nach Urandib? Verlangte der Zorant wirklich nichts anderes von den Reisenden, als ihre Tugendhaftigkeit auf einem mühsamen, langen Weg durch die Wüsten und Savannen zu beweisen und dadurch den Schutzschild zu stärken?

Der Besuch der Heilerin ließ nicht nur Myan in Anspannung zurück. Auch die Ruhe der Zorantani wirkte oberflächlich, doch je besser es Tehli ging, desto mehr hellte die Stimmung sich auf. Sobald die Priesterin gegen einen Palmenstamm gelehnt saß, lockerte sich der misstrauische Zug um Frullenies Lippen, der gleichzeitig mit Glunlan erschienen war. Und als Tehli einige vorsichtige Schritte zurücklegte, ohne ihr Gesicht zu verziehen, verschwanden die tiefsten Sorgenfalten von Jalongints Stirn. Am folgenden Morgen brachten die Zorantani Glunlan endlich Respekt und Dankbarkeit entgegen. Die Dibjani nahm beides gleichmütig an und rieb Tehlis Rücken mit einem Kräuteröl ein.

»Wann wird unsere Schwester die Wanderung wieder aufnehmen können?«, erkundigte Frullenie sich.

Glunlan ließ ihre Hände ein weiteres Mal über Tehlis Rücken gleiten. »Mit dem Willen der Grünen Göttin nach zwei Nächten. Fragt dann eure Schwester. Sie wird es fühlen.«

»Du wirst uns also nicht nochmals aufsuchen?« Tehli zog ihr Ordensgewand um ihre Schultern und setzte sich auf.

»Es wird nicht notwendig sein.« Mit einer stummen Geste nahm die Priesterin Abschied von den Zorantani.

»Nach zwei Nächten«, wiederholte Jalongint. »Wir sollten die Vorbereitungen für die Fortsetzung unserer Reise nicht länger aufschieben.«

Das Sammeln frischer Futterkäfer für die Glinks fiel Myan und Quint zu. Knapp bevor sie im Dickicht verschwanden, hielt Breungar sie auf.

»Bitte bringt einige Stücke Tingantholz vom Rand der Oase mit.«

Die Worte des Priesters kamen noch leiser und schleppender als sonst. Sofort begannen die ungestellten Fragen mit neuer Heftigkeit in Myan zu rumoren. Einen halben Beutel Käfer und siebenundzwanzig Schweigegelübde später hörte sie plötzlich ihre eigene Stimme:

»Wusstest du von dem Streit über die Bedeutung der stofflichen Symbole der fünf Tugenden für unseren Pilgerweg?«

Quint hob seinen Blick nur kurz von dem Gemisch aus Sand, trockenen Blättern, Nadeln und Wurzeln zu seinen Füßen. »Nein. Ich wusste überhaupt nicht, dass die Symbole der fünf Tugenden so etwas wie eine stoffliche Seite haben – oder doch, warte … Erwähnte Narodilei nicht einmal etwas in diese Richtung?«

Eine vage Erinnerung zog missmutige Furchen durch Myans Gesicht. Wie aus weiter Ferne kam die Stimme ihrer Lehrmeisterin zu ihr, die den versammelten Adepten ankündigte:

»In unserer nächsten Stunde werdet ihr mehr über die Symbole der fünf Tugenden lernen, die in den Zorant eingraviert sind. Sie stehen für Treue, Friede, Reinheit, Gleichheit und Mäßigkeit, gewiss. Neben dieser geistigen Ebene haben sie jedoch auch eine stoffliche Entsprechung – eine Verkörperung. Diese spielen in manchen unserer ältesten Segen und Liedern eine Rolle. Ihr sollt diese Andeutungen verstehen, aber gleichzeitig wissen, dass sie keineswegs die Verehrung dieser stofflichen Symbole verlangen.«

Am nächsten Tag waren sie auf den Pilgerweg aufgebrochen. Myan fühlte ihre Knie weich werden. Sie hatte ausgerechnet die wichtigste Lektion für die Reise versäumt.

Myan streckte ihre Hand nach einem besonders fetten Käfer aus – zu langsam. Das Tier verschwand auf Nimmerwiedersehen im Sand.

Genau dort sollte sie auch ihre Gedanken vergraben, so tief wie möglich. Doch nicht einmal die heftigen Gewissensbisse vermochten ihre Worte aufzuhalten:

»Wenn wir doch bloß Narodileis Lektion gehört hätten! Oder wenn ich Breungar gestern noch rechtzeitig danach gefragt hätte – bevor Jalongint alle darum bat, nicht darüber zu sprechen! Nach Breungars Meinung hat der Pilgerweg den Zweck, die stofflichen Symbole der fünf Tugenden einzusammeln.«

»Das habe ich nach der Diskussion vermutet.« Quint richtete sich auf und streckte seinen Rücken durch. »Eine interessante Idee.«

Myan wusste nicht, ob sie sich von seiner Gelassenheit beruhigen lassen durfte oder ob sie darüber entsetzt sein sollte, dass auch ihr Adeptenbruder nicht dazu fähig war, das gebotene Schweigen über die Frage zu breiten.

Quint grinste. »Dann wäre nämlich der Umriss des Zorant von jenen Orten abgeleitet worden, an denen man die stofflichen Symbole der fünf Tugenden findet.«

Wie vom Blitz getroffen starrte Myan ihn an. »Ist er das denn?«

»Keine Ahnung.« Quints Grinsen wurde wegen ihres verdatterten Ausdrucks noch breiter. »Ich wusste doch nicht einmal etwas von den stofflichen Symbolen. In meiner bisherigen Vorstellung wurde der Zorant genau in der Form gefunden, die er eben hat – abgesehen von den Gravuren und einigem Glätten, natürlich. An einem magischen Heiligtum wird wohl niemand viel herumfeilen.«

Missmutig kehrte Myan zu ihrer Käfersuche zurück. Es sah Quint nicht ähnlich, Scherze über ein derart ernstes Thema zu machen – oder war das Thema eben nicht ernst? Ihr vollkommen tugendhafter Adeptenbruder hatte ein besseres Urteilsvermögen als sie. Vielleicht wollte er einfach nur ihre Gedanken zerstreuen.

»Würde es denn passen?«, hakte Quint nach einer Weile nach. »Könnte der Umriss des Zorant die Route zu jenen Orten spiegeln, die man besuchen muss, um die stofflichen Symbole für die fünf Tugenden zu erhalten? Die Reinheit ist die dritte Tugend, also müsste die nächste Station uns zu ihrem stofflichen Symbol führen. Was könnte es sein?«

Unsicher linste Myan zu ihm hinüber. Sie wollte nicht nochmals einem Scherz aufsitzen. Doch nun trug Quint den größten Ausdruck von Ernsthaftigkeit zur Schau, den sie an ihm kannte. Erneut blieb ihr Gewissen völlig machtlos gegen den Hunger nach Antworten. Als Adeptin stand es ihr nicht zu, das Urteil der Priester infrage zu stellen. Frullenie, Tehli und Jalongint lehnten eine Verehrung der stofflichen Symbole ab. Also entfernte sie sich vom Weg des Zorant, wenn sie diesen Verkörperungen irgendeine Bedeutung beimaß. Aber auch Breungar war ein Zorantani und Quint fand nichts Schlimmes an seinen Vermutungen ... Was war, wenn Breungar recht hatte? In welcher Richtung lag nun der rechte Weg?

Kurz darauf musste Myan sich eingestehen, dass der Kampf mit ihrem Gewissen unnötig war. So fieberhaft sie auch über die fünf Tugenden und über die Stationen des Pilgerweges nachdachte – sie kam keinen Schritt weiter.

»Ich weiß nicht, was das stoffliche Symbol für die Reinheit sein könnte. Unser nächstes Ziel ist Bouhlokwon. Die Stadt ist für ihre roten Teppiche und Tuchwaren bekannt, aber das hat nicht das Geringste mit Reinheit zu tun. Die dritte Strophe des Morgengesangs gibt ebenfalls keinen Hinweis auf etwas Stoffliches – im Gegensatz zu den ersten beiden Strophen, in denen Feuerkristall und Tingantbaum erwähnt werden. Und das herkömmliche Symbol für die Reinheit hilft mir auch nicht weiter. Dieser gekerbte Kreis mit vier Punkten in seinem Inneren, die um ein Kreuz gruppiert sind – was kann das sein?«

Quint runzelte für eine Weile die Stirn, hob dann die Schultern und setzte wieder ein Lächeln auf. »Ich kenne nichts in der Natur, was so aussieht. Und eigentlich fand ich das Symbol für die Reinheit immer am anschaulichsten. Die vier Punkte sind voneinander abgetrennt, sodass sie einander nicht berühren können, dennoch befinden sie sich in einem gemeinsamen Kreis – verbunden, aber geschwisterlich kühl, wie es im Morgengesang heißt. Egal. Es ist sinnlos, uns jetzt den Kopf zu zerbrechen. Breungar und Jalongint wollen nun die stofflichen Tugendsymbole sammeln, also werden wir sie im Lauf unserer Reise kennenlernen.«

»Ich will jetzt schon mehr wissen«, stieß Myan beinahe verzweifelt hervor. »Wir müssen alles richtig machen – falls Breungar recht hat und der Pilgerweg der Sammlung der stofflichen Symbole dient, haben wir die Pflicht, diese Verkörperungen jetzt schon zu ehren. Es geht um das Wohl von ganz Zorantander.«

Und um meine einzige Chance auf Sühne und Tugendhaftigkeit, verbiss sie sich gerade noch zu sagen. Wenn die Zorantani den Zweck ihrer Reise missverstehen sollten, war auch ihr letzter Hoffnungsschimmer auf die Ruhe und Sicherheit der Tugendhaften dahin.

»Wer von einem Pilgerweg durch die Wüsten und Savannen zurückkehrt, hat schon viel richtig gemacht.«

Quints Lächeln trug diesmal einen schmerzlichen Zug. Sicher dachte er an Girestuur, der niemals mehr einen Fuß in seine Heimatstadt setzen durfte, nachdem er den Pfad des Zorant verlassen hatte. Ein Priester war an den Prüfungen des Pilgerwegs gescheitert …

Hier war sie wieder, jene Frage, die seit Langem durch Myans Adern kroch wie ein langsam wirkendes Gift:

»Wodurch stärkt unser Pilgerweg eigentlich den Schutzschild unserer Stadt? Ist die Einhaltung der fünf Tugenden auf einem schwereren Weg genug, um die Macht des Zorant zu vergrößern?«

Im selben Moment begriff Myan, warum die stofflichen Symbole sie so sehr beschäftigten. Sie versprachen, jene Leere zu füllen, die sich nach der Ankunft in Urandib in ihr ausgebreitet hatte. Wies ein Strahl der Erleuchtung auf die stofflichen Symbole oder stand sie vor einer Prüfung? War der Weg des Zorant mit Feuerkristall und Tinganthol gepflastert oder lockten Trugbilder vor ihren Augen, denen nur jemand folgen würde, der das wahre Wesen der Tugenden nicht erkannte?

Als Myan einen Anflug von Kummer auf Quints Miene sah, fühlte sie einen Stich durch ihr Herz. Wenn sie Sorge in ihrem makellosen Adeptenbruder weckte, drohte sie den falschen Weg einzuschlagen. In ihrer Verwirrung blieb sie stocksteif stehen, obwohl Quint auf sie zuging und ihre Hände in seine nahm. Eine wohltuende, gefährliche Wärme floss durch ihren Körper.

»Für mich ist Wissen der wichtigste Schutzschild«, sagte Quint leise. »Wir lernen auf dieser Reise jeden Tag etwas Neues und nehmen dieses Wissen auch wieder mit nach … nach Hause. Die Zorantani konzentrieren sich immer sehr stark auf ihre Heimat. Vielleicht wird dem Orden ein langer Weg abverlangt, damit die Priester neues Wissen nach Zorantander bringen und der Stadt damit helfen.« Ein Glitzern trat in die graublauen Augen. »Schau dich um, Myan. Ohne diesen Pilgerweg hättest du nie diese wundervolle Oase gesehen. Ich bin noch nie an einem Ort gewesen, der so wild und gleichzeitig so grün ist. Für mich ist es richtig, dies alles zu sehen – deshalb ist diese ganze Reise richtig.«

Wenn es um Wissen ging, wollte Myan einwenden, dann wäre das Wissen über die stofflichen Symbole der fünf Tugenden ebenso wichtig wie jenes über die Menschen und Orte, die sie besuchten. Doch sie traute ihrer Stimme nicht. Die Wärme in ihrem Körper ließ jeden Muskel zu Gummi werden. Eine einzelne Silbe würde Quint verraten, dass die Tugend der Reinheit unter seiner Berührung außer Reichweite glitt. Dabei lag schon jetzt eine stumme Bitte in seinem Blick. Sie durfte die Sorge ihres Adeptenbruders über seine taumelnde Schwester nicht noch mehr vergrößern.

8

Die Unsicherheit über die Bedeutung der stofflichen Symbole der fünf Tugenden nagte so unablässig an Myan, dass sie sich beinahe nach der Rückkehr in die Wüste sehnte. Sonne und Sand hatten bereits einmal alles aus ihr herausgedörrt, was sie vom Weg des Zorant fernzuhalten drohte, und auf diese heilsame Wirkung hoffte sie erneut. Doch die Schwov schlug ihre Klauen nicht mehr so tief in ihr Gehirn wie zuvor. Nördlich von Urandib wehten die Winde stetig aus Nordost, dadurch wurde die Ausrichtung der Dünen zum verlässlichen, einfachen Wegweiser. Das Dahinziehen auf einem Dünenkamm ließ mehr Raum für müßige Gedanken als die ständige Konzentration auf den Stand der Sonne.

Selbst Hitze und Durst lasteten nicht mehr so stark auf ihr wie während der ersten Zeit in der Sandwüste. Gewohnheit konnte selbst die größte Qual abstumpfen. Zu allem Übel gelang es Myan nicht mehr, Abstand zu Quint zu halten. Solange sie in seiner Nähe war, fühlte sie sich weniger wie eine Lügnerin. Er wusste von ihrem Verlangen, mehr über die stofflichen Symbole der fünf Tugenden zu erfahren – ein Wunsch, den sie vor den anderen Zorantani verbergen musste. Außerdem ließ er sich kaum mehr abwimmeln. Anscheinend wollte er ihr helfen, weil er in Urandib ihr Ringen um Tugendhaftigkeit bemerkt hatte – mit der Ausnahme ihres besonderen Kampfes um Reinheit. Gegen die Gefahr, die von seiner Nähe ausging, war er völlig blind.

In einer schlaflosen Nacht verfluchte Myan die Ironie, dass sie sich von dem höchsten Beispiel an Tugendhaftigkeit auf eine Weise angezogen fühlte, die jeder Tugendhaftigkeit spottete. Ein größeres Vorbild würde sie niemals finden und doch kam sie dem Pfad des Zorant umso näher, je weiter sie von ihrem Adeptenbruder entfernt war. Sie sah sich ihren Gefühlen hilflos ausgeliefert. Kein Gebet, keine Buße, keine Beschwörung löste sie aus der Sehnsucht, in Quints Armen zu versinken und ihm mehr als eine Schwester zu sein – ein volles und ganzes Leben mit ihm zu teilen. Geschockt wischte Myan den letzten Gedanken beiseite. Ein volles und ganzes Leben war nur unter dem Schutzschild des Zorant möglich. Und sein Pfad verlangte Reinheit von ihr.

Am nächsten Morgen schlüpfte Myan wie benommen aus ihrem Schlafsack. Erst wehrte sie sich gegen ihre bleierne Schläfrigkeit, dann hieß sie die Betäubung willkommen. Während sie mechanisch Jiralnüsse für die Glinks aufschlug, begann sie ihren Zustand sogar zu genießen. Vielleicht stand ihr zur Abwechslung ein Tag ohne ihren tugendlosen Gedankenwirbel bevor. Ein plötzlicher Schrei ließ den Hammer auf ihre Finger niedergehen, statt auf die nächste Nuss. Myan fuhr vor Schreck und Schmerz zusammen.

»Tehli!« Jalongint sprang auf und hastete die Düne hinauf, hinter der der Schrei erklungen war. »Was ist los? Bist du gestürzt? Sind deine Schmerzen zurückgekehrt?«

In seiner Hektik vergaß der kahlköpfige Priester, wie viel schneller man mit gemächlichen Bewegungen auf dem rutschigen Sandboden vorankam. Obwohl sie sich zu langsamen Schritten zwang, erreichte Myan den Dünenkamm vor ihm. Auf der anderen Seite kniete Tehli – zusammengekrümmt und die Arme um ihren Leib geschlungen.

»Vorsicht!«, presste die Priesterin hervor. »Da ist ein Tier … Ein Insekt mit unregelmäßigen Flecken … sandfarben und hellbraun … Etwa so lang wie meine Hand und mit acht oder zehn Beinen. Es hat mich gestochen …«

Myan erstarrte. Die Beschreibung klang nach einem Sandläufer! Sie hatte vollkommen vergessen, die Pilger vor dieser Gefahr zu warnen, aus reiner Nachlässigkeit. Vor den Erschütterungen, die eine große Karawane im Sand verursachte, flüchteten die Insekten rasch genug. Aber eine einzelne Person war nie davor gefeit, einem der Tiere zu nahe zu kommen – besonders Tehli nicht. Die Priesterin hatte sich dank Glunlans Hilfe gut erholt, aber ihre Schritte waren immer noch sehr langsam und vorsichtig.

Energisch riss Myan sich aus ihrer Starre und eilte die Düne hinunter, während sie ihren Blick fieberhaft über den Sand gleiten ließ. Ihre Hoffnung, ein Insekt zu entdecken, das kein Sandläufer war, blieb unerfüllt. Sie sah gar nichts und zu ihrer Angst um Tehli drängte sich die Angst um das eigene Leben und das der anderen Pilger. Sandläufer bildeten Nester. Wenn die Priesterin tatsächlich von einem gestochen worden war und kein Tier von ihr fortlief, kniete sie direkt auf der ganzen Kolonie.

»Bleibt oben!«, rief Myan den anderen über ihre Schulter zu. »Ich kümmere mich um Tehli. Und falls mich auch etwas sticht, kommt auf keinen Fall näher – dann haben wir es nämlich mit Sandläufern zu tun.«

Erschrockenes Luftschnappen und ein erstickter Aufschrei aus Jalongints Kehle verfolgten Myan wie Rachegeister. Tehlis Tod wäre ihre Schuld und es würde ihr nur recht geschehen, an der Seite der Priesterin zu sterben, doch niemand außer ihr durfte mehr in Gefahr geraten.

Die letzten Meter legte Myan wie auf Glinkeierschalen zurück. Ein einzelner Sandläufer ließ sich durch Lärm und Vibration vertreiben, ein ganzes Nest brachte man damit jedoch zur Raserei. Zwei Armlängen von Tehli entfernt blieb sie stehen.

»Streck die Arme aus und rühr dich danach nicht mehr! Bleib ganz steif!«

Die Priesterin nickte, ihre angstgeweiteten Augen starr auf Myan gerichtet, die den Blick jedoch nicht halten konnte und wieder den Sand musterte. Nichts war zu erkennen. Doch das sagte bei diesen tückischen Insekten gar nichts. Myan beugte die Knie und führte ihre Hände zum Schwungholen nach hinten. Mit einem Sprung stürzte sie sich auf Tehli, hakte ihre Arme unter die Achselhöhlen der Priesterin und kugelte mit ihr gemeinsam die Düne hinunter.

Kaum waren sie zum Stillstand gekommen, riss Myan den Kopf hoch und blinzelte den Sand aus ihren Augen. Bevor sie jene Stelle wiedererkennen konnte, auf der Tehli gekniet war, kam Jalongint direkt auf sie zugerannt. Myan blieb beinahe das Herz stehen, doch er kam unbeschadet neben ihnen an. Kein Schwarm von Insekten ergoss sich über den Abhang. Womöglich war Tehli doch von einem anderen Tier gestochen worden.

Jalongint schob einen Arm unter Tehlis Schulter und zog sie in eine halb sitzende Position. »Zeig mir die Stelle – wo wurdest du gestochen?«

»Hier, am Knöchel.« Mit zitterndem Finger deutete Tehli auf ihren rechten Fuß.

Myan schob den Saum der Tunika hoch. Direkt über dem Knöchel erblickte sie eine münzgroße, violett verfärbte Schwellung mit zwei dunkleren Einstichspuren in der Mitte. Eindeutig der Biss eines Sandläufers. Myans Magen zog sich zu einem eiskalten Klumpen zusammen.

Jalongint wollte sich aufrichten. »Komm, ich bringe dich zum Lagerplatz, dort werden wir den Stich verarzten.«

Er versuchte, Tehli auf die Füße zu helfen, doch sie schüttelte den Kopf.

»Ich kann meine Beine nicht mehr bewegen. Mein ganzer Leib schmerzt und … ich kann meine Arme kaum noch kontrollieren.«

»Es war ein Sandläufer«, presste Myan hervor.

»Nein.« Ungläubiges Grauen breitete sich über Jalongints Gesicht aus.

Doch schon beim nächsten Blick auf seine Schwester konnte er die entsetzliche Wahrheit nicht länger leugnen. Inzwischen hingen auch Tehlis Arme führungslos herab und ihr Brustkorb hob sich im mühsamen Ringen um Atem.

»Was tut man gegen den Stich eines Sandläufers?«, brüllte Jalongint auf. »Wir müssen doch irgendetwas tun können!«

Myan schüttelte den Kopf. »Du weißt, dass es kein Gegenmittel gibt …«

Der bitteren Wahrheit gehorchend, tat der Zorantani das Einzige, was man für jemanden tun konnte, der von einem Sandläufer gestochen worden war. Er stammelte beruhigende Worte, bis Tehli das Bewusstsein verlor, und hielt sie fest bis zu ihrem letzten Atemzug. Dann vergrub Jalongint sein Gesicht an Tehlis Brust. Er wurde von heftigem Schluchzen geschüttelt, während er immer wieder den Namen seiner Schwester hervorstieß.

Myan ertrug den Anblick kaum. Jalongint war außer sich vor Schmerz. Wäre sie eine Fremde gewesen, hätte sie geglaubt, dass hier ein Ehemann seine jahrzehntelang geliebte Frau beweinte. Ein ungeheuerlicher Verdacht schlich sich in Myans Gedanken, doch sie unterdrückte ihn, bevor er Form annehmen konnte. Glaubte sie wirklich, diese Katastrophe auf etwas anderes schieben zu können als ihre eigenen ständigen Schläge gegen den Schutzschild der Pilger?

Schließlich näherte Frullenie sich dem Trauernden. Zu Myans Erleichterung musterte die Priesterin jeden Fußbreit Boden um sich herum, bevor sie den nächsten festen Schritt tat.

»Jalongint …« Frullenie legte ihm sanft eine Hand auf die Schulter. »Fasse dich. Tehli wandelte als Erleuchtete auf dem Weg des Zorant. Nun ist sie eins mit unserem heiligen Schutzschild und wacht mit ihm über alle, die den fünf Tugenden folgen. Treue, Friede, Reinheit, Gleichheit, Mäßigkeit.«

Das Schluchzen des Zorantani verlor langsam an Heftigkeit. »Treue, Friede, Reinheit, Gleichheit, Mäßigkeit«, wiederholte er nach einer Weile mit rauer Stimme. »Sie ruhe im Licht, als Strahl der Macht des Zorant.«

Quint brachte Tehlis Schlafmatte, bettete die Tote darauf und trug sie mit Breungars Hilfe zum Lagerplatz. Alle schlugen einen weiten Bogen um den Unglücksort und wagten es kaum, von ihren Füßen aufzublicken. Breungar und Frullenie sprachen die Gebete und Segen der Totenfeier, Jalongint nahm die rituellen Waschungen vor. Die Gesänge der verbliebenen fünf Pilger verklangen wie ein Wispern in den Weiten der Schwov.

Nachdem Tehlis Körper mit Sand bedeckt worden war, breitete sich tiefe Stille unter der wabernden Wüstenhitze aus. Niemand regte sich, niemand sagte etwas.

Nach einer langen Weile raffte Breungar sich dazu auf, der bitteren Wirklichkeit zu begegnen: »Wir müssen zum letzten Wasserloch zurückkehren. Unsere Vorräte reichen inzwischen nicht mehr für die Etappe, die noch vor uns liegt.«

Frullenie hob den Kopf. »Wir müssen nicht nur zurück zur letzten Wasserstelle. Wir müssen zurück nach Urandib. Besser noch zurück an den Jursch.«

»Unsinn«, krächzte Jalongint. »Gemäß unserer Regeln muss ich mich als verwaister Priester aus dem Leben des Ordens zurückziehen. Ich darf nicht bei euch bleiben und ebenso wenig dürft ihr mich begleiten, bis ihr eine Karawane findet, die mich aufnimmt. Ihr habt eine Aufgabe. Ihr müsst den Pilgerweg fortsetzen.«

»Du selbst hast zu Beginn unserer Reise gesagt, dass wir auf dem Pilgerweg nicht alle Regeln so genau befolgen können wie in Zorantander.« Frullenie verschränkte die Arme vor der Brust. »Kedjanky in die Hände erfahrener Karawanenleute zu geben, war eine Sache. Dich völlig allein durch die Schwov ziehen zu lassen, ist eine völlig andere. Für mich ist es undenkbar, einen unserer Priester einer solchen Gefahr auszusetzen – egal, ob er verwaist ist oder nicht.«

Der kahlköpfige Zorantani winkte ab. »Von dem letzten Wasserloch sind es nur dreieinhalb Tagesetappen bis Urandib. In der Oase kann ich bleiben, bis eine Karawane durchzieht. Glunlan hat uns das Gastrecht gewährt, die Dibjan werden meine Anwesenheit akzeptieren.«

Myan biss sich auf die Lippe. Bis zur Ankunft der nächsten Karawane in Urandib konnten viele Monate vergehen. Außerdem wäre nicht jeder Händler dazu bereit, Jalongint als Reisegefährten anzunehmen. Wegen seines Alters würden seine Kräfte leicht unterschätzt werden. Bis zu seiner Rückkehr nach Zorantander könnten Jahre vergehen. Aber während sie Jalongint musterte, zweifelte sie daran, ob er überhaupt zurückkehren wollte. Sein gebeugter Rücken und die eingefallenen Wangen ließen ihn plötzlich uralt aussehen. Aus seinen Augen war jeder Lebensmut gewichen.

Frullenie schien dieselbe Sorge zu haben: »Lass uns zumindest noch gemeinsam zurück nach Urandib gehen. Keine Ordensregel – natürlich mit Ausnahme der Befolgung der fünf Tugenden – kann so wichtig sein wie das Wohlergehen unserer Brüder und Schwestern. Die Wüste ist zu gefährlich für einen Einzelnen und uns würde es nur einige Tage Zeit kosten. Unsere Nahrungsmittelvorräte können wir ja in der Oase wieder aufstocken.«

Beinahe wütend schüttelte Jalongint den Kopf. »Die Wüste ist für fünf Menschen genauso gefährlich wie für einen. Das kann deshalb kein Grund sein, gegen die Regeln zu verstoßen. Zu der letzten Wasserstelle müssen wir alle zurück, aber von dort werde ich mich keinen Schritt wegbewegen, falls ihr den Weg zurück nach Urandib einschlagen solltet.«

Frullenie presste die Kiefer aufeinander. Mit jedem weiteren Wort hätte sie die Tugend des Friedens in Gefahr gebracht. Ruckartig winkte sie den anderen, das Lager abzubauen.

Myan fand sich in der düstersten Zeit ihres Lebens wieder. Geschockt über ihre Schuld an Tehlis Tod errichtete sie Steinwände aus den fünf Tugenden um sich herum, die jeden Satz, jedes Gefühl und jede Tat an ihrer harten Oberfläche prüften. Doch statt Ruhe und Sicherheit zu finden, schlug sie ihr Inneres an den Steinwänden blutig. Nichts, was sie dachte oder tat, schien einer Adeptin des Zorant würdig zu sein. Eines Nachts gestand Myan sich zähneknirschend ihre größte Sünde ein: Selbstsucht. Sie war auf diesen Pilgerweg gegangen, um Sühne für die Sünden ihrer Eltern zu erlangen, obwohl sie genau gewusst hatte, dass sie dem Pfad der fünf Tugenden fernstand. Aus reiner Selbstsucht setzte sie das Leben der anderen Pilger aufs Spiel, in der blinden Hoffnung, in den Wüsten und Savannen das zu finden, worum sie in der Stadt des Zorant vergeblich gerungen hatte.

Offenbar behielt Onkel Filo recht: Einem Kind der Sünde war es unmöglich, den Weg der Tugenden zu erkämpfen, egal wie sehr es sich bemühte. Sie konnte weder die Tugendbrüche ihrer Eltern büßen noch für sich selbst Erleuchtung gewinnen. Also musste sie den Orden verlassen – je früher, desto besser. Sobald sie Bouhlokwon erreichten, würde sie sich davonmachen und ein Leben als Karawanenarbeiterin beginnen. Sie hatte ihrem Volk lange genug geschadet. Es war Zeit, dem ein Ende zu setzen. Quint verdiente eine bessere Schwester, er …

Er müsste den Pilgerweg abbrechen, wenn sie den Weg des Zorant endgültig hinter sich ließ. Verzweifelt vergrub Myan das Gesicht in ihrer Armbeuge. Quint durfte nicht auch noch verwaist in der Wüste stranden. Ihre Heimatstadt brauchte zusätzlichen Schutz und der Pilgerweg, der ihn bringen sollte, stand bereits auf der Kippe. Wie weit würden Frullenie und Breungar völlig allein kommen? Sie brauchten Quint. Zorantander brauchte Quint. Ihr blieb keine Wahl – sie musste bleiben und weiterhin darum kämpfen, den Schutzschild der Pilger nicht weiter zu schwächen. Ihr völliger Abfall vom Weg des Zorant würde noch größeren Schaden anrichten als ihr ständiges Stolpern und Taumeln.

Oder doch nicht? Ihre unablässigen Tugendbrüche hatten Tehli das Leben gekostet. Ohne sie würden Quint, Breungar und Frullenie *vielleicht* in Gefahr geraten. Mit ihr würden sie *bestimmt* am Abgrund des Todes entlangwandeln. Sie musste gehen. Nicht erst in Bouhlokwon, sondern jetzt. Wie im Fiebertraum schälte Myan sich aus ihrem Schlafsack und machte sich mit tränenblinden Augen am Reisegepäck zu schaffen.

Aus dem ersten Bündel, das ihre zitternde Hand aufhob, löste sich etwas Schweres und wollte zu Boden fallen. Reflexhaft fing Myan das Etwas auf. Ihre Finger schlossen sich um einen Lederbeutel mit seidenglatter Stickerei. Durch die Hülle erfühlte sie drei kleine, eckige Klumpen – eindeutig nichts Essbares, aber auch kein Werkzeug. Verwirrt öffnete sie die Zugschnur und spähte in den Beutel. Drei kühle Lichter schimmerten im fahlen Mondlicht auf. Die Feuerkristalle.

Der Anblick kam erst wie ein Hieb in den Magen, dann war es Myan, als ob jemand einen kalten Umschlag über ihre fiebernde Stirn gelegt hätte. Die Feuerkristalle waren das Zeichen für die oberste der Tugenden – die Treue. Mit diesem Zeichen rief der Zorant sie dazu auf, nicht zu wanken. Ihre tiefe Verzweiflung war eine weitere Prüfung. Wenn sie noch ein wenig länger durchhielt, würden die fünf Tugenden endlich ihr Ruhebett sein, statt eines Gefängnisses.

Und noch eine weitere Botschaft lag in dem Anblick der blauen Juwelen: Die magische Schale rief sie mit dem stofflichen Symbol für die Treue zurück auf seinen Pfad und zurück auf den Pilgerweg. Ihre Reise war also unauflöslich mit den Verkörperungen der fünf Tugenden verbunden.

Bevor die Schwov die winzige Pilgergruppe aus ihren sandigen Klauen entließ, änderte sie langsam ihr Gesicht. Die goldenen Dünen wurden mehr und mehr von roten Sandkörnern durchsetzt, bis sie zuletzt tiefrot in der Abendsonne glühten. Am folgenden Tag bekam Myan den Felsboden der Lokdrintur unter die Sohlen ihrer Sandalen. Übersetzt hätte dieser Name aus einem alten vorplistischen Dialekt etwa »Rotkantwüste« gelautet. Ihr spröder Fels bestand aus vielen dünnen Schichten, die in scharfen Linien absplitterten. Je nach Lagerung der Gesteinsbrocken verliefen diese Linien waagrecht, senkrecht oder schräg zum Horizont.

In diesem Durcheinander von kantigen Quadern fand man nur schmale, wirre Pfade, deren Böden von scharfen Splittern bedeckt waren. Bald sehnte Myan sich nach dem lockeren Sand der Schwov, den sie auf ihrem Weg durch die Dünen so oft verwünscht hatte. Selbst die Glinks waren ungewöhnlich störrisch. An jedem Abend prüfte Myan die Füße der Vögel sorgfältig auf Verletzungen. Außerdem ließ sie die Tiere nachts auf Tehlis Schlafmatte und Schlafsack stehen, damit sie bequemer ruhen konnten.

Zwei Vorteile hatten die Felsen der Lokdrintur jedoch: Sie warfen Schatten auf die verschlungenen Pfade und an ihrem Fuß war oft Wasser zu finden. Man brauchte nur nach Stellen zu suchen, wo hellgraues Muttergestein zutage trat. Dort sickerte fast immer ein dünnes Rinnsal hervor, das gleich wieder unter dem roten, brüchigen Gestein verschwand. Aus ihrem Unterricht im Orden wusste Myan, dass es sich um Regenwasser aus dem Gebirge im Norden handelte, das unter dem spröden Stein abfloss, zum Teil in wahren Strömen.

Neben der Fließrichtung des Wassers wurde die Sonne erneut zum wichtigsten Wegweiser durch das Labyrinth der Felswüste. Mit jedem Tag fiel es Myan schwerer, ihren Wunsch nach Überblick und Orientierung genug zu zügeln, um keinen Bruch mit dem Frieden herbeizuführen. Zur Ablenkung dachte sie darüber nach, was das stoffliche Symbol der Reinheit sein könnte, doch auch hier geriet sie in eine Sackgasse nach der anderen.

Der erste Hoffnungsschimmer auf baldige Ankunft kam von Quint: »Ist das dort vorne Bouhlokwon oder nur eine weitere seltsame Felsformation?« Er neigte prüfend den Kopf zur Seite und deutete nach Nordwesten.

Dort ließen sich in der schroffen, leicht ansteigenden Landschaft Formen ausmachen, die regelmäßiger zu sein schienen als die üblichen Kanten und Zacken der Lokdrintur.

»Die Spuren von Menschen mehren sich jedenfalls.« Angewidert hob Frullenie eine kaputte Sandale auf.

Die Pilger wandten sich nach Nordwesten. Einige Zeit später war Myan überzeugt, dass sie sich geirrt hatten. Sie fand die Felsformationen, die Quint erspäht hatte, nicht wieder. Gleichzeitig wand der Pfad sich nach wie vor durch enge Durchlässe im Gestein.

Völlig unvermittelt stieß sie an der nächsten Quaderecke auf zwei Männer in Schuppenpanzern, die rechts und links von etwas postiert waren, was in anderen Städten nicht einmal als Pforte bezeichnet worden wäre. Sollte das etwa ein Stadttor sein? Myan hob den Kopf und sah einen weiteren Wachposten von einer kantigen Felssäule herabblicken. Offenbar nutzten die Bouhlokwoni das rote Felslabyrinth wie eine Verteidigungsanlage – zur Verstärkung der Stadtmauer, die sich zu beiden Seiten der Pforte erstreckten musste. Auf den schmalen Pfaden der Lokdrintur konnten Feinde sich bestenfalls in Zweierkolonnen nähern, die leicht zurückzuschlagen waren. Allerdings mussten auch die Verteidiger ohne jeden Überblick über die Angreifer zurechtkommen. Und den Karawanen, die Handelswaren nach Bouhlokwon brachten, wurde auch noch das letzte Stück ihres Weges schwer gemacht. Wie viele reisende Händler mochten ihr Ziel schon verfehlt haben? Nur für einen Vogel hoch in der Luft wäre die Stadt leicht zu finden gewesen.

Hinter der bewachten Pforte begann eine andere Welt, mit schnurgeraden Straßen zwischen rechteckigen Häusern. Nur die Farbe blieb die gleiche. Alle Gebäude bestanden aus dem Stein der Lokdrintur und sogar ihre steilen Dächer leuchteten in dem tiefen Rot. Hölzerne Dachstühle konnten sich selbst die wohlhabendsten Bürger von Bouhlokwon nicht leisten und dass der rote Stein wasserdurchlässig war, spielte keine Rolle. In der Lokdrintur fiel allenfalls einmal in acht Jahren spärlicher Regen.

Auf der Hauptstraße – rot wie die Häuser – ragten alle zweihundert Schritte rechteckige Brunnen hervor, aus denen das dumpfe Rauschen des unterirdischen Flusses heraufdrang. Es gab genug Platz, um Zugtiere an den Brunnen einsetzen zu können. Dieselben Legroms, von denen die Wolle für die berühmten Tücher und Teppiche stammte, hievten die riesigen Mengen Wasser an die Oberfläche, die für das Färben und Waschen gebraucht wurden. Unzählige Rinnen waren in das Straßenpflaster eingelassen, in denen sich das Abwasser sammelte, um von dort langsam und gefiltert zum hellgrauen Mutterfelsen hinabzusickern.

»Heiliger Zorant, was für eine Verschwendung!« Entsetzt beobachtete Frullenie, wie eine Frau einen Haufen Legromdung mit einem Eimer Wasser wegschwemmte.

Trotz des Grottensees gehörte der sparsame Umgang mit Wasser in Zorantander zu den obersten Geboten. Hier in Bouhlokwon war das kostbare Nass hingegen allgegenwärtig. Es konnte gar nicht so schnell im Boden versickern, wie es heraufgezogen wurde. Bald klebten Myans Sandalen völlig durchweicht an ihren Füßen. Kein Wunder, dass die meisten Stadtbürger trotz der scharfkantigen Steinchen auf den Straßen barfuß unterwegs waren. Endlich verstand Myan, woher der Spitzname »Rotfüße« kam, den sie auf ihren Karawanenzügen so oft für die Bouhlokwoni gehört hatte. Sie kam sich vor wie in einem absurden Traum. Sie sah Wasser, sie fühlte Wasser und sie hörte Wasser, trotzdem sah sie keine andere Farbe als Rot.

Überall in den Savannen und Wüsten galt: je nasser, desto grüner. Nur Bouhlokwon spottete dieser Regel. Es war fast ein Schock, als Myan endlich eine Wand erblickte, an der sich feine Zweige mit dunkelgrünen, lanzettförmigen Blättern dicht an dicht emporrankten. Durch das Grün blitzten orangefarbene Beeren hervor.

»Endlich frisches Essen.« Quint streckte die Hand aus. »Ich habe mich schon gefragt, wovon die Leute hier sich eigentlich ernähren.«

»Nicht!« Mit nie zuvor gezeigter Flinkheit schlug Breungar Quints Finger beiseite, bevor sie sich um eine Frucht schließen konnten. »Das sind Folansibeeren. Die sind erstens ungenießbar bitter und zweitens der streng gehütete Schatz dieser Stadt. Der Diebstahl einer einzigen Beere kann dich deine Hand kosten.«

Irritiert hob Quint eine Braue. »So viel zu meiner Hoffnung auf Frischfutter. Kann man hier zumindest Legromfleisch kaufen oder wird man dafür geköpft, weil die Tiere wegen ihrer Wolle tabu sind?«

Frullenie schoss ihm einen tadelnden Blick zu. »Hilf uns lieber, nach einer Karawanserei Ausschau zu halten, statt unangebrachte Bemerkungen über eine Stadt zu machen, die vom Verkauf einiger weniger Handelswaren leben muss.«

Das Geschnatter von Lastvögeln führte die Pilger auf den richtigen Weg. In einer Seitenstraße fanden sie zwei große Karawansereien und entschieden sich für diejenige, deren Stall halb leer war.

Das Oberhaupt der Karawanserei betrachtete die Ordensleute skeptisch. Eine so winzige Gruppe, die offensichtlich nicht dem Stand der reisenden Händler angehörte, schien verdächtig, obwohl die Priester sich als Pilger auf dem Weg des Zorant vorgestellt hatten – oder vielleicht *weil* sie sich als Pilger auf dem Weg des Zorant vorgestellt hatten.

»Natürlich kann ich euch in meinem Haus unterbringen – wenn ihr zahlen könnt …«

Myan rätselte, ob das Oberhaupt der Karawanserei eine Frau oder ein Mann war. Strähniges graues Haar hing bis zu einem kantigen, aber bartlos glatten Kinn hinab und verdeckte einen großen Teil des Gesichtes. Der mittelgroße, etwas schmächtige Körper steckte in einem formlosen Gewand. Die Stimme klang im ersten Moment männlich und kiekste nach den ersten zwei Silben eines Satzes in die Höhe.

»Also – könnt ihr zahlen?«, brummkiekste das Oberhaupt. »Ich nehme einen halben Goldrimi für ein Gewölbe pro Nacht. Der Stall für die Glinks ist im Preis inbegriffen, Futter kostet extra.«

»Wir brauchen kein ganzes Gewölbe«, warf Myan rasch ein. So viel Raum würde eine Karawane von bis zu vierzig Leuten mitsamt ihrer Handelsware fassen. »Und wir haben genug Futter für unsere Glinks.« Nur außerordentlich erschöpfte oder verschwenderische Karawanenführer kauften die Käfer und Nüsse für die Lasttiere in ihrer Unterkunft. Bei den Futterhändlern waren sie viel billiger.

Das Oberhaupt nickte wissend. »Ihr habt kein Geld. Pilger haben nie Geld. Sie erwarten Beherbergung ohne Gegenleistung, weil sie ja so heilig sind. Ich kenne das von den Söhnen der Wüste, diesen Spinnern.«

Frullenie zog einen Beutel hervor und ließ einige Goldrimis in ihre Handfläche fallen. »Wir haben Geld. Wir wollen es nur nicht in den Wüstensand werfen. Wir sind vier Leute mit sechs Glinks. Wir brauchen kein Gewölbe, nur ein kleineres Quartier. Für drei Nächte.«

Ein gieriger Blick blitzte hinter den grauen Haarsträhnen hervor. Myan war froh, dass Frullenie nicht den ganzen Reichtum der Zorantani gezeigt hatte.

»In Ordnung.« Das Oberhaupt richtete sich ein wenig aus seiner nachlässigen Haltung auf. »Einen Goldrimi für eine Kammer und sechs Stallplätze für drei Nächte.«

Das war ein unverschämter Preis. So viel würde eine ganze Karawane für zwei Nächte in einem Gewölbe zahlen. Trotzdem nickte Myan Frullenie unauffällig zu, als die Priesterin sie fragend ansah. Dieser Mensch hier würde wohl nicht mit sich feilschen lassen und in einer Handelsstadt wie Bouhlokwon war Quartier oft schwer zu finden. Vielleicht stand diese Karawanserei nur deshalb so leer, weil sie die schlechteste der Stadt war. Aber zumindest herrschte hier Ruhe. Mit überfüllten Lagerplätzen hatten sie bereits schlechte Erfahrungen gemacht. Und wenn dieses Oberhaupt das Gefühl bekam, ein gutes Geschäft abgeschlossen zu haben, würde es den Pilgern vielleicht höflicher begegnen.

Tatsächlich zog das Goldstück eine Schicht Honig über die unstete Stimme: »Nehmt eure Reisebündel von den Glinks und folgt mir. Mädchen!« Das Oberhaupt winkte einer Dienerin. »Bring die Vögel in den Stall und tränke sie!«

Die Kammer entpuppte sich als düster, war aber groß genug und roch sauber. Sobald die Pilger allein waren, rief Breungar seine Schwester und die Adepten zum Dankgebet.

Am Morgen ordnete Frullenie eine genaue Kontrolle des Reisegepäcks an. Vorräte, Geld, Kleidung, Ausrüstung – alles wurde gezählt, geprüft und auf Schäden untersucht. Wegen Tehlis Tod besaßen sie größere Nahrungsmittelvorräte, doch die Anzahl der Gold- und Bronzestücke war viel kleiner, als sie an dieser Stelle ihrer Reise hätte sein sollen. Einen Teil des Geldes hatte Girestuur bei seinem Abfall vom Weg des Zorant gestohlen. Zwei weitere Teile waren in Kedjankys und Jalongints Hände gegangen, um für ihre sichere Heimreise zu bezahlen.

»Wir müssen uns einschränken«, stellte Frullenie fest. »Unseren Proviant werden wir deshalb vor allem mit Trockenfleisch ergänzen. In dieser Stadt hier Getreide, Wurzeln und getrocknete Früchte zu kaufen, käme viel zu teuer.« Sie teilte die noch vorhandenen Münzen in drei Stapel, zwei größere und einen kleineren. Grimmig deutete sie auf den kleineren: »Das ist alles, was wir in Bouhlokwon ausgeben dürfen.«

Breungar kratzte für eine lange Weile sein rechtes Ohr. »Das wird nicht reichen«, sagte er schließlich zu den Münzstapeln auf dem Boden. »Wir müssen Folansiöl kaufen. Das ist teuer. Ein Fläschchen kostet mindestens drei Goldrimi.«

Erst runzelte Myan verwirrt die Stirn, dann verschluckte sie sich beinahe vor Aufregung. Folansiöl musste das stoffliche Symbol für die Reinheit sein! Rasch nahm sie den Wasserschlauch von ihren Lippen, damit sie ihre ganze Aufmerksamkeit auf das Gespräch der Priester lenken konnte.

»Breungar …« Frullenie seufzte und rieb sich die Augen. »Muss das wirklich sein?«

Der Zorantani hob halb abwehrend, halb beschwichtigend die Hände. »Ich weiß, meine Argumente konnten dich nie überzeugen – vielleicht zu Recht. Ich mag mich irren. Aber ich sammle lieber jetzt die stofflichen Symbole der fünf Tugenden ein und stelle nach jahrelangem Studium in den Archiven von Zorantander fest, dass ich mich geirrt habe, als mit leeren Händen nach Hause zurückzukehren und dort zu erkennen, dass die stofflichen Symbole der fünf Tugenden eine unverzichtbare Schicht unseres Schutzschildes bilden. Und selbst wenn du meiner Sicht nicht zustimmen willst – kannst du Jalongints Gründe für das Einsammeln der stofflichen Symbole ebenso leicht beiseitewischen? Mit ihnen können wir misstrauischen Fremden unsere Reise erklären. Und vielleicht brauchen die Bürger unserer Stadt die Verkörperungen der fünf Tugenden, solange der Zorant verschollen ist.«

»Die Gründe, die Jalongint in Urandib nannte, sind …«, Frullenie suchte nach Worten, »durchaus klug, aber vor allem praktisch. Den Tugenden zu folgen ist jedoch nicht immer praktisch. Wir können nicht sicher sein, mit dem Einsammeln der stofflichen Symbole auf dem Weg des Zorant zu bleiben. Außerdem hätte Jalongint seine Meinung gewiss geändert, wenn er zwischen dem Kauf von Nahrung und dem Kauf der stofflichen Symbole zu entscheiden gehabt hätte. Denn auf dem Pilgerweg zu verhungern wäre außerordentlich unpraktisch.«

Es gelang der Priesterin nicht, einen sarkastischen Tonfall zu vermeiden, während ihr durchdringender Blick an ihrem Bruder festhielt. Breungar gab sich jedoch nicht geschlagen. Nach einer Pause setzte er erneut zum Sprechen an. Frullenie kam ihm zuvor:

»Wenn du Jalongint ehren möchtest, müsstest du dann nicht auch seinen Wunsch ehren, die Diskussion über die stofflichen Symbole nicht wieder anzufachen?«

Nun verschränkte Breungar ruckartig die Finger über seinem kurz geschorenen Haar. Ratlosigkeit und Beharren spiegelten sich in rascher Abwechslung auf seiner Miene. In Myan wuchs die Angst, dass die Ratlosigkeit gewinnen würde und Frullenie sich durchsetzte. Sie mussten die stofflichen Symbole der fünf Tugenden nach Hause bringen! Aber die Priester würden ihr nicht glauben, wenn sie von dem Zeichen erzählte, das der Zorant ihr in der Schwov gegeben hatte. Sie war nur eine Adeptin – eine Adeptin, die gleichzeitig zugeben müsste, wie knapp sie davor gestanden war, vom Weg des Zorant abzufallen. Frullenie ließ sich nicht einmal von Breungar überzeugen – einem geweihten Zorantani! Wenn sie nur mehr Geld hätten …

»Wir könnten einen Glink verkaufen«, wurde Myans erster Gedanke laut.

»Einen Glink?« Frullenie zog die Brauen hoch.

Myan zwang sich dazu, ihre Aufregung zu verbergen und möglichst langsam zu sprechen: »Jeder Wüstenreisende braucht einen Glink für sich, dazu wird für jede Vierergruppe noch ein weiterer Vogel gerechnet. Wir gaben zwar Jalongint zwei Glinks mit, damit sie in der Schwov die schweren Wasserschläuche für ihn tragen können, aber wir haben immer noch sechs für vier Leute. Das ist einer zu viel, selbst wenn wir Tehlis Ausrüstung bei uns behalten. Eigentlich kostet uns der sechste Vogel nur Futter, während wir ihn als Lasttier nicht unbedingt brauchen.«

Frullenies Blick wanderte unschlüssig zu den Münzstapeln. »Wie viel bekommt man für einen Glink?«

»Fünf oder sechs Goldrimis – zumindest in Zorantander. In Bouhlokwon könnten die Preise sogar höher sein. Die Stadt ist von den Karawanen abhängig, weil sie die meisten Nahrungsmittel bringen, außerdem sind die hier hergestellten Teppiche und Stoffe schwer. Die reisenden Händler können also immer Glinks brauchen, um ihre Waren aus der Stadt zu schaffen.«

Die Aussicht auf einige zusätzliche Goldrimis gefiel Frullenie offenbar. Dennoch zögerte die Priesterin. Möglicherweise wollte sie lieber den ganzen Gewinn aus dem Verkauf eines Glinks für Nahrungsmittel aufsparen, statt Folansiöl zu kaufen. Ein Hilfe suchender Blick zu Breungar gab Myan keine Hoffnung. Er sah seine Schwester nur abwartend an. In die gespannte Stille hinein tönten plötzlich vom Gang her laute Tritte. Gleich darauf pochte es energisch an die Tür. Ohne zum Eintreten aufgefordert worden zu sein, stürmte ein Soldat der Stadtwache in die Kammer. Hinter ihm wurden zwei weitere Männer mit gezückten Schwertern sichtbar. Vor Schreck hätte Myan beinahe ihre Hand um Quints Oberarm gekrallt, doch sie brach die Bewegung gerade noch rechtzeitig ab.

»Ich bin Hauptmann Rebroskut«, bellte der erste Soldat über die Ordensleute hinweg, die auf dem Boden saßen. Selbst in diesen wenigen Worten trat der näselnde Dialekt der Bouhlokwoni deutlich hervor.

Die lang gestreckte, hagere Gestalt erinnerte Myan an ihren Onkel Filo. Nicht einmal der knöchellange rote Umhang des Hauptmanns konnte verbergen, dass sein Schuppenpanzer um die Schultern zu breit und um die Taille zu kurz war. Ein dicht behaarter Brauenwulst überschattete Rebroskuts Augen und seine kurze Nase, die er ein wenig rümpfte, während er die Pilger von oben herab musterte.

»Wir erhielten Nachricht, dass verdächtige Reisende in dieser Karawanserei nächtigen.« Wenn Rebroskut noch strammer gestanden wäre, hätten wohl seine Sehnen geknirscht. »Erklärt euch – welche Absichten führen euch nach Bouhlokwon?«

Frullenie erhob sich langsam und warf ihren Kopf in den Nacken. »Wir sind Pilger des Zorant – Priester aus Zorantander. Nun erklärt Ihr, weshalb Ihr bewaffnet in unser Quartier eindringt und damit den Oasenfrieden brecht!«

»Pilger aus dem Orden des Zorant«, höhnte Rebroskut. »Was für eine erbärmliche Tarnung! Als ob nicht alle wüssten, dass die Zorantani eure Erzfeinde sind – noch vor diesem Kriegerkönig. Und dass die Priester der fünf Tugenden niemals ihre Heimat verlassen.« In bedeutsamer Geste legte der Soldat die rechte Hand auf den Griff seines Schwerts. »Ihr seid Söhne der Wüste, die sich heimlich einschleichen wollen, nachdem ihr Stadtverbot bekommen habt. Und offenbar habt ihr doch Geld, obwohl ihr immer die bescheidenen, heiligen Diener der Wehrlosen spielt. Womit solltet ihr auch sonst Waffen und Essen kaufen.« Gleichermaßen anklagend wie triumphierend wies der Hauptmann auf die Münzstapel, die Breungar soeben einsammelte.

»Sehe ich wie ein *Sohn* der Wüste aus?«, wollte Frullenie in scharfem Ton wissen. Gleich darauf wies sie auf Myan. »Sieht sie wie ein Sohn der Wüste aus?«

Rebroskut streifte Myan, die immer noch auf dem Boden saß, mit einem Blick und winkte sofort ab. »Oh – die Söhne der Wüste sind schlau. Sicher seid ihr zwei Mütter, Töchter oder Schwestern von irgendwelchen Söhnen der Wüste und wollt in der Stadt mit der Tarnung helfen. Gesteht eure Absichten! Wollt ihr Waffen kaufen? Spioniert ihr Karawanen aus, um sie später in der Lokdrintur zu überfallen?«

»Wir wissen nicht einmal, wer die Söhne der Wüste sind.« Quint stand auf und stellte sich neben Frullenie in den Flecken Licht, der durch die Tür hereinfiel.

Der Anblick des hellhäutigen Kuv-Viandri ließ den streng herabgesenkten Brauenbalken des Hauptmanns ein Stück nach oben wandern. »Männer!« Unnötig laut wandte Rebroskut sich an die Stadtwachen, die vor der Tür postiert waren. »Sind schon einmal Kuv-Viandri unter den Söhnen der Wüste gesichtet worden?«

Beide schüttelten die Köpfe, wenn auch nicht mit voller Entschiedenheit.

»Bis jetzt nicht«, murmelte einer von ihnen.

Der Schuppenpanzer klimperte leise, als der Hauptmann unruhig seine Schultern zurechtrückte. »Alle aufstehen!«, kommandierte er nach einer kurzen Pause.

Sobald auch Breungar und Myan auf den Beinen waren, musterte Rebroskut die Gesichter und Gestalten der Ordensleute nochmals mit voller Sorgfalt.

»Was immer ihr seid«, zischte er zuletzt zwischen den Zähnen hervor, »ihr seid nicht, was ihr zu sein vorgebt. Zorantani pilgern nicht. Sie haben keinen Grund dafür. Alles, was sie für ihr Heil und für ihre Sicherheit brauchen, ist in Zorantander. Ihr lügt. Wir werden euch abführen und einkerkern, dann wird sich die Wahrheit schon weisen.«

»Wir bitten Euch im Namen der fünf Tugenden, Euren Augen zu trauen.« Frullenies Ton verriet, wie schwer ihr die Einhaltung des Friedens fiel. »Wir tragen die Stirnbänder, das kurz geschorene Haar und die Gewänder von Zorantani. Wir haben die rotbraune Hautfarbe der Bewohner Zorantanders – bis auf unseren Kuv-Viandri, natürlich. Wir sprechen den richtigen Dialekt. Wir folgen der Treue, dem Frieden, der Reinheit, der Gleichheit und der Mäßigkeit. Wir kennen die Gebete der Zorantani.«

Die Priesterin begann, einen langen und komplizierten Segen zu sprechen, in den erst Breungar und dann auch die Adepten einstimmten.

Rebroskut ließ sich davon nicht beeindrucken. »Jeder weiß, wie die Zorantani sich kleiden, also kann jeder ihr Aussehen nachmachen. Und woher soll ein Bouhlokwoni wissen, ob euer religiöses Geschwafel echt oder erfunden ist? Ihr habt euch offenbar gut vorbereitet. Ihr müsst wirklich eine große Verschwörung zu verbergen haben, wenn ihr euch solche Mühe macht.«

Schlagartig brach Myans Ärger sich seine Bahn: »Wie dumm müssten wir sein, um die Tarnung von Priestern zu wählen, wenn wir etwas zu verbergen hätten – wo doch jeder weiß, dass die Ordensleute des Zorant ihre Stadt niemals verlassen. Auffälliger ginge es wohl kaum. Genauso gut könnten wir versuchen, uns zwischen den Felsen der Lokdrintur als Sanddüne zu tarnen.«

»Friede, Myaniti!«, mahnte Breungar sanft. »Deine Worte sind wahr. Sie müssen deshalb nicht mit so großer Schärfe gesprochen werden.«

Tatsächlich begannen die Kiefer des Hauptmanns, unentschlossen zu mahlen. Es dauerte lange, bis er das Ergebnis seines angestrengten Nachdenkens verkündete: »Entweder seid ihr besonders gerissen oder ihr seid tatsächlich Priester. Allerdings sagt ihr es selbst: Die Zorantani verlassen ihre Stadt nie. Warum sollten also plötzlich welche in Bouhlokwon auftauchen?«

Frullenie fand zu einem verbindlichen Ton zurück: »Diese Frage haben wir bereits am Anfang beantwortet. Wir sind auf einem Pilgerweg – nach dem Vorbild eines verblichenen Hohen Paars, das vor über zweihundertfünfzig Jahren dieselbe Strecke wanderte. Unsere heilige Reise wird den Schutzschild Zorantanders noch stärker machen, damit wir die große Gefahr abwenden können, die uns durch den Kriegerkönig droht.«

Rebroskut schüttelte in militärischer Knappheit den Kopf. »Das ergibt keinen Sinn. Der Zorant schützt die Leute, wenn sie seinen fünf Tugenden folgen, und er ist in Zorantander. Wie sollte also eine Reise an andere Orte seine Macht vergrößern können? Und der Kriegerkönig ist zurzeit die beliebteste Ausrede für alle Schurken und Verschwörer. Männer – führt sie ab und kerkert sie ein! Der Richterrat soll sich um diese Hochstapler kümmern und herausfinden, was sie wirklich im Schilde führen.«

Der Hauptmann packte Breungar am Halsausschnitt und zog ihn grob zur Tür. Der Priester stolperte und fiel mit hochgerissenen Armen gegen die Wachen. Eine der Schwertklingen fuhr in den Stoff des Ordensgewandes. Jedes Haar auf Myans Körper sträubte sich. Sie wappnete sich für den Anblick von Blut und wollte vorwärtsstürmen, um den zusammenbrechenden Breungar aufzufangen. Nur weil er aufrecht stehen blieb, klärte ihr Blick sich genug, um das saubere Metall zu sehen, das seine Tunika unter der Achsel durchstoßen hatte. Eine Handbreit weiter und seine Brust wäre durchbohrt worden.

»Wartet!« Frullenie wich hastig einen Schritt zurück, als Rebroskut neuerlich seine Hand ausstreckte. »Wir können beweisen, dass wir Pilger des Zorant sind – und womit wir den Schutzschild unserer Heimat stärken werden. Rasch, Myan – wo sind die stofflichen Symbole der fünf Tugenden?«

Hastig fiel Myan auf die Knie, um die Reisebündel zu durchwühlen. Ihre Finger zitterten so heftig, dass sie es zuletzt kaum wagte, den Lederbeutel mit den Feuerkristallen hochzuheben. Statt wieder aufzustehen, reichte sie den Beutel und das Tuchbündel mit dem Tingantholz zu Quint hinauf. Er wollte sie an Frullenie weitergeben, doch die Priesterin bedeutete ihm, die Kristalle und die Holzstücke aus ihren Hüllen zu befreien.

»Nun seht her!« Frullenie nahm ihr dunkelrotes Stirnband ab und spannte es vor den Augen des Hauptmanns auf. »Diese eingestickten Embleme stehen für die fünf Tugenden. Das erste Symbol – das Oval mit der aufgesetzten Pyramide – steht für die Treue und zeigt einen Feuerkristall, so wie diesen hier.« Die Priesterin deutete auf Quints Handfläche, wo nun ein pyramidenförmiger Kristall auf seinem rundlichem Muttergestein bläulichen Schimmer verbreitete. »Wisst Ihr, wo diese kostbaren Steine herkommen?«

»Aus Miliant«, brummte Rebroskut. Wie verzaubert starrte er das Juwel an.

»Und wo liegt Miliant?«, fragte Frullenie energisch.

Der Hauptmann hob nur verwirrt den Brauenbalken.

»Miliant liegt in der Nähe von Zorantander«, half die Priesterin ihm. »Und die herrschende Dynastie handelt nicht mehr mit Feuerkristallen. Wenn wir dennoch einen haben, müssen wir also selbst in

Miliant gewesen sein. Das hier«, Frullenie deutete auf das nächste Zeichen auf ihrem Stirnband, »ist das Symbol für den Frieden. Es kommt vom Tingantbaum – ein Stück Holz mit drei Nadeln. Es wird Euch also nicht schwerfallen zu erraten, um welche Art von Holz es sich bei diesem Stück hier handelt.« Sie nahm ein Aststück aus Quints Hand und hielt es dicht unter Rebroskuts kurze Nase. »Damit dürfte klar sein, dass wir auch in Urandib waren und einen Pilgerweg gehen, um die stofflichen Symbole der fünf Tugenden einzusammeln.«

Der Blick des Hauptmanns flackerte vom Stirnband der Zorantani zum Feuerkristall, zum Tingantholz und zurück zum Stirnband. »Was wollt ihr aus unserer Stadt mitnehmen?« Rebroskuts Stimme schnarrte mit einer Entschlossenheit, die seinem Blick fehlte.

»Folansiöl.« Ein unterdrücktes Seufzen leitete Frullenies Erklärung ein. »Das dritte Symbol – das für die Reinheit – zeigt eine quer aufgeschnittene Folansibeere. Seht Ihr die viergeteilte Form, mit jeweils einem Kern in der Mitte?«

»Ja, so sieht in der Tat eine durchgeschnittene Folansibeere aus.« Rebroskut kratzte sich am Bauch, obwohl er dies durch den Schuppenpanzer unmöglich fühlen konnte. »Lasst diesen Priester des Zorant los!«, befahl er seinen Männern, die Breungar jedoch längst freigegeben hatten. »Es scheint, als ob die Verdächtigungen gegen euch ungerechtfertigt gewesen wären. Ihr dürft euch frei durch Bouhlokwon bewegen – aber seid vorsichtig! Die Söhne der Wüste sind überall, allen Bemühungen der Stadtwache zum Trotz. Und sie hassen euch Zorantani aus tiefstem Herzen. Sie würden euch ohne Augenzwinkern töten.«

»Wieso?«, fuhr Myan auf. Sie hatte nie zuvor von dieser Sekte – oder was die Söhne der Wüste auch immer waren – gehört und nun trachteten sie ihr plötzlich nach dem Leben?

Wichtigtuerisch verschränkte der Hauptmann die Arme vor der hageren Brust. »Der Kriegerkönig brach den größten Krieg vom Zaun, den die Völker der Wüsten und Savannen jemals gesehen haben. Die Städte fallen wie ausgetrocknete Palmen – Huloneim, Narint und Pock sind schon besiegt und die letzten Nachrichten vom Weißen Wogopeischen Trichter lauten, dass die Verteidiger nicht mehr lange durchhalten werden. Die Zahl der Karawanen, die nach

Bouhlokwon kommen, beginnt bereits abzunehmen. Reisen wird mit jedem Tag gefährlicher und immer weniger Menschen wollen rotes Tuch und rote Teppiche kaufen. Die Farbe erinnert sie an frisches Blut, außerdem werden Nahrungsmittelvorräte viel wichtiger. Aber wir sind auf den Handel angewiesen und selbst Bouhlokwon ist nicht vor Korotimbers Truppen sicher. Und zu allem Unglück gibt es inzwischen viele Abenteurer, die sich freiwillig dem Heer des Kriegerkönigs anschließen wollen – um möglichst früh auf die Seite des Siegers zu wechseln.«

Rebroskut räusperte sich. »Die Söhne der Wüste töten diese Abtrünnigen auf ihrem Weg zu Korotimber. Jeder, der in ihren Geheimbund eintritt, schwört vor dem Doppelgesicht des allmächtigen Bouhlok den heiligen Eid, unsere Stadt vor dem Kriegerkönig zu verteidigen und ihm auf jede mögliche Art zu schaden. Seit Kurzem wenden sie sich sogar gegen alle Karawanen, die Handel mit jenen Städten treiben, die Korotimber bereits eingenommenen hat – egal, wann sie dort ihre letzten Geschäfte gemacht hatten. Damit bringen die Wüstensöhne jedoch unsere Stadt in Gefahr – gegen ihren heiligen Eid – und deshalb müssen wir sie bekämpfen. Wie gesagt, wir sind von Nahrungsmittellieferungen abhängig. Wenn die Zahl der ankommenden Karawanen weiterhin so stark sinkt, droht uns noch vor Korotimbers Ankunft eine Hungersnot.«

Rebroskut hielt inne, als ob er den Faden verloren hätte und sich erst daran erinnern müsste, wohin seine Rede ihn ursprünglich führen sollte. Wenig später hellte seine Miene sich auf und er fuhr fort: »Jedenfalls geben die Söhne der Wüste euch Zorantani die Schuld an dem ganzen Desaster, weil Korotimber ja letztendlich nach eurer Stadt giert. Wenn Zorantander sich ihm ergeben würde, blieben alle anderen Völker verschont und könnten in Frieden leben. Die Söhne der Wüste sagen, dass eure fünf Tugenden eigentlich von euch fordern würden, euch dem Kriegerkönig zu unterwerfen, und dass die anderen Völker für euch bluten, während ihr in Heuchelei lebt, um eure eigenen Hälse zu retten.«

Tiefe Betroffenheit verschloss Myan die Lippen. Hatten die Söhne der Wüste etwa recht? Forderte die Tugend des Friedens nicht Frieden für alle Völker? Durften die Priester es sich unter dem Gebot der

Gleichheit erlauben, andere Städte und Oasen unter den Angriffen des Kriegerkönigs bluten zu lassen, während sie selbst unter dem Schutzschild des Zorant standen? Verbot nicht die Mäßigkeit, den Tod von Tausenden Menschen hinzunehmen? Myan nahm den Abschied der drei Soldaten wie durch einen Nebel wahr.

9

Wie könnten wir unsere Stadt einem König preisgeben, der den Zorant zerstören will und den geheiligten Weg der fünf Tugenden missachtet? Damit würden wir mit der obersten Tugend brechen, der Treue.« Breungar betrachtete Myan nachdenklich, bevor er seine Aufmerksamkeit wieder auf die rote Straße richtete. »Die Herzen aller Zorantani bluten bei dem Gedanken an die vielen unschuldigen Opfer, die Korotimbers unersättliche Kriegslust fordert. Aber er ist es, der diese Schuld auf sich lädt. Wir haben ihm keinen Grund dafür gegeben, sich gegen uns zu wenden und auf seinem Weg nach Zorantander andere Städte zu erobern. Der Zorn der Söhne der Wüste ist blind. So blind, dass sie ihn sogar gegen ihre eigene Stadt richten, indem sie die Karawanen mit lebenswichtigen Nahrungsmitteln angreifen. Es ist unrecht von ihnen, uns den Bruch mit Tugenden vorzuwerfen, die sie selbst nicht achten. Wenn sie auf die Gleichheit pochen wollen, dann müssen sie diese Gleichheit erst schaffen. Sie müssten also auf den Pfad der fünf Tugenden finden. Dazu sind sie jedoch nicht bereit, vielmehr wollen sie uns Ordensleute töten. Die Söhne der Wüste sind somit die Letzten, die uns einen Bruch mit unseren Tugenden vorwerfen dürfen.«

Myan kämpfte mit dem Eindruck, dass die Tugenden der Treue und der Gleichheit sich nicht gut vertrugen. Sie fand jedoch keine Worte für ihre wirren Gedanken. Breungar nahm ihr Schweigen als Zeichen dafür, dass ihre Fragen ausgeräumt waren. Pflichtbewusst widmete er sich wieder ihrer eigentlichen Mission:

»Wenn ich nur wüsste, ob Folansiöl ausschließlich im Basar zu bekommen ist oder ob man es auch direkt in den Ölmühlen kaufen kann ... Ich würde mich nur ungern durch das Gewimmel eines Basars drängen, um dort so etwas derart Kostbares zu kaufen. In einer der kleinen Ölmühlen würden wir weniger Aufsehen erregen und vielleicht ist das Öl dort sogar etwas billiger.«

Gerade erst verdrängte Gewissensbisse flammten erneut in Myan auf. Die plötzliche Idee, einen Lastvogel zu verkaufen, war ihr in der Karawanserei wie ein rettender Lichtblick erschienen. Doch beim Händler hatte sie es kaum ertragen, sich von einem weiteren treuen Glink verabschieden zu müssen. Ihr blieb nur zu hoffen, dass die künftigen Besitzer ihn ebenso gut behandeln würden wie die Ordensleute.

Ausnahmsweise musste Myan sich zwingen, den Mund aufzumachen: »Suchen wir doch einfach nach einer Mühle und fragen dort, ob sie uns Öl verkaufen.« Die nächste Frage glitt wieder ganz von selbst über ihre Lippen: »Weshalb ist das Folansiöl überhaupt das stoffliche Symbol für die Reinheit?«

Breungar seufzte und rieb sich den Nacken. Erst nach fünfzig Schritten versenkte er seine Hände wieder in den Ärmeln und setzte die Miene des gewissenhaften Lehrmeisters auf.

»Alle Adepten lernen etwas über die stofflichen Symbole der fünf Tugenden. Ich sollte dich also dasselbe lehren – obwohl auf unserem Pilgerweg gewisse Uneinigkeit über ihre Bedeutung herrscht ...« Der Priester musste einige weitere Schritte zurücklegen, bis er sich endgültig davon überzeugt hatte, dass es richtig war, weiterzusprechen: »Folansiöl ist ein sehr wertvoller Stoff, vor allem für die Heilkunde. Nichts kühlt Entzündungen besser. Außerdem bringt es jede Flamme unter Kontrolle. Natürlich gibt es dieses Öl immer nur in kleinen Mengen, aber theoretisch könnte es eine Feuersbrunst binnen fünf Lidschlägen löschen. Es löscht sogar Flammen, gegen die Wasser machtlos ist – etwa das immerwährende Feuer der Magier von Jurschnom oder die glühenden Kiesel im Feurigen Wogopeischen Trichter. Die besten und kostbarsten Klingen entstehen, wenn der Stahl nach dem Schmieden nicht in Wasser abgekühlt wird, sondern in Folansiöl.«

»Wir leben die Reinheit, das tiefe Gefühl verschwisterter Bindung, besänftigend kühl«, zitierte Myan aus der dritten Strophe des Morgengesangs.

Breungar lächelte. »Genau. Die eindrucksvolle Kühlfähigkeit ist aber nur eine Seite dieses stofflichen Symbols. Damit das Öl seine besondere Eigenschaft gewinnt, muss es nämlich in allergrößter Reinheit hergestellt werden. An den Samen darf vor dem Pressen nicht einmal mehr der winzigste Rest vom Fruchtfleisch hängen. Und nach dem Pressen muss das Öl dreifach gefiltert werden. Niemand weiß genau, wie und wodurch, außer den Besitzern der Ölmühlen, die ihr Wissen streng geheim halten. Das Folansiöl ist der reinste Stoff, der von Menschenhand hergestellt werden kann.«

»Ich wünschte, ich könnte meine Gedanken auch filtern, damit sie –« entfuhr es Myan. Rasch brach sie ab. Unter Breungars musterndem Blick fühlte sie ihren Nacken heiß werden.

»Wir alle würden gern unsere Gedanken und unsere Wesen von Zeit zu Zeit filtern und reinigen«, bemerkte der Priester ruhig. »Solltest du allerdings speziell mit der Tugend der Reinheit kämpfen, dann such bei Gelegenheit Frullenies oder meinen Rat. Die Nähe von Ordensschwester zu Ordensbruder kann im Noviziat und im Adeptenstand verwirrend sein, weil wir vor dem Eintritt in den Dienst des Zorant etwas völlig anderes kennengelernt haben. In unseren Jugendtagen erleben wir die Liebe zu Männern oder Frauen, die nicht mit uns verwandt sind, unter anderen Vorzeichen. Bei Verwirrungen in der frühen Ordenszeit handelt es sich meist nur um einen Nachhall alter Gewohnheiten – um ein Trugbild, hinter dem bereits die kühle Geschwisterliebe wohnt. Wir erkennen sie nur noch nicht, weil wir sie bis dahin nur unter Familienmitgliedern erlebten.«

Ein Trugbild? Myan kaute nervös auf ihrem Daumennagel, während sie ihre Gefühle für Quint mit ihren Gefühlen für Rovinoto verglich. Natürlich hatte sie damals geglaubt, Rovinoto zu lieben, auf dieser Karawanenreise nach Pock und während der folgenden Monate – die einzige Zeit in ihrem Leben, in der ihr Entschluss ins Wanken gekommen war, dem Wunsch ihrer Mutter zu folgen und in den Orden einzutreten. Aber je besser sie Rovinoto kennengelernt hatte, desto mehr waren ihre Gefühle geschwunden. Hinter seiner Entschlossenheit lauerte Herrschsucht. Er hatte ihr Vorwürfe gemacht, wenn ihr Versprechen an ihre tote Mutter sie quälte.

Ihre Gefühle für Quint waren hingegen langsam und stetig gewachsen, bis sie sich schließlich hatte eingestehen müssen, in ihn verliebt zu sein. Gleichzeitig wühlte eine unabsichtliche Berührung ihres Adeptenbruders sie mehr auf als einer von Rovinotos stürmischen Küssen. Das war kein Nachhall alter Gewohnheiten und gewiss kein Trugbild, hinter dem bereits eine fremde Form der Geschwisterliebe stand. Das roch nach jener Leidenschaft, die sie anfangs in Rovinotos Arme getrieben hatte – dieselbe Leidenschaft, der sie ihr eignes Leben verdankte. Wenn hier von Dank die Rede sein durfte …

»Schau!« Breungars Hand auf ihrem Arm holte Myan in die Gegenwart zurück. »Dieses Gebäude hier könnte eine Ölmühle sein.«

Tatsächlich bog vor ihnen gerade eine Frau mit einem Tragekorb voller Folansibeeren in einen Hauseingang ein. Der Priester seufzte nochmals, straffte dann seine Schultern und folgte der Bouhlokwoni.

Drinnen wurden die Ordensleute von einer schrillen weiblichen Stimme empfangen: »Was wollt ihr zwei hier? Wenn ihr keine Folansibeeren abzuliefern habt, schert euch schleunigst wieder hinaus!«

Noch bevor ihre Augen sich an den halbdunklen Raum gewöhnt hatten, zerrte Breungar Myan schon wieder auf die Straße hinaus. Bis auf den flüchtigen Eindruck zweier schemenhafter Frauengestalten und eines herb-fruchtigen Geruchs, der wohl von den Folansibeeren stammte, nahm sie nichts aus der Ölmühle mit.

Breungar hob mit einer Mischung aus Schuldbewusstsein und Schicksalsergebenheit die Schultern. »Nach einer solchen Begrüßung macht es keinen Sinn, eine Frage zu stellen – möge diese Frage auch noch so höflich und harmlos sein. Lass uns weitersuchen!«

Er bog in eine Seitenstraße ein, die schließlich vor einigen frei stehenden Mauern endete – zumindest vermutete Myan, dass unter den dichten Ranken zahlloser Folansibüsche Steinwände verborgen waren. Hinter den dunkelgrünen Reihen wurde ein Haus sichtbar, dessen Eingangstür den Umriss einer Flasche nachahmte und im leuchtenden Orangeton der Folansibeeren gestrichen war. Myan und Breungar wechselten stumm einen Blick, bevor sie durch die schattigen Rankenkorridore hindurch auf die Tür zusteuerten. Dort priesen schwarze Buchstaben auf einer roten Steinplatte das beste Folansiöl von ganz Bouhlokwon an.

»Womöglich wird das Öl in diesem Geschäft hier zu teuer für uns sein.« Nachdenklich betrachtete Breungar das herrschaftliche Gebäude. »Aber wir sollten trotzdem nach dem Preis fragen. Wir können nicht den ganzen Tag mit der Suche verbringen. Wenn wir hier nicht kaufen, müssen wir wohl als Nächstes den Basar aufsuchen – ob es uns gefällt oder nicht.«

Die Bedenken erschienen Myan äußerst berechtigt. Allein die hölzerne Tür, die lautlos in ihren gut geschmierten Angeln schwang, sprach von großem Reichtum. Überall sonst in Bouhlokwon hingen schwere Teppiche vor den Eingängen. Im Inneren des Gebäudes wurde sie von angenehmer Kühle umfangen. Hellgraue, polierte Steinplatten und zartgelbe Wände boten dem Auge eine überaus willkommene Abwechslung von all dem Rot auf den Straßen. Auch im Verkaufsraum gab es keinen einzigen roten Gegenstand. Der Vorhang, der vor einem kleinen gemauerten Regal hing, war ebenso weiß wie der Teppich auf dem Boden. Ein Tisch und vier Sessel glänzten im dunkelbraunen Wurzelholz der Tangelbüsche von den Ufern des Jursch.

Myan fühlte sich plötzlich schmutzig vom Straßenstaub und vermied es sorgfältig, auf den weißen Teppich zu treten. In ihrer Konzentration auf den Boden entging ihr beinahe ein Mann, der in einem der kostbaren Sessel saß und ein Schriftstück studierte.

»Willkommen«, dröhnte er in einer eindrucksvollen Bassstimme, ohne aufzusehen. »Einen Augenblick – ich werde sofort für Euch da sein.«

Im ersten Moment hielt Myan den Bouhlokwoni für einen Greis. Dann begriff sie, dass sein langes, gewelltes Haar nicht weiß war, sondern dieselbe zartgelbe Farbe hatte wie die Wände. Womit um des Zorant willen färbte er es? Die hellste natürliche Haarfarbe, die unter den Völkern der Wüsten und Savannen vorkam, war das tiefe Kupferrot mancher Einwohner von Pock. Aber deren Haut war kaum dunkler als jene der Kuv-Viandri. Zu der bronzefarbenen Haut des Bouhlokwoni bildete das zartgelbe Haar einen äußerst merkwurdigen Kontrast.

»Nun …« Der Mann legte das Legrompergament beiseite und erhob sich. »Womit kann ich –«

Er hielt im selben Moment inne, in dem er die Stirnbänder und die weißen Ordensgewänder seiner Kunden wahrnahm. Myan meinte, Schock von der starren Miene abzulesen. Unweigerlich wappnete sie sich gegen den nächsten unfreundlichen Empfang, doch der Bouhlokwoni eilte plötzlich auf Breungar zu, ergriff seine Hände und schüttelte sie in größter Ehrerbietung.

»Zorantani! Beim Doppelgesicht des allmächtigen Bouhlok! Dass ich das erleben darf!«

Er begrüßte Myan auf dieselbe Weise, mittlerweile über das ganze Gesicht strahlend – ein überaus gut geschnittenes Gesicht. Nur der zu klein geratene Mund störte das Gleichgewicht ein wenig. Die Bassstimme, die aus einem mächtigen Brustkorb tönte, hätte gut zu einem Riesen gepasst, dabei reichte der Mann Myan nur bis zur Nasenspitze.

»Setzt Euch, bitte setzt Euch!« Eilig zog er Sessel für die Ordensleute unter dem Tisch hervor. Gleich darauf erhellte eine neue Idee seine Miene: »Ich werde eine kleine Erfrischung für Euch holen – ich bin gleich wieder zurück.«

Der Gelbhaarige entschwand mit ausholenden Schritten. Breungar ließ sich nur zögerlich auf dem angebotenen Sessel nieder. Galt seine Sorge immer noch dem Preis des Folansiöls in diesem herrschaftlichen Haus oder war es mehr? Langsam machte Myans Erstaunen über die herzliche Begrüßung einem Anflug von Misstrauen Platz. Solch einen respektvollen Empfang hatte sie vielleicht am Anfang des Pilgerwegs erwartet. Seit Miliant und besonders seit dem Abend auf dem überfüllten Lagerplatz am Jursch rechnete sie vielmehr mit Unfreundlichkeit und Ablehnung.

Was, wenn dieser Bouhlokwoni zu den Söhnen der Wüste gehörte und soeben ihre Mörder alarmierte, während er den gastfreundlichen Geschäftsmann mimte? Das ehrliche Lächeln konnte ebenso gut von der ehrlichen Freude über das baldige Ende zweier Erzfeinde kommen. Gänsehaut kroch über Myans Rücken und ließ ihre Muskeln steif werden. Sie wollte Breungar bereits bitten, das Haus rasch zu verlassen, doch der Gelbhaarige kehrte im selben Moment mit einem Tablett in den Händen zurück.

»Entschuldigt den stürmischen Empfang, den ich Euch bereitete.« Er stellte das Tablett ab und nahm selbst Platz. »Aber natürlich gilt es unter den Folansati – so nennen sich die Besitzer der Ölmühlen, aber wem sage ich das – als die größte erdenkliche Ehre, Zorantani im eigenen Haus empfangen zu dürfen. Jeder von unserem Stand hofft darauf, unsere alte Schuld gegen Euren Orden abgelten zu dürfen, doch niemand rechnet ernsthaft damit. Ich hätte mir niemals träumen lassen, dass es zu meinen Lebzeiten geschehen würde – und noch weniger hätte ich mir träumen lassen, dass mir diese Ehre zuteilwerden könnte.«

Einige sanfte Falten auf Breungars Stirn gaben Myan Gewissheit: Der Priester wusste ebenso wenig von einer Schuld der Folansati gegen die Zorantani wie sie selbst.

Der Bouhlokwoni bemerkte jedoch nichts davon. Unbeirrt sprach er weiter, während er den Krug vom Tablett nahm und drei metallene Becher füllte: »Mein Name ist Draxihon. Leider bin ich kein Nachkomme der ehrwürdigen Klispranar. Allerdings darf sich dieser Tage kein Folansati rühmen, von ihr abzustammen, denn ihre Familie starb vor rund hundertzwanzig Jahren aus. Aber selbstverständlich weiß jeder in meiner Zunft von der Schuld Klispranars und damit von der Schuld unseres ganzen Standes. Jeder von uns besitzt das Wissen, um sie abzugelten. Trinken wir auf die Erfüllung eines jahrhundertelang gestundeten Dienstes!«

Draxihon hob einen der Becher, die nun eine goldgelbe Flüssigkeit enthielten. Äußerst unschlüssig bewegte Breungar seine Hand auf ein Trinkgefäß zu. Sein Zaudern vergrößerte nicht nur Myans Misstrauen, sondern machte auch ihren Gastgeber unsicher.

Der Bouhlokwoni ließ seine Hand wieder sinken und stammelte: »Es ist Blütenwein. Aus dem Nektar der Folansiblüte. Verzeiht mir – ich dachte, es sei den Zorantani erlaubt, Alkohol zu trinken … in Maßen, natürlich. Ich werde sofort –«

»Nein, verzeiht mir.« Breungar hielt Draxihon mit einer Geste davor zurück, aufzuspringen. Er rang sich ein Lächeln ab, bis er endlich weitere Worte fand: »Keine unserer Regeln verbietet einen Becher Blütenwein. Es war nur Euer überaus freundlicher Empfang, der uns überwältigt hat. Wir danken Euch im Namen der fünf Tugenden für Euer freundliches Willkommen. Treue. Friede. Reinheit. Gleichheit. Mäßigkeit.«

Erleichtert hob Draxihon ein weiteres Mal sein Trinkgefäß und diesmal taten die Ordensleute es ihm nach. Myan hatte schon öfter Blütenwein getrunken, fand aber in diesem einen ungewöhnlich herben Nachgeschmack – trugen bereits die Blüten die ungenießbar bittere Note der Folansibeeren in sich?

»Mein Name ist Breungar«, tastete der Priester sich vor, nachdem er den Becher wieder abgestellt hatte. »Und diese Adeptin hier heißt

Myaniti. Wir sind gemeinsam mit ... weiteren Ordensleuten auf einen Pilgerweg aufgebrochen, um den Schutzschild unserer Stadt zu stärken – gegen die Bedrohung durch den Kriegerkönig von Tryllog.«

»Ja, dieser unselige König ...« Draxihon schlug bekümmert seine langen schwarzen Wimpern über die goldbraunen Augen. »Er bringt die Völker der Wüsten und Savannen zum Schwirren wie ein Nest aufgestörter Sandläufer. Auf euren Schultern liegt zweifellos eine noch schwerere Last als auf den Schultern jenes Zorantanipaars, in dessen Schuld wir vor langer Zeit gerieten. Ihr Pilgerweg stand nicht unter einem derart dunklen Schatten. Umso befreiender ist es für mich – und für alle Folansati –, dass wir diesmal unsere Schuld begleichen können.«

»Welche Schuld?« ging Myans Neugier mit ihr durch. Auf Breungars mahnenden Blick versuchte sie zu retten, was noch zu retten war: »Ähhh ... welche Schuld wäre zu groß, um nicht irgendwann wieder gutgemacht zu werden?« Ihr Versuch zu lächeln fühlte sich mehr wie ein Zähnefletschen an. Hastig nahm Myan bei ihrem Trinkbecher Zuflucht und hätte sich am liebsten ganz darin verkrochen.

»Die Zorantani leben in der Tat die Tugend des Friedens«, brummte Draxihon in seinem vollen Bass. Er deutete eine Verneigung in Myans Richtung an. »Dennoch hat Klispranar es sich nie verziehen, die ersten Pilger aus Eurem Orden so schmählich im Stich gelassen zu haben. Sie widmete den Rest ihres Lebens den eindringlichsten Nachforschungen. Freilich durfte sie dabei auf die Hilfe aller Folansati zählen. Die Meister unseres Standes waren fest entschlossen, nie wieder vor einer Frage zu stehen, die sie nicht beantworten können, obwohl sie in das Reich ihrer ureigensten Kenntnisse und Künste fällt.«

Der Bouhlokwoni faltete die Hände im Schoß und blickte seine Gäste ebenso feierlich wie erwartungsvoll an. Am liebsten hätte Myan sich den Mund zugehalten, denn in ihrer Kehle drängten sich zahllose Fragen. Sie war knapp davor, aufzuspringen und den Raum zu verlassen, als Breungars schleppende Stimme erklang:

»Ehrwürdiger Draxihon, wir freuen uns unbändig darüber, dass die Folansati unserem Orden heute jenen Dienst erweisen können, den das Hohe Paar auf dem ersten Pilgerweg vor über zweihundertfünfzig Jahren noch entbehren musste.«

Wären Myans Lippen nicht bereits zwischen ihren Vorderzähnen gefangen gewesen, hätte sie ein Prusten nicht unterdrücken können. So entkam ihr nur ein Schnauben, das sie eilig hinter einem Räuspern verbarg. Breungar verkörperte die Nachdenklichkeit in voller Perfektion, aber von unbändiger Freude war sein Gesichtsausdruck so weit entfernt wie Zorantander von Bouhlokwon. Zum Glück wurde Myan durch Breungars weitere Rede von ihrer ungehörigen Belustigung abgelenkt:

»Bevor wir nun diese ... Schuld aus der Welt schaffen, möchte ich eine Bitte an Euch richten. Wir Priester des Zorant haben das Gefühl ... jenes Hohe Paar, das auf den ersten aller Pilgerwege ging, nicht gebührend zu ehren. Wegen ... der Bescheidenheit dieser beiden Höchsten weiß der Orden zu wenig über ihre bedeutungsvolle Reise. Wärt Ihr so großmütig, uns zu erzählen, was die Folansati über den Aufenthalt der ersten Zorantani in Bouhlokwon berichten? Ihr würdet uns ein Stück der Geschichte unseres Ordens schenken.«

»Nun ...« Plötzlich verlegen rückte Draxihon sich in seinem Sessel zurecht. »Die Folansati wissen nur, was sie aus Standeswürde wissen müssen. Jeder beugt sich am Ende seiner Meisterprüfung der heiligen Verpflichtung, die lautet: ›Sagt den Zorantani, dass auf jeden halben Finger ein ganzer Finger und eine halbe Jiralnussschale kommen. Damit wird die Schuld unserer Zunft aus Klispranars Zeit getilgt sein.‹ Ach ...« Er fuhr sich betroffen durch das zartgelbe Haar. »Mit diesen Sätzen habe ich nun die Schuld der Folansati getilgt. Verzeiht mir, wie grob ich diesem feierlichen Moment vorgriff. Ich fand in meiner Erinnerung nichts anderes Verlässliches, was ich euch sagen könnte. Weder ich noch meine Standesgenossen hörten vor der Meisterprüfung von irgendwelcher Schuld. Kurz nach meiner Prüfung fragte ich eine alte Meisterin danach, doch was sie mir sagte, klang wie ein Märchen. Sie war eigentlich mehr eine Märchenerzählerin als eine Folansati. Ich hätte jemand anderen fragen sollen. Wie auch immer ...«

Konzentriert kniff Draxihon die Augen zusammen. »Jene Meisterin erzählte, dass vor über zweihundertfünfzig Jahren ein Hohes Paar aus dem Orden des Zorant nach Bouhlokwon gekommen war. Dieses soll Klispranar verwünscht haben, weil sie eine Frage nicht beantworten konnte – eine Frage, die nur ein Folansati beantworten kann, niemand sonst. Klispranar hätte wegen dieser Verwünschung keine Treue, keinen Frieden, keine Reinheit, keine Gleichheit und keine Mäßigkeit mehr gefunden, bis sie endlich auf die Antwort gekommen war – dreißig Jahre zu spät. Wie gesagt, ein Märchen. Niemand Vernünftiges glaubt an Verwünschungen. Damit will ich nicht behaupten, die Zorantani würden nicht über große Magie gebieten.« Abwehrend hob er die Hände.

»Doch selbst wenn die Zorantani die Macht hätten, Verwünschungen auszusprechen, würden die fünf Tugenden ihnen verbieten, diese Macht auszuüben. Ich erklärte mir diese Geschichte damals so: Beim Besuch der Priester war ein Makel, oder eben eine Schuld, auf unseren Stand gelegt worden, weil uns entscheidendes Wissen fehlte. Und weil wir ein stolzer Stand sind, wird seither jeder Meister mit jenen Kenntnissen ausgestattet, die gebraucht werden, um diese Schuld zu tilgen. Es ist eine Tradition, über die nie diskutiert wurde. Erst seit der Kriegerkönig verkündete, gegen Zorantander ziehen zu wollen, sprachen die Folansati wieder von den Zorantani. Sie fragten sich, ob diese nun wiederkommen würden, um die uralte Schuld einzufordern und diesmal das Wissen mit sich zu nehmen: Auf jeden halben Finger kommen ein ganzer Finger und eine halbe Jiralnussschale.«

»Und kein Folansati weiß, was das bedeutet?« Wieder einmal schoss die Frage völlig unbeabsichtigt aus Myan hervor. Es gelang ihr gerade noch, einen strengen Ton anzuschlagen – als ob es um die Bewahrung eines großen Ordensgeheimnisses gehen würde.

»Nein.« Ein beschwichtigendes Lächeln zog Draxihons kleinen Mund in die Breite. »Klispranar muss es natürlich gewusst haben, aber seither kennt niemand mehr die Bedeutung dieser Worte. Nun – niemand kennt die volle Bedeutung. Natürlich weiß jeder, was am Ende des Satzes gemeint ist. Das traditionelle Maß für das Folansiöl ist die halbe Jiralnussschale – obwohl es natürlich schon lange normierte Messbecher aus Metall gibt. Und wir Folansati pflegen die Erinnerung, dass die Zorantani in früheren Zeiten immer wieder etwas von unserem Öl erwarben, wenn auch stets bei Händlern und nicht hier vor Ort. Diese Zeiten hatten jedoch schon vor Klispranars Epoche geendet. Womöglich war dazwischen jenes Wissen verloren gegangen, das Klispranar so mühsam wiedergewinnen musste. Aber vielleicht wenden die Zeiten sich erneut. Braucht Ihr nun, nachdem die Schuld getilgt und die Frage beantwortet ist, ein weiteres Mal Folansiöl?« Ein hoffnungsvoller Zug erschien auf dem Gesicht des Bouhlokwoni.

Breungar nickte langsam und ernst. »Wir sind in der Tat gekommen, um welches zu kaufen.«

Einen Moment lang erwartete Myan einen Kniefall des freudestrahlenden Folansati vor dem Priester. Offenbar rechnete Draxihon mit doppeltem Ruhm, wenn er nicht nur die Schuld seiner Zunft tilgte, sondern den seltenen Besuchern auch noch etwas von dem kostbaren Öl verkaufte. Nach dem ersten Ausbruch der Begeisterung nahm Draxihon sich jedoch wieder zurück. Sorge überschattete das gut geschnittene Gesicht.

»Die Ehre aller Folansati würde es gebieten, Euch das Öl zu schenken. Allein, es ist so kostbar, dass selbst der reichste von uns sich diese Großzügigkeit nicht leisten kann. Nehmt aber mein Versprechen, keinen Gewinn aus diesem Verkauf zu ziehen!«

Trotz Draxihons Versprechen musste Breungar drei Goldrimis in dem Gebäude mit der orangefarbenen Tür zurücklassen – für ein Fläschchen, das drei halbe Jiralnussschalen Folansiöl fasste. Myan scharrte ungeduldig mit den Füßen, während der Priester zwischen den rankenbewachsenen Mauern prüfte, ob sowohl das Gefäß als auch die verbliebenen Goldstücke sicher in seinen Ärmeln untergebracht waren. Sie konnte es nicht erwarten, außer Hörweite zu gelangen. So nahe an der Ölmühle wagte sie es nicht, Breungar zu fragen, ob die Worte des Folansati für ihn irgendwelchen Sinn ergeben hatten. Diesmal kam ihr der Priester jedoch zuvor. Kaum waren sie auf die betriebsame Hauptstraße zurückgekehrt, bemerkte er in ruhigem Ton: »Du solltest deine Zunge zu größerer Mäßigkeit anhalten, Myaniti.«

Myan schluckte und zählte bis zehn. »Verzeiht mir, ehrwürdiger Vater. Ich konnte es nur schwer ertragen, dass ein Bouhlokwoni mehr über den ersten Pilgerweg zu wissen schien als ich, obwohl ich eine Adeptin bin.«

»Das kann ich nachempfinden.« Breungar seufzte herzhaft. »Dennoch würde ich diese unglückliche Tatsache vor Fremden äußerst ungern zugeben. Unser Orden wird immer stärker angefeindet. Deshalb sollten wir darauf achten, uns keine Blöße zu geben. Das Wort der Folansati hat Gewicht. Zurzeit respektieren und würdigen sie unseren Orden – trotz der Söhne der Wüste. Es muss uns daran liegen, diesen Zustand zu erhalten.«

Myan nickte kleinlaut. Ihre Zerknirschung ging jedoch nicht tief genug, um die brennendste ihrer Fragen zu löschen: »Wisst Ihr, was die Worte der Folansati bedeuten, mit denen sie ihre Schuld tilgen wollten?«

»Halbe Finger und ganze Finger und Nussschalen …« Breungar rieb sich die Haarstoppeln auf seinem Kopf. »Nein, es ergibt überhaupt keinen Sinn. Mir ist schleierhaft, was Nitimone und Romeigur auf dem ersten Pilgerweg erfragen wollten. Die Antwort klingt jedenfalls wie das schlimmste Geschwurbel. Ich denke, dass diese Folansati damals etwas falsch verstand. Sie hatte noch nie zuvor Zorantani getroffen und glaubte wahrscheinlich, das Hohe Paar würde nach einer magischen Formel fragen wie diese Wirrköpfe aus Jurschnom, die sich Magier nennen. Drei Tropfen Glinkblut und eine Messerspitze getrocknete Wulmirte auf eine pilzdurchsetzte Palmfrucht zur Abwendung von Unheil oder ähnlicher Unfug.« Der Priester vollführte eine wegwerfende Geste. »Selbst Draxihon sprach von Märchenerzählungen. Es ist nur wichtig zu wissen, dass das Hohe Paar auf dem ersten Pilgerweg offenbar die stofflichen Symbole der fünf Tugenden sammelte – welchen Grund hätten Nitimone und Romeigur sonst dafür gehabt, eine Folansati aufzusuchen?«

Mit diesen Worten bog Breungar bereits in den Hof ihrer Karawanserei ein. Myan sah, wie er vor der Kammer der Pilger seine Schultern straffte, und wusste sofort, was dies hieß: Nun sollte Frullenie davon überzeugt werden, wie untrennbar die stofflichen Symbole mit dem Pilgerweg verbunden waren. Jähe Hoffnung auf gemeinsame Klarheit statt einsame, geheime Überzeugungen verdrängte das mulmige Gefühl, das sich nach Breungars Worten in Myans Magen ausgebreitet hatte.

Doch die Priesterin reagierte ganz anders auf den Bericht über das Zusammentreffen mit Draxihon als erhofft: »Ich fürchte, du lässt dich zu sehr von deinen Vorstellungen und Wünschen leiten, mein Bruder. Die Überlieferung der Folansati spricht von einer Frage und von einer Antwort. Sie erwähnt aber mit keinem Wort, dass Romeigur und Nitimone auf ihrem Pilgerweg Folansiöl gekauft hätten. Vielmehr scheint das Hohe Paar auf der Suche nach Wissen gewesen zu sein. Und wir können nicht sagen, welches Wissen sie suchten. Vielleicht glaubten sie an eine Bedeutung der stofflichen Symbole der fünf Tugenden, vielleicht suchten sie aber auch nach Gegenbeweisen. Möglicherweise schwelte zu ihrer Zeit noch der Streit über die Bedeutung der stofflichen Symbole und er sollte durch den Pilgerweg abgeschlossen werden. Wir wissen viel zu wenig. Eines ist jedoch sicher: Romeigur und Nitimone kehrten nicht nach Zorantander zurück. Sosehr der Gedanke auch schmerzt – wir können nicht ausschließen, dass sie auf ihrem Pilgerweg vom Pfad des Zorant abwichen und deshalb starben. Womöglich verloren sie den Schutzschild, weil sie die stofflichen Symbole der fünf Tugenden sammelten.«

In seiner Bestürzung musste Breungar dreimal zum Sprechen ansetzen, bevor er heisere Töne hervorbrachte: »Stellst du etwa den ganzen Pilgerweg infrage – unseren Pilgerweg? Weil Nitimone und Romeigur nicht nach Hause zurückkehrten? Du siehst doch selbst an jedem Tag, wie viele Gefahren auf einer solchen Reise drohen. Der Zorant vermag selbst die Tugendhaftesten nicht vor allem Übel zu bewahren, wenn sie fern von ihrer Heimatstadt wandeln.«

»Ich weiß.« Frullenies Gesicht verschloss sich zu einer Maske. »Ich stelle unseren Pilgerweg nicht infrage – nicht, wenn er so durchgeführt wird, wie er geplant war. Wenn Ordensleute auf einem beschwerlichen Weg im Namen der fünf Tugenden den Umriss des Zorant durch die Wüsten und Savannen ziehen, wird zweifellos der Schutzschild unserer Heimat gestärkt. Und selbstverständlich können solche Prüfungen auch für die tugendhaftesten Priester tödlich enden. Aber wir verloren Girestuur, nachdem wir die Feuerkristalle erhielten. Und Tehli starb, nachdem wir Tingantholz einsammelten. Auf dem ersten aller Pilgerwege gab das Hohe Paar sich mit Folansati ab und kehrte nicht nach Hause zurück. Das Einsammeln der stofflichen Symbole der fünf Tugenden könnte der falsche Weg sein und uns ins Verderben führen.«

»Die stofflichen Symbole haben uns heute davor bewahrt, von der Stadtwache eingekerkert zu werden«, brauste Myan auf. »Auch Ihr lasst Euch von Euren Vorstellungen und Wünschen leiten, ehrwürdige Mutter! Die Unglücksfälle können ebenso gut daher kommen, dass wir die stofflichen Symbole zwar sammeln, aber sie nicht ehren und ihre Bedeutung nicht anerkennen.«

Frullenie durchbohrte Myan mit einem stechenden Blick, widersprach aber nicht.

Nach einer Weile sagte Breungar leise: »Girestuur und Tehli sprachen am schärfsten gegen eine Bedeutung der stofflichen Symbole für unseren Pilgerweg – noch in Zorantander, während wir die Frage zum ersten Mal diskutierten …«

»Ich sprach nicht weniger heftig dagegen und ich bin immer noch hier, gesund und standhaft.« Frullenie wirkte plötzlich nur noch müde. Schwerfällig setzte sie sich auf den Boden der Kammer und schlug die Beine unter. »Lass uns um Erleuchtung durch den Zorant beten, Bruder.«

Myan schwankte für einen Moment, ob sie sich dem Gebet anschließen sollte. Als Quint jedoch zwei Tragegeschirre ergriff, die repariert werden mussten, folgte sie ihm nach draußen. Ihr jäher Zorn war von dem Zweifel angefacht worden, den Frullenies Worte neu in ihr gesät hatten. Vielleicht machte sie sich die ganze Zeit etwas vor – warum sollte der Zorant ausgerechnet ihr ein Zeichen senden, einem Kind der Sünde? Alles, was sie zu erwarten hatte, waren Prüfungen, und womöglich versagte sie wieder einmal vollkommen. Dieses nagende Gefühl musste sie unbedingt wieder loswerden. Selbst der kleinste Zweifel an der Lehre des Zorant war ein Bruch mit der Treue. Ihr makelloser Adeptenbruder würde die Antwort kennen.

»Quint, glaubst du, dass die stofflichen Symbole der fünf Tugenden der wahre Grund für den Pilgerweg sind?«

Er reagierte nicht. Sein Blick schweifte mehrmals über den Hof der Karawanserei, während er sich in einer schattigen Ecke niederließ. Erst danach bemerkte er Myans fragende Miene.

»Entschuldige, was hast du gesagt?«

»Die stofflichen Symbole«, wiederholte sie ungeduldig. »Glaubst du, dass sie der wahre Grund für den Pilgerweg sind – für den ersten und auch für unseren?«

Nach kurzem Nachdenken hob Quint die Schultern. »Ich weiß es nicht. Es spricht ebenso viel dafür wie dagegen.«

Er zog eine Ahle hervor und wandte sich den Tragegeschirren zu, als ob beschädigte Lederriemen das Wichtigste auf dieser Welt wären. Fassungslos starrte Myan ihn an. Ihre weichen Knie zwangen sie dazu, sich neben ihn zu setzen. Die ungelöste Frage dräute wie ein Sandsturm über der Pilgergruppe und Quint blieb völlig ungerührt. Er schritt schon lange ebenso fest auf dem Pfad der fünf Tugenden voran wie ein geweihter Priester. Er musste doch wissen, in welche Richtung es ihn zog!

»Was sollen wir also deiner Meinung nach tun?«, fragte sie ihn aufgewühlt und erntete nur ein weiteres Achselzucken.

»Unseren Weg fortsetzen, ohne diese Entscheidung sofort zu treffen. Unsere Augen und unsere Gemüter offen halten, bis sich eine klare Richtung zeigt.«

Myan vermochte nicht zu sagen, ob dieser Vorschlag weise oder unmöglich war. Abwarten konnte die Pilger vor einer falschen Entscheidung bewahren, gewiss, und ständiger Zweifel an den Lehren des Ordens wäre ein harter Bruch mit der Treue. Aber drohte vom Aufschieben der richtigen Entscheidung nicht noch größere Gefahr? In ihrem brennenden Wunsch nach einer Antwort, einem winzigen Hinweis, musterte sie Quint wie eine Verdurstende einen unerreichbaren Becher Wasser. Aus seinen Augen blitzte Unruhe hervor. Zu viele Muskeln in seinem Körper verharrten in grundloser Anspannung. Quints Gelassenheit war diesmal nur vorgetäuscht. Myan fühlte sich von ihrem vorbildhaften Adeptenbruder angelogen und im Stich gelassen.

»Diese Frage ist zu wichtig, um sie in der Schwebe zu lassen«, fuhr sie ihn an und schämte sich gleichzeitig für ihre Unbeherrschtheit.

Nur mehr einen Moment länger hielt die Maske der Gelassenheit. Sorge brach auf Quints Miene hervor – und noch etwas. War das etwa Schuldbewusstsein? Er legte die Hände auf ihre Schultern. Plötzlich musste sie ihren eigenen Gefühlsaufruhr unter Kontrolle bringen, statt Quints Gemütszustand von seinem Gesicht abzulesen. Sie sah nur noch graublaue Augen, viel zu nahe und viel zu eindringlich.

»Die Entscheidung über die stofflichen Symbole ist nicht das Wichtigste«, stieß Quint hervor. »Am Leben zu bleiben ist wichtiger.«

Ihr Herzschlag klang ebenso laut in Myans Ohren wie Quints Stimme. Sein Atem streifte ihre Lippen, so nahe war sein Gesicht. Er sollte sie nicht auf diese Art ansehen – ohne jene Unbekümmertheit, die aus seiner tiefen Tugendhaftigkeit entstand. Er würde sie durchschauen, bis auf den Grund ihrer Gedanken, wo die Reinheit wieder einmal in Scherben lag.

»Was meinst du?«, piepste Myan hilflos, damit ihr Mund etwas anderes tat, als sich Quints Lippen zu nähern.

Der bekümmerte Ausdruck ihres Adeptenbruders ließ sie befürchten, dass er trotzdem zu viel wusste. Zumindest löste Quint seinen Griff um ihre Schultern wieder und brachte damit auch sein Gesicht außer Reichweite. Ruhelos zupfte er an einem Stück loser Schnur, das von dem Tragegeschirr auf seinen Knien herabhing.

»Während Frullenie und ich heute auf dem Basar waren, um Nahrungsmittel zu kaufen, wurden wir die ganze Zeit verfolgt.« Erneut schickte Quint einen prüfenden Blick durch den Hof der Karawanserei.

»Oh …« Myan rieb sich mit einer Hand über die Wange, ließ ihre Finger aber rasch wieder sinken. Sie zitterten. Es war nicht Quints Mitteilung, die sie zittrig gemacht hatte, und er sollte dies auch nicht glauben. Er sollte gar nichts davon sehen

»Bist du sicher?«, schob Myan ihrer nichtssagenden Silbe hinterher. »In den Basaren herrscht endloses Gewimmel, da bekommt man leicht das Gefühl, ständig dieselben Leute zu sehen und verfolgt zu werden. Noch dazu tragen fast alle Bouhlokwoni Kleider im selben Rot.«

Quint nickte grimmig. »Ja, ich bin sicher.«

Auf eine Begründung für seine Gewissheit wartete Myan vergeblich. Trotzdem unterdrückte sie den Impuls, seinen Verdacht zu zerstreuen. In den Wüsten und Savannen durfte man den Kopf nicht in den Sand stecken.

»Die Söhne der Wüste?«, fragte sie Quint leise.

Er hob zum dritten Mal die Schultern. »Die Söhne der Wüste oder die Stadtwache, die uns immer noch nicht traut, oder jemand anderer, der die Zorantani hasst – egal wer es war, es heißt jedenfalls nichts Gutes. Wir müssen mit allem rechnen.«

Auch damit, dass uns jemand nach dem Leben trachtet, setzte Myan stumm hinzu. Pyriastuls Warnung in Miliant echote in ihren Ohren.

»In Bouhlokwon gilt der Oasenfrieden«, versuchte sie Quint und sich selbst zu beruhigen. Sein düsterer Ernst jagte ihr mehr Angst ein, als sie sich eingestehen wollte. »Niemand würde es wagen, uns hier anzugreifen.«

»In der Stadt vielleicht nicht.« Mit abgehackten Bewegungen begann er, das Tragegeschirr auszubessern. »Aber draußen, in diesem Labyrinth aus roten Steinquadern, das wir überhaupt nicht kennen und in dem unsere Feinde zu Hause sind – dort können wir jederzeit angegriffen werden.«

Hilflos blieb Myans Blick an Quint hängen. Ihr Adeptenbruder hatte alle Schicksalsschläge auf dem Pilgerweg mit unerschütterlicher Ruhe hingenommen – Girestuurs Abfall vom Weg des Zorant, Tehlis Tod, den Verlust Kedjankys und Jalongints. Und nun versetzte ein Verfolger auf dem Basar ihn in solche Angst, dass er jegliches Vertrauen in den Schutzschild des Zorant zu verlieren schien? Doch je länger sie ihn ansah, desto klarer erkannte Myan, wovon Quint wirklich geplagt wurde. Er hatte keine Angst. Er war wütend – erfüllt von einem schwelenden Zorn auf die Feinde der Zorantani. Sorgen machte er sich höchstens um sie, weil sie der Erleuchtung noch so unerreichbar fernstand. Doch wenn er diese Wut nicht in den Griff bekam, würde sie die Tugend des Friedens hinwegschmelzen. Wie konnte sie ihn beschwichtigen?

Schließlich schöpfte sie Hoffnung aus der Erinnerung an das Gewirr schmaler Pfade zwischen scharfkantigen Felsen.

»Natürlich kennen die Bouhlokwoni die Lokdrintur hundertmal besser als wir. Aber vier Leute und fünf Glinks können in diesem Labyrinth leicht entwischen. Wir sind ja keine Karawane, die viel Lärm macht und die deshalb leicht zu verfolgen wäre. Unseren Weg müssen wir sowieso erst suchen – es gibt in der Lokdrintur ja keine ausgetretenen Karawanenpfade, weil man überall Wasser finden kann. Verlassen wir die Stadt durch das Südosttor, als ob wir denselben Weg nehmen wollten, auf dem wir gekommen sind, und wenden wir uns später nach Südwesten. Das Labyrinth wird uns schützen. Und sobald wir die Lokdrintur hinter uns gelassen haben, ist es nicht mehr weit bis zum Gebiet der Kuv-Viandri. Dort sind wir sicher.«

Nicht einmal die Aussicht auf die Rückkehr in seine Heimat vermochte Quint aufzuheitern. »Sicherheit gibt es nirgends, Myan – nicht in den Wüsten, nicht in den Savannen und nicht in den Oasen. Selbst das, was am sichersten aussieht, kann sich plötzlich wie ein Trugbild in Luft auflösen – und was unbedeutend zu sein schien, legt sich wie eine Last auf deine Schultern.«

»Die fünf Tugenden geben uns Sicherheit«, sagte Myan ebenso mechanisch wie tonlos. Nie war ihr Adeptenbruder ihr so fremd gewesen. Hatte der Zorant nun ihm eine schwere Prüfung auferlegt, unter der er zu schwanken drohte?

Quint sah Myan nur an, lange, stumm und seltsam. »Mögen die fünf Tugenden dich vor allem Schlechten bewahren«, murmelte er schließlich, stand auf und verschwand im Stall.

10

Bevor Myan herausfinden konnte, ob auch Frullenie von dem Verfolger auf dem Basar wusste, belegten die Zorantani ihre kleine Pilgergruppe mit einem zehntägigen Schweigegelübde. Das Priesterpaar hatte zu keiner Erleuchtung über die stofflichen Symbole gefunden. Zum Schutz der fünf Tugenden und zur Buße aller Sünden sollte deshalb bis auf den Morgengesang und das Abendgebet kein einziges Wort fallen. Myan erstickte beinahe an ihrem Bedürfnis, Breungar und Frullenie um besondere Wachsamkeit zu bitten. Zuletzt band sie sich ein Tuch vor den Mund, damit ihre allzu rasche Zunge nicht mit ihr durchging und die gebotene Stille brach.

Schweigend nahm sie das Fläschchen Folansiöl von Breungar entgegen und versenkte es unter Frullenies skeptischem Blick in dem Beutel aus Palmenbast, der auch das Säckchen mit den Feuerkristallen und das Tingantholz enthielt. Sie knirschte mit den Zähnen, während sie die Glinks ohne beruhigende Worte beladen und an das Karawanenseil binden musste. Und nur das Tuch vor ihrem Mund bewahrte sie davor, laut aufzuschreien, als Frullenie das Westtor von Bouhlokwon ansteuerte. Nun würden die Söhne der Wüste wissen, wohin die Pilger zogen, und konnten sie in der Wüste leichter aufspüren.

Drei angespannte Tage lang lauschte Myan unablässig auf ungewöhnliche Geräusche. Ständig fürchtete sie, einen Bewaffneten hinter dem nächsten Felsen hervorspringen zu sehen. Vier Etappen von Bouhlokwon entfernt atmete sie wieder freier. Die Söhne der Wüste würden ihnen nicht tagelang heimlich auf den Fersen bleiben. Entweder hatten sie die Verfolgung nie aufgenommen oder die Pilger waren ihnen auf den engen, verschlungenen Pfaden entkommen. Am Morgen des sechsten Tages verzichtete Myan darauf, das Tuch vor ihr Gesicht zu binden. Sie fühlte sich in der eingeübten Stille sicher und beinahe friedlich.

Beim Beladen der Glinks lächelte sie Quint zu, doch er hob nur halbherzig seine Mundwinkel und wich ihrem Blick aus. Prompt kehrte ihre innere Unruhe zurück. Offenbar hatte ihr Adeptenbruder die Prüfung, die ihm auferlegt worden war, noch nicht bestanden. Zwei Priester, die uneinig über die Bedeutung der stofflichen Symbole waren. Ein vormals makelloser Adeptenbruder, der ausgerechnet jetzt, wo die Zorantani ihm kaum eine Stütze geben konnten, auf seinem Pfad schwankte. Und eine Tochter der Sünde … Dieser Pilgerweg steuerte auf eine Katastrophe zu, ganz ohne Söhne der Wüste.

Ihr Unbehagen übertrug sich auf Rok. Kurz nach dem Aufbruch wehrte der junge Glink sich plötzlich wieder heftig gegen seine Last. Beinahe hysterisch zerrte er am Seil und störte damit die anderen Vögel auf. Myan blieb nichts anderes übrig, als ihn vom Karawanenseil loszubinden und ihn einzeln zu führen. Während sie darum kämpfte, den Glink zu bändigen, wurde ihr Schweigegelübde auf eine harte Probe gestellt. Wiederholt schluckte sie im letzten Augenblick einen Fluch hinunter. Bald wünschte sie sich das Tuch vor ihren Lippen zurück. Aber wie sollte sie sich mit dem Führungsseil eines störrischen Glinks in ihren Händen das Tuch umbinden? Noch dazu, wo das Schweigegelübde es ihr verbot, jemanden zu Hilfe zu rufen?

Immer gequälter zog Myan Rok vorwärts und versuchte gleichzeitig, den Blick eines ihrer Reisegefährten aufzufangen. Vergeblich. Sie fiel immer weiter zurück und hatte sogar Mühe, die anderen Pilger nicht aus den Augen zu verlieren. Umso größerer war ihre Erleichterung über einen abrupten Halt der Karawane. Getrieben von dem Wunsch, das rettende Tuch endlich wieder vor ihrem Mund zu fühlen, hechtete sie blindlings vorwärts und wunderte sich nicht einmal darüber, dass sie eine gedämpfte Stimme hörte.

Erst einen Augenblick später ließ ein Schrei ihr Herz für einen Schlag aussetzen. Vor Frullenie, an der Spitze der Pilgergruppe, waren zwei Gestalten aufgetaucht, vermummt mit roten Tüchern. Fast hätten sie sich nur durch ihre rundlichen Formen von den schroffen Felsen abgehoben – wären nicht ihre breiten, gebogenen Schwertklingen gewesen, die metallisch glänzten.

Bevor Myan einen klaren Gedanken fassen konnte, riss Rok ihr die Führungsleine aus der Hand und floh mit einem schrillen Schnattern in die entgegengesetzte Richtung. Ihr erster Impuls war es, den Glink laufen zu lassen. Doch dann fuhr ihr die Erinnerung ins Mark: Rok trug den Beutel mit den stofflichen Symbolen! Unversehens hetzte sie hinter ihm her, als ob sie glühende Feuerkristalle unter ihren Fersen hätte. In jeder anderen Landschaft wäre der Vogel bereits unwiederbringlich weit fort gewesen. Kein anderes Tier der Wüsten und Savannen lief so schnell wie ein Glink und nichts trieb diese Vögel so sehr an wie Angst. Rok war zwar von Panik erfüllt, aber die scharfkantigen, wild aufragenden Felsquader der Lokdrintur hinderten ihn daran, seine volle Geschwindigkeit zu entfalten.

Myan heftete ihren Blick auf seine hellbraunen Schwanzfedern und lief schneller als je zuvor in ihrem Leben. Immer wieder schlug sie an scharfen Felskanten an. Unablässig rief sie Roks Namen, erst entsetzt, dann flehend, dann schluchzend. Die anderen Pilger standen Auge in Auge mit den Söhnen der Wüste und sie rannte diesem verdammten Vogel nach! Trotzdem machte sie nicht kehrt. Es zog sie mit unüberwindlicher Macht zu den stofflichen Symbolen der fünf Tugenden auf dem Rücken des Glinks. Wenn sie wirklich jener Leitstern waren, für den sie Kristall und Holz in ihrer dunkelsten Stunde gehalten hatte, könnte die Rettung dieser Schätze die letzte Rettung für die Pilger sein. Und wenn sie stattdessen durch ihre Verehrung der stofflichen Symbole den Schutzschild der Reisenden zerschmetterte, wären Frullenie, Breungar und Quint umso besser dran, je weiter sie sich von ihnen entfernte.

In ihrer Zerrissenheit merkte Myan kaum, dass Rok allmählich langsamer wurde. Sie preschte in unvermindertem Tempo vorwärts. Als der Glink zuletzt stehen blieb und ihr beinahe Hilfe suchend entgegenblickte, fiel sie auf die Knie, rang nach Luft und würgte. Ihre Kehle war viel zu eng und drohte, sich völlig zu verschließen. Die brennenden Muskeln weigerten sich, ihrem Willen zu gehorchen. Myan musste verharren, bis sie wieder zu Atem kam und das Gefühl verlor, der Bewusstlosigkeit nahe zu sein. Erst nach einer Ewigkeit war sie dazu imstande, sich aufzurappeln. Und selbst danach wagte sie es lange nicht, den Felsen loszulassen, an den sie sich lehnte.

Sie musste zum Ort des Angriffs zurückkehren, doch die Angst vor dem, was sie finden könnte, lähmte sie wie der Biss eines Sandläufers. Zuletzt richtete sie ihre ganze Aufmerksamkeit auf die verschlungenen Felsenpfade, um ihre Angst zu ersticken. Überall dort, wo sie bei der Verfolgung des Glinks um enge Kehren geschlittert war, konnte sie die Gleitspuren in den losen, scharfkantigen Steinchen auf dem Boden der Lokdrintur erkennen. Wie weit sie sich vom Ort des Angriffs entfernt hatte, vermochte sie jedoch nicht zu sagen. Vorsichtig tastete sie sich vorwärts und achtete stets darauf, ob Rok unruhig wurde. Ihre Flucht war den Söhnen der Wüste gewiss nicht entgangen, womöglich suchten sie nach ihr. Der ängstliche Glink würde sie viel verlässlicher vor Gefahr warnen, als ihre eigenen Sinne es vermochten. Gerade eben blickte Rok zwar unruhig um sich, kämpfte aber nicht gegen die Führungsleine an. Wahrscheinlich waren sie noch weit von dem Ort entfernt, an dem die Söhne der Wüste sich den Pilgern in den Weg gestellt hatten.

Plötzlich rief jemand ganz in der Nähe ihren Namen. Während der Schock noch in ihren Fingern kribbelte, hob sich auch schon die Last von Myans Schultern. Es war Quints Stimme gewesen. Der Schutzschild des Zorant hatte die Pilger vor dem Unheil bewahrt. Die Entscheidung, Rok zu folgen, war richtig gewesen.

»Hier! Ich bin hier!«

Myan setzte sich wieder in Trab. Nach etwa dreißig Schritten stieß sie hinter einem schmalen Durchlass beinahe mit ihrem Adeptenbruder zusammen.

»Myan – den Quellen sei Dank«, stieß er hervor. »Bist du unverletzt? Hast du noch irgendwo Söhne der Wüste –«

Der Ausdruck unermesslichen Entsetzens, den Myan auf ihrem Gesicht fühlte, ließ Quint abbrechen. Alarmiert warf er einen Blick über seine Schulter, doch ihr Entsetzen galt ihm selbst. Sein rechtes Auge war geschwollen und ein blauvioletter Bluterguss begann sich bis über seinen Backenknochen auszubreiten. Auf seinem weißen Gewand hoben sich grellrote Flecken ab. In der Hand hielt er eines der breiten, gebogenen Schwerter, das die Söhne der Wüste Frullenie entgegengestreckt hatten. Auch dessen Klinge war blutbefleckt. Einige Atemzüge lang stand Myan wie versteinert, dann spähte sie widerstrebend an Quint vorbei.

Als Erstes sah sie drei Glinks an ihrem Karawanenseil stehen. Dann schweifte ihr Blick zum Boden, wo er auf fünf Körper fiel. Drei in roten Tüchern. Zwei in weiten Gewändern, die ihr reines Weiß verloren hatten. Alle fünf lagen in bösen Verrenkungen zwischen den kantigen Felsen. Keiner von ihnen regte sich. Der Stein der Lokdrintur trug an vielen Stellen ein noch dunkleres Rot als sonst.

»Wie konnte …«, stammelte Myan voller Grauen. »Was ist denn …?«

Sie wollte nicht wirklich wissen, was geschehen war, und konnte es im selben Moment nicht erwarten, alles zu hören – in der wilden Hoffnung, es möge nicht zum Schlimmsten gekommen sein. Jäher Schwindel ergriff sie und ließ sie taumeln.

»Vorsicht, halt dich fest!«

Quint streckte einen Arm aus, um Myan zu stützen, doch sie wich ihm aus. Kurz suchte sie Halt an einem Felsen, dann setzte sie sich hin. Sie zog die Beine an, verschränkte die Finger vor ihren Schienbeinen und senkte die Stirn auf ihre Knie. Alles in ihr lehnte sich gegen die Wahrheit auf. Breungar und Frullenie waren tot – tot wie die Söhne der Wüste, die offenbar nicht vom Schutzschild des Zorant hinweggefegt worden waren.

»Es ging alles so schnell«, hörte sie Quint nach einer Weile sagen. »Diese Männer kamen plötzlich aus dem Nichts. Ich wandte mich zu dir um, sah aber nur noch, wie du Rok nachliefst. Währenddessen hatte einer der Angreifer Frullenie schon mit seinem Schwert durchbohrt – ohne ein einziges Wort zu sagen. Als sie fiel, hielt Frullenie das Karawanenseil in ihrer Hand, deshalb kamen die Glinks den Angreifern in die Quere. Die Wüstensöhne schlugen sich durch und töteten dabei einen der Vögel. Breungar und ich wollten flüchten, doch es kam ein weiterer Bewaffneter von der anderen Seite. Ich nahm einen Felsbrocken und schleuderte ihn in sein Gesicht. Zum Glück wurde der Mann sofort bewusstlos, aber bis ich endlich sein Schwert in der Hand hatte, war es für Breungar zu spät … Ich wäre auch tot, wenn ich nicht zufällig an einer Stelle gestanden wäre, an der nur einer angreifen konnte statt zwei gleichzeitig.«

»Du … du hast dich also verteidigt.« Myan zwang sich, ihren Kopf zu heben und Quint anzusehen.

Sein Versuch, verwirrt die Brauen zusammenzuziehen, endete in einer schmerzgequälten Grimasse. Vorsichtig tastete er nach seinem verschwollenen Auge.

»Was ist mit der Tugend des Friedens?«, hakte Myan ebenso betroffen wie ungeduldig nach.

Erst jetzt malte sich Erkenntnis auf Quints Miene. Myan konnte nicht fassen, dass sie es war, die ihn an die fünf Tugenden erinnern musste. Noch tiefer wurde sie jedoch von der Dankbarkeit verstört, die sich in ihre Verzweiflung mischte. Ihr Adeptenbruder brach auf das Tiefste mit der Tugend des Friedens und sie war dankbar? Er hatte ebenso große Schuld auf sich geladen wie sie mit ihrer Flucht. Das Schuldbewusstsein beugte erneut ihren Nacken. Am liebsten hätte sie die Stirn auch noch gegen ihre Knie geschlagen.

»Ich habe einfach reagiert. Zum Denken bin ich bis jetzt noch nicht gekommen.« In Quints Ton lag keine Zerknirschung, aber auch kein Trotz oder gar Stolz. Er sprach vollkommen ruhig. »Ich bin ein Kuv-Viandri. Wir lernen den Schwertkampf genauso, wie wir den Bergbau oder das Bepflanzen von Feldern lernen. Kein anderes Volk wird öfter angegriffen, wir müssen uns verteidigen können. Ein Jahr im Orden des Zorant löscht nicht einfach das ganze Leben aus, das davor lag. Als die Söhne der Wüste angriffen, tat ich ganz von selbst das, was mir in meiner Kindheit eingeschärft wurde: Ich wehrte mich. Den Bruch mit der Tugend des Friedens kann ich nicht abstreiten. Aber ich müsste lügen, wenn ich behaupten wollte, dass ich ihn bereue.«

»Quint«, heulte Myan ihr Entsetzen heraus. »Du bist ein Zorantani!«

»Ich bin ein Adept«, korrigierte er leise. Zum ersten Mal klang seine Stimme ein wenig brüchig.

»Auch Adepten dürfen niemals so schwer gegen die fünf Tugenden verstoßen, wie wir es heute getan haben.«

Ihr ganzes Elend schlug über Myan zusammen. Der Pilgerweg war ihre letzte, einzige Hoffnung darauf gewesen, endlich auf den Pfad des Zorant zu finden. Stattdessen fiel auf dieser Reise alles, was ihr zuvor noch etwas Halt gegeben hatte, in Trümmer. Sogar Quint schwankte unter den Prüfungen – er, der bereits vollkommen tugendhaft in den Orden gekommen war. Ein trockenes Schluchzen begann Myan zu schütteln – erst in einzelnen Stößen, dann immer heftiger. Sie glaubte daran zu ersticken. Sie wäre sogar gern daran erstickt, aber so gnädig war der Zorant nicht.

»Ich gehe keinen Schritt weiter«, presste sie irgendwann hervor. »Das muss endlich alles ein Ende haben. Lass mich hier zurück – aber vorher gib mir dieses Schwert!«

Die Töne kamen wie aus einer fremden Kehle, abgerissen und heiser. Offenbar verstand Quint kein Wort. Er tat das genaue Gegenteil von dem, was sie gefordert hatte. Er rückte näher, legte seine Arme um sie und zog sie an sich. Nach einer letzten, halbherzigen Abwehr ließ Myan sich an seine Brust sinken. Jetzt, wo sie am Ende angelangt war, konnte sie sich ebenso gut erlauben, ihrer Sehnsucht nach seiner Nähe nachzugeben. Das Schlimmste, was diese Umarmung ihr noch bringen konnte, war Reue – darüber, vergeblich um Tugendhaftigkeit gekämpft zu haben, statt ihre Heimat zu verlassen und irgendwo in den Wüsten und Savannen einen Mann zu finden, der sie so liebte, wie ihr Vater ihre Mutter geliebt haben musste. Ohne Tugend, ohne den Schutz des Zorant, aber voller Wärme und Hingabe.

Myan barg ihren Kopf an Quints Schulter und atmete seinen Duft ein, diese unwiderstehliche Mischung fremder und inzwischen doch so vertrauter Gewürze. Ihr Schluchzen verlor an Heftigkeit.

»Ich weiß, der heutige Tag war eine vollkommene Katastrophe«, murmelte Quint. »Jetzt auch noch Frullenie und Breungar zu verlieren, ist … kaum zu ertragen. Natürlich machen wir uns Vorwürfe. Aber es gibt einfach Situationen, denen man nicht ohne Tugendbruch entkommt. Dieser Angriff der Söhne der Wüste war eine davon. Ich hätte mich ohne Gegenwehr töten lassen können, statt den Frieden zu verletzen. Aber dann hätte ich gegen die Treue verstoßen. Wir gehen einen Pilgerweg zum Schutz Zorantanders und um ihn beenden zu können, müssen wir leben. Wenn du Rok nicht hinterhergelaufen wärest, hätte dich dieser Wüstensohn getötet, der uns in den Rücken fiel. Dann hätte ich nicht die Gelegenheit bekommen, ihn zu entwaffnen, und wäre nun ebenfalls tot. Kein Einziger von uns wäre übrig geblieben. Denk an das, was Jalongint sagte: Auf dem Pilgerweg können wir nicht alle Ordensregeln strikt befolgen, nicht einmal die fünf Tugenden. Wir waren wahrlich kein Muster an Tugendhaftigkeit, aber wir leben und können unsere Reise fortsetzen – nicht zuletzt deshalb, weil du die stofflichen Symbole gerettet hast.«

Anfangs achtete Myan nicht auf die Bedeutung seiner Worte und lauschte nur dem beruhigenden Klang seiner Stimme. Im nächsten Moment wehrte sie sich gegen die neuerliche Hoffnung, dass ihr Kampf noch nicht zu Ende sein sollte. Erst mit der Erkenntnis, dass Quint nun von der Bedeutung der stofflichen Symbole der fünf Tugenden überzeugt war, kehrte Leben in sie zurück. Wenn er in ihnen den Sinn des Pilgerwegs sah und die Reise beenden wollte, musste sie an seiner Seite bleiben. Er hatte immer klarer gesehen als sie.

Myan befreite sich aus Quints Armen, rappelte sich auf und ging zu den gefallenen Priestern hinüber. Obwohl Übelkeit in ihr aufstieg und ihre Augen brannten, zog sie Frullenies Körper gerade und kreuzte ihr die Arme vor der Brust.

Ein gepresstes Seufzen kam aus Quints Kehle. »Wir haben keine Zeit, Breungar und Frullenie zu beerdigen. Es könnten noch weitere Söhne der Wüste in der Nähe sein. Wir müssen so schnell wie möglich weg von hier.«

Unfähig, die Toten einfach in der Wüste liegen zu lassen, verharrte Myan auf der Stelle, bis Quints Finger sich um ihren Arm schlossen und sie wegzogen.

»Bitte – ich finde es auch furchtbar, einfach zu gehen. Aber wenn wir das nicht tun, war alles umsonst.«

Myan ließ sich von ihm wegführen wie die Glinks, deren Karawanenseil Quint inzwischen in der anderen Hand hielt, natürlich ohne den toten Vogel, aber wieder mit Rok. Das Schwert, mit dem er seinen Tugendbruch begangen hatte, hing nun von einem Gürtel an seiner Seite herab. Obwohl sie wusste, dass sie gegen den Diebstahl von einem Toten und gegen das Tragen der Waffe protestieren sollte, brachte sie keinen Ton heraus.

Die verbleibenden Tage in der Lokdrintur vergingen wie im Albtraum. Myan hasste die roten Felsen, die sie von allen Seiten umschlossen und hinter denen rot vermummte Gestalten lauern konnten. Jeder Gedanke an Frullenie und Breungar wurde von Entsetzen und Schuldgefühlen begleitet, die ihre Schritte schwer und ihre Kehle eng machten. Zu allem Unglück war ein großer Teil des Proviants auf den Rücken jenes Glinks geschnallt gewesen, den die Söhne der Wüste getötet hatten, und fast alles war durch das Blut des Vogels verdorben worden. Die streng rationierten Portionen machten es doppelt schwer, das hohe Tempo ihrer Flucht zu halten.

Myan murmelte eine ganze Kaskade von Dankgebeten, als die Steinblöcke endlich weiter auseinandertraten und einige Flecken grauer Erde im roten Steinboden sichtbar wurden. Beim ersten freien Blick auf die Cupaon blieb sie hingegen sprachlos stehen. Vor ihr erstreckte sich eine weite Ebene aus hüfthohem, trockenem braunem Gras. In diesem offenen Land konnte man Tausende Schrittlängen weit sehen. Was für eine Erleichterung nach der Enge der Lokdrintur!

Quint deutete mit dem Kinn auf die Grassavanne. »Wir sollten so viele Wasserschläuche auffüllen, wie die Glinks und wir tragen können. Es gibt zwar recht viel Wasser in der Cupaon, aber es ist oft zu salzig.«

Myan nickte und hielt die Glinks an, um die Schläuche an dem Rinnsal aufzufüllen, das am Fuß des letzten roten Felsquaders hervorrann. Ein plötzliches Grollen und Krachen hinter ihnen ließ sie herumfahren. Quint zog sein Schwert und stürmte zurück zwischen die Felsen. Hastig machte Myan sich daran, die Vögel anzubinden und ihm zu folgen, doch bevor sie den Knoten geschlungen hatte, war er wieder zurück.

»Falscher Alarm – dort hinten ist nur ein größerer Brocken von einem Felsen abgebrochen.«

Myans Erleichterung wurde durch die Selbstverständlichkeit gedämpft, mit der Quint das Schwert zurück in die Scheide gleiten ließ. Für den Rest des Tages kaute sie auf ihrer Zunge, doch nach dem Aufbau des Nachtlagers war sie nicht fähig, noch länger zu schweigen:

»Könntest du jetzt nicht diese Waffe ablegen? Selbst wenn die Söhne der Wüste immer noch nach uns suchen würden – in die Grassavanne werden sie uns bestimmt nicht folgen.«

Quint ließ das Beil sinken, mit dem er nach essbaren Wurzeln grub – bisher ohne Erfolg. Widerstrebend rümpfte er die Nase.

»Bitte«, drängte Myan. »Du darfst nicht noch einmal mit der Tugend des Friedens brechen, wenn wir noch eine winzige Chance auf die Vollendung des Pilgerwegs haben sollen …«

Ein durchdringender Blick aus graublauen Augen durchbohrte Myan für eine lange Weile. Zweimal zuckten Quints Mundwinkel, als ob er etwas sagen wollte. Zuletzt hob er die Schultern, löste den Gürtel und schleuderte das Schwert mitsamt der Scheide in hohem Bogen von sich. Ein Schwarm kleiner Vögel, braun mit grünen Bäuchen, stob empört zwitschernd davon.

Myan atmete auf. Ein erster Schritt zur Buße ihrer Tugendbrüche war getan. Plötzlich traf es sie wie ein Schlag:

»Quint – wir kennen die stofflichen Symbole für die Gleichheit und für die Mäßigkeit nicht. Wie sollen wir den Pilgerweg vollenden, wenn wir keine Ahnung haben, was wir aus Kuv-Rodinquaor und aus Yiel nach Hause bringen müssen?«

»Eins nach dem anderen«, gab Quint zurück. »Als Erstes müssen wir Kuv-Rodinquaor erreichen.«

»Was nützt es uns, dort anzukommen, wenn wir nicht wissen, was für die Gleichheit steht?« Die Verzweiflung, die nach Frullenies und Breungars Tod aufgestiegen war, holte Myan wieder ein. »Wir können niemanden danach fragen. Und das Symbol, das im Zorant eingraviert ist, kann so vieles meinen – oder weißt du, wofür diese zwei Bögen stehen, die in eine Linie zusammenlaufen? Du kommst doch aus Kuv-Rodinquaor – was könnte damit gemeint sein? Was ist der größte Schatz deiner Heimatstadt?«

»In Kuv-Rodinquaor gibt es keine Schätze.« Frustriert legte Quint das Beil ab und setzte sich neben Myan. »Dort gibt es nur Bergwerke, Schmieden und stinkende Quellen. Natürlich halten die meisten Völker das Erz für den größten Schatz der Kuv-Viandri, aber diese zusammenlaufenden Bögen haben bestimmt nichts mit Metall zu tun.«

Sein düsterer Tonfall schien einem völlig anderen Mann zu gehören. Myans Bestürzung musste selbst aus dem Augenwinkel deutlich zu sehen gewesen sein, denn Quint fuhr besänftigend fort: »Die stofflichen Symbole müssen nicht unbedingt etwas besonders Kostbares sein – in Urandib wächst ein Tingantbaum neben dem anderen.«

Myan wartete vergeblich darauf, dass er weitersprechen würde.

»Du hast recht – es muss sich nicht um Schätze handeln. Aber was könnte dann das stoffliche Symbol für die Gleichheit sein? Denk nach!«, flehte sie Quint an. »Welcher Stoff kommt nur in Kuv-Rodinquaor vor und bildet solche Bögen wie das Emblem auf dem Zorant?«

»Myan …« Quint stieß ein verzweifeltes Seufzen aus. »Wir müssen das doch nicht heute herausfinden.«

Er klang plötzlich überaus müde. Myan biss sich auf die Lippe. Nicht nur sie war von schweren Tugendbrüchen und von der Trauer um Breungar und Frullenie geplagt. Reumütig reichte sie Quint einen Streifen getrocknetes Legromfleisch – den letzten.

Die dahinschmelzenden Nahrungsmittelvorräte erinnerten sie schmerzhaft an eine Lektion, die Onkel Filo ihr offenbar nicht fest genug eingebläut hatte: Teile dein Gepäck klug auf. Setze nicht alles auf einen Glink. Dies galt ebenso für die stofflichen Symbole der fünf Tugenden. Von nun an würde sie diese Heiligtümer nicht nur am eigenen Körper tragen, statt sie einem Glink aufzuladen. Sie würde sie außerdem zwischen Quint und ihr aufteilen.

»Haben wir noch einen leeren, sauberen Beutel – am besten aus Leder?«

Quint musterte den angebissenen Streifen Fleisch in seiner Hand. »Kann sein. Wieso? Soll dieser Beutel unsere nächste Mahlzeit sein? Wir hatten doch noch ein paar Dörrfrüchte und etwas getrocknetes Glinkfilet.«

»Es geht nicht ums Essen. Ich möchte die Feuerkristalle und das Tingantholz zwischen uns aufteilen. Am liebsten würde ich dasselbe mit dem Folansiöl machen, aber dafür bräuchten wir ein neues, sauberes Fläschchen.«

Myan hielt Quint einen Feuerkristall und zwei Stücke Tingantholz entgegen. Völlig unerwartet pickte Graufeder nach dem bläulich schimmernden Juwel, das er zweifellos mit einem Glanzkäfer verwechselte. Der harte Schnabel des Glinks rutschte auf dem Stein ab und traf Myans Handfläche. Unter dem jähen Schmerz lockerte sich ihr Griff. Feuerkristall und Tingantholz entglitten ihr. Reflexhaft versuchte Quint, den Kristall aufzufangen, doch es gelang ihm nicht.

Mit einem scharfen »Tink« schlug die blaue Pyramide auf dem Beil auf, mit dem Quint nach Wurzeln gegraben hatte. Voll Entsetzen sah Myan, wie der Feuerkristall von seinem Mutterstein losbrach und direkt neben dem Holz zu liegen kam. Hastig griff sie nach dem

Juwel, doch die Hitze ließ sie sofort zurückfahren. Obwohl der Kristall immer noch kühl schimmerte, begann die Luft um ihn herum zu flimmern. Schon stieg der erste Qualm auf und nur einen Lidschlag später entsprang dem Tingantholz ein giftig gelbes Flämmchen.

Quint riss einen halb gefüllten Wasserschlauch an sich und ließ seinen Inhalt in einem Schwall auf den Feuerkristall niedergehen. Die Flamme verschwand zischend, Wasserdampf stieg auf – ein ganzer Nebel, der sich jedoch nur kurz hielt. Darunter wurde erneut das Hitzeflimmern sichtbar. Mit einem Prasseln sprang das gelbe Feuer erneut auf. Nun versuchte Myan, zumindest das Aststück wegzuziehen, aber selbst in einer halben Armlänge Entfernung schien die Luft um den Kristall zu glühen. Das zertrampelte Gras unter der Pyramide kräuselte sich zu schwarzen, qualmenden Fäden. Die Glinks zerrten mit aufgeregtem Schnattern an ihrem Karawanenseil.

»Bei allen Quellen!« Quint sprang auf. »Das ist eine Katastrophe!« Wie von Sinnen warf er Schlafrollen und Bündel beiseite. »Jeden Augenblick kann das stehende Gras Feuer fangen. Wenn es so weit kommt …«

Noch während er sprach, entzündete sich ein Grasbüschel. Sofort schüttete Quint Wasser über seinen Schlafsack und begann, damit auf die brennenden Halme einzuschlagen. Myan saß immer noch am selben Fleck und starrte auf die blaue Pyramide, die das Tingantholz zu gelber Asche verglühen ließ. Der Kristall hatte das Wasser tausendmal schneller in Dampf aufgelöst, als die Sonne den Jursch in der Salzpfanne des Todes austrocknete. Selbst wenn sie ihre gesamten Wasserreserven darüber ausgossen, würden sie nichts erreichen. Bald würde die ganze Cupaon in Flammen stehen – weil sie nicht darauf geachtet hatte, was um sie herum geschah. Weil ihre Gedanken bei diesem unseligen Folansiöl gewesen waren …

Das Folansiöl! Mit bebenden Fingern fischte Myan in dem Beutel, der vor ihrer Brust hing, nach dem Fläschchen und zog es hervor. Ihre Handfläche war glitschig von dem Blut aus der Wunde, die der Glinkschnabel hinterlassen hatte. Dreimal rutschte ihr das Fläschchen davon, bevor es ihr endlich gelang, den Korken zu lösen. Fahrig streckte Myan die Hand aus. Sie konnte nur einen kleinen Teil des Öls über den Feuerkristall kippen, bevor ihre Reflexe einsetzten und ihre Finger aus der glutwabernden Luft zogen.

Die Flammen, die aus dem Tingantholz und aus dem Gras hervorgezüngelt waren, erstarben. Angstvoll wartete Myan darauf, dass sie ebenso rasch zurückkehren würden wie nach dem Wasserschwall. Doch plötzlich wechselte der Kristall seine Farbe zu einem dunklen Gelb und zerbarst in unzählige Stücke, keines davon größer als ein Getreidekorn. Die Hitze schwand so rasch, wie sie gekommen war. Myan hielt für einen ungläubigen Moment inne, dann schnellte sie hoch und half Quint, die letzten brennenden Gräser zu löschen.

Irgendwann fand sie sich zwischen den Glinks wieder und wusste nicht, ob sie die Vögel beruhigte oder ob es umgekehrt war. Myan zwang ihre weichen Knie, sie von diesem Zufluchtsort wegzutragen und das Gepäck, das Quint beiseitegeworfen hatte, wieder einzusammeln. Ihr Adeptenbruder patrouillierte immer noch am Rand ihres kleinen Lagerplatzes und hielt nach Qualm oder Flammen Ausschau. Nur langsam begriff Myan, wie knapp sie einer Katastrophe entgangen waren. Durch ihre Unachtsamkeit hatte sie beinahe einen ganzen Landstrich in Asche gelegt und unzählige Lebewesen getötet – auch Quint und sich selbst.

Was war bloß los mit ihr? Sie hatte ihr ganzes Leben lang mit Glinks gearbeitet. Sie wusste genau, warum die Lastvögel in sicherer Entfernung von den Schlafplätzen und vom Gepäck angebunden werden mussten. Eine winzige Reisegruppe aus zwei Personen machte die Tiere nicht weniger neugierig oder launisch. Der Tod von Frullenie und Breungar durfte nicht dazu führen, dass sie die Gebote der Vernunft außer Acht ließ. Sie musste sich wieder zusammennehmen.

Schweren Herzens blickte Myan zu der Stelle, an der sie die Glut des Feuerkristalls und die Flammen des Tingantholzes mit dem Folansiöl gelöscht hatte. Was für eine Vergeudung dieser hart erkämpften Heiligtümer! Widerwillig rückte sie näher. Selbst nach ihrer Zerstörung sollten die Verkörperungen der Tugenden nicht einfach in der Cupaon liegen bleiben. Das Öl war bestimmt schon versickert, aber die Splitter des Kristalls und die Holzasche vergrub sie am besten gleich daneben.

Zu ihrer Überraschung fand Myan im Zentrum der geschwärzten Stelle keine korngroßen Kristalltrümmer und Asche auf einem öligen Fleck. Stattdessen lag dort eine handtellergroße, glasartige Scheibe, aus der einige dunklere Stücke des Kristalls, graue Ascheteilchen und ein Bündel verkohlter Holzfasern hervorstachen. Myan berührte das seltsame Gebilde vorsichtig mit einem Finger. Als sie keine Hitze spürte, hob sie es auf.

»Ich hätte nicht gedacht, dass Folansiöl so fest werden kann«, wunderte sie sich. »Obwohl es stark kühlt, ist es doch immer flüssig.«

»Du hast den Feuerkristall mit Folansiöl gelöscht? Ich dachte, er sei von seiner eigenen Hitze gesprengt worden. Das erklärt natürlich, warum die kleineren Teile nicht weiterglühten – darüber habe ich mich schon gewundert.« Quint nahm die gelbe Scheibe und musterte sie eingehend. »Wirklich seltsam ... Sieht eigentlich schön aus. Vielleicht stellen die Magier von Jurschnom auf ähnliche Art dieses künstliche Gold her, mit dem sie immer alle zu täuschen versuchen.«

»Kaum.« Myan schüttelte den Kopf. »Das Folansiöl würde mehr Gold kosten, als der Handel mit der Fälschung jemals einbringen könnte. Außerdem gibt es keine Feuerkristalle zu kaufen.«

Zum ersten Mal seit langer Zeit brach das altvertraute, unbekümmerte Grinsen auf Quints Gesicht hervor. »Stimmt. Aber bekannterweise sind die Magier von Jurschnom nicht ganz richtig im Kopf. Wer weiß, was die mit den stofflichen Symbolen der fünf Tugenden alles anstellen würden.«

Unter diesem Grinsen löste Myans schlimmste Anspannung sich endlich. Nichts erinnerte sie so eindringlich an Quints Tugendhaftigkeit wie diese freie Unbekümmertheit. Er würde ihr niemals einen Vorwurf machen – nicht einmal dann, wenn sie durch ihre Unachtsamkeit beinahe eine tödliche Katastrophe heraufbeschwor.

»Ich will wahrhaftig nicht wissen, was die Magier von Jurschnom mit den stofflichen Symbolen täten.« Myan lächelte schief. »Den Zorantani würde es dabei sicherlich jedes einzelne ihrer kurz geschorenen Haare aufstellen.«

11

Die Grassavanne quälte Myan mit Hunger und einem endlosen Kampf um die Tugend der Reinheit. Geschwächt durch den Tod der Priester und ihren leeren Magen konnte sie Quints Anziehungskraft kaum noch widerstehen. In den kalten Nächten auf der Cupaon, wo der Wind unablässig über die Ebene strich, kuschelte ihr Körper sich wie von selbst an seinen. Einmal näherten ihre Lippen sich schlaftrunken seinem Mund bis auf einen Fingerbreit. Erschrocken fuhr sie von ihrem schlummernden Adeptenbruder zurück.

Ein Kuss und sie wäre verloren – nicht nur, weil die Erinnerung daran und die Sehnsucht nach einer Wiederholung die Reinheit völlig außer Reichweite treiben würden. Sondern auch, weil Quint erkennen würde, dass sein Vertrauen in die Tugendhaftigkeit seiner Adeptenschwester von Anfang an zu groß gewesen war. Er war Zorantanders letzte Hoffnung und sie musste sich seiner würdig erweisen.

Am Morgen fand Myan kaum mehr die Kraft, Jiralnüsse für die Glinks zu knacken. Schließlich nahm Quint ihr die Arbeit ab, doch auch er brauchte drei Schläge für jede der daumenballengroßen, überaus harten Nüsse.

Myan konnte nicht länger zusehen. »Lass es«, bat sie ihn matt. »Die Glinks kommen einen Tag ohne Nüsse aus. Wir gehen ja so langsam, dass sie unterwegs nach Käfern suchen können.«

»Bald werde ich auch nach Käfern suchen …« Grimmig betrachtete Quint die Nusskerne vor sich. Plötzlich stopfte er einen in seinen Mund.

Zu spät erwischte Myan sein Handgelenk. »Nicht! Menschen können keine Jiralnüsse essen.«

Quint verzog das Gesicht. »Menschen *wollen* keine essen. Die Dinger sind gallenbitter.« Er schüttelte Myans Hand ab und griff nach dem nächsten Kern.

»Warum isst du sie dann?«

Ihre fassungslose Frage erntete einen ebenso fassungslosen Blick. »Weil ich seit drei Tagen nichts mehr zwischen die Zähne bekommen habe und weil zwischen uns und Kuv-Rodinquaor noch mehrere Etappen liegen.«

»Dann müssen wir einen Glink schlachten«, flüsterte Myan, obwohl ihr allein der Gedanke den leeren Magen umdrehte.

Stumm und mit gerümpfter Nase kaute Quint die dritte Nuss. Unschlüssig betrachtete Myan die runzligen dunkelbraunen Kerne. Absurderweise ließ der Anblick ihr das Wasser im Mund zusammenlaufen. Hastig riss sie einige an sich und schob sie zwischen die Lippen. Gleich darauf schoss mehr Speichel beinahe schmerzhaft ein. Die Nüsse waren so bitter, dass ihr Tränen in die Augen stiegen. Trotzdem würgte sie den Bissen hinunter und nahm zwei weitere, bevor sie kapitulierte. Drei Handvoll mussten reichen, um sie über den Tag zu bringen.

Die drei Handvoll bescherten Myan den schlimmsten Tag ihres Lebens. Erst verbrachte sie Stunden mit stechenden Magenschmerzen, gefolgt von heftigem Erbrechen. Danach konnte sie nicht einmal mehr Wasser bei sich behalten. Quint war um nichts besser dran. Matt taumelten sie durch die Savanne, nur noch aufrecht gehalten von blindem Überlebenstrieb.

Am späten Nachmittag blieb Quint stehen und deutete mit einer vagen Geste nach Westen. »Ist das dort Rauch? Ich traue meinen Augen kaum mehr.«

Myan spähte unter schweren Lidern in die angegebene Richtung. »Ja. Rauch. Wer könnte hier lagern?«

Quint rieb sich die Nasenwurzel. »Eine Karawane würde sich nicht die Mühe machen, für eine kurze nachmittägliche Rast eine Feuergrube auszuheben … Wahrscheinlich Leute aus meinem Volk auf der Jagd …«

Für einen Moment wunderte Myan sich, warum keine Freude in seinem Ton mitschwang. Dann konzentrierte sie ihre ganze Kraft wieder darauf, einen Fuß vor den anderen zu setzen.

Für lange Zeit schien die Rauchsäule nicht näher zu rücken. Myan fürchtete bereits, vor dem Ziel zusammenzubrechen, als sie endlich Geräusche und Stimmen hörte. Gleich darauf sah sie auch Zelte – und zwei Menschen. Im nächsten Moment hielt sie verwirrt inne. Die Haut der Frauen war beinahe so dunkel wie der bronzefarbene Teint der Bouhlokwoni, doch sie trugen ungefärbtes Tuch unter ihren metallenen Brustpanzern, kein rotes. An ihren Gürteln hingen Schwerter.

Quint erstarrte auf der Stelle. »Beim Gestank der tödlichen Quelle! Das sind Kirollor.«

Der Name weckte eine vage Erinnerung in Myan – hatte Quint nicht Girestuur einmal mit diesem Schimpfwort bezeichnet?

»Wer?«

»Räuber aus Muntplist«, knurrte Quint durch einen Mundwinkel. »Sie ziehen bis in die Cupaon, aber niemals über deren südliche Grenzen hinaus. Unter normalen Umständen würde ich sagen: Lauf um dein Leben!« Er stieß ein bitteres Lachen aus. »Aber selbst wenn wir noch laufen könnten, würden wir unsere Leben dadurch nicht retten. Der Hunger würde uns auf jeden Fall einholen.«

Räuber! Unwillkürlich streckte Myan ihren Rücken durch. Auf der Höhe ihrer Taille hing ein Beutel aus Palmenbast unter ihrem weiten Ordensgewand versteckt, gefüllt mit einem Feuerkristall, zwei Stücken Tingantholz und einem drei viertel vollen Fläschchen Folansiöl. Die Kirollor durften diesen Beutel keinesfalls finden! Er war kaum zu sehen, aber wenn jemand nach ihr greifen sollte oder gar ihre Kleidung auf versteckte Schätze abklopfte …

Die beiden Frauen, die am Rand des Lagerplatzes eine Reihe von Glinks versorgt hatten, waren längst auf die Neuankömmlinge aufmerksam geworden. Eine von ihnen rief etwas, was Myan nicht verstand. Sofort stürzten drei weitere Kirollor zwischen den Zelten hervor – mit gezückten Waffen. Im Nu hatten die fünf Räuber die winzige Reisegruppe umzingelt. Myan konnte gerade noch Rok festhalten, der sich wieder einmal losreißen wollte. Die gespannte Wachsamkeit der Kirollor wich, sobald sie ihre Opfer ausführlich betrachtet hatten.

»Was seid ihr denn für eine jämmerliche Gesellschaft?« wollte die Frau wissen, die Verstärkung herbeigerufen hatte. Sie war nur wenig kleiner als Myan, aber nicht so hager und lang gesteckt, sondern gleichzeitig schlank und muskulös. Das aufgesteckte schwarze Haar betonte die harmonische Form des Kopfes und ihre Gesichtszüge wären schön gewesen, wenn sich nicht langjähriger Grimm darin eingegraben hätte.

Quint nahm es auf sich, die Frage der Kirollor zu beantworten: »Wir sind die einzigen Überlebenden eines Karawanenzuges, der mit vielen Unglücksfällen zu kämpfen hatte. Unsere Nahrungsmittelvorräte sind gänzlich aufgebraucht. Wir stehen vor dem Hungertod.«

Die Frau grinste zynisch. »Wie bedauerlich. Das ist ein langwieriger und qualvoller Tod. Wir werden euch mit dem größten Vergnügen helfen und die Sache abkürzen. Sorgt euch nicht um eure Glinks. Wir werden uns gut um sie kümmern. Und auch für euer Gold werden wir Verwendung finden. Ihr habt bestimmt noch welches – Karawanenleute haben am Ende aller Nahrungsmittel und am Ende aller Handelswaren immer noch irgendwo Gold.« Sie trat einen Schritt auf Quint zu und hob ihr Schwert, bis dessen Spitze auf seine Kehle zielte.

Eine kalte, unsichtbare Hand schnürte Myan die Luft ab. Ihr entkräftetes Gehirn vermochte keinen klaren Gedanken zu fassen und ihre sonst so schnelle Zunge lag wie tot in ihrem Mund. Quint stand vollkommen reglos. Mit seinen Augen fixierte er die Kirollor. Die Frau ließ sich davon nicht verunsichern. Ihr Grinsen wurde noch sardonischer, während die Schwertklinge sich unaufhaltsam auf Quints Hals zubewegte. Erst das markante Räuspern einer anderen Kirollor brachte das Metall zu einem Halt.

Die Anführerin ließ einen halb empörten, halb fragenden Blick zu der älteren Frau schweifen. Diese fuhr bedeutsam mit dem Zeigefinger ihre Stirn entlang. Unter verächtlichem Schnauben betrachtete die Anführerin Quints Stirnband näher. Danach nahm sie auch Myan nochmals in Augenschein. Schließlich ließ sie ihr Schwert wenig erfreut sinken.

»Bringen wir sie ins Lager«, befahl sie ihren Spießgesellen. »Das muss Untmahar sich selbst ansehen.«

Umringt von bewaffneten, ungeduldigen Räubern fragte Myan sich kurz, ob ihre Entlarvung als Ordensleute des Zorant Gutes oder Schlechtes bringen würde. Dann brauchte sie all ihre Aufmerksamkeit, um nicht über ihre eigenen Füße zu stolpern. Am Rand des

Lagers riss einer der Kirollor ihr das Führungsseil der Glinks aus der Hand, während ein anderer ihren Arm packte und sie weiterzerrte.

Myan kam auf einem Platz in der Mitte des Lagers neben Quint zu stehen. Unweigerlich drängte sich der ganze Räuberhaufen um sie. Vom Rand der Feuergrube erhob sich ein Mann. Trotz seines klobigeren Körperbaus besaß er starke Ähnlichkeit mit der schwarzhaarigen Kirollor, die Myan und Quint gefangen genommen hatte. Offenbar Geschwister. Die markanten Gesichtszüge erinnerten Myan plötzlich an einen Siskond – ein schwarzfelliges Raubtier aus den Wüsten hinter Pock.

»Was bringst du uns denn da ins Lager, Intherte?«, erkundigte der Kirollor sich. »Besteht etwa Hoffnung, Lösegeld für diese jämmerlichen Gestalten zu bekommen?«

»Es sind Zorantani.« Inthertes Ton ließ glauben, dass jeder Dummkopf dies auf den ersten Blick erkennen müsste.

»Zorantani?« Untmahar ließ ein schallendes Lachen hören und entblößte dabei eine Zahnlücke im Unterkiefer. »Tatsächlich«, stellte er nach einer eingehenden Betrachtung der Gefangenen fest. »Zwei einsame Priester fern der Heimat. Und noch dazu so ein hübsches, junges Pärchen. Da wollte wohl jemand seine Tugenden nicht mehr einhalten und ist deshalb geflüchtet, was? Es ist eben nicht so einfach, in Reinheit zu leben.« Ein schmieriges Grinsen breitete sich über das Gesicht des Kirollor aus, während seine Finger eine unzweideutige Geste vollführten.

Myan fühlte sich, als ob in ihrem Inneren ein Feuerkristall von seinem Mutterfelsen losbrechen würde. Wie von Sinnen schrie sie ihren endlosen Kampf mit der dritten Tugend heraus: »Wir haben niemals mit der Reinheit gebrochen!«

»Ja, natürlich.« Untmahars Grinsen vertiefte sich. »Ich würde es auch nicht zugeben, wenn ich in deinem Ordensgewand stecken würde.« Unter allgemeinem Gelächter wiederholte er seine Geste.

»Wir sind Pilger auf dem Weg des Zorant«, brüllte Myan. »Wir wurden gemeinsam mit drei Priesterpaaren ausgewählt, um eine Reise zu wiederholen, die ein Hohes Paar vor über zweihundertfünfzig Jahren machte. Der Pilgerweg soll unserer Stadt zusätzlichen Schutz verleihen – wegen dieses Kriegerkönigs. Wir müssen unbedingt die stoff–« Erst der Gedanke an den Beutel auf ihrem Rücken bremste Myan Wüten jäh. Sie geriet ins Stammeln. »Wir … wir müssen unbedingt die … den stofflichen Schutz Zorantanders für eine Zeit hinter uns lassen … damit der Zorant gestärkt wird … von außerhalb der Stadt …«

Nun verblasste Untmahars anzügliches Grinsen ein wenig. Er musterte Myan in aller Eindringlichkeit. Langsam, Schritt für Schritt kam er näher, bis seine Nasenspitze fast ihre Lippen berührte. Wie gebannt starrte Myan in die dunklen grau gesprenkelten Augen. Sie konnte sehen, dass ihr Ausbruch nur ein winziges Körnchen Zweifel gesät hatte und auch dieses verschwand rapide. Der Kirollor glaubte immer noch, abtrünnige Zorantani vor sich zu haben. Solche Gefangenen waren nichts wert außer das, was sie bei sich trugen. Der Orden zahlte kein Lösegeld für Sünder. Sie würden sterben.

Untmahar richtete seinen Blick auf Quint. »Küss sie!«, befahl er forsch und deutete mit dem Kopf auf Myan.

Diese unerwartete, völlig sinnlose Anordnung schockte sie mehr als das erwartete Todesurteil. War es etwa die Art der Kirollor, ihre Opfer zu quälen, bevor sie ihre Schwertklingen zu spüren bekämen? Doch in Untmahars Gesicht stand keine sadistische Vorfreude. Er wartete auf etwas. Seine plötzliche Entschlossenheit musste irgendeinem Plan entsprungen sein. Ein Plan, der Myan bis in alle Ewigkeit vom Weg des Zorant fortzuschleudern drohte – im Angesicht des Todes! Panisch wich sie zwei Schritte zurück, nur um wieder einen Satz vorwärts zu machen, weil sie mit der Schulter gegen einen Kirollor gestoßen war. Quint reagierte nicht. Er sah Untmahar nur auf eine Weise an, die hundert Schimpfwörter auf einmal sagte.

»Küss sie!«, wiederholte der Kirollor mit rauer Stimme. Er riss Quint und Myan an ihren Oberarmen herum, sodass sie einander gegenüberstanden. »Küss sie – und zwar richtig, sonst tue ich es!«

Diese Androhung ließ eine unbestimmte Regung über Quints starre Miene gleiten. Die Gewissheit traf Myan wie ein Schlag: Nun würde er sich Untmahars Befehl beugen.

»Nein! Nein, nein, nein, nein, nein, nein, nein!«, stieß sie hervor. Denk an die Tugend der Reinheit, wollte sie sagen, aber ihr Körper gehorchte ihr nicht mehr.

Sie musste zulassen, dass Quint sie umschlang und an sich zog – eng genug, um ihre Arme an ihre Seiten zu pressen. Seine linke Hand legte sich um ihren Hinterkopf, damit sie ihr Gesicht nicht abwenden konnte. Myan schloss die Lider, um zumindest nichts mehr sehen zu müssen. Im nächsten Augenblick fühlte sie auch schon Quints Lippen auf den ihren.

Die Berührung kam wie Wasser zu einem Verdurstenden. Aber sie löschte den Durst nur, um ihn sofort wieder zu wecken und noch mehr zu vergrößern. Wenn der schändliche Befehl des Kirollors wenigstens einen groben oder hölzernen Kuss hervorgebracht hätte! Doch nicht einmal diese ungeheuerliche Situation trübte Quints Ruhe und Sicherheit. Die Zärtlichkeit sollte wohl sein Handeln entschuldigen, doch sie brachte Myan dem Verderben nur noch näher. Ein solcher Kuss musste das Schicksal ihrer Eltern besiegelt haben. Obwohl Quint seine Umarmung vorsichtig löste, schwankte Myan benommen und verlor beinahe das Gleichgewicht.

»Das war … seltsam«, drang Untmahars belustigte Stimme wie durch ein Daunenkissen zu ihr. »Aber zweifellos etwas Neues für euch. Meine Instinkte lassen sich bei solchen Dingen nicht trügen. Ihr seid also keine Abtrünnigen, sondern tatsächlich Pilger. Die Frage ist nur, was wir jetzt mit euch anstellen sollen – abgesehen davon, euch euer Gold und eure übrigen Besitztümer abzunehmen, natürlich. Um Lösegeld für euch zu bekommen, müssten wir nach Zorantander ziehen. Die Wege dorthin sind uns unbekannt – es wäre somit ein riskantes Abenteuer.«

Unentschlossenes Gemurmel folgte auf die Rede des Anführers, während eine vage Erkenntnis durch Myans Verwirrung drang: Der Kuss sollte an den Tag bringen, wie die beiden Gefangenen es tatsächlich mit der Tugend der Reinheit gehalten hatten. Untmahar war nun überzeugt. Dafür würde es ihr von jetzt an unmöglich sein, um Reinheit zu kämpfen. Die Ironie schmeckte bitterer als eine Jiralnuss. Immer noch benommen versuchte Myan dennoch, sich in das längste Bußgebet zu retten, das sie kannte – zwecklos. Sofort kämpfte sie mit dem Gefühl, die heiligen Worte zu beschmutzen.

»Sind wir Kirollor oder Feiglinge?«, rief Intherte. »Lasst uns neue Landstriche für unsere Raubzüge öffnen! Ziehen wir nach Zorantander!«

»Bringt die Gefangenen um!«, forderte ein Mann gleich darauf. »Zorantander wird bald Kriegsland sein, dort ist für uns nichts zu holen. Die Toten haben nichts mehr, was man ihnen rauben könnte.«

»Ich hätte einen anderen Vorschlag.«

Es dauerte eine Weile, bis Myan begriff, dass die letzten Worte von ihrem Adeptenbruder gekommen waren. Nach einigen verächtlichen Lauten kehrte eine gespannte Stille im Lager ein. In diese Stille hinein sagte Quint: »Fordere Lösegeld in Kuv-Rodinquaor für uns.«

Untmahar ließ seinem schallenden Lachen freien Lauf. »Warum sollten die Kuv-Viandri Lösegeld für zwei Zorantani zahlen? Natürlich kann jeder sehen, wo du ursprünglich herkommst, aber nehmen sie dich noch als einen der ihren an, wo du doch das Stirnband eines Priesters trägst?«

»Ja, sie nehmen mich als einen der ihren an.« Quints Ton war kühl, trotzdem glaubte Myan, ihn mit den Zähnen knirschen zu hören. »Ich bin ein Quennagoar auf Bewährung. Und meine … meine Ordensschwester hier ist ein Teil meiner Bewährungsprobe.«

Nun brüllte Untmahar vor Lachen. »Ein Quennagoar auf Bewährung im Gewand eines Zorantani? Das ist eine Geschichte, die ich gern einmal hören würde. Zu dumm, dass die Kirollor sich niemals mit ihren Gefangenen verbrüdern. Ich werde meine eigene Fantasie bemühen müssen.«

Eine Stimme drang durch Myans stummes Gebet. Quints Stimme. Widerwillig öffnete Myan die Augen und starrte auf die Lederplane über ihrem Kopf. Nachdem die Kirollor sie in das Zelt geschleppt hatten, war ihr die Versenkung in die Buße unerwartet leichtgefallen. Sie wollte dieses beinahe schwebende Gefühl nicht gegen die Reißzähne der Sehnsucht und Selbstanklage eintauschen. Deshalb erlaubte sie sich nur einen flüchtigen Blick auf Quint.

Er saß eine Armlänge entfernt und hielt ihr eine kleine Holzschüssel entgegen. »Sie haben uns etwas zu essen gebracht.«

Myan schloss ihre Augen wieder. »Ich faste.«

Bußgebete allein würden nicht reichen. Vielleicht würde gar nichts mehr reichen, um der Tugend der Reinheit auch nur nahe zu kommen.

»Was?« Quints Bestürzung färbte seinen Tonfall schrill. »Du hast während der letzten drei Tage gefastet, wenn du das so nennen willst. Du musst essen, Myan, sonst kommst du morgen früh nicht einmal mehr auf die Beine.«

Die Erinnerung an die vergangenen Tage sickerte zäh in Myans Bewusstsein. Dieses schwebende Gefühl war keine unverhoffte Gnade des Zorant, sondern nur die Schwäche, die vom Hunger kam. Vielleicht wäre es eine Gnade, morgen nicht mehr auf die Beine zu kommen. Wenn nur nicht ein Feuerkristall, zwei Holzstücke und ein Glasfläschchen schmerzhaft in ihren Rücken gedrückt hätten …

Myan zwang ihren Körper dazu, sich aufzusetzen. Die Kette, die durch eiserne Armbänder an ihren Handgelenken lief, war dabei nicht gerade hilfreich. Ihr anderes Ende lag um das Fußgelenk einer Kirollor. Die Frau würde mit gezücktem Schwert ins Zelt stürmen, wenn irgendwelche Unruhe entstünde. Myan nahm die hölzerne Schüssel aus Quints Händen und betrachtete die kleine Portion dünnen Getreidebreis. Die Kirollor waren entweder grausam oder klug. Entweder hielten sie alle Gefangenen bei extrem schmaler Kost oder sie wussten, wie langsam und vorsichtig Halbverhungerte zu essen beginnen mussten. Ohne Appetit ergriff Myan den Löffel. Sie verspürte nicht einmal mehr Hunger. Der erste Bissen würgte sie im Hals. Nach dem dritten Bissen begann die Übelkeit zu weichen. Sie fühlte Quints Blick auf sich ruhen, hielt ihren Kopf aber stur gesenkt.

»Es tut mir leid«, sagte er leise, nachdem sie die Holzschüssel beiseitegestellt hatte. »Ich verstehe, dass du wütend bist und dich verraten fühlst. Aber die Kirollor hätten uns getötet, wenn ich nicht …« Er suchte nach Worten und brach zuletzt ab.

»Du hast nicht mich verraten, sondern den Weg der fünf Tugenden«, brach es gegen ihren Willen aus Myan hervor.

Ohne Schweigen würde sie niemals jene Mauer gegen ihren Adeptenbruder aufbauen können, die sie brauchte. Allein der Klang seiner Stimme sandte einen leichten Schauer über ihren Rücken – ein Echo des stärkeren Schauers, den sie vorher in Quints Armen gefühlt hatte. Es gelang ihr nur mit Mühe, weiterhin den Boden anzustarren.

»Das kann ich nicht abstreiten.« Quints Eingeständnis kam ohne eine Spur von Reue, was Myan noch stärker aufwühlte. »Ich hatte allerdings keine Wahl.«

»Natürlich hattest du eine Wahl«, explodierte Myan und riss ihren Kopf hoch. Selbst wenn Quint nichts von ihren schweren Kämpfen mit der Reinheit wusste, war es ein unerhörter Fehltritt, seine Adeptenschwester zu küssen. Sein Bruch mit dem Frieden in der Lokdrintur hatte wenigstens für die Fortsetzung des Pilgerweges gesorgt. Der Kuss hingegen war völlig unnötig gewesen: »Untmahar sagte: Küss sie, sonst tue ich es.«

Fassungslosigkeit breitete sich über Quints Gesicht aus. »*Darum* geht es? Das ist doch …« Er schüttelte den Kopf, winkte ab, versank in Schweigen und kam dann doch darauf zurück: »Wie hätte ich zulassen können, dass dieser Kirollor auch nur einen seiner dreckigen Finger nach dir ausstreckt?«

»Wir müssen die Tugend der Reinheit einhalten«, erinnerte Myan ihn scharf.

»Genau«, bekräftigte Quint. »Deshalb bewahrte ich dich ja vor dem Anführer dieses Diebesvolkes. Wer weiß, was ihm noch alles eingefallen wäre … Die Reinheit ist für jemanden wie Untmahar doch nur ein schlechter Witz.«

»Warum sollte die Reinheit für ihn gelten – er lebt ja ohnehin nicht unter dem Schutzschild des Zorant. Aber wir sind Ordensleute und für die gilt die allerstrengste Auslegung der Reinheit.«

Ein hysterischer Ton schlich sich in ihre Stimme, weil sie in Quints Augen nichts als Unverständnis sah – das Unverständnis eines tugendhaften Adepten, der nicht einmal ahnte, wie viele Monate des Kampfes dieser eine Kuss zunichtegemacht hatte. Er wusste nichts von der Sehnsucht und von den vielen verbotenen Gedanken, die sie vergeblich zu ersticken versucht hatte und die nun ausbrechen wollten. Vielleicht waren sie sogar schon ausgebrochen, denn Quints Gesichtsausdruck begann zwischen Sorge und Ärger zu schwanken.

Er tippte so heftig gegen seine Schläfe, dass die Kette rasselte. »Mir geht nicht in den Kopf, warum solche Regeln auch dann noch gelten sollen, wenn sie den Ordensleuten schaden. Oder willst du mir jetzt ernsthaft erzählen, ein Kuss von mir sei schrecklicher als einer von Untmahar?«

»Was immer Untmahar täte«, sprudelte unaufhaltsam aus Myan heraus, »es würde mich nicht berühren. Es würde die Tugend der

Reinheit nicht berühren. Aber du musst nur –« Zu spät gehorchte ihr Mund dem Befehl ihres Gehirns, zu schweigen.

Beim ersten Zeichen des Begreifens auf Quints Zügen zog Myan die Beine an und lehnte die Stirn gegen ihre Knie. Sie konnte die Tränen nicht mehr zurückhalten. Jetzt war es so weit. Sie hatte das Vertrauen und den Respekt ihres Adeptenbruders verloren.

»Das ist doch nicht schlimm«, hörte sie Quint nach einer Weile sagen.

»Nicht schlimm?«, presste sie mühsam hervor. Nicht einmal seine Gelassenheit konnte so weit gehen! Er verstand offenbar nicht, wie groß ihr Elend war, und glaubte sie rasch beruhigen zu können. »Das ist für jeden Diener des Zorant eine Katastrophe. Aber jeder andere hätte vielleicht noch eine Chance, diese Prüfung zu bestehen. Jeder andere hätte sie schon bestanden, nach so langer Zeit – oder er hätte aufgegeben und den Orden verlassen. Nur ich klammere mich immer noch an die Hoffnung, den Abfall meiner Eltern vom Weg des Zorant sühnen zu können – sie waren nämlich ein Priesterpaar, das mit der Tugend der Reinheit brach, so tief es nur geht.«

Nun kannte Quint die ganze grausame Wahrheit. Nun würde er nicht mehr behaupten, dass alles nicht so schlimm sei.

»Myan?«, fragte Quint, nachdem ihr Schluchzen endlich an Heftigkeit verloren hatte. In seinem Ton schwang tiefe Beunruhigung. »Hast du eigentlich gehört, was ich zu Untmahar sagte?«

Myan versuchte sich zu erinnern, aber dieser Gedankenpfad führte sie zu nahe an jenes Ereignis heran, das sie mit aller Kraft verdrängen wollte. Hastig schleuderte sie das Einzige hervor, was klar vor ihren Augen stand:

»Du hast Untmahar dazu gebracht, Lösegeld von den Kuv-Viandri für uns zu fordern.«

Das diffuse Gefühl, dass dies nicht alles gewesen war, wurde von einer jähen Einsicht erstickt: Quint hatte ihnen einen Weg geebnet, damit sie ihre Aufgabe vollenden konnten. Er wollte sie an ihre Pflicht erinnern. Egal, wie unwürdig sie war – er konnte den Pilgerweg nicht allein zu Ende gehen. Er brauchte einen Schwester. Bis Zorantander musste sie durchhalten, ohne die letzten Reste seines Schutzschildes zu zertrümmern. Aber wie sollte sie das fertigbringen, wenn sogar Quints Stimme sie unter dem Echo des Kusses erschauern ließ?

»Ich brauche ein neues Schweigegelübde«, krächzte sie mit plötzlicher Entschlossenheit. »Ich werde kein Wort mehr sagen, bis wir in Kuv-Rodinquaor sind.«

»Myan ...« Quint stieß ein gequältes Seufzen aus, beinahe ein Stöhnen. Doch ihr Name blieb das Einzige, was er noch sagte.

Vier Tage lang zerrten die Kirollor Myan und Quint an ihren gefesselten Händen durch die Grassavanne, dann ragten die Hänge der Hochebene Quaorbat vor ihnen auf. Untmahar entsandte seine Schwester nach Kuv-Rodinquaor, um dort Lösegeld für die Gefangenen zu fordern. Zwei weitere Tage vergingen, bevor Intherte zum Lager zurückkehrte, eskortiert von einem Dutzend Kuv-Viandri in grünlich glänzenden Kettenhemden. Bei deren Anblick formierten die Kirollor sich hastig in voller Bewaffnung vor ihren Zelten, doch Intherte ging die letzten fünfzig Schritte allein.

»Wo ist das Gold?«, lautete Untmahars Begrüßung.

Seine Schwester spuckte auf den Boden und deutete mit dem Kopf auf die Kuv-Viandri. »Sie haben es. Sie wollten es mir nicht geben, bevor sie nicht die Gefangenen gesehen haben.«

Der Anführer der Kirollor grinste. »Sie sind keine Narren, diese Leute. Hol einen von ihnen ins Lager, damit er unsere Schätze begutachten kann.«

Zu ihrem Missvergnügen musste Intherte noch zwei weitere Male zwischen dem Lager und dem Trupp der Kuv-Viandri hin- und herwechseln, um den genauen Ort für die Inspektion der Gefangenen zu verhandeln. Endlich standen Myan und Quint weit genug von den Zelten der Kirollor entfernt, um den Kommandanten der Kuv-Viandri zufriedenzustellen. An Inthertes Seite stapfte ein bulliger Mann heran, dessen Gesicht aussah, als ob es aus beigefarbenen Steinbrocken zusammengesetzt wäre. Aus der Nähe erkannte Myan, dass der Kuv-Viandri nicht nur ein Kettenhemd trug, sondern auch eine Art Helm. Der Kopfschutz war aus schwarzen Metallbändern zusammengeschweißt und hob sich kaum von dem kurzen schwarzen Haar des Kommandanten ab. Nur über der Stirn prangte ein vielverästelter Blitz aus demselben grünlichen Erz, aus dem die Kettenhemden geschmiedet waren.

Untmahar pfiff durch seine Zahnlücke. »Ein hochrangiger Quennagoar – welche Ehre.«

»Von Ehre kann keine Rede sein, Kirollor«, gab der Kuv-Viandri mit eisiger Schärfe zurück. »Für keinen von uns.« Sein Blick glitt ebenso flüchtig wie abschätzig über Myan und fixierte dann Quint auf gnadenlose Weise.

Quint setzte vor seiner Brust zu einer energischen Geste mit der flachen Hand an, ballte dann aber die Faust und beugte kurz ein Knie, um mit den Fingerknöcheln den Boden zu berühren. Seine Augen blieben unbeirrbar auf jene des Quennagoar gerichtet. Um seine Lippen spielte ein ironisches Lächeln. Während er sich wieder aufrichtete, sagte er nur ein Wort, das in Myans Ohren wie ein Name klang: »Voduangrov.«

»Quintolaon«, antwortete der Kuv-Viandri unfreundlich. Gleichzeitig winkte er in Richtung seiner Gefolgsleute.

Eine Frau kam heran und gewährte Untmahar einen Blick auf das Gold, das sie in einer Ledertasche trug.

»Leg die Tasche auf den Boden und tritt einen Schritt zurück«, befahl der Kirollor der Kuv-Viandri.

Sowie sie der Anordnung gefolgt war, zog Untmahar vier kleine Metallstifte aus einer Tasche an seinem Gürtel. Jeweils einen davon ließ er in die metallenen Handfesseln der Gefangenen einrasten. Scheppernd fielen die Ketten zu Boden. Intherte bedeutete Myan und Quint mit einer Kopfbewegung, sich zu den Kuv-Viandri zu scheren. Voduangrov folgte ihnen erst, als sie bereits den halben Weg zu dem kleinen Trupp zurückgelegt hatten. Niemand sagte ein einziges Wort zu den Kirollor und auch Untmahar bellte nur den Befehl, das Lager abzubrechen.

»Ich hoffe, deine Befreiung war all das Gold wert«, wandte Voduangrov sich mit seiner leisen Stimme an Quint. »Wenn ich dich ansehe, zweifle ich sehr daran.«

Quint hob die Schultern. »Wenn du ein gutes Ende willst, solltest du mir keine aussichtslosen Bewährungsproben auferlegen.«

»Ich sollte keinen aussichtslosen Fällen Bewährungsproben auferlegen«, gab der Quennagoar böse zurück. Mit energischem Befehl brachte er seinen Trupp zum Abmarsch, bevor er weiterzischte: »Du hast nicht einmal den Respekt wiedererlernt. Offenbar habe ich immer noch zu viel von dir erwartet. Und wer ist überhaupt sie?« Die Geste, mit der er auf Myan wies, war ebenso verächtlich wie sein Tonfall.

Nun zeigte Quints ironisches Lächeln sich in aller Deutlichkeit. »Dies ist meine Adeptenschwester Myaniti. Und sie verdient den Respekt, den du gerade von mir eingefordert hast. Myan, dies ist Voduangrov, ein Großmeister der Quennagoar. Er wird uns nach Kuv-Rodinquaor bringen.« Das Lächeln schwand und machte einem Ausdruck entschlossener Ungerührtheit Platz.

Myan nickte dem Großmeister der Quennagoar mechanisch zu. Gleichzeitig massierte sie ihre schmerzenden Handgelenke, um sich an irgendetwas festhalten zu können. Sie fühlte sich verloren. Die Kuv-Viandri in ihren grünlichen Kettenhemden waren ihr noch fremder als die rohen Kirollor. Selbst Quint schien ihr plötzlich fremd. Gemeinsam mit seinen Leuten war schlagartig seine Vergangenheit aufgetaucht, an die sie bisher keinen einzigen Gedanken verschwendet hatte. Weshalb hätte sie ihn nach seiner Heimat fragen sollen, wo doch offenbar der Orden des Zorant seine wahres Zuhause war?

Und nun sprach Voduangrov von einer Bewährungsprobe. Wusste er überhaupt, wen er in Quint vor sich hatte? Was immer ein Quennagoar war – wer einen Helm, ein Kettenhemd und ein Schwert trug, hatte keine Ahnung vom Pfad der fünf Tugenden. Myan straffte die Schultern. Jetzt zählte nur, dass dieser Mann das Lösegeld gebracht hatte, um sie und Quint aus den Klauen der Kirollor zu befreien. Sie waren auf dem Weg nach Kuv-Rodinquaor, der vierten Station auf ihrem Pilgerweg. Quint würde sein Volk zweifellos von der Bedeutung seiner Reise überzeugen können. Sie würden ihren Weg fortsetzen, zum Wohl Zorantanders.

Erst als sie die Hänge der Quaorbat hinaufstieg, fiel Myan ein, dass Rok und die anderen Glinks mit all ihrem Gepäck und ihrem Gold bei den Kirollor geblieben waren. Ihr blieb nur noch das, was sie an ihrem Körper trug – ihre Kleidung und die stofflichen Symbole der fünf Tugenden.

12

Der Weg auf die Hochebene begann als steiler Pfad, der sich in engen Kurven aufwärts wand. Nur Menschen und Glinks fanden darauf Platz. Erst beim Eingang zum tiefstgelegenen Erzstollen verbreiterte der Pfad sich jäh zu einer Straße, auf der zwei Legroms aneinander vorbeigehen konnten. Das behäbige Tempo dieser zotteligen Lasttiere machte das Vorwärtskommen trotzdem schwierig. Hinter Quint und gefolgt von einem Quennagoar musste Myan sich immer wieder zwischen Legroms hindurchschlängeln, die mit riesigen Erzfuhren beladen waren.

Im Scherz wurde die Quaorbat oft der Helm der Wüsten und Savannen genannt. Nirgends wurde so viel Erz gefördert wie hier. Mit größerem Ernst wurde gesagt, dass die Kuv-Viandri das reichste alle Völker wären, wenn sie nicht so viel Metall für ihre eigenen Waffen und Rüstungen bräuchten. Tatsächlich hatten zahllose machthungrige Herrscher versucht, die Quaorbat zu erobern, statt Handel mit den Kuv-Viandri zu treiben. Das Bergarbeitervolk war stets dazu gezwungen gewesen, seine Freiheit zu bewahren oder wiederzuerlangen – oft im Kampf gegen Waffen, die aus Erz aus ihren eigenen Gruben geschmiedet worden waren.

Deshalb betrieben sie den Metallhandel mit tiefem Missfallen und konnten dennoch nicht darauf verzichten. Körner und Wurzeln wuchsen gut genug auf der Quaorbat, aber keine einzige Palme trotzte den staubbeladenen Winden der Hochebene. Öl, Früchte und vor allem Brennstoff für die Erzverarbeitung mussten die Kuv-Viandri im Handel erwerben. Ohne die Quellen der Quaorbat, von denen manche kochend heiß, ätzend und mit anderen wundersamen, streng geheim gehaltenen Kräften aus dem Fels sprudelten, wäre die Metallgewinnung und -verarbeitung völlig unmöglich gewesen.

Myans Neugier auf die mysteriösen Quellen versiegte, noch bevor sie eine davon zu Gesicht bekam. Im selben Moment, in dem sie das Plateau der Hochebene erreichte, trug der Wind ihr einen fauligen Geruch in die Nase. Offenbar kam er von den wabernden Dämpfen, die in rund fünfhundert Schritt Entfernung über der Plateaukante aufstiegen.

Quint fing ihren angewiderten Blick auf. »Ja, das ist eine der vielgerühmten Quellen. Ihre Dämpfe erfreuen uns bei Westwind immer außerordentlich. Man sollte meinen, dass bei der großen Vielfalt auch irgendwo eine duftende Flüssigkeit aus dem Fels rinnt. In Wahrheit ist klares, geruchloses Wasser das Beste, worauf wir hoffen dürfen. Freilich gewöhnt man sich an den Geruch – notgedrungen. Gleich dort vorne ist nämlich Kuv-Rodinquaor.«

Myan wandte sich in die angegebene Richtung. Im ersten Moment glaubte sie, einen vielfach gezackten Berggipfel zu sehen. Die Stadt bestand aus einer dichten Ansammlung steinerner, runder Türme, deren Höhe die massive Stadtmauer davor mickrig wirken ließ.

»Los, weiter!«, befahl Voduangrov Myan, die vor Erstaunen stehen geblieben war. »Wir werden erwartet. Hoffentlich seid ihr nach dem Aufstieg zur Stadt nicht müde«, bemerkte er in schneidendem Ton zu Quint. »Der Ältestenrat ist schon zusammengetreten, um euch zu sehen.«

Quint gab sich ungerührt: »Das war zu erwarten. Der Ältestenrat hielt immer schon viel von schnellen Entscheidungen. Wahrscheinlich, weil den Ratsleuten in diesem Leben nicht mehr viel Zeit bleibt.«

Der Großmeister verzog seinen Mund und durchbohrte Quint mit einem strafenden Blick. Auch Myan konnte beim besten Willen weder Frieden noch Mäßigkeit in Quints Worten finden. Die bevorstehende Begegnung mit dem Ältestenrat warf jedoch einen viel dunkleren Schatten über sie. Unangenehme Erinnerungen an die Audienz bei den Liant-Ris und an die Stadtwache von Bouhlokwon stiegen aus ihrem Gedächtnis auf. Wie oft würden sie sich auf diesem Pilgerweg noch rechtfertigen müssen?

Myans Beklemmung wuchs weiter, nachdem sie das Stadttor passiert hatten. Die Türme beengten sie noch mehr als die übermannshohen Felsen der Lokdrintur. In der Wüste war es wenigstens hell gewesen. Hier tauchten die tiefbraunen Steinwände die engen Straßen in Düsternis. Umso größer war Myans Überraschung über die plötzliche Helligkeit, die sie im Inneren jenes mächtigen Turmes empfing, in dem der Ältestenrat tagte. Glasgefäße, gefüllt mit einer orangefarbenen Flüssigkeit, verbreiteten ein warmes Licht in der großen, fensterlosen Halle.

Dieses Licht blieb der einzige Anflug von Wärme in einer frostigen Atmosphäre. Auf einem Podest standen vier mächtige Thronsessel aus grünlichem und schwarzem Metall. Vier weißhaarige, in verschiedenem Grad gebeugte Gestalten saßen darauf, drei Frauen und ein Mann. Der Mann trug den gleichen Helm wie Voduangrov, mit einem stärker verästelten Blitz über seiner Stirn. Auf den Köpfen der drei Frauen ruhten Reife aus schwarzem Metall, die mit unterschiedlichen Emblemen aus grünem Erz versehen waren: ein Hammer, eine Pflugschar und eine Welle. Rundum reihten sich weitere Kuv-Viandri in unheimlichem Schweigen auf, zum kleineren Teil mit Kettenhemden und Helmen ausgestattet, die Mehrheit in Gewändern aus dünner Legromwolle.

»Kniet vor dem Ältestenrat von Kuv-Rodinquaor!«, forderte Voduangrov.

Quint wiederholte dieselbe Abfolge von Gesten, die er im Lager der Kirollor vor dem Großmeister vollführt hatte. Myan steckte erst nur ihre Hände in die Ärmel und neigte den Kopf. Dann beugte sie nach Quints Vorbild noch ein Knie. Innerlich krümmte sie sich wegen ihres ungelenken Auftritts. Er war zu demütig für eine Adeptin des Zorant – sogar für eine unwürdige – und zu respektlos für eine ausgelöste Gefangene. Sie hätte jedoch genauso gut eine Pirouette drehen können wie ein Komiker auf dem Basar. Niemand achtete auf sie. Aller Blicke waren auf Quint gerichtet.

»Quintolaon«, krächzte der Älteste mit dem vielverästelten Blitz auf der Stirn. »Du wurdest als Meister der Quennagoar gebannt und mit einer Bewährungsprobe belegt. Es war dir nicht gestattet, vor ihrem Bestehen nach Kuv-Rodinquaor zurückzukehren. Dennoch stehst du vor dem Ältestenrat, als ausgelöster Gefangener und mit leeren Händen. Wo ist der Zorant?«

Jedes einzelne Haar auf Myans Körper richtete sich auf – ein Vorbote des unermesslichen Schreckens, der sie bei Quints Antwort überfiel: »Der Zorant ist verloren. Selbst die Priester wissen nicht, wo er ist.«

Das geschockte Raunen, das nun durch die Halle floss, hallte schmerzhaft in Myan wider und zerschmetterte sie beinahe. Wie konnte Quint dieses grausame Geheimnis verraten? Er brachte zahllose Menschen in Gefahr! Wenn in den Wüsten und Savannen bekannt wurde, dass die magische Schale verschollen war, würden gleich mehrere Armeen nach Zorantander ziehen – nicht nur der Kriegerkönig. Und dann würde alles davon abhängen, ob die Stadtbürger auch ohne den tröstenden Anblick des Zorant treu auf dem Pfad der fünf Tugenden blieben. Quint gab einem fremden Volk das vertraulichste Wissen der Zorantani preis – er, ein Adept!

Nein … für ihn war es kein fremdes Volk. Und er war kein Adept. Er hatte von Anfang an gelogen. Nicht seine Berufung hatte ihn nach Zorantander gebracht, sondern ein Befehl. Der Befehl dieses Ältestenrats, den Zorant zu stehlen und ihn nach Kuv-Rodinquaor zu bringen. Myan schloss die Augen. In ihren Ohren rauschte ein Sturm. Ihr wurde schwindlig. Sie hielt den Atem an und erwartete den harten Aufprall auf dem Boden. Doch er kam nicht. Sie musste trotz allem aufrecht stehen geblieben sein.

Die Älteste mit der Welle auf dem Metallreif beugte sich vor. »Wer soll uns beweisen, dass du die Wahrheit sagst?«, zischte sie aus einem zahnlosen Mund. »Die Zorantani würden niemals zugeben, dass ihr Heiligtum verloren ist. Du könntest also lügen, um dich vor deiner Bewährungsprobe zu drücken, weil sie dir zu schwer erscheint.«

Quint stand unbeeindruckt. Aber nur seine Haltung war stolz. Seine Stimme klang hohl: »Die Bewährungsprobe wurde mir auferlegt, weil ich einen Lügner entlarvte und mich weigerte, selbst Lügen zu erzählen. Warum sollte ich jetzt plötzlich damit anfangen? Aber wenn ihr Beweise braucht – lauscht dem Geschwätz der Karawanenleute. Irgendwann werdet ihr von Zorantani hören, die auf einen Pilgerweg geschickt wurden. Niemand wird wissen warum, doch ich kenne den Grund. Diese Reise wurde beschlossen, weil der Zorant verschollen ist und weil der Orden den Kriegerkönig fürchtet. Ich selbst bin diesen Pilgerweg gegangen – genau wie meine Adeptenschwester hier. Ihr könnt aber auch warten, bis Korotimber Zorantander erobert. Das wäre dann wohl Beweis genug für die Schutzlosigkeit der Stadt.«

Die Ältesten tauschten einige unentschlossene Blicke von Thronsessel zu Thronsessel. Dann ergriff der Mann erneut das Wort:

»Selbst wenn der Zorant tatsächlich verloren sein sollte, stehst du immer noch unter Bann und Bewährung, Quintolaon. Du hast noch nicht den Schutz ersetzt, den du uns genommen hast. Du bist deshalb nicht würdig, wieder ein Quennagoar zu sein. Großmeister Voduangrov – sperr die beiden in den Büßerturm! Der Ältestenrat wird über sie entscheiden, sobald die Weisheit der Quellen sich zeigt.«

»Zu Befehl, Ältester.« Voduangrov winkte zwei Kuv-Viandri heran, die mit Speeren in den Händen am Eingangsportal Wache hielten.

Myan öffnete ihren Mund und holte Atem, um irgendetwas zu sagen – sie wusste nicht was, aber sie verließ sich auf ihre Zunge, die so oft schneller war als ihre Gedanken. Doch das tagelange Schweigen hatte ihre Kehle verschlossen. Sie brachte keinen Ton heraus, nicht einmal ein Krächzen. So richtete sie nur ihren Blick auf Quint, voller Anklage und Verwundung. Seine graublauen Augen wichen ihr nicht aus und bekräftigten alles Gesagte und Vermutete – ohne Stolz und ohne Trost.

Myan rührte sich nicht vom Fleck, als Voduangrov wortlos auf jene Tür wies, durch die Quint gerade verschwunden war.

»Ich will eine eigene Zelle«, waren die ersten Worte, die sie aus ihrer eingerosteten Kehle hervorbrachte.

»Vergiss es«, antwortete der Quennagoar unwirsch. »Außer, du willst eine Zelle im Kerker der Bergleute haben. Die wäre ohnehin angemessener, schließlich sind die Zorantani kein wirklicher Orden, sondern eine Versammlung singender Schwächlinge. Ohne den Zorant seid ihr gar nichts. Der Älteste der Großmeister wollte sich sicher großmütig gegen dich zeigen, aber wenn du nicht in den ehrwürdigen Mauern unseres Ordens bleiben willst …«

Unter Voduangrovs verächtlichem Blick entschied Myan, dass sie es den Zorantani schuldete, durch diese Tür zu gehen. Egal, was die

Quennagoar glaubten und welchen Regeln sie folgten – ihr Orden stand keinesfalls über dem des Zorant.

Sie fand sich in einem halbrunden Turmzimmer wieder, dessen schwarze Wände über und über mit grünen Blitzen bemalt waren. Der grelle Kontrast rief Übelkeit hervor. Nicht einmal das kleine, auf Kopfhöhe angesetzte Fenster wollte eine Zuflucht bieten. Draußen stand ein Wald dunkelbrauner Türme und der Gestank der Quellen zog durch die glaslose Öffnung herein. Nie zuvor hatte Myan ihren Gemütszustand so vollkommen in ihrer Umgebung gespiegelt gesehen – trostlos, grimmig, wüst und stickig.

Der Mann, den sie für ihren Adeptenbruder und für das größte Vorbild an Tugendhaftigkeit gehalten hatte, war ein Lügner und Schauspieler. Freilich hatte Quint seine Rolle perfekt genug gespielt, um sogar Zorantani an der Nase herumzuführen. Nun brauchte sie sich wahrlich nicht mehr darüber zu wundern, dass ihre eigene Unwürdigkeit stets unentdeckt geblieben war. Priester, denen sogar Quints durchgehender Frevel verborgen blieb, hätten die kleinen Tugendbrüche seiner Adeptenschwester erst recht nicht wahrgenommen.

Jetzt war endlich klar, warum Quint nach der Beschwörungszeremonie so viel über den Aufbewahrungsort des Zorant gefragt hatte – und weshalb er lang vor seiner Entsendung auf den Pilgerweg mit einem geschnürten Reisebündel in seiner Kammer gestanden war. Nach dem Eingeständnis des Hohen Paars, das Versteck des Zorant nicht zu kennen, hatte er keinen Grund mehr gehabt, im Orden zu bleiben. Für ihn war der Pilgerweg nichts anderes als ein längerer Heimweg nach Kuv-Rodinquaor gewesen. Sein Frevel musste den Schutzschild der Pilger schon vor ihrer Abreise in Trümmer geschlagen haben. Natürlich war ein Unglücksfall nach dem anderen über sie hereingebrochen. Und sie hatte geglaubt, an allem schuld zu sein.

»Wirst du mir jetzt endlich zuhören?«, unterbrach Quints ruhige Stimme Myans Gedanken.

Sie fuhr herum und sah ihn neben der Zellentür auf dem Boden sitzen. »Warum sollte ich auch nur ein weiteres Wort anhören, das aus deinem verlogenen Mund kommt?«

Er hielt ihrem erzürnten Blick mit dem Gleichmut eines Wüstenwanderers stand, der einen Sandsturm über sich hinwegziehen lassen musste, den er schon lange kommen gesehen hatte. »Wenn dir kein besserer Grund einfällt, dann im Namen des Friedens und der Gleichheit.«

Am liebsten hätte Myan ihm etwas an den Kopf geworfen. »Beruf dich bloß nicht auf die fünf Tugenden! Du hast jede einzelne von ihnen in den Dreck getreten und –« Plötzlich schoss ihr etwas anderes durch den Kopf: »Gib mir den Feuerkristall und das Tingantholz!«, verlangte sie stürmisch.

Im nächsten Augenblick fürchtete sie, eine weitere niederschmetternde Nachricht zu hören. Wenn die stofflichen Symbole auf dem Rücken eines Glinks gewesen waren, gehörten sie nun zur Beute der Kirollor.

Quint griff in seinen Ärmel. Nach einigen Verrenkungen zog er einen Lederbeutel hervor, der anscheinend um seinen Oberarm gebunden gewesen war.

»Hier.«

Er hielt ihr den Beutel entgegen. Myan blieb nichts anderes übrig, als zu ihrem vormaligen Adeptenbruder hinüberzugehen. Es war viel zu riskant, einen Feuerkristall zu werfen. Der Steinboden war mit getrocknetem Gras bedeckt – zu dünn, um den Aufprall genügend zu polstern, aber dick genug für ein lebensbedrohliches Feuer.

»Und nimm dieses Stirnband ab!«, fauchte Myan, nachdem sie den Lederbeutel aus Quints Hand gerissen hatte. »Du hast kein Recht darauf.«

Seine Brauen hoben sich zu einem Ausdruck milden Zweifels. Dennoch streifte er den dunkelrot-schwarzen Stoffstreifen ab und hielt ihn wiederum Myan entgegen. Diesmal zögerte sie und schüttelte zuletzt den Kopf. Sie wollte nichts bei sich haben, was er monatelang getragen hatte. Der Hauch seines Duftes, der von dem Lederbeutel aufstieg, war bereits schlimm genug. Quint hob die Schultern, zog das Stirnband unschlüssig durch die Finger und band es sich zuletzt um sein Handgelenk, wie ein verwaister Adept es getan hätte. Voller Missbilligung presste Myan die Lippen aufeinander und schoss ihm einen finsteren Blick zu.

»Soll ich vielleicht auch noch mein Ordensgewand ausziehen?«, erkundigte Quint sich in ironischem Ton.

Myan fühlte Hitze in ihre Wangen steigen und entschied, dass es Zornesglut sein musste. »Ich weiß nicht«, biss sie zurück. »Gehört es sich denn für einen Quennagoar, nackt zu büßen?«

Quint wiegte mit verhaltenem Grinsen den Kopf. »Für gewöhnlich büßen die Quennagoar im Kampf. Das wäre nackt noch ungesünder als im Kettenhemd.«

»Natürlich – ein Witz! Etwas anderes war ja nicht zu erwarten.«

Frustriert fuhr Myan sich durch ihr viel zu langes Haar. Die ganze Wahrheit ihrer Worte wurde ihr erst bewusst, während sie in ihren Ohren nachklangen. Quints Unbekümmertheit war kein Zeichen vollkommener Tugendhaftigkeit gewesen, sondern heitere Gleichgültigkeit. Nichts bedeutete ihm etwas – nicht einmal die Bewährungsprobe, die ihm von seinem Volk auferlegt worden war, wie sein Auftritt vor dem Ältestenrat bewiesen hatte.

»Nimmst du eigentlich irgendetwas ernst?«

Quints Miene wurde schlagartig düster. »Nein. Nicht mehr, seit mir schmerzhaft klar wurde, dass ich alles viel zu ernst nehme.«

»Das muss lange vor deiner Zeit in Zorantander gewesen sein«, murmelte Myan unversöhnlich.

Mit schweren Schritten ging sie zurück zum Fenster. Sie konnte nicht fassen, wie sehr sie sich trotz des heutigen Donnerschlags immer noch zu Quint hingezogen fühlte, diesem Heuchler und Frevler. Offenbar trieb das Erbe ihrer Eltern sie unweigerlich in die Arme eines Mannes, der mitnichten das größte Vorbild war, sondern die Tugenden mit Füßen trat.

Der Klang von Quints Stimme erfüllte sie gleichzeitig mit Widerwille und Sehnsucht. »Nein, ich verlor diese Ernsthaftigkeit erst kurz vor meiner Zeit in Zorantander. Davor gab es nur ein Ziel in meinem Leben: ein aufrechter und makelloser Quennagoar zu sein. Es war mein größter Stolz, schon zu meinem achten Geburtstag als Novize aufgenommen worden zu sein. Die meisten schaffen es erst mit zehn – die wenigen, die überhaupt die harten Prüfungen bestehen. Kampf, Entbehrung, Selbstbeherrschung ... Der Orden hat sich dem Schutz unseres Volkes verschworen. Die Quennagoar führen die anderen im Kampf an, wenn unsere Bergwerke und Städte angegriffen werden. Sie wachen darüber, dass die Kuv-Viandri wehrhaft, tapfer und hart wie Erz bleiben und geben selbst das beste Beispiel. Der älteste Großmeister führt den Rat an, vor den Ältesten der Quellweisen, der Erzknappen und der Brotbringer. Die Quennagoar sind die Wächter der Felder, der Stollen und der Städte.«

Myans Widerwille wuchs. Sie brauchte keine Belehrungen über einen fremden Orden oder Quints Volk. Er eierte eindeutig um irgendetwas herum.

Quint holte tief Atem. »Sie sind die Leibwächter des Deuters oder der Deuterin der Quellen – wenn es gerade jemanden gibt, der in den Wassern lesen kann. Nicht jede Generation bringt einen solchen Menschen hervor. Während meiner Kindheit gab es einen. Liandiquor wurde sogar als der weiseste Deuter aller Zeiten verehrt. Keiner hatte jemals so viele Gefahren von den Kuv-Viandri abgewandt wie er. Unter seinem Schutz erlebte unser Volk eine noch nie da gewesene Friedenszeit. Er unternahm oft lange Wanderungen, um auch in den entlegensten Quellen zu lesen. Trotz der vielen Feinde, die sich ständig auf der Quaorbat herumtreiben, wurde Liandiquor immer nur von einem einzigen Leibwächter begleitet. Deswegen wollte ich ein Meister der Quennagoar werden – der beste von allen. Der Deuter der Quellen musste vor jeder Gefahr sicher sein, damit er uns noch lange Jahre des Friedens bescheren konnte.«

In plötzlicher Unruhe rückte Quint sich zurecht. »Weißt du, ich hatte selbst nie einen Krieg erlebt, nur einige von den kleineren Gefechten, die zum Alltag meines Volkes gehören – die Kämpfer kommen, sie rauben Erz, sie gehen wieder. Aber alle Geschichten, die ein junger Kuv-Viandri hört, handeln vom Krieg. Dabei blieb mir die Beschreibung des Leids immer stärker im Gedächtnis als die überlieferten Heldentaten Hunderter Großmeister. Ich fürchtete den Krieg und ich verehrte Liandiquor aus tiefstem Herzen, weil er uns davon befreite. Mein erster Traum war es, selbst ein Deuter der Quellen zu werden, aber ich zeigte nicht die Gabe dafür. Also trug mich der Gedanke an Liandiquor durch die Prüfungen für die Aufnahme in den Orden und durch meine Zeit vom Novizen zum Knappen und schließlich zum Meister. Harte Jahre.«

Quints Züge wurden starr. Mitgefühl wollte sich in Myan regen, doch sie unterdrückte es rasch.

»Im Grunde war ich nicht aus dem Metall geschmiedet, das einen Quennagoar ausmacht. Zu den Ordensregeln gehören vollkommene Furchtlosigkeit, Gehorsamkeit gegen die Großmeister und Grausamkeit gegen den Feind. Frag mich nicht danach, wie den Novizen diese Eigenschaften eingebläut werden … Ich lernte es nie, mein Gehirn von allen Gedanken zu befreien, wie ein Meister es können sollte. Solche Übungen bestand ich nur, indem ich ein Bild von Liandiquor vor meinem inneren Auge fixierte. Ich tat alles für den Deuter der Quellen. Alles für den Frieden, den er uns brachte. Für Liandiquor bestand ich die Meisterprüfung mit Glanz und in jungen Jahren. Mein Dienst begann und der Deuter der Quellen bemerkte bald meine tiefe Ergebenheit. Er wählte mich immer öfter als Leibwächter für seine langen Streifzüge über die Quaorbat. Auf diesen Wanderungen stießen wir hin und wieder auf feindliche Späher – meist Reugliter und Kirollor, seltener Bouhlokwoni, Aslod-Leute oder Trupps aus Pock. Liandiquor sagte, dass er die Wege dieser Späher aus den Quellen lesen und dann absichtlich mit ihnen zusammentreffen würde, um ihnen ins Gewissen zu reden.«

Ein zynisches Lächeln durchbrach seine starren Gesichtszüge. »Ich musste bei diesen ernsten Gesprächen natürlich außer Hörweite bleiben, weil die Späher sich von einem Quennagoar bedroht fühlten. Jedes Mal stand ich riesige Angst um den Deuter der Quellen aus. Ich fürchtete, nicht schnell genug zu Liandiquors Rettung eilen zu können, falls er angegriffen werden sollte. Aber er wollte mich nicht einmal mit verstopften Ohren in seiner Nähe bleiben lassen, weil heftige Gesten ohne Worte erst recht zu Missverständnissen führen könnten. Meine Angst machte mich lange blind für das, was tatsächlich bei diesen Treffen vor sich ging. Irgendwann fiel mir auf, dass nach solchen Begegnungen immer Angriffe auf Erzlager stattfanden. Zuerst versuchte ich, dies als Zufall abzutun. Selbst in dieser ungewöhnlich langen Friedenszeit gehörte blutiger Erzraub zu unserem Leben wie Essen und Schlafen. Allerdings waren es immer Leute von demselben Volk. Wenn wir Späher der Bouhlokwoni trafen, griffen Bouhlokwoni an und so weiter.«

Quint raufte sich das Haar. »Ich schob meinen ungeheuerlichen Verdacht hundertmal von mir, doch das Misstrauen war gesät. Einmal beobachtete ich, wie einer der Späher Liandiquor ein Fläschchen zusteckte. Der Deuter trank nur eine Flüssigkeit aus solchen kleinen Glasfläschchen: Das Gebräu, das er angeblich brauchte, um in den Quellen lesen zu können. Von da an achtete ich darauf, ob und wann er es selbst herstellte, aber ich konnte es nicht herausfinden. Monate später fiel eine Flasche mit dem Zeug aus Liandiquors Tasche, während er schlief, und ich … ich prüfte den Inhalt. Es war eindeutig Solmtraubensaft. Und ich verstand endlich. Liandiquor tauschte das Erz, das die Kuv-Viandri mühsam aus dem Fels brachen und mit ihrem Blut verteidigten, gegen Drogen. Kurz nachdem ich von seiner Sucht erfahren hatte, geriet er mit einem seiner Komplizen in Streit. Zuletzt zog der Späher ein Messer und stach auf Liandiquor ein. Ich ließ ihn sterben – als Vergeltung für seinen Verrat und weil ich mein Leben für ihn weggeworfen hatte.«

Myan hielt den Atem an. Für einen Moment war blanke Wut aus Quints Augen hervorgeblitzt wie ein Funken von Wahrhaftigkeit unter einer Decke vorgetäuschter Gleichgültigkeit.

»Nach Liandiquors Tod redete ich mir ein, dass kein Quennagoar einen Verräter am Leben gelassen hätte. Vielmehr hätte jeder es für seine Pflicht gehalten, ihn eigenhändig zu töten. Zurück in Kuv-Rodinquaor wollte mir jedoch niemand glauben, obwohl die Lüge eines der sechs Tabus der Quennagoar ist. Die Großmeister meinten, ich hätte als Leibwächter kläglich versagt und wollte das Andenken unseres verehrten Friedensvaters nur beflecken, um meine Schuld an seinem Tod zu leugnen. Ich frage mich bis heute, warum Versagen im Kampf eine größere Schande sein soll als die absichtliche Untätigkeit, die ich offen zugegeben hatte …«

Quint schüttelte den Kopf. »Ich wurde in diesen Büßerturm gesperrt. Da saß ich nun und wartete auf mein Todesurteil. Ich würde sterben, nachdem ich mein gesamtes Leben an einen Mann vergeudet hatte, der uns keinen Frieden gebracht hatte, sondern Verrat und kleine Kriege an der Stelle von großen. All meine Qualen im Orden waren umsonst gewesen. Wenn ich zu diesem Zeitpunkt noch irgendetwas ernst genommen hätte, wäre ich verrückt geworden. Aber mein Leben erschien mir immer mehr wie ein schlechter Witz und in meinem baldigen Tod sah ich nur mehr die logische Pointe.«

Zum ersten Mal wirkte das Lächeln auf Quints Lippen in Myans Augen gezwungen.

»Dann kam jemand auf die Idee, mich den Schutz ersetzen zu lassen, den mein Volk durch Liandiquors Tod angeblich verloren hatte. Für die Großmeister kam dafür nur der mächtigste Schutzschild von allen infrage: der Zorant. Ich sollte deshalb auf Bewährungsprobe nach Zorantander geschickt werden, um dem Orden beizutreten und nach meiner Priesterweihe die Schale zu stehlen. Danach würde ich wieder in die Reihen der Quennagoar aufgenommen werden. Ich beugte mich dem Urteil des Ältestenrats, obwohl ich auch diese Bewährungsprobe nicht ernst nehmen konnte – den Zorant stehlen! Es schien mir einfacher, einem Grasfeuer in der Cupaon zu entkommen, als das Heiligtum eines mächtigen Ordens zu entwenden. Noch dazu zweifelte ich nach all den Lügen, die Liandiquor über sein Quellenlesen verbreitet hatte, an allen magischen Dingen. Aber immerhin würde ich leben und wie man in einem Orden zurechtkommt, für den man eigentlich nicht geschaffen ist, wusste ich bereits. Und wer hätte schon sagen können, welche Ironie das Leben noch für mich bereithalten würde?«

Quint hob die Schultern. »Also reiste ich nach Zorantander, wurde Novize und verschob alles andere auf die Zeit nach meiner Priesterweihe – bis zu der großen Verkündigung des Hohen Paars. Darin sah ich meine Chance, nach Hause zurückzukehren und diese lächerliche Bewährungsprobe hinter mir zu lassen. Schließlich kann ich den Zorant schlecht stehlen, wenn niemand weiß, wo er ist. Außerdem müsste doch schon längst Gras über Liandiquors Tod gewachsen sein …« Quint verstummte.

Aus dem Sandsturm von Gedanken und Empfindungen, der in Myan tobte, stoben als Erstes die Worte hervor: »Warum bist du dann nicht gleich nach Kuv-Rodinquaor gegangen? Du hattest doch sogar schon gepackt. Wie konntest du es zulassen, dass sechs Pilger dir ihr Leben anvertrauten – dir, einem Mann, der nichts ernst nimmt und der alles für einen Witz hält?!«

»Glaub mir oder nicht«, gab Quint nachdrücklich zurück. »Aber am Leben zu bleiben ist das Einzige, was ich ernst nehme, seit ich der Todesstrafe entronnen bin. Das gilt auch für die Leben von Reisegefährten, die von mir ebenso abhängig sind wie ich von ihnen.«

Trotz ihres Widerwillens konnte Myan die Wahrheit seiner Worte nicht bestreiten. Auf dem gesamten Pilgerweg war er der verlässlichste Reisegefährte gewesen, den sie sich vorstellen konnte. Nichts hatte ihn erschüttert, außer die Bedrohung durch die Söhne der Wüste – und bei ihrem Angriff hatte er nicht nur um sein eigenes Leben gekämpft. Doch dieses Eingeständnis füllte die schmerzhafte Leere nicht, die seit dem Verschwinden ihres vollkommenen Adeptenbruders in ihrem Dasein klaffte.

»Trotzdem, Quint – so viele Lügen«, schluchzte sie plötzlich auf. »Wenn du nichts am Leben in unserem Orden ernst genommen hast – keine der fünf Tugenden oder den Schutzschild, den der Zorant über die Stadt ausbreitet, solange wir seinem Weg folgen –, hast du allen unglaublich geschadet.«

Er seufzte leise. »Wann und auf welche Weise habe ich irgendjemandem geschadet? Ich will nicht behaupten, dass ich alle fünf Tugenden gleichermaßen gut und sinnvoll finde – schon gar nicht alle zusammengenommen. Aber bin ich ihnen nicht gefolgt, solange ich im Orden war?«

»Nicht, weil du an den Weg des Zorant geglaubt hast. Du musstest doch tugendhaft erscheinen, wenn du zum Priester geweiht werden wolltest. Vorgetäuschte Tugendhaftigkeit schwächt den Schutzschild.«

Nun schnaubte Quint abfällig durch die Nase. »Dann schwächen die meisten Ordensleute den Schutzschild genauso viel wie ich – von den anderen Stadtbürgern ganz zu schweigen. Ich habe in Zorantander viel mehr vorgetäuschte Tugendhaftigkeit gesehen als echte.«

Diese Vorwürfe trafen Myan an ihrer verwundbarsten Stelle. »Mit dem Finger auf andere zu zeigen ist immer so einfach. Wenn die Tugendhaftigkeit nicht von innen nach außen tritt, muss man eben versuchen, sie von außen nach innen dringen zu lassen. Das ist kein Vortäuschen, sondern … die Vorbereitung auf wahre Tugendhaftigkeit.«

Sie brach ab, weil die Worte in ihren eigenen Ohren heuchlerisch klangen. Sosehr sie auch wünschte, dass es anders wäre – sie konnte nicht abstreiten, selbst die Tugendhaftigkeit einer Adeptin vorgetäuscht zu haben.

»Glaubst du etwa, ich kritisiere dich?« Quint zog verwirrt eine Braue hoch. »Von dir habe ich doch nicht gesprochen. Du heuchelst keine Tugendhaftigkeit. Du kämpfst darum. Mit einer Verbissenheit, die –« Er brach ab.

»Die was?«, fragte Myan scharf.

»Die … jeden ziert, der zu einem Orden gehört.« Wieder änderte Quint fahrig seine Sitzposition und wich Myans Blick aus.

Jäh aufflammender Zynismus bemächtigte sich ihrer Zunge: »Ach, Verbissenheit passt also zu einem Menschen, der in einen Orden eintreten und dessen Regeln treu befolgen will – Regeln, die du allesamt nicht ernst nimmst. Gut zu wissen, dass du mich lächerlich findest.«

Ihr harscher Ton übertrug seine Kraft nicht auf den Rest ihres Körpers. Ihre Knie gaben nach. Unbeholfen ließ sie sich nieder und schlug die Beine unter. Eigentlich hatte ein Lügner und Heuchler kein Recht, über sie zu urteilen. Dennoch tat es weh, dass er sie zu jener Art Menschen zählte, die ihn bitter enttäuscht hatten.

»Ich finde dich doch nicht lächerlich«, widersprach Quint nach einer Pause mit erstickter Stimme. »Im Gegenteil. Diese Verbissenheit … Auf der einen Seite bewundere ich dich dafür und beneide dich sogar darum. Du kämpft für etwas, du hast ein Ziel, du glaubst an etwas. So war ich auch, während ich für Liandiquor ein Quennagoar werden wollte … Ich vermisse dieses Gefühl oft, aber ich kann und will es nicht mehr haben. Das macht mich völlig irre. Manchmal will ich dir helfen und dich an dein Ziel bringen. An anderen Tagen habe ich stattdessen das Gefühl, dich wachrütteln zu müssen, damit du nicht länger –«

Myan hob abwehrend eine Hand. Quint schreckte nicht einmal davor zurück, sie vom Weg des Zorant fortzutreiben? Wie oft hatte sie dann Hoffnung und Zuversicht aus Worten geschöpft, die sie in eine völlig falsche Richtung locken sollten? Immerhin hatte sie sich von ihm genauso leiten lassen wie von den Priestern.

»Du musst gar nichts«, sagte sie rau. »Zorantander ist nicht Kuv-Rodinquaor, die Zorantani sind keine Quennagoar und der Zorant ist kein treuloser Deuter der Quellen. Du lebst lauter Lügen und Täuschungen und bildest dir auch noch ein, mir helfen zu können? Schau, wohin du mich gebracht hast: In den Büßerturm von Kriegern, fern von meinem Orden und ohne Aussicht darauf, meine Aufgabe zu erfüllen! Du hast mich von Anfang an dazu verurteilt, als verwaiste Schwester in Kuv-Rodinquaor zu stranden. Sogar nach dem Angriff der Söhne der Wüste hast du mich noch glauben lassen, dass dir alles daran liegt, die Reise zu vollenden und die stofflichen Symbole der fünf Tugenden einzusammeln. Wozu noch diese Lüge – Frullenie und Breungar waren tot, der Pilgerweg war also vorbei und du warst fast schon zu Hause.«

Myan endete, weil ihre Lippen zu zittern begannen und sie nicht in Tränen ausbrechen wollte. Je mehr Zeit verging, desto ungeheuerlicher erschien ihr all das, was Quint ihr und ihrer Stadt angetan hatte. Wenn er gleich nach dem Geständnis des Hohen Paars verschwunden wäre, hätte sie – eine verwaiste Adeptin – ebenfalls nicht auf die Reise gehen können. Die Pilger hätten keinen verräterischen Ordensmann und dessen unwürdige Schwester bei sich gehabt. Ihr Schutzschild wäre intakt geblieben und niemand hätte sterben müssen. Und ohne Quint wäre dieser ewige Kampf mit der Reinheit endlich zu Ende gewesen. Warum hatte er sie nicht verschont?

»Myan … Wie hätte ich ahnen sollen, dass die Priester die Regel zu den verwaisten Ordensleuten mitten in der Wüste einhalten würden?« Wieder sprach Quint mit Anstrengung. »Ich konnte der Verlockung einer langen Reise nicht widerstehen. Wahrscheinlich war es wirklich falsch von mir, mitzugehen, weil ich nicht darüber nachgedacht habe, was die fünf Tugenden unterwegs bedeuten. Friede ist gut und schön – aber sich nicht verteidigen zu dürfen, wenn man angegriffen wird, ist einfach dumm. Ich hätte mich jederzeit gewehrt, auch wenn meine Lügen dadurch aufgeflogen wären. Und nachdem die Söhne der Wüste Breungar und Frullenie getötet hatten … Was hätte ich denn tun sollen?«

Quint breitete die Arme aus. »Du hast völlig außer dir auf dem Boden gesessen und nach einem Schwert verlangt. Ich musste doch irgendetwas sagen, um dich zum Weitergehen zu bewegen, und die stofflichen Symbole der fünf Tugenden fielen mir eben als Erstes ein. Solange du derart verzweifelt warst, durfte ich es nicht wagen, auch noch meine Geheimnisse aufzudecken. Und sobald es dir wieder ein wenig besser ging, hatte ich schon wieder den Mut dazu verloren. Ich fand ihn nicht einmal im Lager der Kirollor wieder, wo ich eigentlich schon alles verraten hatte … Ich wollte dich nicht verlieren.«

Er hielt inne. Während Myan seinen tiefen, schweren Atemzügen lauschte, wuchs eine unheilvolle Ahnung in ihr. Im nächsten Moment ließ sein Blick sie aufspringen. Er kündigte genau jene Worte an, die sie befürchtet hatte:

»Myan, ich habe mich in dich verli–«

»Sag das nicht!«, unterbrach sie ihn heftig. »Sag keine einzige Silbe mehr! Ich will das nicht hören. Ich kann das nicht hören. Ich bin nicht wie meine … Ich bin eine Adeptin des Zorant und folge den fünf Tugenden, um den Schutzschild meiner Heimatstadt zu erhalten und zu stärken. Lass mich –«, allein, wollte sie sagen, doch das versperrte Schloss machte diesen Wunsch sinnlos. »Lass mich in Ruhe, du elender Lügner!«

Myan verbarg ihr Gesicht in den Händen, als die Tränen unaufhaltsam hervorbrachen. Zuletzt rollte sie sich auf dem Boden unter dem Fenster zusammen – dort, wo sie am weitesten von Quint entfernt war.

Obwohl die Nacht in der Turmzelle unangenehm kalt wurde, fühlte Myan sich die ganze Zeit über, als ob sie auf den glühenden Kieseln des Feurigen Wogopeischen Trichters liegen würde. Sämtliche Tugenden waren außer Reichweite geglitten. Der Frieden wurde von dem Zorn über Quints Verrat verdrängt, die Reinheit von der Liebe, die dazwischen hervorbrach, und die Mäßigkeit wurde von beiden Regungen niedergetrampelt. Gleichheit fühlte Myan nur mehr mit ihren abtrünnigen Eltern und so gab es nichts mehr, womit sie die Treue hätte halten können.

Es gibt kein Ordenspaar mehr, raunte eine Stimme ihr zu, *der Pilgerweg ist zu Ende. Du – eine Tochter der Sünde – wirst niemals auf den Weg der fünf Tugenden finden. Also kannst du ebenso gut die Gegenrichtung einschlagen und dich in Quints Arme werfen. Niemand in Zorantander wird davon erfahren, du wärest einfach verschollen wie die anderen Pilger.*

Verräterin!, schrie eine andere Stimme. *Zorantander ist in Gefahr. Das Hohe Paar übertrug acht Ordensleuten eine heilige Aufgabe und du bist die Einzige, die sie noch erfüllen kann. Du hast deiner Mutter auf ihrem Totenbett versprochen, eine Priesterin zu werden. Wenn du den Orden hinter dir lässt, wirst du in Dunkelheit versinken. Schon der geringste Zweifel an seinen Lehren ist ein unverzeihlicher Verstoß gegen die Treue. Lenke deine Schritte auf den Pfad der fünf Tugenden und du wirst Erleuchtung erlangen, frei von deinen Sünden und frei von den Tugendbrüchen deiner Eltern.*

Du kennst den Weg des Zorant nicht, setzte die erste Stimme wieder ein. *Selbst im Orden hast du nicht gelernt, die fünf Tugenden zu leben.*

Weil Quint dein Vorbild war, antwortete die zweite Stimme. *Und er folgte eben nicht den Tugenden. Er ist nur ein Beispiel für den Preis, den jeder zahlt, der seinem Orden den Rücken kehrt. Er muss ein Leben in Gewissenlosigkeit und Gleichgültigkeit führen, fern von aller Moral und allen Prinzipien.*

Plötzlich kehrte größere Kühle zu Myan zurück und ein neuer Weg öffnete sich. Es stimmte: Bisher hatte sie darum gekämpft, wie Quint zu sein. Gleichzeitig hatte sie gegen die untugendhaften Gefühle gekämpft, die ihr vermeintliches Vorbild in ihr auslöste. Mit seiner Entlarvung endete diese Zerrissenheit. Quint und der Weg des Zorant lagen nicht in derselben Richtung. Der Glanz des Kuv-Viandri würde sie nie mehr blenden und verwirren, weil sie ihm den Rücken zukehren konnte und musste. Ihr Kampf um den Weg des Zorant war noch nicht vorbei.

Das erste Tageslicht, das nach einer schlaflosen Nacht durch die Fensteröffnung fiel, fand Myan völlig erschöpft, aber in neuer Entschlossenheit: Sie würde ihr Leben im Namen der fünf Tugenden führen. Wenig später klirrten Schlüssel im Treppenhaus und die Tür zum Turmzimmer öffnete sich.

»Zeit für die Morgenreinigung«, schnarrte eine weibliche Stimme. »Quintolaon zuerst.«

Nachdem Quint verschwunden war, nahm Myan den Bastbeutel von ihrem Rücken, um den Kristall und die Holzstücke, die er getragen hatte, darin unterzubringen. Dann versteckte sie den Sack unter den trockenen Gräsern. Die Kuv-Viandri sollten die stofflichen Symbole ebenso wenig finden wie die Kirollor vor ihnen. Als Gefangene würde sie wohl auch in einem Waschraum nicht allein gelassen werden, deshalb mussten die Heiligtümer in der Zelle bleiben.

Quint kehrte fremder denn je zurück. Er trug das Gewand eines Quennagoar, wenn auch ohne Kettenhemd und ohne Waffen. Die schwarze Hose und das blassgrüne Hemd, das an den Schultern gegen die Last des Kettenpanzers gepolstert war, umrissen seine Gestalt scharf. Der Kontrast zum wallenden Ordensgewand hätte nicht größer sein können. Noch dazu hatte Quint sich zwar rasiert, aber sein Haupthaar nicht nach Art der Zorantani kurz geschoren. Im ersten Moment versetzte sein Anblick Myan einen Schlag. Gleich darauf war sie froh darüber, nun sein wahres Gesicht zu sehen. So würde es ihr hoffentlich leichter fallen, sich von ihm zu lösen.

Das Entsetzen kehrte zurück, sobald Myan im Waschraum stand. Auch für sie lagen ein blassgrünes Hemd und eine schwarze Hose bereit.

»Zieh dich aus und gib mir dein Gewand!«, befahl die Quennagoar, die sie in den Waschraum geführt hatte.

Myan schüttelte den Kopf. »Ich behalte es. Ich bin eine Adeptin des Zorant. Ich kann das nicht tragen.« Sie zeigte auf Hemd und Hose, als ob es sich um ein stinkendes, verrottendes Tierfell handeln würde.

»Glaub mir«, knurrte die Kuv-Viandri, »Wir wären alle froh, wenn du nicht das Gewand unseres Ordens tragen würdest. Du bist dieser Uniform nicht würdig. Leider können wir dich nicht einmal in die Kleidung eines Novizen stecken, weil du dafür viel zu groß bist. Auf jeden Fall wirst du dein Gewand so schnell wie möglich wiederbekommen. Also gib mir diesen ehemals weißen Fetzen, damit er gewaschen werden kann und unseren Büßerturm nicht länger beschmutzt! Dann wasch dich selbst!«

Halb widerwillig, halb erleichtert zog Myan das Ordensgewand über den Kopf und reichte es der Quennagoar. Sie wehrte sich immer noch dagegen, etwas anderes zu tragen, selbst wenn es nur für kurze Zeit sein sollte. Gleichzeitig konnte sie nicht abstreiten, wie nötig ihre Tunika eine Wäsche hatte. Wenn nur ihr Reisebündel mit dem Reservegewand nicht bei den Kirollor zurückgeblieben wäre! Der nächste Tiefschlag kam mit der Einsicht, dass sie ihr Haar nicht scheren konnte. Die Ordensleute schoren sich immer gegenseitig die Köpfe, doch diese Quennagoar um Hilfe zu bitten, war undenkbar.

Unzufrieden tauchte Myan den bereitliegenden Lappen in die Schüssel mit dampfend heißem, schwefelig riechendem Wasser und rieb mehrmals ihren ganzen Körper ab. Sie wusch auch das dunkelrote Stirnband mit den schwarzen Enden sorgfältig aus, bevor sie es wieder um den Kopf band. Dieses Zeichen einer Adeptin des Zorant würde sie um jeden Preis behalten, damit es sie ständig daran erinnerte, wer sie war. Von der Quennagoar-Uniform fühlte Myan sich sofort eingeengt. Wie konnten diese Krieger in der Hitze der Wüsten und Savannen nur solche Hemden und Hosen tragen? Im Kampf böten ihre schmalen Silhouetten den Feinden weniger Angriffsfläche, gewiss. Aber wog dieser Vorteil die ständige Unbequemlichkeit wirklich auf?

Die Mundwinkel der Ordensfrau zuckten höhnisch, während sie Myan musterte. Kein Wunder – die gepolsterten Schultern mochten ihrem viel zu langen Hals schmeicheln, aber insgesamt waren Hemd und Hose zu kurz für ihre aufgeschossene Gestalt. Und obwohl sie die Kleidung als eng empfand, verriet ihr ein einziger Blick auf ihr Gegenüber, dass eine Quennagoar Hemd und Hose dank ihrer kampferprobten Muskeln noch mehr ausfüllen würde. Nun, sie war eben keine Kriegerin, sondern eine Adeptin des Zorant.

Diese Beteuerung wiederholte Myan unablässig, während sie die Treppe zur Turmzelle hinaufgeführt wurde. Sie würde alle ihre Kraft brauchen. Sie mochte eine Adeptin sein, aber sie war verwaist und saß in Kuv-Rodinquaor im Büßerturm der Quennagoar gefangen – gemeinsam mit einem gebannten Ordensmeister, der sich in sie verliebt hatte und dessen Anziehungskraft selbst nach der Aufdeckung aller Lügen nicht schwinden wollte.

Stur senkte Myan ihren Blick auf den Boden, sowie sie an ihrer Wächterin vorbei über die Türschwelle trat. Sie würde Quint nicht ansehen und nicht mit ihm sprechen. Sie würde büßen und beten. Sie würde alles vergessen, was sie an Quints Tun und Lassen für vorbildlich gehalten hatte, und auf neuen Wegen nach Tugendhaftigkeit streben. Sie weigerte sich, eines der Worte aufzunehmen, die er zu ihr sagte. Erst als sie ihn näher kommen hörte, hob sie den Kopf, um ihn mit einem warnenden Blick zu durchbohren. Doch sie spürte sofort, dass sie nur einen flehenden Ausdruck zustande brachte. Quint blieb stehen. Seine Miene verschloss sich.

»Du hast recht«, sagte er schließlich. »Ich hätte dich nicht in diese Lage bringen dürfen. Ich verspreche dir, alles zu tun, um dich aus diesem Büßerturm zu befreien und dich auf den Heimweg zu bringen.«

13

Fünf Tage vergingen in eintöniger Gefangenschaft und in vollkommenem Schweigen. Früh am Morgen wurde Myan in den Waschraum geführt. Danach brachten nur noch drei karge Mahlzeiten Abwechslung, bevor die nächste Nacht anbrach – zumindest für sie. Quint wurde außerdem an jedem Vormittag und an jedem Nachmittag ein weiteres Mal aus der Zelle geholt. Gemessen an dem Zustand, in dem er zurückkehrte, mussten die Großmeister Kampfübungen von ihm verlangen.

Myan erinnerte sich an Quints Bemerkung, dass die Quennagoar im Kampf büßten. Aber sie war sich nicht sicher, weshalb er dies über sich ergehen ließ, obwohl er sich dem Orden nicht mehr verpflichtet fühlte. Vielleicht sah er darin den einzigen Weg, dem Büßerturm zu entkommen und mit anderen Kuv-Viandri zu sprechen. Die wenigen Blicke auf ihn, die Myan sich erlaubte, zeigten ihr meist einen stoischen Ausdruck. Hin und wieder schäumte Widerwillen auf, doch er ging sofort in zynischem Lächeln und wegwerfenden Gesten unter. Es schien, als ob Quint ein weiteres Mal nichts von dem ernst nehmen würde, was um ihn herum geschah.

Deshalb zweifelte sie mit jedem Tag mehr daran, ob er wirklich etwas für das Ende ihrer Gefangenschaft tat. Immer wieder stand sie knapp davor, ihn zur Rede zu stellen, doch die Angst vor dem Klang seiner Stimme hielt sie zurück. Die Erkenntnis, dass der Weg zu den fünf Tugenden von Quint wegführen musste, war noch zu frisch. Die alten Dämonen lauerten unablässig auf ihre Gelegenheit. Ein einzelner Funke würde ausreichen, um sie rettungslos jene Bahn hinabgleiten zu lassen, die ihre Eltern genommen hatten. So blieb Myan reglos und voller Anspannung.

Kurz nach dem Mittagsmahl des sechsten Tages wurde Schlüsselklirren vor der Tür hörbar. Aus ihrem Gebet aufgestört runzelte Myan die Stirn. Begannen die Kampfübungen heute früher? Quint war aufgestanden, um zur Tür zu gehen, doch er hielt jäh inne. Myan wagte es, ihren Kopf zu heben. Über die Schwelle trat kein Quennagoar in schwarz-grüner Tracht, sondern eine blau gekleidete, zartgliedrige Frau in betont aufrechter Haltung. Ihr feines schwarzes Haar war von Silberfäden durchzogen und fiel wie eine Wolke bis über ihre Schulterblätter herab. Ein spitzes Kinn gab ihrem Gesicht eine gewisse Strenge, die sich auch in den blauen, von Fältchen umgebenen Augen spiegelte.

»Mutter!«

Quint setzte zu einer Umarmung an, ergriff dann aber die Hände, die sie für ihn ausstreckte. Vorsichtig platzierte er einen Kuss auf die hoheitsvoll entgegengehaltene Wange.

Ein erleichtertes Lächeln löste seine starre Züge. »Ich fürchtete schon, dass die Großmeister mich völlig von anderen Menschen abschneiden würden.«

»Sie schneiden dich von niemandem ab, mein Sohn.« Die Kuv-Viandri trat einen Schritt zurück und musterte Quint von oben bis unten. »Sie sind vielmehr ratlos, was mit dir geschehen soll, und hoffen auf den Rat anderer.«

»Und du bist hier, weil du ihn geben kannst?« Die Erleichterung schwand von Quints Miene.

Myan glaubte stattdessen Widerwillen aufblitzen zu sehen.

Seine Mutter blieb hingegen völlig nüchtern: »Natürlich. Es dauerte nur etwas, bis ich den richtigen Weg fand – mit der Hilfe anderer Quellweiser.«

»Dann hätte ich dich wohl besser als Kuanquela, Hohe Quellweise in Kuv-Rodinquaor, begrüßt, statt wie meine Mutter.« Mit einem Anflug von Ironie legte Quint seine rechte Hand über sein Herz, seine linke Hand über die Stirn und verneigte sich.

»Das macht keinen Unterschied«, gab Kuanquela etwas schärfer zurück. »Ich bin beides. In der Großen Halle konnte ich mich gleich nach deiner Ankunft von deiner Gesundheit überzeugen. Es gab also keinen Grund für mich, sofort zu dir in den Büßerturm zu eilen. Viel wichtiger war es, so rasch wie möglich einen Ausweg aus dieser Misere zu finden. Ich war immer gegen deinen Eintritt in diesen Orden und ich werde nicht ruhen, bis ich dich seinen Klauen entrissen habe. Die Buße muss natürlich erfüllt werden, damit der Bann wieder aufgehoben wird. Aber nach Ablauf einer angemessenen Zeitspanne könntest du dann den Orden in Ehren verlassen.«

Quints Blick verdüsterte sich. »Vielleicht wäre es ehrlicher, gebannt zu bleiben, solange die Großmeister mir nicht glauben, was Liandiquor tatsächlich war.«

Voller Missbilligung schob seine Mutter die Lippen vor. »Quintolaon, du weißt selbst am besten, dass die Quennagoar nicht auf Dauer bannen. Entweder büßt du durch die Erfüllung deiner Bewährungsprobe oder du wirst gerichtet – und deinen Tod durch das Schwert eines Großmeisters werde ich jetzt ebenso wenig hinnehmen, wie ich ihn vor zwei Jahren hingenommen hätte. Die Frage, ob Bann und Buße gerechtfertigt sind oder nicht, spielt dabei keine Rolle – nicht die geringste.«

»Ja, ich weiß«, presste Quint zynisch hervor. »Schließlich hast du dir schon vor zwei Jahren lieber eine fantastische Bewährungsprobe für mich ausgedacht, statt die Quellweisen dazu zu bewegen, wenigstens meine Anschuldigungen gegen Liandiquor zu prüfen.«

Kuanquela seufzte verstimmt. »Hast du immer noch nicht verstanden, warum ich damals nicht anders handeln konnte? Das wirkliche Problem nach Liandiquors Tod war das Gefühl der völligen Schutzlosigkeit, das sich in unserem Volk ausbreitete. Diese Not wäre durch Beweise gegen den hochverehrten Deuter der Quellen nicht aus der Welt geschafft worden – im Gegenteil. Mein Vorschlag, dass du als Bewährungsprobe den Zorant nach Kuv-Rodinquaor bringen sollst, diente einem doppelten Zweck: Erstens wurde dir damit eine möglichst ungefährliche, aber in den Augen der Quennagoar ausreichend schwierige Buße auferlegt. Zweitens sollte den Kuv-Viandri nach dem Verlust Liandiquors sofort die Hoffnung auf neuen Schutz gegeben werden.«

»Eine völlig sinnlose Hoffnung, wenn nicht gar eine Lüge!«, brüllte Quint in plötzlicher Heftigkeit. Er wandte seiner Mutter den Rücken zu, stapfte zur Fensteröffnung und stützte seine Ellbogen auf den gemauerten Sims.

Der Zorn, der ihre hoheitsvolle Miene durchzog, war zwar kälter, aber genauso groß wie Quints. »Wie kannst du das sagen? Du bist der Sohn eines äußerst angesehenen Brotbringers und einer Hohen Quellweisen. Du warst einer der jüngsten Meister der Quennagoar in der Geschichte des Ordens – obwohl du eigentlich für das Leben eines Weisen bestimmt gewesen wärest. Warum hätte es dir nicht gelingen sollen, einem Haufen von Schwächlingen jenes Heiligtum zu entwenden, das ihr einziger Schutz ist?«

»Die Hoffnung der Kuv-Viandri auf Schutz durch den Zorant ist wirklich sinnlos«, hörte Myan sich sagen.

Sie hatte nicht vorgehabt zu sprechen. Der verächtliche Blick aus blauen Augen traf sie deshalb völlig unvorbereitet. Doch nach einer Schrecksekunde überließ sie ihre Zunge einfach der Empörung, die sich beim Zuhören in ihr aufgestaut hatte:

»Der Zorant schützt nur diejenigen, die auf dem Weg der fünf Tugenden wandeln. Außerdem ist er aus dem Herzen Zorantanders geschnitten worden. Egal, wo man ihn hintragen würde – sein Schutz würde ausschließlich seiner Heimatstadt gelten.«

»Unsinn«, schnaubte Kuanquela mit gerümpfter Nase. »Diese fünf Tugenden haben nichts mit seiner Macht zu tun. Das behaupten die Zorantani nur, weil diese Schwächlinge sonst keine Ordnung in ihrer Stadt bewahren könnten. Die Schale breitet ihren Schutzschild über jenen Ort aus, an dem sie sich gerade befindet, sobald sie mit dem Zorantodion beschworen wird.«

»Selbst wenn das wahr wäre, würde ihr Schutz immer noch allein Zorantander gehören«, zischte Myan zurück. Die ungeheuerlichen Behauptungen der Quellweisen wühlten sie zu sehr auf, um Raum für Friede und Mäßigkeit zu lassen. »Diese Beschwörung beherrschen nämlich allein die Priester und Adepten meines Ordens.«

Die Kuv-Viandri warf den Kopf in den Nacken. »Es ist wahr. Und mit Quint sind die Kenntnisse deines Ordens nach Kuv-Rodinquaor gekommen.«

Myan stand auf, in der halb bewussten Hoffnung, ihren Worten durch ihre Körpergröße mehr Gewicht zu verleihen. Stattdessen musste sie eine ausführliche, beinahe angewiderte Musterung durch Kuanquela in Kauf nehmen und geriet darüber ins Stammeln: »Und warum glaubt … woher … Wie können die Quellweisen auf den Gedanken kommen, mehr über den Zorant zu wissen als die Zorantani?«

»Ordensleute sind blind.« Kuanquela hielt ihre Nase immer noch leicht gekräuselt. »Sie verwechseln leere Rituale mit Weisheit und althergebrachte Lehren mit Wahrheit. Dabei sind diese Lehren allein dafür geschaffen worden, die Wahrheit zu ersticken. Auf diese Weise muss sich niemand mehr vor ihr fürchten und alle fühlen sich sicher, obwohl sie es nicht sind – nicht im Geringsten.«

»Ach – und wie entgehen die Quellweisen dieser Blindheit?«, schleuderte Myan heraus. Zu spät schalt sie sich für ihre Voreiligkeit. Sie ahnte die Antwort in der kalten Empörung, die ihr nun entgegenschlug: »Die Quellweisen sind kein Orden. Wir haben keine Rituale und wir kennen keine Regel außer Gelehrsamkeit. Unser Wissen kommt aus allem, was gelesen werden kann. Wir lesen immer neu und verlassen uns nie auf alte Deutungen. Und damit kein weiteres Missverständnis entsteht: Wir lesen nicht nur Bücher und andere Schriften. Vielleicht kann nicht jeder von uns die Quellen lesen, aber mehr als Schriftzeichen vermögen wir allemal zu entziffern.«

Diesmal zählte Myan stumm die fünf Tugenden auf, bevor sie antwortete: »Mag sein. Aber die Natur des Zorant muss aus ihm selbst gelesen werden. Und kein Quellweiser kann ihn jemals gesehen haben.«

»Falsch.«

Das einzelne Wort traf Myan wie ein Schlag. Es brachte sogar Quint dazu, sich wieder seiner Mutter zuzuwenden. Darauf schien Kuanquela die ganze Zeit gewartet zu haben. Sie sprach nur noch zu ihrem Sohn, als ob sie in Myan plötzlich eine Fata Morgana erkannt hätte.

»Der Zorant war schon einmal hier. Vor zweihundertsiebenundsechzig Jahren wurde er von einem Hohen Paar in unsere Stadt gebracht. Unsere Chroniken lassen keinen Zweifel daran, dass die damaligen Quellweisen die Schale mit ihren eigenen Augen sahen. Die Skizzen, die damals von ihr angefertigt wurden, sind genau datiert und stimmen mit den allseits bekannten Abbildungen aus Zorantander überein. Aus dieser Zeit stammt auch das Wissen über den Schlüssel zu ihrer Macht. Die Hohe Priesterin sagte damals wortwörtlich: ›Der Rhythmus des Zorantodion ist der Weg zur Erleuchtung.‹

Der Zorant leuchtet, wenn er zum Zeitpunkt der höchsten Gefahr seine größte Macht verströmt, nicht wahr? Wer diese Beschwörung beherrscht, beherrscht also die Magie der Schale und kann ihren Schutzschild über sich aufspannen. Die fünf Tugenden erwähnte das Hohe Paar mit keiner Silbe. Sie sind unwichtig.«

Myan konnte sich kaum auf das konzentrieren, was Kuanquela sagte. Zu tief saß der Schock darüber, dass Nitimone und Romeigur auf dem ersten Pilgerweg den Zorant bei sich gehabt hatten.

Quint erholte sich schneller. Mit gerunzelter Stirn schüttelte er den Kopf. »Das passt nicht zusammen. Die Priester bezeichnen das Zorantodion nicht als Beschwörung des Zorant, sondern als Beschwörung der fünf Tugenden. Das ist nicht dasselbe – nicht einmal, wenn die Kraft der Schale von den Tugenden kommen soll. Außerdem sprechen die Zorantani die Beschwörung zwar nicht täglich, aber doch ziemlich oft. Wenn sie tatsächlich die größte Kraft des Zorant wecken würde, wäre das anders. Dann würden die Priester die Worte nur in größter Gefahr sprechen. Anscheinend haben die Quellweisen vor zweihundertsiebenundsechzig Jahren einiges falsch verstanden. Kein Wunder – das Hohe Paar hätte niemals sein ganzes Wissen mit ihnen geteilt.«

Plötzlich brach Erbitterung aus Quint hervor: »Diese ganze Bewährungsprobe war noch viel hirnrissiger, als ich dachte. Bisher hielt ich die Idee, den Zorant zu stehlen, für einen Vorwand: In Zorantander wäre ich weit weg und in Sicherheit, bis die Gemüter sich über Liandiquors Tod beruhigt hätten. Wenn es mir gelingen würde, nach meiner Priesterweihe die Schale zu stehlen, gut. Damit hätte ich die Probe bestanden und es wäre schon genug Gras über die Sache gewachsen, damit niemand mehr danach fragt, ob der Zorant die Kuv-Viandri wirklich schützen kann oder nicht. Wenn es mir hingegen nicht gelingen würde und die Priester mich mit ihrem Heiligtum ertappen sollten, würden eben die Zorantani jene Strafe vollziehen, die schon die Quennagoar für mich vorgesehen hatten. Ein bitteres Ende, aber zumindest hätte ich noch eine zweite Chance gehabt, mich meines Volkes würdig zu erweisen. Und auch in diesem Fall wäre hier zu Hause der Schock über Liandiquors Tod längst abgeklungen.«

Sein Ton wurde lauter. »Nie im Leben wäre ich auf den Gedanken gekommen, die Quellweisen könnten sich für die klügsten Leute der Wüsten und Savannen halten – sogar wenn es um den größten Schatz einer anderen Stadt geht. Und nicht einmal im Traum wäre mir eingefallen, dass meine eigene Mutter allen Ernstes glauben könnte, eine Schale aus beigefarbenem, goldgeäderten Fels wäre imstande, Kuv-Rodinquaor vor seinen Feinden zu schützen. Jetzt, wo ich das weiß, kann ich mit vollkommener Sicherheit zwei Dinge wiederholen, die der ganzen Sache hoffentlich ein Ende bereiten werden. Erstens: Die Priester wenden das Zorantodion nicht an, um die Kraft des Zorant zu entfesseln. Und zweitens: Selbst wenn es diese Kraft beschwören könnte, wäre das völlig egal, weil der Zorant verschollen ist.« Quint fuhr abrupt mit den Händen durch die Luft, als ob er seine Worte unterstreichen wollte, dann versenkte er die Fäuste in den Hosentaschen. In seinem Blick lag die Entschiedenheit eines unzufriedenen Siegers.

Kuanquela war trotzdem weit davon entfernt, sich geschlagen zu geben. »Du bist wütend auf mich«, bemerkte sie in tadelndem Ton. »Weil ich dir vor zwei Jahren nicht alles verriet, was die Quellweisen über den Zorant wussten. In deiner Wut übersiehst du einige wichtige Dinge. Woher willst du so genau wissen, wofür die Priester diese Beschwörung anwenden? Sagtest du nicht eben, der Zorant sei verschollen? Also können sie selbst nicht wissen, welche Wirkung die Worte auf die magische Schale haben – nicht mehr. Wahrscheinlich wird das Zorantodion heute so häufig gesprochen, weil niemand mehr sehen kann, welche Auswirkung es hat. Wie gesagt – Ordensleute verstecken bittere Wahrheiten hinter leeren Ritualen, damit sie sich in scheinbarer Sicherheit wiegen können. Je länger der Zorant bereits verschollen ist, desto mehr Wissen haben die Priester inzwischen verloren. Das ertragen sie nicht, deshalb halten sie sich an Ritualen fest, die immer verzweifelter werden und nichts mehr mit ihrem ursprünglichen Zweck zu tun haben. Es dauert vielleicht zwei Generationen, um das Wissen über den Ursprung eines Rituals vollkommen verschwinden zu lassen. Und der Zorant ist schon viel länger verschollen – nämlich seit genau zweihundertsiebenundsechzig Jahren …« Sie ließ ihre letzten Worte in der Luft hängen und sah ihren Sohn bedeutungsvoll an.

Quint hob die Schultern, aber seine zusammengezogenen Brauen verrieten, dass die Gleichgültigkeit nur aufgesetzt war. »Deiner Meinung nach ging der Zorant also auf der ersten Pilgerreise verloren. Und? Trotzdem weiß niemand, wo er jetzt ist – nicht einmal die Quellweisen haben eine Ahnung, sonst hättest du mich nicht vor zwei Jahren nach Zorantander geschickt.«

»Dieser respektlose Ton ist völlig fehl am Platz – besonders für einen gebannten Quennagoar. Dein Trotz vernagelt dir dein Gehirn. Benutz es gefälligst, wenn du irgendwann wieder einen Platz in deiner Heimatstadt haben willst! Natürlich wusste ich damals nichts vom Verlust des Zorant – schließlich hielten die Priester ihn geheim. Aber jetzt, wo wir das Geheimnis kennen, ist klar, wann die Schale verloren gegangen sein muss. Es kann nur auf dieser Pilgerreise gewesen sein. Wie hätte das Heiligtum denn in Zorantander abhandenkommen sollen?«

Unversehens schoss der Gedanke an das Labyrinth der Seegrotte durch Myans Kopf, doch diesmal biss sie sich rechtzeitig auf die Lippe. Kuanquela wusste bereits zu viel. Die Quellweise brauchte nicht noch ein weiteres Geheimnis ihrer Heimatstadt kennenzulernen.

Weil Quint eigensinnig sein Schweigen bewahrte, erkundigte seine Mutter sich schneidend: »Oder sind die Zorantani etwa sicher, dass ihr Heiligtum erst zu einem späteren Zeitpunkt verloren ging?«

Als das Schweigen anhielt, setzte sie fort: »Eben. Der Zorant ging mit Nitimone und Romeigur verloren. Während der letzten Tage haben wir fieberhaft unsere Aufzeichnungen nach weiteren Nachrichten über den Besuch des Hohen Paars durchsucht. Wir kennen nun seine geplante Reiseroute. Sie wollten von hier nach Yiel und von dort zurück nach Zorantander ziehen. Irgendwo auf dieser Strecke muss der Zorant verloren gegangen sein. Das sind neue Anhaltspunkte, an die man anknüpfen kann. Die Hoffnung darauf, den magischen Schutzschild für unser Volk zu gewinnen, ist keineswegs verloren und deine Bewährungsprobe ist noch nicht zu Ende. Die Quellweisen werden dem Ältestenrat vorschlagen, dich erneut auszuschicken, um den Zorant nach Kuv-Rodinquaor zu holen. Der Ältestenrat wird nicht ablehnen, denn das Heer des Kriegerkönigs rückt immer näher. Wir brauchen allen Schutz, den wir bekommen können.«

Mit einem harschen Lachen schüttelte Quint den Kopf. »Anhaltspunkte? Blödsinn! Wenn der Zorant tatsächlich auf dem Pilgerweg verloren ging, dann durch einen Unglücksfall – durch den einsamen Tod zweier Priester. Die Schale liegt also irgendwo in den Weiten der Wüsten und Savannen, unwiederbringlich unter Sand oder Erde begraben. Wenn sie in andere Hände als die des Hohen Paars geraten wären, wüssten wir nämlich davon. Immerhin sprechen wir von dem bekanntesten Heiligtum der Wüsten und Savannen – jedes Volk würde sich unaufhörlich dafür rühmen, den Schutzschild Zorantanders zu besitzen. Wenn die Schale in fremde Hände geraten wäre, müsste es zumindest Sagen von einem geheimnisvollen Händler geben, der den Herrschern der Wüsten und Savannen einen magischen Schatz angeboten haben soll –«

»Vollkommen richtig«, unterbrach Kuanquela ihn. »Der Zorant hat zweifellos alle Spuren eines mächtigen magischen Gegenstandes hinterlassen. Nur bezog niemand diese Geschichten auf ihn, weil alle glaubten, dass er in Zorantander sein müsse. Du wirst diese Spuren finden und richtig deuten. Dann werden sie dich zu der magischen Schale führen.«

»Ach, beim Gestank der tödlichen Quelle!«, fluchte Quint. »Wenn es um diese Schüssel geht, verlieren alle den Verstand. Ich habe das so satt – sie ist doch nichts anderes als ein Stück zurechtgeschlagener Stein. Da sehe ich doch lieber einem Scharfrichter ins Gesicht – sein Schwert ist zumindest etwas, das ich ernst nehmen kann.«

Seine Mutter winkte ungerührt ab. »Jaja, ich weiß. Die Quennagoar kehren gern ihr Heldentum und ihre Opferbereitschaft hervor. Außerdem werden sie darauf trainiert, ihre ganze Kraft in jähen Ausbrüchen zu entfalten – Ausbrüche wie dieser hier. Aber im Grunde deines Herzens bist du keiner ihrer Meister und du bist auch zu klug, um einer zu sein. Deshalb wirst du dich dem Urteil dieses Ordens nicht beugen. Du wirst jene Bewährungsprobe annehmen, die der Ältestenrat dir nach dem Ratschlag der Quellweisen erteilen wird!«

Quint begann, mit wütenden Schritten auf und ab zu laufen. Kuanquela blieb in majestätischer Haltung stehen und sah ihn nicht einmal an. Myans Blick hing umso fester an ihm. Er behauptete zwar, seit seiner Verbannung nichts mehr ernst zu nehmen, aber damit belog er sich selbst. Hier im Büßerturm war seine größte Hoffnung enttäuscht worden. Seine Nachricht über den Zorant hatte nicht zur Aufhebung der Bewährungsprobe geführt und seine Mutter sorgte sich offenbar weniger um sein Wohl als um die Erlangung des Zorant. Unter diesen Schlägen musste selbst die größte Ungerührtheit zerspringen.

Myan fürchtete sich vor dem, was darunter zum Vorschein kommen könnte. Liandiquor hatte Quint zutiefst enttäuscht und aus Rache war er dem Deuter der Quellen nicht zu Hilfe geeilt. Würde er sich nun weigern, sich den Plänen seiner Mutter zu beugen – selbst wenn die Quennagoar ihn dann richten würden? Er konnte sie doch nicht einfach in den Händen der Kuv-Viandri zurücklassen! Hatte er ihr nicht versprochen, alles zu tun, um sie aus diesem Büßerturm zu befreien?

Sie fühlte, wie ihr Mund sich öffnete, obwohl sie nicht wusste, was sie sagen würde, und obwohl sie es für klüger hielt, zu schweigen. Jedes Wort könnte die Waage in die falsche Richtung kippen lassen. Der aufsteigende Ton blieb ihr jedoch im Hals stecken, als sich plötzlich etwas an Quints Fuß verfing und seine wütenden Schritte bremste. Der Beutel mit den stofflichen Symbolen der fünf Tugenden! Unbeherrscht schüttelte Quint das Hindernis ab und starrte erbost zu Boden. Im nächsten Moment richtete er seine Augen auf Myan. Seine Miene glättete sich ein wenig, bevor er sich abwandte und seine Wanderung fortsetzte. Noch dreimal stapfte er hin und her, bevor er endlich vor seiner Mutter stehen blieb – genauso majestätisch wie sie selbst.

»Gut, ich werde die Bewährungsprobe nochmals annehmen. Allerdings brauche ich Myan für die Suche nach dem Zorant.«

Dafür hatte Kuanquela nur ein verächtliches Schnauben übrig. »Wofür glaubst du sie zu brauchen? Du hast die Ausbildung eines Quennagoar und einen klugen Kopf.«

»Ich brauche sie, weil ich in der Rolle eines Adepten auf die Suche gehen werde«, beharrte Quint. »Ein Kuv-Viandri, der Fragen nach dem Pilgerweg eines Hohen Paars stellt, würde höchstens Misstrauen wecken und keine brauchbaren Antworten bekommen. Aber ein Ordensmann des Zorant ist nie allein unterwegs. Ich brauche eine Schwester.«

»Das klingt vernünftig«, stimmte Kuanquela zu. »Dann wird dich eben eine Quellweise im Gewand einer Zorantani begleiten.«

Myan hatte bereits eine Hand vor ihren Mund gehoben, um keine unbedachten Worte hervorzusprudeln. Nun biss sie auch noch in ihren Daumenballen.

Quint blieb hart: »Unsinn. Ein Kuv-Viandri im Ordensgewand der Zorantani ist schon auffällig genug. Hinter zwei Kuv-Viandri würde jeder sofort Schauspieler vermuten. Nur Myan kann meine Tarnung glaubhaft machen. Sie kommt aus Zorantander, sie hat die richtige Hautfarbe, sie spricht den richtigen Dialekt und weiß alles, was eine Adeptin wissen muss.«

»Weil sie eine Adeptin ist«, zischte seine Mutter. »Sie ist eine verbohrte Gläubige. Sie wird dir keineswegs dabei helfen, den Zorant für unser Volk zu gewinnen. Natürlich will sie ihn für ihre Stadt.«

Ein höhnischer Zug erschien um Quints Mund. »Ja, ich kann Myan und mich schon um die Schale ringen sehen, nachdem wir sie glücklich gefunden haben. Sicher wird sie mich dann besiegen, schließlich bin ich nur ein schwächlicher Quennagoar und sie ist eine bis an die Zähne bewaffnete Adeptin des Zorant. Im Ernst, Mutter – hast du Myan vorhin zugehört? Ihrer Überzeugung nach schützt die Schale ihre Stadt von überallher, solange die Bürger den fünf Tugenden folgen. Es kümmert sie also nicht, wo der Zorant ist. Wahrscheinlich würde sie sogar mit Vergnügen zusehen, wie wir Kuv-Viandri vergeblich auf seinen Schutz hoffen und daran zugrunde gehen, weil wir seine Magie nicht verstanden haben.«

Myan presste ihre Zähne immer fester in den Daumenballen. Zuletzt musste sie einen Schmerzenslaut unterdrücken. Unter Quints eisernem Tonfall fiel es ihr schwer zu glauben, dass er dies alles nur sagte, um seine Mutter zu überzeugen.

»Weißt du überhaupt, warum Myan hier ist?«, wollte er von Kuanquela wissen, weil diese keinen Muskel regte.

Stolz warf die Kuv-Viandri ihr Haar zurück. »Ich weiß, was du in der Großen Halle gesagt hast und was die Großmeister dir nachfaselten: Ihr wurdet mit einigen Priestern auf einen Pilgerweg geschickt, der in einer Katastrophe endete.«

»Richtig«, bestätigte Quint. »Die Reise hat den Zweck, die stofflichen Symbole der fünf Tugenden zu sammeln. Es handelt sich um denselben

Pilgerweg, den das Hohe Paar vor zweihundertsiebenundsechzig Jahren ging. Wenn du gleich mit mir gesprochen hättest, wäre euch also die tagelange Suche in den Archiven erspart geblieben. Ich hätte dir sofort sagen können, wohin der Weg des Hohen Paars hätte führen sollen. Außerdem legen die stofflichen Symbole eine viel dichtere Spur zum Zorant als allein das Wissen über Nitimones und Romeigurs Reiseroute.«

Kuanquelas Miene hellte sich auf. »Wundervoll!«

»Ja, meinst du?« Quint sah mit einem ironischen Lächeln auf seine Mutter hinunter. »Ich kann diese Symbole ohne Myan nicht finden.«

»Weshalb nicht?«, fragte die Quellweise argwöhnisch.

Er hob die Schultern. »Nur die Priester kannten sie. Als der letzte von ihnen im Sterben lag, flüsterte er Myan zu, welche noch zu sammeln seien. Und sie hielt ihr Wissen geheim. Sie vertraute mir nicht mehr, weil ich mit der Tugend des Friedens gebrochen hatte. Ich tötete einige Angreifer.«

Ungehalten schüttelte Kuanquela den Kopf. »Warum sollte sie dir dann jetzt etwas über die Symbole verraten? Bestimmt würde sie sich im selben Moment aus dem Staub machen, in dem ihr Kuv-Rodinquaor hinter euch gelassen habt.«

»Nun, wie du selbst gesagt hast – sie ist eine verbohrte Gläubige. Niemand aus ihrem Orden darf allein dienen, sie braucht einen Bruder. Sie vertraut mir jetzt zwar noch weniger, aber nichtsdestotrotz bin ich der Einzige, mit dem sie den Pilgerweg fortsetzen kann. Sie ist auf mich ebenso angewiesen wie ich auf sie.«

Nach kurzem Zögern schüttelte Kuanquela erneut den Kopf. »Tugendsymbole hin oder her – wenn sie die Chance sieht, den Zorant zu erlangen, wird sie vor nichts zurückschrecken, um ihn nach Zorantander zu bringen.«

»Mag sein«, brachte Quint zwischen seinen Zähnen hervor. »Wenn sie allerdings nach ihm giert, wächst die Wahrscheinlichkeit, dass wir ihn tatsächlich finden werden. Ich werde die Bewährungsprobe nur antreten, wenn Myan mit mir diesen Turm verlässt. Du hast die Wahl, Mutter – entweder erträgst du mein Zweckbündnis mit Myan oder du erträgst meine Begegnung mit einem Scharfrichter.«

Unsicher folgte Myan Quint durch die Straßen von Kuv-Rodinquaor, zum Stadttor hinaus, über die Plateaukante, den steilen Felsabhang zwischen den stinkenden Quellen hinunter und weiter über die Quaorbat. Sie fürchtete, dass er auf diesem Streifzug durch seine Heimat gern allein gewesen wäre. Aber sie waren gerade erst vom Ältestenrat entlassen worden und sie wagte es nicht, ohne Quint auf die Suche nach dem stofflichen Symbol für die Gleichheit zu gehen. Dafür brauchte sie seine Hilfe – und seinen Schutz. Sie fühlte die feindseligen Blicke der Quellweisen in der Großen Halle immer noch auf sich.

Also hielt sie zumindest einen sorgfältigen Abstand zu Quint. Er trug inzwischen wieder das Gewand eines Adepten mitsamt dem dunkelrot-schwarzen Stirnband. Sein Blick war immer noch so starr wie während des ganzen langwierigen Rituals für die Entsendung eines gebannten Quennagoar auf Bewährungsprobe. Nach rund tausend Schritten über die Quaorbat setzte er sich ins trockene Gras und stierte düster hinauf zu den Türmen von Kuv-Rodinquaor.

Myan ließ sich einiger Entfernung nieder und hielt ihre Nase dankbar in einen Windstoß, der reine Luft herantrug. Die Ausdünstungen der Quellen machten sie ein wenig schwummrig. Gern hätte sie sich hingelegt, um nach der Enge im Büßerturm den weiten blauen Himmel vor Augen zu haben. Aber auf ihrem Rücken hing wieder der Bastbeutel mit den stofflichen Symbolen der fünf Tugenden verborgen – eine unablässige Erinnerung an ihre Pflicht. Statt in den Himmel, ließ Myan ihren Blick über den Felsabbruch schweifen, der sich in einem sanften Bogen nach Norden zog. Aus seinen steilen Hängen entsprangen die unzähligen geheimnisvollen Quellen, deren Wässer den dunkelbraunen Fels mit weißen Fäden durchzogen.

»Ein grauenvoller Ort, nicht wahr?«, fragte Quint so plötzlich, dass Myan zusammenfuhr.

Sie wandte sich ihm zu. Sein starrer Ausdruck war weicher geworden, doch der Ansatz eines ironischen Lächelns konnte die Wehmut nicht verdecken.

»Es tut mir leid, wie deine … Heimkehr verlaufen ist«, sagte Myan heiser.

Im nächsten Moment war sie entsetzt über ihre Worte. Wie unaufrichtig mussten sie nach den Vorwürfen klingen, die sie Quint im

Büßerturm gemacht hatte! Aber obwohl sie sich dagegen wehrte, fühlte sie mit ihm. Zum zweiten Mal aus seiner Heimatstadt vertrieben zu werden und dabei eine vermeintlich treusorgende Mutter zu verlieren, musste nahezu unerträglich sein.

Quint vollführte eine wegwerfende Geste. »Ich hätte es wissen müssen«, versuchte er sich einzureden. »Unter all der Tapferkeit und der Zähigkeit, mit denen mein Volk sich schmückt, herrscht blanke Furcht. Das sollte ich selbst am besten wissen, schließlich hat mich die Angst vor dem Krieg zum Quennagoar gemacht. An jedem Grashalm halten sie sich fest, sei er auch noch so trocken und brüchig.«

Heute versagten Quints Schauspielkünste kläglich. Selbst der gefühlloseste Mensch hätte bemerkt, wie unglücklich und heimatlos er sich fühlte. Das Mitleid weckte gefährliche Impulse in Myan. Gerade noch rechtzeitig hielt sie sich davor zurück, aufzuspringen und Quint zu umarmen. Stattdessen zwang sie mit der größten Überwindung über ihre Lippen: »Was wirst du tun, nachdem wir Kuv-Rodinquaor verlassen haben?«

Er begegnete ihrem Blick voller Ruhe. »Willst du mich loswerden?«

»Was meinst … Was soll … Ich dachte, du würdest …«, stammelte Myan, bevor es ihr gelang, sich zusammenzureißen. »Dein Gespräch mit deiner Mutter klang nicht so, als ob du dich tatsächlich auf die Suche nach dem Zorant machen wolltest.«

»Das stimmt.« Quint schnaubte ein abfälliges Lachen durch die Nase. »Ebenso gut könnte ich mich auf die Suche nach dem Wandernden Juwel aus der Sage der Wogopeden machen. Aber das beantwortet meine Frage nicht – außer, du planst nun, den Zorant zu jagen.«

Ohne nachzudenken schüttelte Myan den Kopf. »Ich werde die stofflichen Symbole für die Gleichheit und die Mäßigkeit suchen und den Pilgerweg vollenden.«

»Kannst du das denn als verwaiste Adeptin?«, erkundigte er sich mit dem Ansatz eines Grinsens.

Das Kribbeln in ihrem Magen erinnerte Myan erneut an die Gefahr, die von Quint ausging.

»Verwaist bin ich sowieso«, predigte sie sich rasch jene Erkenntnis vor, die sie noch im Büßerturm gefasst hatte. »Du bist nämlich kein Adept. Ich werde mich deshalb nach dem richten, was Jalongint sagte:

Auf dem Pilgerweg können die Ordensregeln nicht so streng ausgelegt werden wie zu Hause. Das Einzige, was jetzt noch zählt, ist, die stofflichen Symbole der fünf Tugenden zu finden und nach Zorantander zu bringen. Nur ihr Anblick wird den Bürgern in großer Gefahr noch neue Hoffnung geben können.«

Quint hob eine Braue. »Das Hohe Paar erhob mich in den Adeptenstand – warum bin ich plötzlich keiner mehr?«

»Weil du weder an die Kräfte des Zorant glaubst noch daran, dass sie von der Tugendhaftigkeit der Stadtbewohner kommen.«

Myan musste sich um ihren scharfen Ton bemühen. Je näher der Zeitpunkt rückte, desto mehr graute ihr vor der Vorstellung, den Weg nach Yiel und Zorantander in völliger Einsamkeit zurückzulegen.

Jede Spur von spielerischer Heiterkeit verschwand von Quints Gesicht. »Im Ernst, Myan. Du solltest deinen Weg nicht allein fortsetzen. Die Wüsten und Savannen sind gefährlich genug und dann rückt auch noch Korotimbers Heer immer näher. Ich weiß zurzeit nicht, was aus meinem Leben werden soll, also kann ich genauso gut erst einmal den Weg zu Ende gehen, den ich angefangen habe – obwohl das nicht mein ursprünglicher Plan war. Ich verspreche dir, der tugendhafteste Adept aller Zeiten zu sein, bis wir Zorantander erreichen. Wir sollten allerdings dafür sorgen, nicht nochmals Bewaffneten in die Arme zu laufen …«

Der unheilvolle Wunsch, Quint weiterhin an ihrer Seite zu haben, wuchs unaufhaltsam. Mit ihm hatte sie bessere Chancen, die noch fehlenden stofflichen Symbole zu finden und nach Hause zu bringen. Aber mit ihm drohte ihr ständig ein Bruch mit der Reinheit. Rastlos sprang Myan auf und ließ ihren flackernden Blick über den dunkelbraunen Felsabbruch mit seinen zahllosen Quellen schweifen, auf der Suche nach einem Funken Gewissheit. Plötzlich fühlte sie einen Stich. Am nördlichen Ende der Felswand entsprangen zwei Quellen auf derselben Höhe. Ihre Wasser stürzten nicht sofort über die Felsen hinab, sondern flossen gemächlich aufeinander zu, um sich schließlich zu einem größeren Wasserfall zu verbinden.

»Was ist das?« Myan wies mit einem zitternden Finger auf die Zwillingsquellen, unfähig, ihre Augen davon abzuwenden.

Quint hob kaum den Kopf. »Der erste Wasserfall im Felsabbruch? Das sind die Leneani-Quellen. Wieso?«

»Sieh doch hin!« Myan zeichnete die Form in der Luft nach. »Zwei Bögen, die in eine gerade Linie zusammenlaufen – es sieht aus wie das Symbol für die Gleichheit.«

Quint stand auf, stellte sich an Myans Seite und betrachtete die Wasserläufe eingehend. »Ja, es besteht Ähnlichkeit. Aber das muss ein Zufall sein – nichts könnte weniger tugendhaft sein als die Leneani. Übersetzt aus dem Alt-Viandrisch bedeutet der Name so etwas wie ›Fressende Quellen.‹ Einzeln sind die Wasser noch ziemlich harmlos, aber sobald sie zusammenfließen, zersetzen sie jedes Gestein. Von ihnen fließt kein Fluss weg, die Wasser stürzen sofort in die Schlucht, die sie gefressen haben, und versinken in unbegreiflichen Tiefen. Überall zischt und dampft es, der Gestank ist atemberaubend. Wir verwenden das Gemisch zur Erzgewinnung. Natürlich entnehmen wir die beiden Wässer den Quellen einzeln und vermischen sie bei Bedarf – mit Trinkwasser verdünnt. Wenn die Mischung zu stark ist, greift sie nicht nur das taube Gestein an, sondern auch das Erz. Und frag lieber nicht, was die ätzende Flüssigkeit auf Menschenkörpern anrichtet. Wie gesagt: Kein passendes Symbol für eine Tugend.«

»Da irrst du dich.« Myan spürte, wie ein Lächeln auf ihrem Gesicht erschien. »Denk an die vierte Strophe des Morgengesangs:

Wir leben die Gleichheit, das älteste Recht,
wie ausgleichend reißendes Quellengeflecht.
Wer Macht an sich reißt in blindem Wahn,
zersetzt jeden Steg zu des Zorant Bahn.

Genau das sind die Leneani – ein reißendes Quellengeflecht, das alle Unterschiede auslöscht, weil sein Wasser alles zersetzt.«

Quint neigte den Kopf zur Seite, dann begann auch er zu grinsen. Spielerisch deutete er eine Verneigung an. »Meinen Glückwunsch, werte Adeptin des Zorant! Du hast soeben das stoffliche Symbol für die Tugend der Gleichheit entdeckt.«

14

Schon am nächsten Tag enthielt der Bastbeutel auf Myans Rücken auch die Wasser der Zwillingsquellen – natürlich getrennt voneinander in einem metallenen Doppelfläschchen, das Quint aus Kuanquelas riesiger Sammlung unterschiedlichster Gefäße genommen hatte. Die Erleichterung darüber, das stoffliche Symbol für die Gleichheit gefunden zu haben, half ihr dabei, die Zeit bis zum Aufbruch aus Kuv-Rodinquaor zu ertragen. Die kurze Wanderung mit Quint zu den Leneani-Quellen blieb nämlich ihre einzige Flucht aus dem Wald dunkelbrauner Steintürme. Sie wollte sich nicht ständig an seine Fersen heften, damit er wenigstens noch einige Tage lang völlig frei durch seine Heimat streifen konnte. Darüber hinaus war es ein Gebot der Weisheit, ihm so viel wie möglich auszuweichen.

Die Kammer in Kuanquelas Turmwohnung, die Quint mit äußerster Hartnäckigkeit für Myan erstritten hatte, hätte ebenso gut eine weitere Gefängniszelle sein können. Bald sehnte sie sich in den Büßerturm der Quennagoar zurück. Dort hatte sie wenigstens auch ihre Mahlzeiten fern von stechenden Blicken und beißenden Bemerkungen einnehmen können. Kuanquela, Quints jüngerer Bruder Vualquir, dessen Frau und sogar deren vier Kinder verhehlten ihre Abneigung gegen Myan nicht im Geringsten. Quint erging es kaum besser, doch er ließ die Belehrungen seiner Mutter und die Beleidigungen seines Bruders an einer dicken Schicht Gelassenheit abprallen.

Nur auf Vualquirs Ausruf, wie froh er darüber sei, dass ihr Vater das Versagen seines mittleren Sohnes nicht mehr hatte miterleben müssen, wurde Quint zynisch: »Ja, Vater hätte sicher den Felsschlag gewählt, wenn er vor der Entscheidung zwischen diesem frühen Tod und allen künftigen Schicksalsschlägen gestanden hätte. Wahrscheinlich wirst du als Nächstes behaupten, dass Dionkuav nur deshalb zu seiner Verlobten zog, weil er der Schande entfliehen wollte, die ich über die Familie gebracht habe.«

»Ganz im Gegenteil«, lautete Vualquirs heftige Antwort. »Dionkuav zog weg, weil die Quennagoar deine Berichte über Liandiquors Verrat nicht glauben wollten und weil sie dich verbannten – nun, im Endeffekt bist also doch du schuld daran, dass er ging.«

Beim Anblick von Quints überraschter Miene fiel Kuanquela mit kühler Bestimmtheit ein: »Denk nicht einmal daran, deinen Bruder in Kuv-Quarneak zu besuchen! Die Suche nach dem Zorant darf nicht verzögert werden.«

An dieser Stelle lachte Quint spöttisch auf, während Myan ein gequältes Seufzen unterdrückte.

Sie wären schon längst aufgebrochen, wenn sie nur gekonnt hätten. Ihre Reisevorbereitungen zogen sich so zäh wie Palmfruchtsirup. Weil die Kuv-Viandri die Quaorbat selten verließen, waren Ersatz für die verlorene Reiseausrüstung und taugliche Glinks schwer zu bekommen.

Eine riesige Last fiel von Myans Schultern, als sie endlich an Quints Seite durch das Stadttor von Kuv-Rodinquaor schritt, mit zwei beladenen Lastvögeln am Führungsseil. Sie war zurück auf dem Pilgerweg. Zwischen ihr und Zorantander lag nur noch Yiel. Sie hatte das stoffliche Symbol für die Gleichheit gefunden und würde auch jenes für die Mäßigkeit finden. Nur ein ungelöstes Problem schleppte sie immer noch mit sich herum: Quint. Die Trennung von ihm war unvermeidlich – egal, wie gefährlich die Wüsten und Savannen für einen einzelnen Reisenden sein mochten. Mit ihm an ihrer Seite würde sie nie zu Tugendhaftigkeit finden.

Am Abend fasste Myan den Entschluss: *Morgen werde ich mich von Quint verabschieden.* Daraus wurde am nächsten Abend: *Morgen, wenn wir zwei Tagesreisen von Kuv-Rodinquaor entfernt sind.* Und danach, mit manchen Wiederholungen: *Morgen, wenn wir die Quaorbat überquert haben und wir wahrscheinlich keinen Kuv-Viandri mehr begegnen werden. Morgen, wenn wir zwei Etappen weit in die Cupaon vorgestoßen sind und wir sicher keinen Kuv-Viandri mehr begegnen werden. Morgen, wenn wir die Grenze dieser Grassavanne erreicht haben und ich nicht mehr Quints Erfahrung brauche, um gutes Wasser zu finden. Morgen, wenn ich mich an die Wanderung in der Baumsavanne gewöhnt habe …* Immer gab es ein neues Morgen auf der Wanderung nach Yiel.

Quint bemerkte nichts von ihrem Schwanken. Er schien es für gegeben zu nehmen, dass er sie nach Zorantander begleiten würde. Bis auf kurze Momente, in denen er bedrückt vor sich hin starrte, war er wieder ganz der Mann, den sie im Orden kennengelernt hatte: Fröhlich, ruhig, verlässlich – und selbstsicher. Es war Myan ein ewiges Rätsel, wie jemand, der nicht unter dem Schutz des Zorant stand und nicht einmal danach strebte, derart große Sicherheit ausstrahlen konnte. Ihre letzte Ausflucht vor einer Trennung von Quint wurde deshalb: *Morgen, wenn ich dieses Rätsel verstanden habe.*

Die Baumsavanne, die sich südlich der Cupaon erstreckte, trug keinen besonderen Namen. Sie brauchte keinen, denn sie war die einzige ihrer Art in den Wüsten und Savannen. Uralte, fünfzehn Mannslängen hohe Aslod-Bäume ragten alle hundert Schritte auf wie mächtige Säulen, die den Himmel trugen. Die schirmförmigen Nadelkronen über den dicken Stämmen wirkten mächtig, aber die wahren Ausmaße der Bäume blieben unsichtbar unter der Erde. Die Aslods mussten ihre Wurzelstöcke, die kaum weniger dick waren als ihre Stämme, tief in den Boden treiben, um auf Wasser zu stoßen. Gleichzeitig brauchten sie ein unglaublich weites Wurzelgeflecht, um feste Verankerung in dem sandigen Untergrund zu finden.

Ohne dieses Wurzelgeflecht wäre die Landschaft eine Wüste gewesen, in der wandernde Sanddünen jedes Pflänzchen erstickt hätten. Selbst die jungen Aslods wuchsen aus den Wurzeln eines älteren Baumes heraus, am Rand des weitverzweigten Geflechts. Ein neuer Trieb wurde so lange von seinem Mutterbaum mit Wasser versorgt, bis sein eigener Wurzelstock tief genug gewachsen war, um Grundwasser zu erreichen. Wenn er nicht auf Wasser stieß, riss er zuletzt seinen Mutterbaum mit in den Tod.

Die Bewohner der Baumsavanne nannten sich Aslod-Leute und behaupteten, dass ihre Ahnen wie ein Jungbaum aus den Wurzeln der Riesen entsprungen wären. Wer auf ihrem Territorium Wasser verschwendete, wurde zu eintägigem Dursten verurteilt, weil er den

Bäumen zu viel von ihrem Lebenssaft gestohlen hatte. Einen lebenden Baum zu fällen oder auch nur zu beschädigen, war ein schweres Sakrileg, das mit dem Tod bestraft wurde. Obwohl es in der Baumsavanne genug Totholz gab, hätte keine durchziehende Karawane es gewagt, ihre Kochfeuer mit etwas anderem zu betreiben als mit Glinkdung. Jeder einzelne Zweig war Eigentum der Aslod-Leute und alles, was in den Wüsten und Savannen aus Hartholz hergestellt wurde, kam aus ihren drei Städten: Klay, Renst und Yiel.

Viele Menschen rümpften die Nase, wenn diese Namen fielen. Ihrer Meinung nach hatte eine Stadt aus Stein zu bestehen. Klay, Renst und Yiel sahen hingegen aus wie riesige Zelte. Zwischen den Bäumen, die auch in den Städten wuchsen, standen unzählige Holzpfeiler und überall waren Zeltplanen zwischen ihnen aufgespannt. Sie hingen nicht nur über Plätzen und Straßen, sie dienten auch als Dächer der Behausungen, deren Wände ebenfalls aus Tuch bestanden. Nur die Stadtbefestigungen waren massiv – ein Ring aus übereinandergeschichteten Aslod-Stämmen, die auf besondere Weise präpariert und feuerfest gemacht worden waren.

Obwohl Myan die Verachtung gegen die seltsamen Städte nicht teilte, hatte sie sich dort nie wohl gefühlt. Je näher sie Yiel rückten, desto mehr wuchs ihre Anspannung. Zuletzt wurde sie zu groß für ihren Vorsatz, nur das Notwendigste mit Quint zu sprechen.

»Ich war zweimal in Klay«, hörte Myan sich erzählen. »Zwischen den Reisen lag nicht einmal ein Jahr, trotzdem hatte ich beim zweiten Mal den Eindruck, in einer völlig fremden Stadt zu sein. Ich glaube, die Klayanti ändern ständig den Verlauf der Straßen und die Lage der Plätze oder Basare – je nachdem, wo sie gerade mehr Platz für Wohnungen brauchen. Ich fürchtete ständig, die Durchgänge zwischen den Tuchwänden zu verwechseln und plötzlich in irgendeinem Schlafzimmer zu stehen. Es ist viel zu laut, weil die Zeltplanen keinen Lärm dämpfen und weil die Aslod-Leute so etwas wie Privatsphäre gar nicht mehr kennen. Außerdem spenden die Planen zwar Schatten, aber sie machen die Luft auch stickig und man weiß nie, in welchem Stadtteil man sich gerade befindet. Yiel ist noch größer. Ich weiß nicht, wie ich mich dort zurechtfinden soll … Warst du nicht schon einmal in Yiel – auf deiner Reise von Kuv-Rodinquaor nach Zorantander?«

Prompt wuchs Myans schlechtes Gewissen auf die Größe eines Aslod-Baumes an. Schon wieder rettete sie sich in die nächste Ausflucht, um den Abschied von Quint aufschieben zu können. Nun war sie schon bei *In einigen Tagen, wenn ich das stoffliche Symbol für die Mäßigkeit gefunden habe und nach Zorantander aufbrechen kann.*

»Ja, ich bin damals über Yiel gereist«, bestätigte Quint. »Aber ich war nur kurz dort. Und wenn ich mir deine Beschreibung von Klay anhöre, wäre es auch keine Hilfe, wenn ich länger dort geblieben wäre. Ich würde mich jetzt erst recht wieder nicht auskennen. Wir werden uns schon durchschlagen, ohne plötzlich in einem Schlafzimmer zu stehen.« Er grinste.

Am liebsten hätte Myan sich geohrfeigt. Mehrmals. Einmal, weil sie von Quint erhofft hatte, sich in einer Aslod-Stadt auszukennen – einen Augenblick nachdem sie genau das als unmöglich bezeichnet hatte. Ein weiteres Mal, weil dies deutlich machte, wie fadenscheinig die Ausreden waren, mit denen sie an Quints Gesellschaft festhielt. Noch einmal, weil das amüsierte Funkeln in seinen Augen ein Kribbeln in ihrem Magen auslöste. Und ein letztes Mal, weil sie trotz allem nicht jene Worte über die Lippen brachte, die sie unbedingt sagen sollte: Dass es Zeit war, getrennter Wege zu gehen. So durfte es nicht weitergehen. Myan begann, ihren Mut zusammenzukratzen. Wenn sie Quint nicht bald verließ, würde das Erbe ihrer Eltern zuletzt siegen.

Quint holte seine Schlafrolle und breitete sie neben Myan aus. Sie wollte bereits mit einem Vorwand aufstehen, doch der folgende Satz hielt sie unweigerlich fest:

»Ich habe einen Verdacht, was das stoffliche Symbol für die Mäßigkeit sein könnte.«

»Wirklich?« Myan starrte ihn gebannt an. Plötzlich spielte es keine Rolle mehr, dass er viel zu nahe saß.

»Seit du an der vierten Strophe des Morgengesangs das Symbol für die Gleichheit erkannt hast, habe ich länger über die Zeilen zur Mäßigkeit nachgedacht.« Quint zitierte:

»Wir leben in Maßen, wir sieben den Sand,
nur nötiger Stoff bleibt in unserer Hand.
Wer Masse heranrafft, blind vor Wahn,
hat längst schon verlassen des Zorant Bahn.

Meine Grübeleien führten zu nichts. Aber unser Gespräch über die Zeltstädte der Aslod erinnerte mich gerade an etwas, was ich in Yiel sah. Wie gesagt, ich war nur zwei Tage lang dort. Aber ich fand auf meinen Spaziergängen immer nur dank einer Grube zu meiner Karawanserei zurück. Sie war ein guter Orientierungspunkt, weil sie nicht vollständig von Zeltplanen überspannt war und Sonnenlicht hereinfiel. Außerdem herrschte dort ständig ein rauschendes oder rasselndes Geräusch. Unten saßen nämlich immer Leute, die das Erdreich durchsiebten – oder besser gesagt den Sand. Natürlich kann die Strophe im Morgengesang auch nur symbolisch gemeint sein, aber immerhin sieht das Emblem für die Mäßigkeit wie ein Sieb aus.«

»Was siebten die Leute aus dem Sand heraus?« Aufgeregt packte Myan Quints Arm. Im nächsten Augenblick erschrak sie und ließ ihn wieder los.

»Ich habe keine Ahnung. Ich achtete damals nicht darauf. Aber es könnte sich lohnen, es diesmal herauszufinden.« Er sah sie für einen Moment eindringlich an und streckte eine Hand nach ihr aus.

Myan wollte ihm ausweichen, aber nur ihre Zunge entzog sich der plötzlichen Starre, die ihren Körper befiel. »Was tust du denn?«

»Du hast eine Aslod-Nadel am Hals kleben.«

Selbst die kurze, kaum spürbare Berührung seiner Finger weckte das Echo des Kusses im Lager der Kirollor in Myan. Nur ihre anhaltende Starre bewahrte sie davor, nach Quints Hand zu greifen, um sie festzuhalten und ihn näher zu sich heranzuziehen. Mit einem Lächeln, das nicht ganz sorglos war, hielt Quint die trockene Nadel hoch, bevor er sie wegwarf. Dann streckte er sich auf seiner Schlafrolle aus und schloss die Augen.

Myan zwang ihre Lider, sich ebenfalls zu senken und ihr den Blick auf Quint zu nehmen. Wenn er sich nach seiner Beichte in Kuv-Rodinquaor doch nur in einen gefühllosen, grausamen Quennagoar verwandelt hätte! Aber er beherrschte die fünf Tugenden nach wie vor besser als sie, obwohl er sich nicht darum kümmerte und obwohl sie sich eine Adeptin des Zorant nannte. Die fünf Tugenden …

Sie verstand seit jeher die Treue, den Frieden, die Gleichheit und die Mäßigkeit. Aber was sollte eigentlich die Reinheit? Warum verweigerte der Zorant seinen Schutz, wenn zwei Menschen einander liebten – einander anders liebten als geschwisterlich? Außerdem sollten die Tugenden von allen Stadtbewohnern gelebt werden, nicht nur von den Ordensleuten. Bei der strengsten Auslegung der Reinheit wäre ihr Volk jedoch dazu verurteilt, auszusterben. Stattdessen segneten die Priester jedes Neugeborene … Hatten ihre Lehrmeister jemals etwas über diesen Widerspruch gesagt? Myan durchwühlte ihre Erinnerungen und riss sich zuletzt los. Zweifel war der erste Schritt zum Bruch mit der Treue.

Yiel ließ alle unangenehmen Erinnerungen an Klay wieder in Myan aufleben. In der ebenen Landschaft schien sich das riesige, von Bäumen durchsetzte Dach aus unzähligen Zeltplanen endlos auszustrecken. Bereits das Tor lag im Schatten einer Plane, die jeden Ausblick auf das Innere der Stadt verschluckte. Dahinter tat sich jenes Labyrinth aus ungefärbtem oder ausgebleicht schwarzem Tuch auf, in dem die Straßen kaum von den Basaren und den Wohnräumen zu unterscheiden waren.

Weil die dünnen Dächer und Wände kaum etwas verbargen, wussten die Aslod-Leute so gut wie alles voneinander. Und sie kannten auch keine Scheu davor, Fremden ebenso viel zu entlocken. Myan und Quint mussten nicht nur am Stadttor erklären, was zwei Adepten des Zorant in Yiel taten. Sie beantworteten dieselbe Frage auf ihren ersten fünfzig Schritten noch dreimal. Danach fiel die Frage spärlicher, denn die Yielanti erzählten einander bereits gegenseitig, dass die Ordensleute einen Pilgerweg gingen, der die Umrisse des Zorant auf die Landkarte der Wüsten und Savannen warf. Nachdem sie Quartier in einer Karawanserei bezogen hatten, wurden sie auf ihrer Suche nach der Sandgrube von manchen Stadtbewohnern bereits wie alte Bekannte begrüßt.

Nach stundenlangen, äußerst vorsichtigen Irrwegen unter und zwischen Zeltplanen schüttelte Quint halb amüsiert, halb entnervt den Kopf.

»Willst du nicht endlich nach dem Weg zu der Grube fragen?«

»Sicher nicht«, gab Myan zurück. »Du hast doch gesehen, wie unglaublich geschwätzig die Leute hier sind. Fünf Minuten später wüsste die ganze Stadt, dass wir uns für Sand interessieren.«

Quint hob die Schultern. »Und?«

»Erstens wissen wir noch nicht, ob in dieser Grube wirklich das stoffliche Symbol für die Mäßigkeit gewonnen wird. Zweitens würde der Preis für diese Substanz sofort in die Höhe schießen, wenn Ordensleute des Zorant sich dafür interessieren. Schließlich ist ihre Heimatstadt der reichste Ort der Wüsten und Savannen. Und drittens habe ich keine Lust darauf, weitere neugierige Fragen zu beantworten.« Myan wischte sich den Schweiß von der Stirn. »Bist du auf deiner ersten Reise nach Yiel vielleicht zu einem anderen Tor hereingekommen?«

»Jetzt, wo du es sagst …« Konzentriert kniff Quint die Augen zusammen. »Möglicherweise haben wir damals einen Teil der Stadt umrundet, bevor wir sie betraten …«

Mit zusammengebissenen Zähnen zählte Myan bis fünf. »Dann könnte die Grube am anderen Ende der Stadt liegen.«

»Tut mir leid. Aber du weißt ja, wie schwierig es ist, in diesem Chaos irgendeinen Orientierungspunkt zu finden. Lass uns in die Karawanserei gehen und morgen weitersuchen.« Er sah sich um, wollte in eine Richtung losgehen und hielt sofort wieder inne.« Einige Falten erschienen auf seiner Stirn. »Ich werde mal nach dem Weg zu unserem Quartier fragen. Entschuldigung – zur Urbaum–Karawanserei …?«

Die Antwort des aufgehaltenen Yielanti war nicht von der Zauberformel eines Magiers aus Jurschnom zu unterscheiden. Anscheinend orientierten die Aslod-Leute sich an den Pfeilern und Baumstämmen, doch die Hölzer wurden in einer komplizierten Weise gezählt und waren häufig von Zeltplanen verdeckt. Zuletzt orientierte Myan sich am Geruch von Glinkdung und dem Geschnatter der Vögel. Trotzdem landeten sie erst beim dritten Anlauf in der richtigen Karawanserei.

»Eines ist jetzt zumindest klar«, knurrte Quint während der Abendmahlzeit. »Es wäre völlig sinnlos gewesen, nach dem Weg zu der Sandgrube zu fragen. Die Beschreibung hätte uns nicht geholfen.«

Unruhig warf Myan einen Seitenblick auf die Besitzer der Karawanserei, die nur drei Schritte entfernt vor ihren Tellern saßen. Ihre Anspannung blieb Quint nicht verborgen.

»Mach dir doch nicht so viele Gedanken«, versuchte er sie zu beruhigen. »Was wäre schon dabei, wenn die Yielanti erfahren, warum wir hier sind. Geld haben wir genug, weil meine Mutter mit einer langen Dauer unserer Suche gerechnet hat. Außerdem kann in dieser Grube keine große Kostbarkeit gewonnen werden – sonst wäre sie doch nicht völlig offen gelegen und für alle zugänglich gewesen, als ich das letzte Mal hier war.«

»Auch die Aslod-Bäume stehen völlig unverdeckt in der Savanne«, zischte Myan zurück. »Trotzdem würde niemand auf die Idee kommen, eine Axt gegen sie zu erheben. Vergiss nicht die Feindseligkeit und das Misstrauen, die uns ... die den Priestern in Miliant und in Bouhlokwon entgegenschlugen. Wir sind jetzt wieder in einer Nachbarstadt von Zorantander. Die Leute hier wissen mehr über den Orden als anderswo. Über pilgernde Adepten wundern die Yielanti sich offenbar nicht, aber ich weiß nicht, was sie von Adepten halten würden, die in ihren Besitztümern herumschnüffeln. Wir könnten allzu schnell in den Verdacht geraten, gar keine Ordensleute zu sein – noch dazu in den Zeiten des Kriegskönigs! Ich will so wenig Aufmerksamkeit erregen wie möglich.«

Quint hob wieder einmal die Schultern. »So wenig Aufmerksamkeit wie möglich ist in einer Aslod-Stadt immer noch fünfmal so viel Aufmerksamkeit wie überall sonst in den Wüsten und Savannen. Ich halte es für zwecklos, auch nur zu versuchen, unauffällig zu bleiben.«

Wie zur Bestätigung erklang plötzlich eine hohe, zittrige Stimme: »Ich kenne euch – ihr habt die Zeichen. Vergesst die Tugenden!«

Erschrocken wandte Myan den Kopf. Neben ihr stand eine kleine, dürre Frau, die aus dem Nichts aufgetaucht zu sein schien. Ihre schwarzen Augen linsten unter einem wirren graubraunen Haarschopf hervor, der wegen ihrer gebeugten Haltung über Stirn und Wangen fiel.

»Wie bitte?«, fragte Myan verdattert.

Ein meckerndes Kichern blieb die einzige Antwort. Die Frau ging in die Hocke, duckte auch ihren Oberkörper und streckte einen langen, knochigen Finger aus. Langsam näherte seine Spitze sich Myans Stirn. Als Myan zurückwich, kicherte die Frau nochmals und ließ ihre dürre Hand stattdessen auf Quint zuwandern, der sie gewähren ließ. Die Frau fuhr mit der Fingerspitze die Kreise der eingestickten Symbole auf seinem Stirnband nach.

»Jaja«, sang sie. »Ihr habt die Zeichen des Grabes, ich kenne euch. Vergesst die Tugenden!«

Myan schauderte in der abendlichen Wärme. »Rede doch keinen Unsinn!«, fuhr sie die Aslod an. »Du hast uns noch nie gesehen und auf unseren Stirnbändern sind keine Zeichen des Grabes, sondern die Embleme des Zorant.«

»Die Embleme des Zorant.« Diesmal ging das Kichern in ein Husten über. Die Frau legte für einen Moment die Hände über ihren Mund und setzte sich auf ihre Fersen. »Die Zeichen des Grabes. Ich kenne euch.«

Wieder wanderte ein dünner Finger auf Myans Stirn zu, während die halb verdeckten Augen funkelten. In plötzlicher Panik schlug Myan die Hand beiseite, als ob sie eine Kralle wäre, die ihre Haut aufritzen wollte. Die Aslod-Frau schüttelte nur kurz ihr wirres Haar und streckte erneut den Finger aus.

»Sachte.« Quint schob ihn mit sanftem Nachdruck zurück. »Sie weiß wahrscheinlich gar nicht, was sie sagt. Dieses Lachen, das wirre Haar und die schmutzige Kleidung – sie ist wohl nicht ganz richtig im Kopf.«

Myan zwang sich, ihren Blick von dem dürren, spitzen Finger zu lösen und die ganze Gestalt zu betrachten. Tatsächlich war die Frau weit von dem gepflegten Aussehen entfernt, auf das die Aslod so großen Wert legten. Sie ging barfuß. Die Nähte ihres losen, befleckten Hemdes waren nach außen gedreht. Die schwarzen Augen stierten unablässig auf die gestickten Symbole der Tugenden und schienen nichts anderes wahrzunehmen. Bevor Myan ihr Unbehagen völlig niederringen konnte, brach die Aslod in schrilles Kreischen aus und umfasste mit den dürren Fingern ihren eigenen Kopf. Der Besitzer der Karawanserei hatte sie an den Haaren gepackt und zog sie aus ihrer geduckten Haltung hoch.

»Verzeiht, dass meine Cousine Euch belästigt«, brüllte er über das Gekreische hinweg. »Für gewöhnlich achte ich darauf, dass sie sich brav von den Gästen fernhält, aber sie kommt fast nie vor Mitternacht nach Hause und ist manchmal tagelang weg. Hör sofort auf zu schreien, Cays! Scher dich in die Küche!«

Der Mann krallte seine Hand nun in den Hemdkragen und zog seine Cousine mit sich fort. Quint schüttelte missbilligend den Kopf. Das Kreischen verklang, aber das meckernde Kichern blieb noch lange durch die Zeltplanen hindurch hörbar. Myan versuchte die ganze Nacht, ihr Unbehagen zu vertreiben. Doch es gelang ihr nicht, weil ein Teil davon nun aus Mitleid wuchs.

15

Das nächtliche Kichern, das ungedämpft durch die Tuchbahnen klang, ließ Myans Abneigung gegen die Zeltstädte der Aslod-Leute noch mehr wachsen. Während der Morgenmahlzeit schmeckte jeder Bissen nach der bitteren Aussicht auf einen Tag des Herumirrens in einem Labyrinth aus Stoffplanen. Als sie nur wenige Schritte von der Karawanserei entfernt in einer Sackgasse landeten, die am Vorabend noch nicht dort gewesen war, riss Myan der letzte Nerv.

»Lass uns außen an der Stadtmauer entlang bis zum nächsten Tor gehen«, verlangte sie. »Der Weg durch die Stadt wäre nur dann kürzer, wenn wir uns nicht ständig verirren würden.«

Quint warf einen langen Blick auf das Getriebe der Stadt. »Gut. Gehen wir außen herum.«

Erst auf halbem Weg zum nächsten Stadttor fiel Myan ein, dass es klüger gewesen wäre, gleich mitsamt den Glinks und dem Gepäck umzusiedeln. Auf diese Weise hätten sie sich den Rückweg in ihre Karawanserei erspart. Jeder Schritt in dieser Tuchstadt war einer zu viel.

»Ich würde gern wissen, womit die Aslod-Leute dieses Holz bearbeiten.« Quint ließ seine Hand prüfend über einen der blass glänzenden Stämme in der Stadtmauer streichen. »Zuerst dachte ich, es wäre mit irgendeinem Stoff gebeizt oder überzogen. Aber eine aufgetragene Schicht wäre niemals so nahtlos und gleichmäßig. Das Holz scheint … versteinert worden zu sein.«

»Ich weiß nichts über Holzverarbeitung«, gab Myan mürrisch zurück. Sie war auf der Suche nach dem Symbol für die Mäßigkeit. Was kümmerte sie das tote Holz. »Niemand in den Wüsten und

Savannen weiß etwas darüber, bis auf die Aslod. Dabei brauchen sie nicht einmal ein Geheimnis daraus zu machen, weil kein anderes Volk genug Holz hat, um dieses Wissen nutzen zu können. Palmholz zählt nicht, das ist eine völlig andere Sache.«

Quint zog eine Grimasse unermesslicher Unzufriedenheit. »Ich habe in zwei Orden gedient, die in den Wüsten und Savannen hoch geachtet werden. Ständig war ich dort damit beschäftigt, irgendetwas zu lernen. Trotzdem weiß ich überhaupt nichts.«

»Die Weisheit, die auf den Weg des Zorant führt, ist nicht nichts.« Zornig ballte Myan die Fäuste. »Diese Weisheit schützt eine ganze Stadt – sie ist viel wichtiger als das, was irgendwelche Handwerker mit totem Holz tun.«

»Dieses tote Holz hier schützt allerdings auch eine ganze Stadt«, bemerkte Quint mit einem schiefen Grinsen. »Ich finde mich jedenfalls dumm. Vielleicht ist die Weisheit, die auf den Weg des Zorant führt, nie richtig bei mir angekommen und du hattest die ganze Zeit recht mit deiner Behauptung, ich sei eigentlich kein Adept deines Ordens.«

»Richtig – deshalb wirst du in Zukunft auch massenhaft Zeit haben, um alles zu lernen, was du über Holz, Steine und Metalle wissen willst.«

Wut brodelte in Myans Magen. Quint sorgte sich darüber, dass er nur Ordenslehren kannte? Er sollte sich besser Sorgen machen, weil er nicht einmal die wichtigsten Teile dieser Ordenslehren kannte – zum Beispiel das stoffliche Symbol für die Mäßigkeit. Dass ihre Verkörperung in dieser Sandgrube zu finden sein würde, war keineswegs sicher. Womöglich vergeudeten sie ihre Zeit auf der Suche nach einem Loch, in dem ganz gewöhnlicher Sand gesiebt wurde, mit dem anschließend dreckige Kochtöpfe ausgescheuert wurden. Dann stünden sie bei der Suche nach dem stofflichen Symbol für die Mäßigkeit vor dem Nichts. Oder noch schlimmer: vor flatternden Zeltplanen.

Myans Stimmung hob sich nicht einmal, als Quint beim nächsten Stadttor feststellte: »Dieser Zugang kommt mir bekannt vor … Das heißt, ich kann mich an den Baum dort vorne erinnern – der mit der Holzwucherung am Stamm.«

Im Windschatten einer Karawane konnten Myan und Quint durch das Stadttor trotten, ohne die Aufmerksamkeit eines Wächters auf sich zu ziehen. Danach verloren sie sich sofort wieder zwischen den Planen. Von einer Sandgrube war nichts zu sehen. Vor Myans Augen verschwamm ein Dickicht von Wänden und Dächern aus Tuch. Je länger die Suche dauerte, desto mehr wuchs ihre Überzeugung, dass die Sandgrube inzwischen ausgebeutet, aufgelassen und zugeschüttet worden sein musste.

Um die Mittagszeit blieb sie frustriert stehen und blickte sich um – nicht mehr auf der Suche nach der Grube, sondern nach dem Rückweg zum Stadttor. In diesem Moment vernahm sie leise das rasselnd-schabende Geräusch von Sand, der in einem Sieb geschwungen wird. Sie folgte dem Geräusch erst ungläubig langsam, dann immer schneller. Zuletzt stürmte sie vorwärts und schlug rücksichtslos Zeltplanen beiseite. Plötzlich schwebte ihr Fuß über dem Nichts. Unfähig, ihren Schwung zu bremsen, streckte Myan die Arme aus, um irgendwo Halt zu finden, doch sie griff ins Leere. Schon kippte sie über die Kante. Der Angstschrei, der sich aus ihrer Kehle lösen wollte, wurde jäh durch einen Arm abgeschnitten, der sich um ihre Taille schlang und sie zurückriss.

»Vorsicht«, drang die heisere Stimme einer Frau von unten herauf. »Wenn Ihr Euch in die Grube stürzen wollt, dann bitte an einer Stelle, wo Ihr keine Gefäße mit dem ausgesiebten Jelemat umstoßen könnt.«

Nur langsam machte Myans Schock wieder Platz für andere Wahrnehmungen. Sie ahnte, dass Quint sie vor dem Fall bewahrt hatte und dass sie nun eng gegen ihn gepresst stand. Die Grube zu ihren Füßen sah sie nur verschwommen. Ein riesiges Loch im gelblichen Sand, aus dessen Wänden graue Baumwurzeln hervorragten. Unten saßen dunkle Gestalten und schwenkten große Siebe. Direkt unter Myan standen Eimer, in denen ein blassweißer Staub glänzte. Etwas klarer geriet das Bild einer Yielanti, die soeben aus der Grube heraufkletterte.

Obwohl sie einen gut gefüllten Eimer trug, stieg sie mühelos an dem freigelegten Wurzelgeflecht nach oben. Ein schwarzer Gesichtsschleier verhüllte alles bis auf ein Paar dunkler Augen. Unter ihrem undurchdringlichen Blick klang die Stimme der Yielanti unfreundlich in Myans Ohren nach. Dies machte es ihr noch schwerer, sich aus ihrer Verwirrung zu befreien.

»Ich wollte weder mich umstürzen noch die Gefäße hinunter – umgekehrt, meine ich …«

Mit einer fahrigen Geste wischte Myan ihr Gestammel beiseite und zwang ihre Lippen aufeinander. Sie musste sich sammeln, sonst machte sie sich vollends zur Närrin. Wahrscheinlich würde es schwierig genug sein, etwas über die Sandgrube zu erfahren – die schwarz vermummten Arbeiter wirkten wie ein Geheimorden. Myan war beinahe entsetzt, als die Yielanti ohne Scheu ihren Gesichtsschleier löste, sobald sie am Rand der Grube angekommen war und ihren Eimer abgestellt hatte.

»Entschuldigt«, krächzte die junge Frau und räusperte sich. »Ich vergesse immer, dass nicht alle etwas mit trockenem Humor anfangen können. Natürlich ist es mühsam, den Jelemat zu gewinnen, und ein umgestoßenes Gefäß macht stundenlange Arbeit zunichte. Aber ein Menschenleben ist immer noch mehr wert – zumindest meistens.«

Mit hochgezogenen Brauen ließ sie einen abschätzenden Blick über Myan gleiten, die empört auffahren wollte, bevor sie von Quints lautlosem Lachen abgelenkt wurde. Prompt grub sich auch auf dem schmalen, eckigen Gesicht der Yielanti ein Lächeln ein. Unnötig grob befreite Myan sich aus Quints Griff. Wie sollte sie denn klar denken können, wenn sie jedes Zucken seiner Muskeln spürte!

»Ich muss mich entschuldigen.« Myan kratzte den Rest ihrer Würde zusammen. »Ich hätte vorsichtiger sein müssen.«

»Diese Grube hat schon vielen Fremden eine Überraschung bereitet. Früher lag sie deshalb offen, aber das wollten die Yielanti nicht mehr. Ein Genickbruch ist nämlich nicht der einzige Schaden, den unser wundervoller Arbeitsplatz anrichten kann.« Die Frau hustete und schüttelte ihren Gesichtsschleier aus. Eine Fahne von mattweißem Staub wehte davon.

Myan runzelte irritiert die Stirn, doch Quint verstand: »Der Staub setzt sich in der Kehle und in der Lunge fest, nicht wahr?«

Ein ersticktes Husten kam als Antwort, begleitet von einem ironisch-entnervten Augenrollen. »Nicht nur dort. Außerdem in den Augen und in den Ohren, zwischen den Zähnen – überall. Die Einzelheiten erspare ich euch. Nicht einmal die Gesichtsschleier helfen wirklich. Wenn der Jelemat zumindest die Haut bleichen würde …

Ich hätte nichts dagegen, so hell zu sein wie ein Kuv-Viandri.« Die Yielanti neigte ihren Kopf zur Seite und warf Quint ein charmantes Lächeln zu. »Aber solche Dienste erweist der Sand uns nicht.«

»Welche Dienste erweist er euch dann?«, entfuhr es Myan unwirsch. Zum unzähligen Mal verfluchte sie ihre unbeherrschte Zunge und suchte fieberhaft nach einem Weg, die Lage zu retten. Weil sie unmöglich ein Lächeln zustande bringen würde, versuchte sie, einen besorgten Ausdruck aufzusetzen. »Ich meine – ich frage mich, ob der Preis für den Abbau des Jelemat nicht zu hoch ist, wenn er die Arbeiter krank macht. Gleicht sein Wert die Mühe und den Schaden wirklich aus?«

Es gelang Myan kaum, die Aufmerksamkeit der Frau auf sich zu lenken, die immer noch damit beschäftigt war, Quint anzulächeln. Offenbar musste sie mit der Nase darauf gestoßen werden, wer da vor ihr stand.

»Versteht mich nicht falsch«, setzte Myan deshalb hinzu. »Aber wir *aus dem Orden des Zorant* sind eben dazu verpflichtet, die Tugend der Mäßigkeit zu leben. Und mir scheint, die Yielanti zahlen einen unmäßig hohen Preis für die Gewinnung des Jelemat.«

Jetzt sollte klar sein, dass es nichts brachte, Quint schöne Augen zu machen. Solange er das Gewand des Adepten trug, war er zur Reinheit verpflichtet – verbannter Quennagoar hin oder her.

Die Yielanti blieb jedoch völlig unbeeindruckt. Unter dem Vorwand, eine Zeltplane zurechtzuziehen, rückte sie sogar noch näher an Quint heran. »Die Tugenden der Aslod sind ein wenig schmutziger als die der Zorantani«, sagte sie mit ihrer rauchigen Stimme. »So hoch der Preis für die Gewinnung des Jelemat auch sein mag, er ist keineswegs unmäßig. Dieser Sand und das Aslod-Holz gehören zusammen wie Oase und Wasser … oder wie Mann und Frau. Er gibt dem Holz eine dauerhafte, unzerstörbare Gestalt und lässt es zu unserem schützenden Bollwerk werden.«

Sie deutete auf das Stück Stadtmauer, das auf der anderen Seite der Grube zwischen den Zeltplanen hervorblitzte. »Die Kraft des Jelemat gebietet allen anderen Kräften Einhalt. Sie beendet Zersetzung und Verfall, sie bindet und bewahrt. Dagegen sind ein bisschen Husten und Heiserkeit nichts. Es ist nicht unbedingt eine Ehre, in der Grube arbeiten zu dürfen. Aber wer den Sand der Baumsavanne durch die sechs Siebe schwenkt und den Jelemat erntet, schenkt den Aslod Leben – genauso wie ein Bauer auf seinem Feld. Wir Grubenarbeiter opfern ein Stück unserer Gesundheit für das Wohlergehen aller Aslod. Wir sind wie Priester, denn auch sie opfern einen Teil ihres Lebens.«

Myan konnte den Tonfall der Frau nicht fassen. In jeder Silbe hörte sie eine andere Färbung. Wahrscheinlich hätte sie die sechs Siebe gebraucht, um die Feierlichkeit von der beißenden Ironie, von dem Schmerz und dem Stolz zu trennen und ihre Anteile gegeneinander abzuwiegen. Während der ersten Sätze schwankte Myan zwischen Mitgefühl und Wut, doch der Vergleich mit der Priesterschaft ließ die Wut siegen. Diese schillernde Mischung aus geheuchelter und echter Achtung vor der eigenen Pflicht war unwürdig für jeglichen Priester! Noch dazu ließ die Yielanti keinen Zweifel daran, welchen Teil seines Lebens Quint opferte. Und sie respektierte dieses Opfer ebenso wenig wie jenes, das sie selbst den Aslod brachte. Ohne jede Scheu ließ die Frau ihren Zeigefinger Quints Brustbein entlanggleiten.

Er löste zwar ihre Hand von seiner Brust, aber Myan konnte sehen, wie er sie dabei sanft drückte. Sein Blick erwiderte unbeirrbar den der Yielanti.

»Ein Jammer, dass der Jelemat nicht auch in den Körpern der Menschen Verfall und Zersetzung aufhält, sondern das Gegenteil tut.« Quints Lächeln schnürte Myan die Luft ab.

»Die Macht des Jelemat ist zu groß für alles, was noch lebt«, seufzte die Frau und senkte für einen Moment ihre langen Wimpern. »Nur an toten Stoffen entwickelt er seine Kraft zum Guten. Dabei ist es eigentlich eine zügelnde, mildernde Kraft – sanft in ihrer Stärke. Der Jelemat bändigt die Säure, die beim Verfall der Bäume entsteht, und wandelt sich mit ihr gemeinsam zu einem Siegel der Unvergänglichkeit. Er besiegt jeden Stoff, der andere Stoffe zu fressen versucht.« Sie ließ ihre Kiefer zuschnappen und fuhr dann mit einem Finger über ihre Lippen, auf denen ein wenig von dem blassweißen Staub lag.

»Als Kuv-Viandri weiß ich einiges über fressende Substanzen und über die Gefahr, die von ihnen ausgeht. Meistens beherrschen wir sie. Aber bei üblen Missgeschicken haben wir uns schon oft gewünscht, die fressenden Wasser irgendwie bändigen zu können. Dennoch ist es ein Glück, dass nur Euer Volk die Kraft des Jelemat kennt. Die armen Grubenarbeiter müssten noch mehr leiden, wenn alle Völker der Wüsten und Savannen etwas davon kaufen wollten.«

Myan fühlte tausend Stiche in ihrem Inneren, als ob ein Sturm dort Sandkörner umherpeitschen würde. Diese leise, samtige Stimme hatte sie von Quint noch nie gehört. Er schien völlig vergessen zu haben, warum sie zu dieser verdammten Grube gekommen waren.

»Ach, der Jelemat wird auch an reisende Händler verkauft und von Karawanen aus der Stadt gebracht.« Die Yielanti säuselte im Ton einer armen Geplagten, während ihre Augen in einer ganz anderen Rolle funkelten. »Aber es gibt nur wenige Weise in den Wüsten und Savannen, die seine Kraft zu nutzen wissen. Sie brauchen also nicht viel Jelemat und das Leid, das sie für die Grubenarbeiter bedeuten, ist nichts im Vergleich zu dem Dienst, den wir für unser eigenes Volk ertragen.«

Quint lehnte sich mit der Miene eines Verschwörers näher zu der Frau. Myan stand knapp davor, ihn in die Grube zu stoßen. Sie verschränkte die Arme fest vor ihrer Brust und klemmte die Zunge zwischen die Zähne. Wenn jetzt auch nur eine Silbe über ihre Lippen käme, würde jeder sie für eine Hochstaplerin halten, statt für eine Adeptin aus dem Orden des Zorant. Friede und Mäßigkeit waren wieder einmal außer Reichweite geglitten.

»Vielleicht kann der eine oder andere Weise sogar das Leid der Grubenarbeiter lindern?«, raunte Quint.

»Das kommt darauf an, welche Weisheiten er kennt«, flüsterte die Yielanti verschwörerisch.

»Eine meiner Weisheiten ist, dass jeder Dienst leichter wiegt, wenn er gerecht vergolten wird.« Plötzlich hielt Quint eine Goldmünze halb verborgen zwischen seinen Fingern.

Das Lächeln der Frau verhärtete sich für einen Moment, wurde aber sofort wieder süßer, als Quint etwas lauter und mit einem bedeutungsvollen Blick fortfuhr:

»Überlass uns einen kleinen Teil des Jelemat, den du heute ausgesiebt hast. Meine Adeptenschwester brennt darauf, seine Geheimnisse zu erforschen – in tief versunkener, ungestörter Arbeit ...«

Unter einem weiteren Ausschütteln des Gesichtsschleiers ging die Goldmünze unauffällig in die Hände der Yielanti über. Sie nahm den

Eimer wieder auf, den sie aus der Grube hochgetragen hatte, und verschwand damit hinter einer Zeltplane. Myan stierte zu Boden und kaute auf ihrer Zunge. Ein ganzes Goldstück für ein wenig blassweißen Staub? Wenn der Jelemat so wertvoll wäre, würden Wächter um die Grube herumstehen und hätten die Fremden schon längst verscheucht. Zahlte Quint noch für etwas anderes? Wollte er dieses Spiel bis zum Ende treiben? Das würde sie nicht zulassen! Ein Würgen in ihrer Kehle erinnerte Myan daran, wie dumm dieser Gedanke war. Quint konnte das Stirnband und das Ordensgewand jederzeit ablegen, sie waren für ihn nur eine Verkleidung.

Das Geräusch der Siebe übertönte die Schritte der Frau. Erst beim Klang ihrer heiseren Stimme fuhr Myan erschrocken zusammen und hob den Kopf.

»Ich hoffe, bald wieder Weise aus dem Orden des Zorant zu sehen.« Ohne Myan eines Blickes zu würdigen, umfing die Yielanti Quint mit einem Lächeln voller Verlockung und Herausforderung. »Sie sollten öfter die Grenzen überqueren, die der Orden um sie zieht.«

Sie hielt Quint beide Hände entgegen, wie für einen Abschiedsgruß. Er ergriff sie und Myan konnte an den Bewegungen seiner Finger sehen, dass die Yielanti ihm etwas übergab. Sowie seine Hände wieder frei waren, versenkte er dieses Etwas sofort in seinem Ärmel.

»Das sollten sie«, stimmte Quint zu. Seine Miene verbarg er mit einer leichten Verbeugung, dann wandte er sich zum Gehen.

Erst musste Myan ihre Beine dazu zwingen, sich zu bewegen. Im nächsten Moment wäre sie am liebsten genauso wild vorwärts gestürmt wie zuvor auf der Suche nach der Grube – selbst wenn sie dabei halb Yiel umgerissen hätte.

Kurz nachdem sie außer Sichtweite des Stadttores waren, blieb Quint stehen und hielt Myan etwas entgegen – eine flache, handtellergroße Glasflasche, gefüllt mit blassweißem, feinem Sand.

»Das stoffliche Symbol für die Tugend der Mäßigkeit«, schnarrte er im enthusiastischen Ton eines Ausrufers auf dem Basar.

Myan blieb stocksteif stehen. Sie wagte es nicht, nach der Flasche zu greifen. In ihr rumorte der Wunsch, das Glasgefäß gegen die Stadtmauer zu werfen und es zerschmettern zu sehen.

Quint ließ seine Hand sinken und runzelte die Stirn. »Habe ich irgendetwas verpasst? Ist der Jelemat doch nicht das stoffliche Symbol für die Mäßigkeit? Ich dachte, es stimmt alles. Dieser Stoff ist nur mit Mühe und Geduld zu gewinnen. Wenn der Sand aus der Grube sechsmal gesiebt werden muss, um reinen Jelemat zu erhalten, bleibt von einem Eimer nur ein kleiner Rest übrig – also keine Masse, sondern nur ein kleiner Teil, wie es im Morgengesang heißt: Nur nötiger Stoff bleibt in unserer Hand. Und der Jelemat mäßigt die Zersetzung von totem Aslod-Holz, bis er sie völlig gebändigt hat.«

Mühsam rang Myan sich ein Nicken ab.

»Dann sind die stofflichen Symbole der fünf Tugenden vollzählig«, stellte Quint fest. »Du hast den Pilgerweg gemeistert und kannst als treue Adeptin nach Zorantander zurückkehren.«

Myans Welt stand Kopf. Was ein Sieg sein sollte, fühlte sich wie die tiefste Niederlage an. Sie konnte nur an eines denken: Das Ende des Pilgerwegs bedeutete auch das Ende ihres Weges mit Quint. Mit unsäglicher Überwindung streckte sie ihre Hand aus. Er legte die Flasche mit dem Jelemat hinein. Rasch entzog sie ihre Finger seiner Berührung.

»Danke«, brachte sie leise hervor.

Sie musste sich von Quint losreißen, wenn sie jemals ihren Kampf mit den fünf Tugenden gewinnen wollte. Wahrscheinlich würde er sie ohnehin noch heute verlassen. Besser, sie sah dieser Wahrheit gleich ins Auge.

»Ich hoffe, dein Goldrimi verschwindet nicht zur Gänze in dieser Flasche Sand.« Myan versuchte nicht einmal, ein ironisches Lächeln aufzusetzen, aber zumindest traf sie einen trockenen Tonfall.

Quint lachte. »Nun, ich bekam auch noch ein Stück Papier mit einer Adresse.«

Obwohl Myan dies geahnt hatte, traf die Antwort sie wie ein Schlag. »Pass bloß auf – in diesem Tuchlabyrinth könntest du leicht ins falsche Schlafzimmer geraten«, fauchte sie.

Gleich darauf wand sie sich innerlich. Warum hatte sie mit dieser Sache angefangen? Sie war eben keine Yielanti mit einer heiseren

Stimme, die nichts ernst nahm und sich deshalb hervorragend mit Quint verstand. Wenn sie halbherzige Scherze von sich gab, musste sie damit rechnen, dass sie als Bumerang zurückkamen.

»Zu dieser Adresse zu finden könnte tatsächlich schwierig werden.« Quint grinste sein unverschämtestes Grinsen.

Sofort jagte Myans Zunge weiter: »Dann lass wenigstens die Ehre meines Ordens unbefleckt und geh als Quennagoar! Von denen bist du ohnehin schon verbannt worden, eine Sünde mehr schadet deshalb nicht.«

»Die Quennagoar geloben keine Keuschheit, sie dürfen so heiß lieben, wie sie wollen. Aber ich werde als Adept des Zorant erwartet und will kein Spaßverderber sein.«

»Spaß …?!«, platzte Myan noch heraus, bevor nicht einmal ihre Zunge schnell genug war, um sinnvolle Worte aus ihrem Gefühlsaufruhr herauszupflücken.

Myan glaubte, ihr Schädel müsse gleich platzen. Sie senkte den Kopf, klemmte ihn zwischen ihre Unterarme und verschränkte die Finger fest ineinander. Erst nach einer langen Weile ließ sie ihre Arme wieder sinken und blickte auf. Quint stand an die Stadtmauer gelehnt und sah Myan unverwandt an. Er grinste nicht mehr.

»Ich verstehe dich nicht«, sagte er. »Die Vorstellung, dass ich mit einer anderen Frau schlafen könnte, quält dich offensichtlich tief. Dabei habe ich das nicht einmal vor. Ich wollte nur schnell und einfach etwas über diesen Sand herausfinden und ebenso schnell und einfach etwas davon mitnehmen. Ein ganzes Goldstück für eine Flasche Jelemat mag übertrieben gewesen sein, aber die Arbeit in dieser Sandgrube ist schlimm genug. Auf jeden Fall wird die Yielanti heute vergeblich warten. Und ich verstehe einfach nicht, warum du dich so wegen deiner Gefühle quälst. Ich bin hier. Ich fühle dasselbe für dich. Du musst nur drei Schritte gehen und die Qual hat ein Ende.« Quint breitete seine Arme aus – eine unmissverständliche Einladung. »Was immer dann aus unserem Leben wird – könnte es wirklich schlimmer werden als das, was dich jetzt plagt? Wie kann ein Leben im Orden des Zorant richtig für dich sein, wenn seine Regeln reine Folter für dich sind?«

Diese Frage hatte Myan sich schon Millionen Mal gestellt. Die ewig gleiche Antwort kam völlig mechanisch: »Nur wer die fünf Tugenden lebt, steht unter dem Schutz des Zorant.«

Alles in Myan verlangte danach, die drei Schritte zu Quint zurückzulegen und sich in seine Arme schließen zu lassen. Sie zitterte beinahe vor Anstrengung, während sie sich durch die Sohlen ihrer Sandalen hindurch mit den Zehen in den Boden krallte.

Die letzte Spur von Gelassenheit verschwand von Quints Miene. »Was für ein Schutz soll das sein, Myan?«, rief er frustriert.

»Woher soll ich das wissen – ich kenne ihn doch nicht«, schrie Myan zurück. »Ich bin die Tochter eines tugendbrüchigen Priesterpaars. Niemand sprach nach meiner Geburt den Segen der fünf Tugenden über mich und meine Eltern konnten den Schutzschild des Zorant nicht über mir aufspannen, weil sie ihn selbst verloren hatten. Ich weiß nur, wie ein Leben ohne Schutz aussieht. Meine Mutter war jahrelang schwer krank, mit unerträglich schmerzenden Geschwüren am ganzen Körper. Keine Medizin half und sie starb kurz nach ihrem zweiunddreißigsten Geburtstag. Niemand hat jemals wieder etwas von meinem Vater gehört, nachdem er Zorantander verließ. Vielleicht erreichte er nicht einmal die nächste Stadt.«

Myan musste sich sammeln, bevor sie fortfahren konnte: »Und noch eines weiß ich: Wie sich ein Leben ohne den Schutz des Zorant anfühlt. Es ist ein ständiger Kampf mit allem und gegen alles. Man hängt völlig in der Luft und weiß nicht, was richtig und was falsch ist. Egal, was man tut – nie fühlt man sich sicher oder auch nur ruhig und friedlich. Ich will dieses schutzlose Leben nicht mehr. Ich will nicht wie meine Eltern enden. Ich will glücklich, zufrieden und sicher sein. Und das wird mir nur gelingen, wenn ich endlich die fünf Tugenden einhalte, egal wie schwer es mir fällt. Auf dem Pilgerweg bin ich ihnen zumindest manchmal nahe gekommen – bis auf die Reinheit ... Ich kann jetzt nicht aufgeben.«

Quint rieb sich mit den Händen über das Gesicht und tauchte mit einem Ausdruck tiefen Grimms wieder auf. »Oh, das kenne ich – dieses ›Ich kann jetzt nicht aufgeben‹ kenne ich allzu gut. Es war sozusagen mein Wahlspruch, bis ich ein Meister der Quennagoar und Liandiquors Leibwächter wurde. Heute weiß ich, dass kein einziger dieser Kämpfe es wert war. Ich fühle mich am glücklichsten und am sichersten, wenn ich meinen eigenen Regeln folge.«

Ein zittriges Lachen, das genauso gut ein Schluchzen hätte sein können, kam aus Myans Kehle. »Kein Wunder – wenn man nichts ernst nimmt, fühlt man sich auch durch nichts bedroht. Vielleicht fühlst du deine Schutzlosigkeit einfach nicht. Mich begleitet meine in jedem Augenblick meines Lebens und ich ertrage das nicht mehr. Bitte nimm mir nicht meine letzte Chance, den Schutz des Zorant zu erlangen!«

Quint blickte in den Himmel und nahm einige schwere Atemzüge. Sein offensichtlicher Kummer fachte Myans Kampf mit der Reinheit stärker an, als eine glühende Liebeserklärung es vermocht hätte.

»Ich werde nie etwas tun, was dir schaden könnte«, sagte Quint zuletzt. »Nur helfen kann ich dir offenbar nicht.«

Auf dem Rückweg zur Karawanserei wehrte Myan sich verbissen gegen das elende Gefühl, das von ihr Besitz ergreifen wollte, und versuchte, Stolz in sich zu wecken. Sie hatte der Versuchung widerstanden und Reinheit bewahrt, statt lange Jahre des unablässigen Kampfes in einem einzigen Moment wegzuwerfen. Sie war stark geblieben und wenn sie jetzt noch ein paar weitere Stunden durchhielt, wäre sie dem Schutz des Zorant so nahe wie nie zuvor. Der Abschied von Quint stand kurz bevor. Er würde nun den Schlussstrich ziehen – schließlich hatte er nur davon gesprochen, dass sie mit den stofflichen Symbolen nach Zorantander zurückkehren könnte, nicht davon, dass er mitkommen würde.

Bevor sie das Stadttor erreichten, hinter dem ihre Karawanserei lag, riss plötzlicher Lärm Myan aus ihren widerstreitenden Gefühlen. Das Stimmengewirr, das stets ungedämpft unter den Planen von Yiel hervorwaberte, wurde lauter und hastiger. Darunter mischten sich die Geräusche verschiedenster Gegenstände, die von einem Platz an einen anderen geschafft wurden. Um das Stadttor herum hatte sich eine riesige Menschentraube gebildet, die durcheinanderschwirrte wie ein Nest aufgestörter Sandläufer.

»Was bei allen Quellen ...« Quint zog den erstbesten Yielanti am Ärmel. »Entschuldigt – aber was hat dieser Aufruhr zu bedeuten?«

Der Mann betrachtete Quint mit weit aufgerissenen Augen. »Wo habt ihr denn den Tag verschlafen, dass ihr nicht wisst, was los ist? Der Kriegerkönig hat Klay eingenommen. Seine Hauptstreitmacht marschiert auf Yiel und kleinere Truppen schwärmen bereits durch die gesamte Baumsavanne. Alle dachten, er würde immer noch den Sandigen Wogopeischen Trichter belagern, aber die andauernde Ruhe auf den Karawanenpfaden war trügerisch. Diese Bastarde sind durch die Knochenbrecherschluchten gekommen! Wir müssen uns auf eine Belagerung vorbereiten, statt diesen verdammten Tyrannen wie geplant an der Grenze der Baumsavanne aufzuhalten.« Der Redestrom brach im selben Moment ab, in dem der Blick des Yielanti an Quints Stirnband hängen blieb. Viel unfreundlicher fuhr er fort: »Fremde werden während Belagerungen immer als unnütze Esser gesehen – noch dazu Priester, die nicht kämpfen dürfen. An eurer Stelle würde ich mich so schnell wie möglich aus dem Staub machen.«

Der Mann zog seinen Ärmel aus Quints Fingern und enteilte. Myan starrte ihm sprachlos hinterher. Die vielen Soldatentrupps in der Baumsavanne konnten nur einem einzigen Zweck dienen: Alle sicheren Pfade zu blockieren, damit keine Nachrichten nach Zorantander gelangen konnten. Ihr Heimweg war versperrt!

»Der Mann hat recht«, drang Quints Stimme dumpf durch Myans Schock. »Wir sollten Yiel so schnell wie möglich verlassen.«

Er packte sie an der Hand und drängte sich gegen den Menschenstrom bis zu ihrer Karawanserei durch.

Im Quartier packte Myan völlig mechanisch ihr Bündel. Auf den Karawanenrouten war kein Durchkommen und abseits der bekannten Wege lauerte der Tod durch Verdursten. Außerdem wäre sie ganz allein ...

Völlig unvermittelt sagte Quint: »Natürlich müssen wir zuerst nach Norden ziehen – in diese Richtung liegen die einzigen Karawanenpfade, auf denen wir den Soldaten vielleicht noch entkommen können. Die schwierige Frage ist, ob es anschließend möglich sein wird, abseits der bekannten Routen nach Zorantander zu gelangen. In der Baumsavanne liegen alle Brunnen an den Karawanenpfaden und in der Grent-Kiesöde gibt es meines Wissens gar keine Wasserstellen – andernfalls würde nicht jeder, der von der Quaorbat nach Zorantander will, den Umweg über die Aslod-Städte nehmen.«

»Du willst mit mir nach Zorantander gehen?« Myan schwankte zwischen Entsetzen und Dankbarkeit.

Quint rollte mit den Augen. »Nein, ich ziehe ins Nirgendwo und lasse dich allein zurück – mitten in der Wildnis, umgeben von einem Heer.« Er hob abwehrend die Hand, als Myan Atem holte, und war sogar schnell genug, um ihr das Wort abzuschneiden: »Da gibt es nichts zu diskutieren. Zorantander darf nicht auch noch von dem Heer überrascht werden. Wir müssen versuchen, uns durchzuschlagen, und können nur hoffen, dass Yiel lang genug durchhält, um Korotimber ein wenig aufzuhalten.«

Sechsmal musste Myan stumm den Segen der fünf Tugenden wiederholen, bis sie alles hinuntergeschluckt hatte, was Quint offenbar nicht hören wollte. Dann wagte sie wieder den Mund aufzumachen: »Es wird uns nicht erspart bleiben, durch die Kiesöde zu ziehen. Die Baumsavanne riegelt Korotimber bestimmt felsenfest ab.«

Quint nickte grimmig. »Wenigstens geht Verdursten schneller als Verhungern …«

16

Zunächst schien die rasche Flucht sich bezahlt zu machen, doch kurz nach dem Einbruch der Dunkelheit wurde von Süden her der gleichförmige Marschschritt eines Soldatentrupps hörbar. Obwohl Myan und Quint ihr Tempo sofort beschleunigten, rückte das Geräusch unaufhaltsam näher. Irgendwann glaubte Myan bereits den Boden vibrieren zu fühlen und zerrte Quint panisch vom Karawanenpfad. Der Plan, auf der ersten Etappe mit leicht beladenen Vögeln rasch voranzukommen und erst an einem weiter entfernten Brunnen möglichst große Vorräte zu fassen, erwies sich nun als fatal – auf den Rücken ihrer Glinks waren nur zwei gefüllte Wasserschläuche festgezurrt.

Die übrige Nacht und den ganzen folgenden Tag schlich Myan an Quints Seite durch die Baumsavanne, ständig auf der Hut vor Kriegern. Am Abend hätte sie nicht einmal mehr auf den Beinen bleiben können, wenn Korotimber höchstpersönlich hinter ihr her gewesen wäre. Sie dachte gerade noch daran, die Glinks abzuladen und festzubinden, bevor sie auf ihrer Matte zusammenbrach.

Trotz ihrer Erschöpfung schlief Myan unruhig, mit bösen Träumen, die von dem irren Kichern der Yielanti aus der Karawanserei durchsetzt waren. Als sie im ersten Tageslicht die Augen öffnete und einen wirren Haarschopf erblickte, glaubte sie immer noch zu träumen. Nur langsam begriff sie, dass Cays tatsächlich neben ihr auf dem Boden lag und leise schnarchte. Außer dem Stück Zeltplane, in das sie sich gewickelt hatte, schien sie nichts bei sich zu haben.

Vorsichtig, um die Yielanti nicht zu wecken, rüttelte Myan Quint an der Schulter.

Er fuhr hoch. »Was ist? Soldaten?«

Ein meckerndes Kichern ertönte und ersparte Myan eine Antwort. Ungläubig starrte Quint Cays an, deren Grinsen mehrere Zahnlücken enthüllte.

»Ihr geht zum Grab«, krächzte sie triumphierend. »Vergesst die Tugenden!«

»Ich wünschte, sie würde aufhören, ständig von Gräbern zu sprechen«, knurrte Quint. »In einer blühenden Stadt ist mir das egal, aber wenn sie mitten in der Savanne davon anfängt, wenn das Wasser bereits knapp ist …«

Wie auf Kommando saugte Cays' Blick sich sehnsüchtig an dem verbliebenen Wasserschlauch fest. Myan knabberte an ihrem Daumennagel und an der Frage, was nun mit der Yielanti geschehen sollte. Wenn sie nicht von selbst wieder verschwand, würden sie bald vor einer unmöglichen Wahl stehen: Cays entweder sterben zu lassen oder sich selbst in Todesgefahr zu bringen, indem sie Vorräte, die schon für zwei äußerst knapp waren, auf drei Köpfe aufteilten.

Während sie Cays ratlos musterte, wühlte die Yielanti plötzlich unter ihrer Zeltplane herum und förderte einen Aslod-Zapfen zutage. Mit ihren dürren Fingern begann sie, die Schuppen abzubrechen. Die darunterliegenden Samen steckte sie in den Mund. Dabei summte die Yielanti eine heisere Melodie. Die Last auf Myans Schultern hob sich schlagartig. Cays war mit der Baumsavanne vertraut und würde zehnmal länger in dieser Landschaft überleben als eine Adeptin des Zorant und ein verbannter Quennagoar. Vielleicht konnte sie ihnen sogar helfen. Myan griff nach dem Wasserschlauch und hielt ihn der Yielanti entgegen. Sofort ließ Cays den Zapfen fallen und streckte die Arme aus.

»Weißt du, wo die nächste Wasserstelle ist?«, fragte Myan, bevor sie den Schlauch losließ.

Cays kicherte, setzte die Tülle an die Lippen und trank ausgiebig, aber ohne die Gier einer Verdurstenden. Dann wiegte sie sich sanft von einer Seite zur anderen. »Ja, ich weiß es«, sang sie. »Am Grab gibt es wieder Wasser.«

Myan nahm den beinahe leeren Schlauch zurück, mit einem schweren Klumpen Reue in ihrem Magen. Alle Menschen der Wüsten und Savannen gossen Wasser über das Grab, wenn sie jemanden zur letzten Ruhe betteten. Aber nach einem einsamen Tod in der Baumsavanne würde es diesen letzten Trank nicht geben. Es würde nicht einmal ein Grab geben. Das kam davon, wenn man seine Hoffnungen auf eine Verrückte setzte! Myan warf Quint einen Blick zu, der um Entschuldigung bitten sollte, doch er bemerkte es nicht.

Er runzelte konzentriert die Stirn und fragte die Yielanti zuletzt: »Wo ist das Grab?«

Erneut meckerte Cays ihr Kichern. »Ihr kennt das Grab. Ihr tragt die Zeichen des Grabes.« Sie wies auf Quints Stirnband und malte die fünf Embleme in der Luft nach.

»Nein, wir wissen nicht, wo das Grab liegt«, beharrte er. »Wo ist es?«

»Dort.« Ihr spitzer Zeigefinger stach in Richtung Nordosten.

Quint stand auf. »Kannst du uns hinführen?«

Sofort sprang auch Cays auf. »Ja! Vergesst die Tugenden!« Meckernd schritt sie davon.

»Warte einen Moment«, hielt Quint sie auf. »Wir müssen noch unsere Glinks beladen.«

»Wie … Was glaubst du … Was soll das jetzt alles?« Myan fand ihre Stimme nur holprig wieder.

Quint hob die Schultern und rollte seinen Schlafsack in seine Reisematte. »Anscheinend spricht sie nicht von unseren zukünftigen Gräbern, sondern von einem, das es bereits gibt. Zumindest sie ist davon überzeugt – und auch davon, dass wir dort Wasser finden können.«

Voller Zweifel beobachtete Myan, wie Cays ausgelassen um den nächsten Baumstamm herumhüpfte. Sie war mindestens zwei Tagesreisen von Yiel entfernt, ohne Wasser bei sich zu haben. War dies nun ein Beweis für ihre Überlebenskünste oder erkannte sie nicht, wann sie ihr eigenes Leben in Gefahr brachte? Vielleicht war sie nur deshalb von der Existenz eines Grabes überzeugt, weil Quint danach gefragt hatte und er angeblich die Zeichen der Stätte auf seinem Stirnband trug. Wie auch immer – Cays war in der Baumsavanne aufgewachsen. Wenn jemand die nächste Wasserstelle finden konnte, dann sie.

»Sag es endlich!«, forderte Quint mit leiser, rauer Stimme. »Sag, dass es eine idiotische Idee war, sich von einer Verrückten den Weg zur nächsten Wasserstelle zeigen zu lassen!«

Myan schüttelte nur matt den Kopf. Ihre Kehle war zu trocken, um einen Ton hervorzubringen. Ihr Herz hämmerte angestrengt in ihrer Brust, um das sirupdicke Blut durch die Adern zu pumpen. Jeder Schritt kostete Überwindung. Hinter ihren Schläfen pochte es schmerzhaft. Der Schweiß versiegte immer mehr und ließ ihren Körper hilflos in der sengenden Hitze zurück. Sie folgten Cays nun schon den zweiten Tag. Die Wasservorräte waren am vergangenen Nachmittag aufgebraucht gewesen. Seit Kurzem spendeten nicht einmal mehr die Bäume Schatten. Die Sonne brannte auf grauen Kies herab, aus dem einzelne vertrocknete Grasbüschel hervorragten.

Beim ersten Anzeichen von Schwindelgefühl würde ihr nichts anderes übrig bleiben, als den lebenden Wasservorrat des Wüstenreisenden anzuzapfen – einen Glink. Im nächsten Moment stolperte Myan und stürzte auf Hände und Knie. Ihr Kopf schwirrte unter der plötzlichen Erschütterung. Sie hatte keine Wahl mehr. Mühsam rappelte sie sich auf und riss dem Glink, der ihre Schlafrolle trug, eine der großen Flügelsaumfedern aus. Vier Schluck Wasser flossen aus dem Kiel in ihren Mund. Nach zwei weiteren Federn klärte Myans Blick sich ein wenig.

Sie sah, wie Quint den anderen Glink beäugte und ihm widerwillig zwei Federn ausrupfte. Ihr durstgeplagtes Gehirn erinnerte sie daran, dass es klüger wäre, erst ein Tier zu rupfen und das andere zu schonen, statt beide zu schwächen. Sie waren nur mit zwei Vögeln für drei Menschen unterwegs. Wenn sie den Glinks zu sehr schadeten, würde es bei der nächsten Wasserstelle keine Lasttiere mehr geben, denen sie die frisch gefüllten Wasserschläuche aufladen konnten. Freilich mussten sie den rettenden Brunnen erst einmal erreichen …

Weil ihre sonst so eilfertige Zunge sich weigerte, ihren Dienst zu tun, wandte Myan ihren Blick von Quint ab und versuchte, Cays einzuholen. Die Yielanti kicherte seit einiger Zeit nicht mehr, aber sie stapfte in ungebrochener Entschlossenheit durch die glühende Hitze. Die Zeltplane, die sie nachts als Decke benutzte, lag tagsüber zum Schutz vor der Sonne über ihrem Kopf. Myan konnte immer noch nicht sagen, ob Cays' völlige Furchtlosigkeit von ihrem Wissen oder von ihrer Verwirrung kam. So oder so gab es inzwischen keinen Weg zurück. Sie wussten nicht, ob vor ihnen eine Wasserstelle in Reichweite lag. Hinter ihnen lag gewiss keine.

Die Erfrischung aus den Glinkfedern hielt nicht lange an. Bald verschwamm Myans Blick auf die Landschaft erneut. Ein seltsamer Schatten, der vor ihren Augen flirrte, bewog sie dazu, ihrem Lastvogel zwei weitere Federn zu rauben. Zu ihrer Beunruhigung blieb der dunkle Schatten nicht nur, er wuchs auch noch und gewann deutliche Umrisse – die rundliche Silhouette eines riesigen Wasserschlauchs, so groß wie ein ganzes Stadtviertel. Myan schüttelte den Kopf und rieb sich die Augen. Auch davon ließ sich das Trugbild nicht vertreiben. Vor ihr musste tatsächlich eine ungewöhnliche Felsformation liegen. Nun begann auch noch Cays, um Myan und Quint herumzuhüpfen.

»Dort ist das Grab«, kicherte die Yielanti triumphierend. »Vergesst die Tugenden!«

»Im Gegenteil«, brummte Quint heiser und nur für Myan vernehmbar. »Erst wenn wir wirklich eine Wasserstelle finden, werde ich mich wieder an irgendwelche Tugenden erinnern können. Mein Zorn auf meine Dummheit ist inzwischen äußerst unmäßig. Und es fällt mir immer schwerer, Cays als meinesgleichen zu betrachten.«

Myan fühlte sich zu kraftlos, um Quint den verdienten Stoß in die Rippen zu verpassen. Scherze über die fünf Tugenden waren besonders frevelhaft, wenn der Zorant soeben seinen Schutzschild über sie alle auszubreiten schien.

Tatsächlich fanden sie am Fuß des rundlichen Felsens einen wunderbar klaren Teich. Myan musste all ihre Selbstbeherrschung aufbringen, um sich nicht sofort auf das Wasser zu stürzen, sondern mit wenigen, vorsichtigen Schlucken zu beginnen. Im Schatten des Felsens und mit einem gefüllten Schlauch in der Hand wichen die schrecklichen Anzeichen von tödlichem Durst nach und nach. Niemand sagte etwas. Nicht einmal Cays ließ ihr meckerndes Kichern ertönen, sondern rollte sich zu einem Nickerchen zusammen. Myan starrte mit leerem Blick in die Gegend und ruhte in dem Wissen, vorerst gerettet zu sein. Irgendwann begann sie wieder zu sehen, statt zu stieren: »Schau mal, dort hat jemand Gemüse angebaut!«

Quint blieb liegen, die Hände im Nacken verschränkt. Nur sein linkes Auge öffnete er einen Spalt. »Du solltest noch etwas mehr trinken. Dann wirst du dich daran erinnern, dass um jede Quelle herum Grünzeug wächst. Wer sollte an diesem Ort mitten im Nirgendwo Gemüse anbauen?«

Verunsichert betrachtete Myan den Flecken Grün auf der anderen Seite des Teiches. Nein, sie hatte sich nicht geirrt. Hier wuchsen in säuberlicher Reihenfolge mehrere Gemüsesorten und das Grün essbarer Wurzeln. Dahinter erspähte sie nun auch einen schmalen, aber gut ausgetretenen Pfad. Ein Schauer lief ihr über den Rücken. Cays hatte die ganze Zeit von einem Grab geplappert, aber offenbar lebte auch jemand hier. Brachte dieser Jemand am Ende jeden Besucher ins Grab? Führte Cays öfter völlig ahnungslose Wanderer ins Verderben? Voller Unruhe stand Myan auf. Sie konnte unmöglich hier sitzen und rasten, solange sie das Geheimnis dieses Felsens nicht kannte.

Unter angestrengtem Lauschen und jederzeit dazu bereit, die Flucht anzutreten, folgte Myan dem Pfad so nahe am Fels wie möglich. Die angenehm glatte Oberfläche des Steins unter ihrer Hand gab ihr ein Gefühl von Sicherheit. Umso größer war der Schock, als ihre Finger plötzlich auf scharfe Kanten stießen. Im nächsten Moment war alles vergessen, bis auf den Fels.

Die scharfen Kanten kamen von einer Gravur, die eine große Fläche bedeckte. Knapp über dem Boden verbanden sich mehrere Zeilen fremder Schriftzeichen zu einer unlesbaren, aber sorgfältig ausgeführten Inschrift. Darüber mischten sich seltsame Symbole mit den vertrauten Plist-Schriftzeichen. Doch die Buchstaben wollten keine Wörter formen und waren merkwürdig verwackelt, wie die eines Kindes, das gerade erst schreiben lernte. Am meisten wurde Myan jedoch von den fünf runden Emblemen getroffen, die ganz oben in den Fels geschnitten worden waren.

Eine Ellipse mit einem aufgesetzten Dreieck. Ein schmales, senkrecht aufragendes Rechteck, aus dessen Mitte drei Strahlen nach rechts ausfächerten. Ein Kreis, der sich zu den Enden des Kreuzes in seinem Inneren einkerbte und in dessen vier Kammern jeweils ein Punkt saß. Zwei Bögen, die in eine Linie zusammenliefen. Und ein mit Gittermuster durchzogener Kreis. Die Symbole für die fünf Tugenden des Zorant.

Myan fiel auf die Knie. Ihr Blick irrte über die fremde Inschrift und über die verzerrten Plist-Zeichen, die keinen Sinn ergaben. Links unter dem Emblem für die Treue standen die Buchstaben FJP. Direkt unter dem Emblem war ein Symbol in den Stein graviert, das wie ein Finger aussah, durch dessen Mitte ein waagrechter Strich lief. YHWKR. Dann, unter dem Symbol für den Frieden, wieder dieses fingerartige Zeichen, diesmal ohne den waagrechten Strich. FAMKR. Das nächste Zeichen mochte eine Schüssel darstellen, mit einem seltsam nach außen gebogenen Rand. HG. Vier dieser seltsamen Schüsseln, zwei Paar übereinander. AAA. Zwei weitere Schüsseln. Die nächsten Zeichen reichten über die Reihe der Embleme der fünf Tugenden hinaus. CQTEK. Danach waren die Umrisse einer strahlenden, seltsam eckigen Sonne in den Fels geschlagen. AL. Was darauf folgte, sollte vielleicht ein Wasserfall sein.

Und unter dieser rätselhaften Abfolge von Symbolen und Buchstaben standen drei Worte, die Myan ohne Mühe entziffern konnte, obwohl sie grausam verzerrt waren: Vergesst die Tugenden. Wie ein Echo klang Cays' meckerndes Kichern in ihren Ohren nach: Ihr tragt die Zeichen des Grabes. Hielt Cays dies für eine Grabstelle? Dann irrte sie sich. Was immer diese Gravuren bedeuteten – nach einer Grabinschrift sahen sie nicht aus. Myans Hände begannen zu zittern.

»Störst du die Ruhe der Toten oder ehrst du sie?«, erklang plötzlich hinter Myans Rücken eine brüchige Stimme.

Sie sprang auf und fuhr herum. Ihrer Kehle entkam nur deshalb kein Schreckensschrei, weil sie gerade eingeatmet hatte. Etwa sieben Schritte von ihr entfernt stand ein Mann. Sein sehnig-magerer Körper war nur von einem Lendenschurz und grauem Haar bedeckt. Die Finger seiner linken Hand umklammerten einen Metallstab, den er drohend erhoben hielt. Der Knauf des Stabes war in der Form eines Totenkopfes geschmiedet.

»Ich ehre die Ruhe der Toten«, sprudelte Myan reflexartig hervor. »Im Namen der fünf Tugenden. Treue, Friede, Reinheit, Gleichheit, Mäßigkeit.«

Der Totenkopf-Knauf senkte sich ein Stück. »Gehörst du zu einem Orden?«

Myan blinzelte unsicher: »Ähh … ja. Kommen die eingestickten Symbole auf meinem Stirnband dir nicht bekannt vor?«

Jiralnussbraune Augen funkelten unter dichten Brauen hervor, als der Mann sein verfilztes Haar beiseitestrich. Das sonnengegerbte, zottelbärtige Gesicht verriet sein Alter nicht. Es hätte ebenso gut einem Vierzigjährigen wie einem Sechzigjährigen gehören können. Er kam zwei Schritte näher, während er Myans Stirnband musterte. Seine Miene hellte sich auf.

»Die Zeichen des Grabes«, rief er begeistert aus. »Nun wird mir vielleicht doch größte Gnade des Minnt-Zlimm zuteil.«

Diese Worte halfen Myan keineswegs dabei, sich zu sammeln. Die rätselhafte Inschrift lauerte in ihrem Rücken wie ein Raubtier. »Das sind die Zeichen der fünf Tugenden des Zorant. Kennst du wirklich den Orden des Zorant nicht?«

Das Zottelhaar wippte unter einem bedächtigen Nicken. »Doch, doch. Ich weiß vom Orden. Ist in Zorantander. Folgt fünf Tugenden und wacht über mächtige Schale. Kann aber Tugenden nicht nennen. Und auch nicht ihre Zeichen.«

»Zorantander ist die nächstgelegene Stadt – abgesehen von den Siedlungen der Aslod, natürlich …« Myan kämpfte um einen klaren Gedanken. »Und die fünf Tugenden sind auch weithin bekannt … Woher kommst du?«

»Westen. Rattannim. Weit hinter Schwarzdünenwüste.«

Myan erinnerte sich dunkel daran, diesen Namen schon einmal gehört zu haben – in einer Karawanserei in Pock, wo Onkel Filo gemeinsam mit anderen reisenden Händlern einen Schlauch Palmfruchtschnaps geleert hatte. Angeblich regnete es in Rattannim mindestens einmal in jedem Mondumlauf, weshalb das Gras dort das ganze Jahr über grün sein sollte. Myan war damals nicht sicher gewesen, ob sie halb wahres Basargeschwätz hörte oder ein uraltes Märchen. Aber dieser Mann hier sah fremd genug aus. Sein Gesicht und seine Nase waren ungewöhnlich breit und seine Haut war fast so hell wie die eines Kuv-Viandri. Noch dazu klang sein Savannen-Plistisch keineswegs so, als ob er seine Muttersprache sprechen würde. Er rollte das R mit der Zungenspitze und brachte Hauchlaute nur schwer hervor.

»Was verschlägt dich dann hierher?«, platzte Myan heraus. Halb hoffte sie, dass dieser Mann etwas über die Inschrift wusste, halb fürchtete sie es.

Er richtete sich stolz auf und deutete auf seinen Metallstab. »Dienst. Ich bin Minnt-Trusk – ein Jünger des Minnt-Zlimm.« Nachdem Myan nur die Stirn runzelte, fuhr er mit einem Seufzen fort: »Der Ewige Hüter in eurer Sprache. Niemand im Osten ehrt ihn und dient ihm. Deshalb gibt es so viel Krieg hier. Hüter nimmt Seelen zu sich und wacht über ihre Ruhe. Jünger wachen über Ruhe der Körper, damit Körper nicht Seelen zurückrufen und sich rächen, wenn Ruhe gestört. Und Jünger sprechen zu Toten. Tote halten sich dann nicht für vergessen und stehen nicht auf, um an sich zu erinnern.«

Myans Fassungslosigkeit nahm kein Ende. Die Toten waren tot und ihre Seelen waren auf immer fort, egal ob sie nun als Erleuchtete in die Kraft des Zorant eingingen oder in Dunkelheit versanken. Der Respekt gebot es, ihre Gebeine ruhen zu lassen, aber kein Toter würde sich jemals wieder erheben. Nicht einmal der größte Bösewicht. Nicht einmal dann, wenn jemand mit seinem Schädel Ball spielen würde. Die Rattannimi hingen offenbar dem tiefsten Aberglauben an. Kein Wunder, dass dieser Mann in jeder Gravur eine Grabinschrift vermutete. Die halbe Hoffnung auf eine Entzifferung der Inschrift schwand. Myan fühlte sich seltsam erleichtert und versöhnlich.

»Der Ewige Hüter fordert einen sehr harten Dienst von dir, wenn du ihn so fern von deiner Heimat leisten musst.«

Er breitete feierlich die Arme aus. »Ich bin aus strengstem Orden mit härtestem Dienst. Über Friedhof zu wachen ist leicht. Kann jeder. Muss nicht einmal Jünger sein. Tote in einsamen Gräbern brauchen wahre Jünger wie mich. Tote in einsamen Gräbern sind nicht vor Reisenden geschützt. Bekommen nie Worte. Leute aus meinem Orden suchen einsame Gräber und wachen über sie. Sprechen zu Toten. In Entsagung.«

»Dann sind die Mitglieder deines Ordens wohl nicht sehr zahlreich«, ließ sich plötzlich Quints Stimme vernehmen. »Weil ihr Dienst so hart ist, meine ich.«

Der Rattannimi sprang erschrocken zur Seite. Selbst Myan fuhr zusammen. Quint musste sich schon früher genähert und heimlich zugehört haben.

»Entschuldige meine Unhöflichkeit«, fuhr er fort. »Ich wollte euch nicht unterbrechen. Ich heiße Quint und finde sehr interessant, was du erzählst …?« Er sah den Rattannimi fragend an.

»Rullipp«, nannte dieser seinen Namen. Er musste sich sichtlich darum bemühen, den Faden wiederzufinden.

Quint nickte mit einem Lächeln, das freundlich wirkte. Seine übertrieben förmlichen Worte und das Funkeln in seinen Augen verrieten Myan allerdings, wie wenig ernst er den Hüter der Toten nahm.

»Wenige Jünger in meinem Orden, jaja.« Rullipp hatte den Faden wiedergefunden. Stolz klopfte er mit dem metallenen Totenkopf auf seine Brust. »Nicht jeder für harten Dienst gemacht. Zum Glück ruhen meiste Tote auf Friedhöfen. Sonst wäre mein Orden zu klein für Hüten weit verstreuter Gräber. Ist Segen, dass ich nach Jahren der Wanderschaft dieses Grab fand. So einsam! Seit ich hier lebe, sah ich niemanden – bis auf wirre Frau aus Yiel. Diese Toten hier brauchen wahrhaft einen Hüter.«

Das Gefühl, ein Raubtier in ihrem Nacken sitzen zu haben, kehrte unversehens zurück. »Das ist doch gar kein Grab«, stieß Myan hervor. »Nie im Leben ist das eine Grabinschrift.«

»Du bist aufgebracht.« Der Rattannimi gestikulierte besorgt. »Tritt beiseite vom Grab. Stör nicht die Ruhe.«

Myan blieb stocksteif stehen – nicht aus Eigensinn, sondern weil eine eisige Starre in ihrem Körper hochkroch.

Mit wachsender Unruhe trat Rullipp von einem Fuß auf den anderen. Als er auch noch begann, unschlüssig seinen Metallstab zu schwingen, zog Quint Myan beiseite.

Sofort entspannte Rullipp sich wieder. »Dies ist Grab«, verkündete er. »Untere Zeilen sind Grabinschrift.«

Trotz der Starre war Myans Zunge zu schnell für ihr Gehirn. »Kannst du das lesen?«, hörte sie sich zu ihrem Entsetzen fragen.

Der Jünger nickte. »Ist Runtinar in alten Zeichen. Musste ich lernen. Alte Gräber im Süden oft solche Inschriften. Diese hier sagt: Reisende fanden tote Frau und toten Mann hier, verhungert oder an Krankheit gestorben. Tote heilige Leute oder Magier. Hatten vor Tod Kohlezeichen auf Stein geschrieben, Embleme und fremde Buchstaben. Trugen Embleme auch auf Stirn. Reisende schlugen Kohlezeichen von Toten in Stein, begruben Tote und machten eigene Inschrift.«

»Wann?« Myan erkannte ihre Stimme nicht wieder. Wem gehörte dieser gequälte Ton?

Mit Bedauern hob Rullipp die Schultern. »Inschrift sagt nicht. Ist aber noch nicht alt. Höchstens dreihundert Jahre. Seelen könnten noch von Knochen Besitz nehmen. Grab hier braucht unbedingt Jünger, weil Tote namenlos sind. Namenlose stehen besonders oft auf. Wollen an sich erinnern.« Schlagartige Hoffnung erhellte die Miene des Jüngers. »Ihr tragt Zeichen dieses Grabes. Könnt ihr obere Inschrift lesen? Für mich erster Teil fremde Buchstaben. Sind sie Namen?«

Die Starre hatte endgültig Myans ganzen Körper erfasst. Nach einer Pause antwortete Quint:

»Die Gravuren, mit denen die Kohlezeichen der Toten im Stein festgehalten wurden, nennen keine Namen. Aber die Toten hießen höchstwahrscheinlich Nitimone und Romeigur.«

Ein seliges Lächeln breitete sich über Rullipps Gesicht aus. »Nitimone und Romeigur«, wiederholte er, während er sich tief in die Richtung des Grabes verbeugte.

Ein Abgrund riss in Myans Innerem auf, der sie zu verschlingen drohte. Die neue Kluft gähnte neben jener der Tugendlosigkeit und weckte unweigerlich denselben Reflex – mit aller Macht gegen den drohenden Absturz zu kämpfen.

Sie ließ ihre Faust so fest auf Quints Brustbein sausen, dass er ächzend Luft ausstieß. »Wie kannst du das sagen! Siehst du nicht, was hier steht? Vergesst die Tugenden. Alles andere ist Kauderwelsch und völlig verwackelt. Kein Zorantani würde einen solchen Wirrwarr schreiben und am Ende gegen die Tugenden freveln. Schon gar kein Hohes Paar.«

Quint rieb seine Brust. »Du kannst die ganze Welt verprügeln und wirst am Ende trotzdem einsehen müssen, wer hier begraben liegt. Es stimmt alles. Die Inschrift ist nicht älter als dreihundert Jahre. Nitimone und Romeigur gingen vor zweihundertsiebenundsechzig Jahren auf ihren Pilgerweg. Sie sind die einzigen Priester, die Zorantander verließen, ohne dabei Abtrünnige zu sein. Auch der Ort passt. Wenn die zwei zwischen Yiel und Zorantander vom Weg abkamen, hätten sie durchaus hier stranden können. Hier gibt es zwar Wasser, aber kaum Nahrungsmittel. Und wenn sie auch noch krank gewesen wären …«

Er deutete mit dem Kinn auf die Gravuren im Fels. »So verwackelt schreibt jemand, der mit letzter Kraft eine wichtige Botschaft hinterlässt. Wenn du dich für eine Adeptin des Zorant hältst, solltest du besser versuchen, diese Botschaft zu verstehen, statt stur zu behaupten, keinesfalls vor Nitimones und Romeigurs Grab zu stehen.«

Quints Worte stießen sie näher zu dem neuen Abgrund. Panisch tastete Myan nach Halt – irgendeinem Halt. »Ein Hohes Paar würde niemals jemanden dazu auffordern, die fünf Tugenden zu vergessen. Du willst hier doch nur das Grab von Romeigur und Nitimone sehen, damit du einen Beweis dafür hast, dass du die fünf Tugenden und die ganze Lehre der Zorantani nicht ernst nehmen musst.«

Ein bitteres Lachen kam aus Quints Kehle. »Dafür habe ich noch nie einen Beweis gebraucht. Du bist es, die etwas nicht ernst nehmen will. Wenn du den Pilgerweg wirklich ernst nehmen würdest – den ersten und deinen eigenen –, müsstest du nämlich viel klarer sehen. Besonders, wo dir so viel an den stofflichen Symbolen der fünf Tugenden liegt.«

»Was soll das jetzt heißen?«, brüllte Myan, direkt an der Kante des Abgrunds.

»Schau diese verdammte Inschrift an!« Quint packte sie an den Schultern und drehte sie zu dem Fels um. »Mir ist schleierhaft, was das Ganze bedeuten soll, aber einen bestimmten Teil erkenne ich wieder.«

Am liebsten hätte Myan die Augen geschlossen, doch die vorher rätselhaften Zeichen brannten sich nun gnadenlos in ihr Bewusstsein. Fingerartige Säulen, Gefäße mit gebogenem Rand … Quint hätte nicht aussprechen müssen, was Myan wie ein fernes Echo aus Bouhlokwon in ihrem Kopf widerhallen hörte:

»Sagt den Zorantani, dass auf jeden halben Finger ein ganzer Finger und eine halbe Jiralnussschale kommen.«

Myan stürzte über die Kante. Die halbe Jiralnussschale war die Maßeinheit für Folansiöl und das Öl war das stoffliche Symbol für die Reinheit. In der Inschrift stand die erste halbe Nussschale direkt unter dem Emblem für die Reinheit. Der halbe Finger und der ganze Finger standen wiederum unter den Symbolen für die Treue und für den Frieden. Auch sie waren Maßeinheiten für den Feuerkristall und für das Tingantholz. Die insgesamt sechs halben Jiralnussschalen unter den

Symbolen für die Gleichheit und für die Mäßigkeit sollten die Leneani-Wasser und den Jelemat abmessen. Am Ende stand keine eckige Sonne, sondern der erleuchtete Zorant. Vergesst die Tugenden …

»Eine Formel.« Obwohl Myan fiel, kamen die Worte nicht wie ein Schrei, sondern flüsternd. Wimmernd. »Eine Formel dafür, wie man mit den stofflichen Symbolen der fünf Tugenden den Zorant erleuchtet. Romeigur und Nitimone gingen aus zwei Gründen auf die Reise: Sie wollten die stofflichen Symbole sammeln und das vergessene Wissen heimholen, wie man mit ihnen die Macht der Schale weckt.«

Quints Finger schlossen sich fester um ihre Schultern. »Genau. Ich habe nur keine Ahnung, was diese Buchstabenfolgen zwischen den Mengenangaben bedeuten sollen. FJP …«, las er die ersten Buchstaben. »Das F könnte für den Feuerkristall stehen …«

Das nächste Echo tönte durch Myans Kopf, diesmal mit Kuanquelas Stimme: »Der Rhythmus des Zorantodion ist der Weg zur Erleuchtung.« FJP – *Flyndráng júrien pólaígrin …*

»Die Buchstaben stehen für das Zorantodion.« Myan schloss die Augen. Bald würde der Aufprall kommen.

»Was ist Zorantodion?«, drang Rullipps eifrige Stimme durch das Rauschen in Myans Ohren. »Ist etwas, das diese Toten hören sollten, um ihnen Ruhe zu spenden?«

»Es wird als Beschwörung bezeichnet«, gab Quint geistesabwesend zurück, »aber es gibt wohl den Rhythmus für die Formel vor … die Zeit … Es lautet:

Flyndráng júrien pólaígrin
yóbindrár héleriz … wosoni … nein, *wosuoni …«*

Rullipp missverstand Quints plötzliches Stocken und hüllte sich in seinen ganzen Stolz. »Verstehe. Auch Jünger haben geheime Gebete – alte Gebete haben besondere Macht. Zorantodion muss sehr alt sein. Vorplistische Sprache.«

»Hast du etwas davon verstanden?«, fragte Quint überrascht.

»Nur zwei Worte. Júrien heißt ›lösen‹. Yóbindrár ist etwas mit Feuer. Konnte nicht wirklich Vorplistisch lernen. Kein Lehrer mehr im Orden.«

Das Zorantodion gab nicht nur den Rhythmus für die Formel vor. Es war außerdem eine Anleitung für die einzelnen Handgriffe. Erst musste der Feuerkristall von seinem Mutterfelsen losgelöst werden, damit er das Tingantholz in Brand setzen konnte … Myan zerschmetterte auf dem Boden des Abgrunds.

Sie öffnete die Augen, wandte den Kopf und fragte sich, warum sie noch etwas sah. Warum sie noch etwas hörte. Warum sie noch aufrecht stand. Warum diese gnadenlose Welt sich weiterdrehte. Nicht einmal als Quint seine Hände von ihren Schultern nahm, wurde sie ganz von der Schwärze verschluckt, in die sie gestürzt war.

Wenigstens rauschten gesprochene Worte nun an ihr vorbei, ohne sie weiter zu berühren, sowohl Quints als auch die des Jüngers.

»Rullipp, kannst du sagen, woher die Reisenden kamen, die den Fels gravierten und die Toten begruben?«

»Kann nicht sagen. Früher viele Völker diese Zeichen und diese Sprache verwendet, im Süden und Westen –« Ein meckerndes Kichern unterbrach ihn. »Cays! Du brachtest diese Priester? Sei gesegnet! Sie gaben Toten Namen.«

»Sie tragen die Zeichen des Grabes«, krächzte die Yielanti. Mit ihrem dürren Finger tippte sie gegen Rullipps bartverhangene Brust. Unter ihrem anderen Arm hielt sie ein Bündel fleischiger Stängel, die sie offenbar aus dem Gemüsebeet ausgerissen hatte. »Ihr Platz ist hier am Grab. Vergesst die Tugenden!« Das nächste Kichern schien Cays' Abschiedsgruß zu sein. Ohne Weiteres wandte sie sich in dieselbe Richtung, aus der sie wenige Stunden zuvor gekommen war, und stapfte zielstrebig durch die Abenddämmerung davon.

»Diese Frau ist Botin des Ewigen Hüters«, sagte Rullipp verzückt. »Dank ihr – und euch – werden Tote tiefere Ruhe finden. Muss beten. Nacht bricht an. Nach so vielen Jahren kann ich nun Nachtgebet der tausend Namen für diese Toten hier sprechen. Bitte entschuldigt mich.«

Der Jünger kniete nieder, stieß seinen Metallstab in den Boden und lehnte seine Stirn gegen den metallenen Schädel am Knauf.

Wie im Traum folgte Myan Quint zurück zu dem Teich. Sie setzte sich hin, sprang sofort wieder auf und stürmte einige Schritte in die Kiesöde, nur um sofort wieder zum Felsen zurückzukehren. Vergesst die Tugenden! Myan grub die Fingernägel in ihre Handflächen. Sie hatte ihr ganzes Leben lang um Tugendhaftigkeit gerungen. Sie hatte sich für jedes zornige Wort und für jeden bösen Gedanken gehasst, weil sie gegen den Frieden, die Gleichheit und die Mäßigkeit verstießen. Selbst die schönsten Gedanken waren böse Gedanken gewesen, weil sie mit der Reinheit brachen. Sie hatte sich unendlich gequält, um auf den Weg des Zorant zu finden. Um die Sünden ihrer Eltern zu sühnen. Um den Schutz des Zorant zu gewinnen und die tiefe Sicherheit der Tugendhaften zu erfahren – alles ohne Sinn und ohne Notwendigkeit.

Es kostete sie unendliche Überwindung, ihren Blick auf Quint zu richten, der die ganze Zeit über ruhig stehen geblieben war. Seine Miene zeigte kein Anzeichen von Triumph, nur reines, tiefstes Mitgefühl. Wie ein Sandsturm erhob sich die Erinnerung an jeden einzelnen Moment, in dem sie ihre vermeintlich unreine Sehnsucht niedergerungen hatte. Weggeworfene Zeit, vergeudete Kraft. Kein Wanderer, der bei klaren Sinnen war, würde einer Oase ausweichen und sich durstend durch den glühenden Sand schleppen. Myan ertrug die Wüste nicht länger. Sie eilte auf Quint zu. Nur für einen Augenblick malte sich Überraschung auf seine Züge, als sie ihre Arme um seinen Hals schlang. Dann zog Quint sie eng an sich und diesmal fanden ihre Lippen ohne den Befehl eines ruchlosen Kirollor zueinander.

17

Myan erwachte in Quints Armen, völlig eingehüllt von dem Duft der Gewürzmischung, der immer die gefährlichste Verlockung gewesen war. Ein Schlafsack, an der Seite aufgeknöpft und ausgebreitet, deckte sie beide zu. Ihre Gewänder lagen einige Schritte entfernt auf dem Boden, achtlos beiseitegeworfen. Ein neuer Funken des Glücksgefühls, mit dem Myan eingeschlafen war, sprang auf. Aber er verglomm so plötzlich wieder, wie er gekommen war. An seine Stelle kroch eine würgende Übelkeit, die sich langsam bis in ihre Zehenspitzen ausbreitete. Je mehr Myan sich dagegen wehrte, desto heftiger wurde sie.

Fassungslos fand sie sich nicht auf dem Boden des Abgrunds wieder, in den sie gestern gestürzt war, sondern in jener Kluft, in die sie bereits ihr ganzes Leben gestarrt hatte. Auf den schwarzen Wänden fand sie ihren Bruch mit den Tugenden in grellen Farben aufgezeichnet. Noch schwerer als der Verstoß gegen die Reinheit wog die vollkommene Missachtung der Treue. Schon der geringste Zweifel an der Lehre des Zorant war ein unverzeihlicher Verstoß gegen die erste und oberste Tugend.

Und gestern, in ihrem Schock über die Entdeckung des Grabes, hatte sie gezweifelt. Dabei widerlegte die Inschrift die Lehren der Zorantani nicht. Offenbar wurden die stofflichen Symbole gebraucht, um die Macht der magischen Schale zu entladen, doch wie konnte diese vernichtende Kraft allein von Kristall, Holz, Öl, Wasser und Sand kommen? Sie musste aus einer anderen, großen Quelle gespeist werden – wie die Tugendhaftigkeit eines ganzes Volkes. Andernfalls hätten sämtliche Städte der Wüsten und Savannen schon längst denselben Schutzschild über sich errichtet, statt neidisch nach Zorantander zu starren.

Aus dieser Sicht erschien »Vergesst die Tugenden« in völlig neuem Licht. Nur in der größten Verzweiflung würden Priester ihr größtes Geheimnis auf einem Felsen mitten in der Kiesöde niederschreiben. Die Inschrift hielt also die letzte Botschaft eines Sterbenden fest, mit versiegender Kraft geschrieben. Wenn Nitimone oder Romeigur noch einige Augenblicke länger gelebt hätte, stünde heute in den Fels graviert: »Vergesst die Tugenden *nicht!*«

Myan unterdrückte ein Stöhnen. Ein Teil von ihr schrie danach, alle Abgründe und Schwärze hinter sich zu lassen, in Quints Armen, irgendwo in den Wüsten und Savannen. Gegen das Erbe ihrer Eltern und gegen ihre eigenen Fehler würde sie ohnehin niemals ankommen. Doch der andere Teil erdrückte diesen Impuls sofort mit der lebenslang eingeprägten Pflicht. Das Schicksal Zorantanders lag auf ihren Schultern – nach der Entdeckung des Grabes mehr denn je. Was sie selbst wollte, zählte nicht. Sie durfte keinen Augenblick mehr wanken oder zweifeln.

Quint regte sich und schlug die Augen auf. Mit einem schlaftrunkenen Lächeln hob er seine Hand, um Myan über das Haar zu streichen. Er hielt im selben Moment inne, in dem sein Blick dem ihren begegnete. Das Lächeln erstarb.

»Nein, Myan … Sag nicht … Oh, beim Gestank der tödlichen Quelle!«

Quint löste sich so rasch aus der Umarmung, wie es ihm möglich war, ohne grob zu werden. Mit abgehackten Bewegungen stand er auf und schlüpfte in sein Gewand. Als er sich wieder zu Myan umwandte, blickte sie in ein Gesicht voller Bitterkeit.

»Was bin ich für dich, Myan – ein Glink, dessen Federn du immer dann ausreißt, wenn du Durst hast? Erst soll ich dir dabei helfen, deine Tugendhaftigkeit zu bewahren, und dann, wenn all deine Gewissheiten zerfallen, soll ich dich gegen die Trümmer abschirmen. Aber um mich geht es nie. Die Rolle, die ich in deinem Leben spiele, könnte jeder x-beliebige Mann übernehmen – er muss nur dumm genug dafür sein, im Notfall seine Federn für dich zu lassen und vor dir zu verdursten.« Quint nagte für einen Moment an den Fingerknöcheln seiner geballten Faust. »Ich ertrage diesen Ort nicht mehr«, stieß er dann hervor. »Ich frage Rullipp, in welche Richtung man diesem verdammten Felsen am besten entkommt.«

Im Sturmschritt eilte er davon. Myan hingegen brachte ihre Arme und Beine kaum dazu, sich zu bewegen. Reue und Schuldgefühl stürzten über ihr zusammen und schlossen sie von allen Seiten ein wie Geröll. Sie verdiente jedes einzelne Wort. Wieder einmal musste jemand anderer unter ihrer Schwäche leiden und niemanden hatte sie je tiefer verletzt als Quint.

Irgendwie schaffte sie es, sich anzuziehen, die Glinks zu füttern und die Schlafmatten einzurollen. Sie hörte Quint zurückkehren, brachte es aber nicht über sich, seinem Blick zu begegnen.

»Nach Osten ist kein Durchkommen«, murmelte er dumpf. »Rullipp hat es versucht. Er zog mehrmals zwei Tagesetappen weit in die Kiesöde und stieß niemals auf eine Wasserstelle. Der einzige Weg ist zurück.«

Myan öffnete den Mund, um zu widersprechen. Sie musste unbedingt so schnell wie möglich nach Zorantander und es würde ihnen niemals gelingen, Korotimbers Trupps auf den Karawanenpfaden der Baumsavanne zu entgehen. Im nächsten Moment traf sie ein Schlag, der alle anderen Schmerzen und Sorgen auslöschte. Es war egal, wohin sie ging – oder ob sie überhaupt irgendwohin ging. Ohne Zorant waren die stofflichen Symbole der fünf Tugenden völlig nutzlos und die magische Schale war verloren – nicht irgendwo in der Seegrotte, sondern irgendwo in den Wüsten und Savannen.

Nitimone und Romeigur hatten sie bei sich gehabt und die fremden Reisenden, von denen das Hohe Paar begraben worden war, konnten unmöglich begriffen haben, welches Heiligtum sie in Händen hielten. Schließlich verrieten ihre Schriftzeichen, dass sie eine andere Sprache gesprochen hatten und nicht imstande gewesen waren, die letzte Botschaft der Toten zu entziffern. Der Zorant konnte überall und nirgends sein, wie das Wandernde Juwel aus der Sage der Wogopeden. Nicht einmal die Vollendung des Pilgerweges würde Zorantander jetzt noch retten.

Auf dem Marsch zurück in die Baumsavanne fiel kein einziges Wort. Myan stapfte in einer Betäubung dahin, die nur manchmal von dem flüchtigen Wunsch unterbrochen wurde, sich bei Quint zu entschuldigen. Nie brachte sie eine Silbe jener Phrasen über die Lippen, die schon in ihrem Kopf unerträglich hohl klangen. Quint schwieg ebenfalls. Er sah sie nicht an, breitete nachts seine Schlafrolle auf der anderen Seite der Glinks aus und schritt tagsüber voraus, ohne sich ein einziges Mal mit ihr über die Richtung zu beraten.

Erst Spuren von Nachtlagern in der Baumsavanne erinnerten Myan an die Gefahr, Soldaten in die Arme zu laufen. Quint drosselte das Tempo und wurde äußerst wachsam. Bald warnte ein fernes Summen sie vor einer größeren Menschenmenge ganz in der Nähe, während sich vor ihren Augen ein Bild der Verwüstung entfaltete. Von einigen Aslod-Bäumen war nichts geblieben außer mächtigen verkohlten Säulen. Andere trugen tiefe Spuren von Äxten. Einer lag sogar gefällt, die mächtige Krone halb in den Erdboden gerammt, sodass der Stamm eine schräge Rampe bildete. Der Sand war aufgewühlt, mit Asche vermischt und durchsetzt von Tuchfetzen, Sandalen und zerschmetterten Waffen.

In einiger Entfernung stieg Rauch von einem Hügel auf, der völlig fremd und unwirklich in der ebenen Landschaft buckelte. Ein Windstoß brachte den unmissverständlichen Gestank eines Scheiterhaufens und den noch widerlicheren Geruch von verwesendem Fleisch. Myan würgte und hob rasch einen Ärmel vor die Nase. Obwohl alle ihre Instinkte zur Flucht rieten, ging sie wie eine Schlafwandlerin auf den gefällten Baum zu, zog sich auf den mächtigen Stamm und stieg darauf höher. Von hier aus hatte sie einen besseren Ausblick auf das flache Land – einen besseren Ausblick auf einen Albtraum.

Hinter dem riesigen Scheiterhaufen verlief der Befestigungsring von Yiel. Das ehemals blassweiße Holz der Stadtmauer verschmolz nun schmutzig grau mit der übrigen Landschaft. Auf seiner anderen Seite erstreckte sich das Lager eines riesigen Heeres. Die Stadt selbst war völlig leer von Menschen oder Bäumen. Nicht einmal verkohlte Stämme waren stehen gelassen worden. Hier würde für mehrere Generationen niemand mehr leben. Wenn keine neuen Aslods sprossen, würde *nie wieder* jemand auf diesem Flecken Land leben.

»Dieser …« erklang plötzlich Quints Stimme hinter Myan. Er beendete die Schmähung nicht. Offenbar fiel ihm kein Ausdruck ein, der stark genug gewesen wäre.

»So führt nicht einmal ein Kirollor Krieg«, fuhr er schließlich betroffen fort. »Selbst wenn eine Stadt erobert wird, darf sie nicht zerstört werden. Korotimber schneidet sich damit ins eigene Fleisch – er braucht die besiegten Völker doch, um sein Heer zu vergrößern und zu ernähren. Bis jetzt hat auch alles darauf hingedeutet, dass er ein Imperium aufbauen will, statt auf wildem Raubzug möglichst schnell nach Zorantander zu gelangen. Anscheinend hat er so knapp vor seinem größten Ziel alle Geduld verloren. Was wird er jetzt mit den alten und kranken Aslod machen? Und mit den Kindern? An seiner Stelle hätte ich Angst vor einer Meuterei. Wie kann er sich jetzt noch vor dem Hass der Besiegten sicher fühlen?«

Wegen des magischen Steins, fuhr durch Myans Kopf. Im Schutz einer Macht, die größer sein sollte als die des Zorant, fühlte Korotimber sich zweifellos sicher.

Sie nahm kaum wahr, dass Quint erneut sprach: »Wir müssen so schnell wie möglich nach Zorantander und die Menschen aufrütteln, damit sie die fünf Tugenden vergessen und mit echten Waffen gegen Korotimber kämpfen. Durch ihre natürlichen Mauern lässt die Stadt sich leicht verteidigen und –«

»Ich gehe ins Heerlager.« Wie in Trance zog Myan ihr Stirnband vom Kopf, um es Quint in die Hand zu drücken. Sie blickte noch ein letztes Mal in seine graublauen Augen und kümmerte sich nicht um sein fassungsloses: »Du tust *was?*«

Myan schob sich an Quint vorbei und begann zu laufen. Sie rannte den schräg liegenden Stamm hinunter und sprang auf den Erdboden, sobald sie es wagen konnte. Dann hetzte sie durch die verwüstete Baumsavanne, wie auf der Flucht vor einem Siskond. Als sie Quint ihren Namen rufen hörte, lief sie nur noch schneller. Und selbst als sie sicher war, dass er ihr nicht folgte, verringerte sie ihr Tempo nicht. Erst an der rußverschmierten Stadtmauer hielt sie keuchend inne. Sie versuchte nicht einmal, sich zu verbergen. Irgendwann während ihres wilden Laufs musste sie bereits von einem Wachposten entdeckt worden sein.

Prüfend blickte Myan an sich herab. Die Farbe ihres Gewandes war völlig unkenntlich geworden. Das priesterliche Weiß würde nicht einmal mehr zurückkehren, wenn man die Tunika wusch, und nichts an ihrem Schnitt verriet die Ordenstracht. Die weiten Ärmel mochten bei handwerklicher Arbeit unpraktisch sein, aber ein Händler oder Geldverleiher könnte sich durchaus damit schmücken. Ohne ihr Stirnband würde niemand eine Adeptin des Zorant in ihr erkennen. Myan wollte sich bereits in Sicherheit hüllen, als ihr mit kaltem Schrecken der Bastbeutel einfiel, den sie immer noch verborgen auf ihrem Rücken trug.

Fieberhaft überlegte sie, ob sie ihn zurücklassen sollte, doch da schritten bereits zwei Speerträger auf sie zu. Myan richtete sich kerzengerade auf, damit der Bastbeutel unter ihrem Gewand unsichtbar bliebe. Jetzt musste sie sich vollkommen auf diese Soldaten konzentrieren, deren rötliche Hautfarbe und die Kopftücher keinen Zweifel daran ließen, dass sie aus Pock stammten.

»Nimm die Hände hoch, du Aslod-Gesindel!«, forderte der kleinere Soldat in den lang gezogenen Vokalen seines heimatlichen Dialektes. Die Spitze seines Speers senkte sich drohend und zielte auf Myans Brust. »Wie bist du überhaupt aus dem Gefangenenlager entwischt?«

Vorsichtshalber hob Myan die Hände. So klar wie möglich sagte sie: »Ich bin keine Aslod. Ich komme aus Zorantander. Ich will König Korotimber meine Dienste anbieten.«

Der Soldat stierte sie voller Erstaunen an, bevor er einen unsicheren Seitenblick auf seinen Kameraden warf. Dieser stützte sich betont lässig auf seinen Speerschaft und rückte sein blau-gelb kariertes Kopftuch zurecht. Dabei sah er hochnäsig auf den Kleineren herab. Offenbar gab er ihm mit Absicht nicht den geringsten Wink, was er über die Angelegenheit dachte.

Der Erste riss sich daraufhin zu größerer Entschlossenheit zusammen: »Beweise, was du sagst!«

In einer Geste jäher Ratlosigkeit ließ Myan die Hände sinken, hob sie aber sofort wieder, als die Speerspitze einen Ausfall in ihre Richtung machte. »Ich … ich kenne die Gebete, die in Zorantander gesprochen werden. Die Aslod verehren ihren Urbaum, also würden sie diese Worte nicht einmal hören wollen.« Hastig ratterte sie die ersten Zeilen eines beliebten Gebetes herunter.

Der größere Soldat schwieg weiter, aber sein Schnauben reichte, um neue Unsicherheit in den Augen des kleineren aufflackern zu lassen. Mit aufkommender Verzweiflung versuchte Myan, ihr Haar aus der Stirn zu blasen. Sie hatte es das letzte Mal in Kuv-Rodinquaor geschoren. Nun kitzelten die nachgewachsenen Fransen die Haut, die bisher von ihrem Stirnband geschützt worden war. Das Kitzeln brachte die rettende Idee:

»Keine Aslod würde ihr Haar derart kurz schneiden.«

Im nächsten Moment hoffte Myan inständig, dass den Gefangenen nicht die Köpfe geschoren worden waren.

»Stimmt«, bestätigte der kleinere Soldat mit einem Stirnrunzeln. »Sie lieben und pflegen ihr langes Haar. Aber tragen nicht auch in Zorantander nur die Priester ihr Haar derart kurz? Bist du eine Priesterin?«

Nur ihre erhobenen Hände hinderten Myan daran, sich selbst eine Ohrfeige zu verpassen. »Nein«, rief sie und geriet in ihrer Not ins Stammeln: »Ich bin keine Priesterin. Meine Eltern waren Priester. Und sie … wurden aus dem Orden verstoßen. Und ich bin nie … trotz all meiner Kämpfe … Und die Zorantani haben mich … sie sollen dafür bezahlen. Sie sollen für alles bezahlen, was sie meinen Eltern und mir angetan haben. Deshalb bin ich hier. Deshalb will ich König Korotimber zu Diensten sein – um mich an diesem verdammten Orden zu rächen. Seine Stadt soll fallen, seine magische Schale soll zerschellen und ich werde dabei helfen, dieses Werk so schnell wie möglich zu vollbringen.«

Nun wanderte der Speer in eine aufrechte Position zurück. In den Augen seines Trägers blitzte Gier auf. »Wir bringen sie zu Korotimber«, schnarrte er seinem Kameraden zu. »Wenn diese Frau wirklich Geheimnisse über Zorantander kennt, wird der König uns dafür belohnen.«

Der größere Soldat zog eine Braue hoch, schritt aber nicht ein, als der kleinere Myan befahl, sich fesseln zu lassen. Sofort kreuzte sie ihre Handgelenke vor ihrem Körper und streckte sie dem Mann entgegen. Zu ihrer Erleichterung kam er nicht auf den Gedanken, ihr die Arme auf dem Rücken zu fesseln oder sie nach Waffen zu durchsuchen. Der Beutel mit den stofflichen Symbolen der fünf Tugenden blieb unentdeckt.

Die Wachposten des Heerlagers ließen die Soldaten mit ihrer Gefangenen ohne Schwierigkeiten passieren. Erst beim Hauptmann der Truppen aus Pock begannen die Probleme. Er befahl, die Fremde zu den Gefangenen aus Yiel zu bringen und Korotimber keinesfalls mit ihr zu belästigen. Obwohl er damit gegen ihre Pläne handelte, empfand Myan Achtung für den grimmigen Mann. Der Wortwechsel mit dem aufsässigen Soldaten ließ seinen Hass auf den Kriegerkönig ahnen. Myans Häscher weigerte sich jedoch, die Hoffnung auf reichen Lohn fahren zu lassen. Statt den Befehl seines Hauptmanns zu befolgen, schleppte er sie zu einem General aus Tryllog.

Damit setzte er seiner Hoffnung erst recht ein Ende. Der General wimmelte den Soldaten in haarsträubend falschem Savannen-Plistisch ab – zunächst mit Befehlen, dann mit Drohungen. Danach zerrte er Myan an den Handgelenken mit sich. Sie befürchtete bereits das Schlimmste, doch der bullige Mann steuerte auf die Mitte des Lagers zu, wo ein Kordon schwer gepanzerter Soldaten ein großes Zelt abschirmte. Offenbar hatte er beschlossen, den Ruhm für die wertvolle Gefangene selbst einzustreichen. Nach einigen gewichtig klingenden Worten auf Inar wurde der General zum Zelt durchgelassen.

Er betrachtete Myan mit höchster Zufriedenheit, bis seine Miene unter einem plötzlichen Gedanken geradezu brutal wurde.

»Wenn du Lügner sein, ich schäle dein Haut.«

Zur Bekräftigung zog er ein kleines Messer. Unwillkürlich trat Myan einen Schritt zurück und wurde schmerzhaft wieder an den Fesseln nach vorne gerissen. Der General beugte sich zu ihr, bis sie fast schielen musste, um in seine Augen sehen zu können. Myan roch Alkohol in seinem Atem.

»Du wirklich Zorantander?«

»Ja, ich komme wirklich aus Zorantander«, stieß sie hervor.

Selbst das neuerliche zufriedene Lächeln des Generals vermochte die Angst nicht zu dämpfen, die seit ihrer Ankunft im Lager stetig wuchs. Sie befand sich unwiderruflich in den Klauen von Korotimbers Truppen. Ein falsches Wort und niemand würde mehr ein Sandkorn auf ihr Leben geben. Sich in das Lager einzuschleichen, um den magischen Stein zu entwenden, war ihrem betäubten, geschockten Gehirn als einzige Hoffnung für Zorantander erschienen. Nun kam ihr diese Hoffnung bestenfalls kindisch vor. Wie sollte sie an ein streng bewachtes Heiligtum herankommen?

Der Wachposten vor dem Zelt schlug die Plane zurück und winkte den General mitsamt seinem Anhängsel hinein. Drinnen wurde Myan grob auf die Knie gestoßen, bevor sie irgendetwas erkennen konnte. Sie wagte nicht aufzublicken, während der General einen pompös klingenden Sermon in seiner Muttersprache vortrug. Das Muster des Teppichs vor ihren Augen erinnerte Myan an die Wandbemalung der Zelle im Büßerturm der Quennagoar. Zwar schlängelten sich hier orangefarbene Kurven über einen schwarzen Untergrund, aber der Farbkontrast wirkte nicht minder hypnotisierend.

Ein scharfer Befehl brachte den General dazu, wegzutreten – wenn auch unwillig. Seine Füße blieben länger an Myans Seite sichtbar, als es sich für einen diensteifrigen Soldaten geziemt hätte. Sobald er verschwunden war, ertönte die scharfe Stimme erneut in unverständlichem Inar. Unsicher hob Myan den Kopf.

Vor ihr, auf einem Kissen, saß ein Mann, dessen Körperbau an die Wurzeln der Aslod-Bäume erinnerte – zäh, kompakt und knotig. Obwohl sie ihn im Stehen etwa einen Kopf überragen würde, zweifelte sie nicht daran, dass er im Kampf größeren Gegnern überlegen war. Bis auf tiefe Furchen zwischen Nase und Mundwinkeln hatten sich kaum Falten in die hellbraune Haut des länglichen, kantigen Gesichtes gegraben, obwohl der Mann nicht mehr jung war. In seinem Haar und in seinem langen, unter dem Kinn geflochtenen Bart mischte sich ein Drittel Weiß in das ursprüngliche Schwarzbraun. Die dunklen Augen hüteten die Geheimnisse eines erfahrenen Kriegers, der um den Vorteil der Undurchschaubarkeit wusste.

Niemand sonst befand sich im Zelt. War dies Korotimber? Der rötlich glänzende Brustpanzer sah kostbar genug aus, um einem König zu gehören.

»Sprichst du Inar?«, schnitt die metallische Stimme nach einer kurzen Pause durch die Luft. Obwohl die Worte verständlich waren, kamen sie nicht mühelos in der fremden Sprache hervor.

Myan schüttelte den Kopf. »Nein, leider nicht, Eure … Majestät?«

Einhalt gebietend hob er seine Hand. »Ristomor!«

Das letzte Wort war nicht an Myan gerichtet. Der Krieger wandte seinen Kopf ein wenig zur Seite, als ob er auf etwas warten würde. Tatsächlich bewegte sich im hinteren Teil des Zeltes ein Vorhang und ein weiterer Mann wurde sichtbar. Die orangefarbene Stickerei auf seinem schwarzen Mantel wiederholte das Schlangenlinienmuster des Teppichs. Der Herbeigerufene schob die Kapuze vom Kopf, bevor er sich über seinem kleinen Bäuchlein verneigte – eine höchst seltene Erscheinung in den kargen Wüsten und Savannen. Dennoch war deutlich zu sehen, wie viel Gewicht er in letzter Zeit bereits verloren haben musste. Von seinen Wangen und von seinem Hals hingen Hautlappen herab, die seine Miene verdrießlich aussehen ließen.

Die braunen Augen des Mannes blickten allerdings wach und lebhaft. Seine Hautfarbe ließ vermuten, dass er aus demselben Volk stammte wie sein Herr.

Einige Sätze auf Inar sirrten hin und her. Der Neuankömmling setzte sich mit untergeschlagenen Beinen auf den Teppich und wandte sich an Myan:

»Mein Name ist Ristomor. Ich werde übersetzen. Unser verehrter König will Missverständnissen keinen Raum geben und diese entstehen so schnell in einer Sprache, die man erst erlernt.«

Myan neigte nur kurz den Kopf, ebenso erleichtert wie nervös. Sie kniete also wirklich vor Korotimber.

»Wie ist dein Name und wie bist du von Zorantander hierhergekommen?«, übersetzte Ristomor die erste Frage des Kriegerkönigs.

Zumindest dazu hatte Myan sich bereits eine Geschichte zurechtgelegt, während sie von den beiden Soldaten abgeführt worden war. Sie wählte jedes Wort sorgfältig und legte nach je zwei Sätzen eine Pause ein, damit Ristomor übersetzen konnte:

»Mein Name ist Myaniti. Ich schloss mich in meiner Heimatstadt einer Karawane an, die Handelswaren nach Yiel bringen wollte. Von dort aus hoffte ich, mich Euch – dem verehrten König – mit einer weiteren Karawane nähern zu können. Aber wir kamen nicht einmal bis Yiel. Als der Händler bemerkte, dass Euer Heer bereits in die Baumsavanne einfiel, gab er den Befehl, nach Zorantander zurückzukehren.

Ich hingegen war froh darüber, dem verehrten König meine Dienste schon so früh zu Füßen legen zu können. Aber natürlich musste ich mich ohne mein Gepäck fortschleichen. Andernfalls hätten die Karawanenarbeiter mich eine Verräterin genannt und getötet.«

Korotimbers Miene blieb unbewegt, doch er winkte Ristomor, fortzufahren.

»Warum willst du einem König zu Diensten sein, dessen Plan es ist, deine Heimatstadt zu erobern?«

Myan zwang sich dazu, klar und deutlich weiterzusprechen: »Die Herrschaft der Zorantani muss enden. Ihr Kult ist falsch und dient nur dazu, die Menschen zu unterdrücken. Die Priester trieben meine Eltern ins Verderben, weil sie ihnen nicht gehorchen wollten. Und mich, ihre Tochter, quälten sie mein ganzes Leben lang. Sie nannten mich ein Kind der Sünde und füllten mich mit Angst vor dem Schicksal jener, die sich ihrem Willen widersetzen. Sie behaupteten, ich würde weder Segen noch Schutz verdienen. Egal, wie sehr ich mich ihrem Kult zu unterwerfen versuchte, es war nie genug. Sie behandelten mich wie die Verkörperung des Bösen. Und das tun sie mit allen, die sich ihnen nicht unterwerfen wollen.«

Plötzlich standen Tränen in Myans Augen. Die Lügen taten ihr ebenso weh wie die Wahrheiten. Die Ordensleute waren ihr zwar nicht so begegnet, wie sie gerade behauptet hatte, dennoch hatte sie ihren Kampf um Tugendhaftigkeit gegen jene Schemen ausgetragen, die soeben in ihrer Fantasie entstanden waren. Konnten sie wirklich allein aus ihrer Fantasie kommen? Entschlossen, aber ungeschickt wegen ihrer gefesselten Hände, wischte Myan die Tränen fort. Weinen machte ihre Geschichte zwar nicht unglaubwürdig, doch Korotimber würde sich bestimmt nicht von einem Bündel Elend rühren lassen. Immerhin hatte sie behauptet, ihm helfen zu wollen und nicht um seine Hilfe gebeten.

Der König stellte eine weitere Frage, ohne seine Augen von Myan abzuwenden. Sein Blick war so bohrend, dass sie Zuflucht zu Ristomors freundlicherer Miene nahm, sobald der Übersetzer zu sprechen begann: »Heißen die fünf Tugenden der Zorantani nicht Treue, Friede, Reinheit, Gleichheit und Mäßigkeit? Wie können Priester, die diesen Tugenden folgen, andere unterdrücken?«

»Die Priester folgen den Tugenden nicht wirklich, sie sind nur … geheuchelt«, hörte Myan sich sagen, bevor sie ihrer Zunge Einhalt gebieten konnte. Dann beschloss sie, einen Bund mit ihrer Zunge einzugehen. Sie durfte alles sagen – aber erst, wenn ihr Gehirn wusste, was es sein würde. Von einem Moment auf den anderen kamen die Worte leicht. »Und warum sollten sie andere Menschen nicht mit diesen Tugenden unterdrücken können? Treue, Friede und Mäßigkeit verbieten es, sich gegen die Zorantani aufzulehnen. Mit dem Gebot der Reinheit verhindern die Priester die Entstehung von Gefühlen, die stärker sind als die Bindung der Menschen an den Orden. Außerdem behaupten die Priester, dass nur die Einhaltung der Tugenden den Schutzschild der Stadt fest und stark erhält. Aber das ist eine Lüge. Der Schutzschild kommt nicht von den Tugenden, sondern von ganz anderen Kräften.« Unbehagen kroch in Myan hoch. Ging ihre Zunge jetzt nicht doch zu weit?

»Welche Kräfte?«, übersetzte Ristomor die nächste Frage.

Trotz ihres mulmigen Gefühls musste Myan nun einen Schritt weitergehen: »Die Kräfte von fünf besonderen Stoffen, je einer für jede der Tugenden.«

»Welche fünf Stoffe?«

Der Bastbeutel auf ihrem Rücken schien plötzlich fünfmal so viel zu wiegen wie zuvor. Myan trat den Rückzug an. »Ich kenne sie nicht. Die Priester hüten dieses Geheimnis natürlich mit größter Strenge.«

Ristomor runzelte die Stirn, während die Miene seines Königs maskenhaft blieb. »Wie hast du dann von diesen Stoffen erfahren?«

»Ich wollte den Priestern schon lange schaden«, plapperte Myan weiter. »Also belauschte ich sie bei jeder Gelegenheit – in der Seegrotte unter Zorantander, an Plätzen, wo sich eigentlich nur Ordensleute aufhalten dürfen. Natürlich hörte ich immer nur Bruchstücke wie das von den besonderen Stoffen. Bis ich zuletzt ihr wichtigstes Geheimnis erfuhr …«

Diesmal musste Myan nicht warten, bis Ristomor übersetzte. Das einzelne Fragewort aus Korotimbers Mund konnte nur eines bedeuten: »Welches?«

Myan holte tief Atem. »Wo der Zorant ist.«

Korotimbers rechte Augenbraue zuckte leicht. Doch diese erste Regung, die Myan auf seinem Gesicht gesehen hatte, blieb die einzige. Im nächsten Moment war seine Miene wieder völlig ungerührt und auch seine Stimme behielt ihre Sicherheit. Ristomor verbarg seine Aufregung weniger geschickt. Die Finger seiner im Schoß gefalteten Hände zappelten sanft, als er sein Amt fortsetzte:

»Wird der Zorant nicht in den Ordenshäusern aufbewahrt?«

Myan schüttelte den Kopf. Neuerlich ließ sie ihre Worte so schnell laufen, wie sie es wagen konnte, ohne sich dabei selbst zu überraschen: »Nein, er liegt in der Seegrotte verborgen. Zu diesem Labyrinth gibt es einen einzigen Zugang von außen – am Fuß des Felsens von Zorantander. Ein kleiner Trupp könnte unentdeckt dort eindringen und den Zorant in seinen Besitz bringen – wenn die Soldaten von jemandem geführt werden, der den Eingang und das Versteck kennt …«

Obwohl er sie nicht verstand, sprach Myan nun direkt zu Korotimber. Nach dem letzten Satz verneigte sie sich. Er würde verstehen, welchen Dienst sie ihm vorgeblich anbot. Der Kriegerkönig schwieg für eine Weile und hielt seinen Blick starr in Myans Augen gerichtet. Sie tat ihr Bestes, ihm standzuhalten, ohne dabei in eine herausfordernde oder schuldbewusste Haltung zu verfallen. Mit jedem Moment fiel es ihr schwerer. Ihre Knie schmerzten, ihre Finger waren wegen der engen Fesseln taub geworden und vor allem nagten die Lügen an ihr. Wenn Korotimber sie noch lange ansah, würde er jede einzelne Unwahrheit von ihrem Gesicht ablesen können.

Seine nächsten Worte kamen wie eine Erleichterung, obwohl sie in ungebrochener Schärfe ertönten. Dafür klang Ristomors Stimme, die zuvor so verbindlich gewesen war, plötzlich bedrohlich in Myans Ohren: »Unser verehrter König besitzt einen magischen Stein, der mächtiger ist als der Zorant. Warum sollte er also eine kleine Ratte brauchen, die ihm den Weg zu diesem fünfeckigen Goldbrocken weist?«

Nur für die Dauer eines Wimpernschlags wunderte Myan sich über die falsche Beschreibung der verschollenen Schale. Dann brach ihre Beherrschung jäh zusammen und ihre Zunge ging mit ihr durch: »Wenn der verehrte König so sicher weiß, dass sein magischer Stein viel mächtiger ist als der Zorant – wieso sammelt er dann das größte Heer um sich, das die Völker der Wüsten und Savannen jemals gesehen haben, statt mit seinem Stein und einer Handvoll ausgewählter Krieger sofort gegen Zorantander zu ziehen?«

Die Hautfalten des Übersetzers schlackerten empört. Diesmal musste Korotimber ihm befehlen, Myans Worte auf Inar wiederzugeben. Danach zuckten die Mundwinkel des Königs kaum merklich. Er gab Ristomor einige Anweisungen und schloss die Augen. Der Übersetzer verneigte sich tief, bevor er sich mit der mangelnden Eleganz eines Mannes erhob, der für gewöhnlich nicht auf dem Boden saß. Schmallippig forderte er Myan auf, ihm zu folgen. Wegen ihrer schmerzenden Knie und gefesselten Hände kam sie ebenfalls nur mit Mühe auf die Beine. Ristomor winkte sie durch den Vorhang, der das Zelt unterteilte.

In dem kleinen Raum dahinter stapelten sich Beutel, Ballen und Waffen – zu viele, um den alltäglichen Bedürfnissen des Königs zu dienen. Offenbar lagerten hier die Schätze, die Korotimber auf seinem bisherigen Kriegszug erbeutet hatte. Sogar eine Statue schien er durch die Wüsten und Savannen zu schleppen … Erst einen Augenblick später bemerkte Myan ihren Irrtum. Die Gestalt, die mitten unter dem Beutegut saß, gehörte einer lebendigen Frau. Sie fiel in eine entspanntere Haltung zurück, sobald Ristomor ihr bedeutete, sitzen zu bleiben.

Der Übersetzer führte Myan durch einen Ausgang auf der Rückseite des Zeltes. Wie beim Vordereingang hielten auch hier zwei riesige Soldaten aus Korotimbers Leibgarde Wache. Fünf Schritte weiter wurde Myan in das nächste Zelt hineingewunken und stand plötzlich in fieberhafter Geschäftigkeit. Mehrere Männer und Frauen bereiteten Essen vor, falteten frisch gewaschene Wäsche oder schleppten Eimer voller Wasser heran. Alle trugen lose braune Gewänder mit orangefarbenen Säumen. Um ihre Handgelenke schlossen sich breite metallene Armreifen. Ristomor baute sich vor einer Frau auf, die gerade ein Schwert schärfte. Sofort legte sie den Wetzstein beiseite und fuhr hoch. Einige Sätze wurden gewechselt, dann wandte der Übersetzer sich an Myan:

»Du bleibst hier in diesem Zelt. Wenn morgen das Lager abgebrochen wird, hältst du dich immer in der Nähe dieser braun gekleideten Leute auf – Korotimbers Leibdienerschaft. In der Nähe heißt nicht in Sichtweite, sondern bestenfalls fünf Schrittlängen entfernt. Die Leibgarde wird den Auftrag bekommen, dich zu töten, wenn du den Umkreis dieses Zeltes oder die Gesellschaft der Diener verlässt. Wenn du eine Gelegenheit siehst, bei der Arbeit zu helfen, tu es. Ansonsten steh nicht im Weg. Keiner hier spricht mehr als ein paar Worte Savannen-Plistisch. Unterhaltungen sind also nicht nur unerwünscht, sondern auch unmöglich. Solange wir nicht in Zorantander sind, bist du nur eine unnütze Esserin von Korotimbers Gnaden. Verhalte dich dementsprechend demütig! Tinsalle hier«, Ristomor deutete auf die Frau, mit der er gesprochen hatte, »wird jetzt dafür sorgen, dass du würdig bist, in diesem Lager zu bleiben. Geh mit ihr!«

Er kehrte sich mit einer Miene von Myan ab, die keinen Zweifel an seiner Abneigung gegen sie ließ. Dennoch ballte ihr Magen sich schmerzhaft zusammen, als Ristomor durch die Zeltklappe verschwand. Völlig allein unter völlig Fremden zu sein, war schlimm genug. Sich nicht einmal mit diesen Fremden verständigen zu können, war gefährlich. Wie sollte sie sich verteidigen, wenn sie ohne jede Absicht etwas falsch machte? In dieser Betriebsamkeit herrschte bestimmt keine große Nachsicht, wie ein ungeduldiger Ruck an Myans Ärmel sogleich bewies.

Tinsalle zog sie hinaus und bis zu einem Brunnen. Dort goss sie Myan ohne jede Vorwarnung einen Eimer Wasser über den Kopf und wiederholte den Vorgang noch zwei weitere Male. Dann zerrte sie Myan triefend nass zurück ins Zelt, löste endlich ihre Fesseln und ersetzte sie mit den metallenen Armreifen von Korotimbers Gefolge. Die von den Stricken aufgeriebene Haut schmerzte unter dem Metall. Myan fragte sich, ob sie nun eine Sklavin war oder ob diese Armreifen ihr wenigstens auch den Schutz der Leibgarde des Kriegerkönigs sicherten. Mit einer entschlossenen Geste forderte Tinsalle ihren Schützling zuletzt auf, auf dem Zeltboden Platz zu nehmen und sich nicht zu rühren.

Myan gehorchte. Sie kämpfte mit dem Bedürfnis, den Inhalt des Bastbeutels auf ihrem Rücken zu überprüfen. Hatten die Korken der Fläschchen dicht gehalten? Waren der Jelemat und das Folansiöl trotz ihrer Dusche trocken und rein geblieben? Im nächsten Moment schob Myan diese Sorge fort. Die stofflichen Symbole der fünf Tugenden spielten keine Rolle mehr, der Beutel musste nur noch verborgen bleiben, damit sie unangenehmen Fragen entging. Alles, was jetzt noch zählte, war der magische Stein.

Zweifellos wurde er in der Nähe des Königs aufbewahrt und als Teil der Leibdienerschaft würde auch sie in seiner Nähe sein. Sie musste alle ihre Sinne und alle ihre Gedanken in jedem Augenblick darauf richten, ihn zu finden und zu zerstören. Andernfalls würde sie daran denken, dass sie nun allein war und dass sie Quint niemals wiedersehen würde. Myan zog ihre Beine an und lehnte die Stirn gegen ihre Knie. Sie würde einen magischen Stein brauchen, um Quint aus ihrem Kopf zu vertreiben.

18

Nach kurzer Zeit in Korotimbers Heer fühlte Myan sich, als ob sie nur aus Augen bestehen würde. Die Gespräche der Leibdiener rauschten in unverständlichem Inar an ihr vorbei wie Quellwasser über die Quaorbat. Sie lernte nur das über den Kriegszug des Königs, was sie sah. Korotimber schien ein strikter, asketischer Herr zu sein. Seine Mahlzeiten und seine Kleidung waren einfach, aber sie mussten mit größter Sorgfalt zubereitet und gepflegt werden. Er marschierte mit den Truppen und nahm nur dann in seiner schmalen Sänfte Platz, wenn er unterwegs Landkarten studierte. Weit öfter saß Ristomor in der Sänfte. Seine Rolle überstieg die eines Übersetzers bei Weitem, vielmehr war er so etwas wie ein Wesir.

Der Hausrat und die Kriegsbeute, die Korotimber mit sich führte, wurden von einem erstaunlich kleinen Trupp Leibsoldaten und einer Schar Glinks transportiert. An jedem Abend genügten wenige, gut einstudierte Handgriffe, um die Zelte erstehen zu lassen und die Schätze darin unterzubringen. Im Lager zog die Leibwache stets einen weiten Kordon um Korotimbers Quartier und begrenzte Myans Welt mit ihren gepanzerten Rücken. Wer zum König vorgelassen werden wollte, musste sich nach dem Passieren der Sperrlinie am vorderen Zelteingang bei einem weiteren Posten melden. Der hintere Eingang blieb allen verschlossen, außer Ristomor und Korotimbers Leibdienern.

Die Diener wechselten nie mit leeren Händen zwischen den Zelten. Stets trugen die Männer und Frauen gefülltes oder geleertes Essgeschirr, saubere oder schmutzige Wäsche und stumpfe oder frisch polierte Waffen. Nur ein einziges Mal sah Myan, wie Tinsalle ohne Last in das königliche Zelt trat und mit einer Prunkaxt wieder herauskam, um sie auf Hochglanz zu polieren. Korotimber schmückte sich für einen abendlichen Paradezug durch das Lager mit dieser edelsteinbesetzten Waffe, dann verschwand sie wieder zu den anderen Kostbarkeiten im Zelt. All dies nährte Myans Überzeugung, dass auch der magische Stein dort gehütet wurde.

Mit dem Ziel, Zugang zum königlichen Zelt zu erhalten, begann sie, der Dienerschaft bei jeder Gelegenheit zu helfen. Zuerst erntete sie hochmütige oder empörte Blicke und sogar den einen oder anderen Stoß mit den Ellbogen. Doch nach und nach nahmen die Gefolgsleute ihre Dienstfertigkeit hin. Bald winkten sie Myan sogar heran, um ihr mit Gesten Aufgaben zu übertragen, und zuletzt durfte sie beim Aufladen der Schätze auf die Glinks helfen. Trotz allergrößter Aufmerksamkeit konnte sie jedoch kein einziges Behältnis entdecken, das mit größerer Sorgfalt und Ehrerbietung behandelt wurde als alle anderen.

Ihr fieberhaftes Grübeln, wo der magische Stein sich befinden könnte, wurde noch am selben Tag unterbrochen. Einige gefangene Yielanti hatten rebelliert und Korotimber machte ihre Hinrichtung zu einer öffentlichen Warnung für alle Unzufriedenen. Einem Aufständischen nach dem anderen wurde die Haut von den Armen abgezogen und glühende Eisen unter die Fingernägel gestoßen, bevor der Henker ihm schließlich den Kopf abschlug.

Myan biss sich auf die Lippe, bis sie Blut schmeckte, und brauchte ihre ganze Selbstbeherrschung, um sich nicht zu übergeben oder die Hände auf ihre Ohren zu pressen, damit sie die Schreie nicht mehr hören musste.

Ihr Entsetzen blieb Ristomor nicht verborgen. »Freust du dich schon darauf, die Zorantani auf dieselbe Weise für ihre Untaten bestraft zu sehen?«, fragte er in zynischem Ton.

Beinahe hätte Myan den Köder geschluckt. Der Wesir vertraute ihr offensichtlich nicht und behielt sie nur auf Korotimbers Wunsch im Gefolge. Sie musste auf der Hut sein und ihre Worte mit großer Sorgfalt wählen.

»Ich fürchte, dass unser geehrter König mit diesem Schauspiel mehr Hass weckt. Er könnte damit seine edlen Pläne in Gefahr bringen.«

Ristomor lachte und klopfte sich auf den Bauch, als ob er etwas besonders Köstliches gegessen hätte. »Solange unser verehrter König im Namen des Steins von Estryrur kämpft, ist er unbesiegbar.«

Unversehens witterte Myan die Chance, endlich mehr über den Stein zu erfahren. Sie blickte zu Boden, um jene Demut vorzutäuschen, die sie nicht fühlte. »Verzeiht mir meine Zweifel. Sie müssen von den falschen Lehren der Priester kommen, die ich ein Leben lang gehört habe. Vielleicht könnte der Anblick des Steins von Estryrur mich davon befreien.«

Ristomor bellte ein gemeines Lachen. »Nur Geduld – du wirst ihn sehen. Spätestens wenn wir vor Zorantander stehen, wird unser verehrter König seine volle Macht wieder wecken, um sie gegen den Zorant zu stellen. Aber für dich wird auch der Anblick des heiligen Steins nichts ändern – du bist verloren. Du magst dir selbst einreden, dass du den Untergang deines Ordens wünschst, aber deine Schuldgefühle werden dich immer mehr quälen. Du wirst nicht dazu fähig sein, Soldaten zum Zorant zu führen, wenn der Kampf um deine Stadt beginnt. Du wirst darum flehen, von dem Dienst verschont zu bleiben, den du unserem verehrten König so voreilig versprochen hast. Aber Korotimber kennt keine Gnade gegen Feiglinge. Er wird kurzen Prozess mit dir machen – das wird dir den Rest eines erbärmlichen Lebens ersparen und für uns kein Verlust sein. Wir brauchen dich nicht. Der Zorant wird unter der Macht von Estryrur zerschellen, lange bevor unser verehrter König diesem lächerlichen Heiligtum auch nur nahe kommt.« Der Wesir faltete stolz die Hände vor seinem Leib.

Ein unerträglich lauter Schrei riss Myans Blick zurück zu den Gefolterten. Eine Blutfontäne schoss aus dem Arm eines Yielanti hervor, dessen Folterknecht offenbar viel zu tief geschnitten hatte. Myan wurde von einem heftigen Würgereiz gebeutelt.

»Schafft diese Frau hier weg, bevor sie die Würde des Gefolges beschmutzt!«, zischte Ristomor ärgerlich.

Gleich darauf spürte Myan eine Hand um ihren Oberarm. Durch einen Tränenschleier hindurch erkannte sie den Brustpanzer eines Leibwächters und ließ sich beinahe dankbar abführen. Völlig unerwartet begegnete sie keiner verächtlichen Miene, als sie wieder klar sehen konnte. Stattdessen spielte der Ansatz eines Lächelns um die Mundwinkel des Soldaten.

»Stein von Estryrur dich befreien wird«, murmelte er besänftigend.

Myan fiel von einer Überraschung in die nächste. Der Leibwächter sprach zumindest einige Brocken Savannen-Plistisch. Und er schien ihrem Wortwechsel mit Ristomor zugehört zu haben. Außerdem musterte er sie auf eine seltsam eindringliche Weise ... Gefiel sie ihm etwa? Mit ihrem langen Hals und ihrer dürren, hoch aufgeschossenen Figur? Ihr erster Impuls war es, sich aus seinem Griff zu befreien, doch gerade noch rechtzeitig besann sie sich eines Besseren.

»Meinst du wirklich, dass noch Hoffnung für mich besteht?« Sie wand sich innerlich unter ihrem falschen Ton. Hatte sie wirklich einmal gedacht, eine brillante Schauspielerin zu sein? Dennoch tastete sie sich weiter vorwärts: »Hast du den magischen Stein schon einmal gesehen?«

Der Soldat nickte eifrig. »Mächtiger Stein. Ist ...« Er ließ Myans Arm los und malte ein seltsames Muster in die Luft, während er um Worte rang. Endlich kam ihm eine Erleuchtung: »Wie Ristomors Kleid.«

Ristomors Kleid? Der Wesir trug einen schwarzen Mantel mit eingestickten orangefarbenen Schlangenlinien. War also auch der Stein von Estryrur schwarz mit orangefarbenen Adern?

»Ristomor Herr vom Stein«, verkündete der Soldat strahlend. »Wenn du Nähe Ristomor, du sicher.«

Plötzlich sah Myan das Bäuchlein des Wesirs vor Augen – und wie seine Hände immer wieder zu seiner Leibesmitte gewandert waren, während er von dem Stein gesprochen hatte. Ristomor trug ihn an seinem Körper, verborgen unter dem Mantel!

Sie war gerade noch geistesgegenwärtig genug, um ein schiefes Lächeln für den Leibwächter hervorzubringen, bevor ihre Gedanken zu rasen begannen. Zurück im menschenleeren Zelt der Leibdiener, riss sie ein Küchenmesser und ein Stück Schnur an sich. Die Klinge band sie um ihren linken Unterarm, den Rest der Schnur wickelte sie um ihren rechten.

Am nächsten Tag wurde nach wenigen Stunden auf dem Marsch plötzlich der Befehl gegeben, das Lager aufzuschlagen. Die ungewöhnliche Anordnung beunruhigte nicht nur Myan. Grimmiges Stirnrunzeln, höhere Wachsamkeit und schärfere Töne machten sich überall breit.

Wenig später zog Korotimber los, geschützt von einem großen Trupp der Garde, aber ohne seinen Wesir. Beim Abladen der letzten Wasserschläuche von einem Glink sah Myan überrascht, dass nur ein einzelner Soldat am Hintereingang des königlichen Zeltes Wache hielt – jener Mann, der sie gestern vom Richtplatz geführt hatte und dessen Augen auch heute mit vielsagender Bewunderung auf sie gerichtet waren.

Ihr Herz begann zu klopfen. Sie blickte sich rasch um. Die Diener bereiteten im Inneren ihres Zeltes alles für ihre weitere Tagesarbeit vor und die wenigen Leibwächter, die zum Schutz des königlichen Lagers zurückgeblieben waren, wandten seinem Inneren wie immer den Rücken zu. Das war ihre Chance! Mit wiegenden Hüften ging Myan zu ihrem Verehrer hinüber, der in voller Kampfausrüstung in der prallen Mittagssonne stand, und bot ihm stumm einen Wasserschlauch an. Er nahm ihn mit einem dankbaren Nicken an.

Nachdem er getrunken hatte, blickte er Myan tief in die Augen. Unter dem Vorwand, ihr zu helfen, hängte er den Wasserschlauch über ihre Schultern und verhalf sich dabei zu einigen vorgeblich unschuldigen Berührungen. Sie schauderte vor plötzlichem Widerwillen und war froh, ihren Kopf in vermeintlicher Scheu senken zu können. Hoffentlich deutete der Soldat die Gänsehaut in ihrem Nacken zu seinen Gunsten. Sie blickte erst wieder auf, als sie ihren Gesichtsausdruck unter Kontrolle gebracht hatte.

»Warum sind alle so aufgeregt?«, fragte sie in einem Ton, der hoffentlich hilflos und ängstlich klang. »Wird es eine Schlacht geben?«

Zum unzähligen Mal verwünschte Myan ihre hoch aufgeschossene Gestalt. Ein kleineres Gegenüber machte die Rolle der Schutzbedürftigen nicht gerade einfacher. Wenn sie den Soldaten doch kulleräugig von unten her ansehen könnte! Glücklicherweise fühlte ihr Gegenüber sich trotz allem geschmeichelt. Er pumpte seinen mächtigen Brustkorb auf, bis er den rötlichen Panzer zu sprengen drohte. Zumindest war er nun beinahe doppelt so breit wie Myan. Vorsichtig streichelte er ihren Oberarm. Sie zwang sich, der Berührung entgegenzukommen, statt ihr auszuweichen.

»Nicht Angst haben«, brummte der Soldat leise. »Feinde kommen, ja. Wir sie aber schlagen werden. Wir sie immer schlagen. Wir Stein von Estryrur haben.«

Myan stellte sich vor, dass sie im Grottensee ertrank und ihre einzige Rettung in den palmfruchtfarbenen Augen dieses Mannes lag. »Ich habe trotzdem Angst«, piepste sie. »Ist der Stein nicht bei Korotimber? Wer weiß, wie weit der König und der magische Schutz inzwischen von uns entfernt sind …«

Lächelnd schüttelte der Leibwächter den Kopf. »Stein ist bei Ristomor.«

Damit war die letzte Unsicherheit ausgeräumt. Myan nahm einen langen, zitternden Atemzug und war unendlich erleichtert, dass ihre unwillkürliche Reaktion gut zu ihrer Rolle passte – zu gut. Der Soldat runzelte besorgt die Stirn, lehnte seinen Speer gegen die Schulter und umfasste Myans Ellbogen. Der Gedanke an die Klinge und an die Schnur in ihren Ärmeln ließ sie erstarren. Wenn die Hände des Leibwächters ein Haarbreit tiefer rutschten, würde er den Messergriff spüren. Jetzt musste sie alles auf eine Karte setzen – rasch.

»Ich würde mich sicherer fühlen, wenn ich dem Stein näher wäre.« Myan deutete mit dem Kinn auf das königliche Zelt. »Nur eine Zeit lang, bis ich mich beruhigt habe … bitte …«

Diesmal musste sie den flehentlichen Blick nicht spielen. Ihr Herz jagte in echter Angst.

Unentschlossen blickte der Soldat von einer Seite zur anderen. Schließlich ließ er sie los.

»Kurz! Wenn du gesehen wirst, sag, du Bündel von Glink gebracht.«

Die Eile, mit der er die Zeltplane für sie zur Seite zog, ersparte Myan jegliches Dankeswort. Mit einem hastig aufgesetzten Lächeln schlüpfte sie in das dämmrige Innere und legte den Wasserschlauch ab. Ohne sich das geringste Zögern zu erlauben, schlich sie zu dem Vorhang, der das königliche Gemach abtrennte, und spähte vorsichtig durch einen Spalt.

Ristomor saß auf dem Teppich, mit dem Rücken zum Vorhang und über irgendwelche Schriftstücke gebeugt. Während Myan lautlos die Schnur von ihrem Unterarm abwickelte, wuchs ihre Anspannung. Dies war ihre einzige Chance, Korotimbers magisches Kleinod in die Finger zu bekommen und zu zerstören. Sie würde entweder in dem Wissen sterben, Zorantander gerettet zu haben, oder auch im Tod dasselbe bleiben, was sie ihr ganzes Leben lang gewesen war: eine Frau, die ihre Stadt schutzlos machte.

Myan hielt den Atem an und glitt durch den Vorhang. Um ihre Hände, die sie in den Ärmeln verborgen hielt, lagen die Enden der Schnur. Nur wenn es ihr gelang, dem Wesir den Strang um den Hals zu legen und ihn sofort zuzuziehen, wäre Ristomor nicht imstande, die Wachen zu alarmieren. Sie tastete sich einen Schritt vor, dann den zweiten. Weder durfte ihr Gewand rascheln noch das Leder ihrer Sandalen knarren. Ristomor schnaubte und schlug nach einem Insekt in seinem Nacken. Myan erstarrte. Jähe Übelkeit stieg in ihr auf. Der Wesir hielt seinen Blick weiter auf das Schriftstück gerichtet. Sie setzte zum dritten Schritt an, obwohl ihre Füße unter Felsbrocken begraben zu sein schienen. Plötzlich hörte sie einen Atemzug, der wie ein Schluchzen klang.

Bevor sie das Geräusch orten konnte, fuhr Ristomor auf und stand ihr auch schon gegenüber. Das Schluchzen musste aus ihrer eigenen Kehle gekommen sein. Gleichermaßen erschrocken wie entgeistert starrten sie einander an. Ristomor erholte sich schneller von dem Schock. Er packte Myan am Kragen und riss sie nach vorne. Weil sie verzweifelt ihre Handgelenke unter ihren Ärmeln umklammerte, damit die Schnur verborgen blieb, verlor sie das Gleichgewicht und fiel hart auf die Knie.

»Verzeiht mir, hochgeehrter Herr!«, sprudelte sie los, ihren Blick auf den Boden geheftet. »Ich … ich hätte nicht in das königliche Zelt eindringen dürfen. Aber … ich wusste, dass Ihr hier seid, und wollte … Euch um Hilfe bitten – aus Verzweiflung über meine Verblendung durch die Zorantani. Als ich sah, dass Ihr beschäftigt seid, verließ mich der Mut und ich wollte wieder gehen. Verzeiht mir!«

Sowie Ristomor seinen Griff von ihrem Kragen löste, ließ Myan ihre Stirn in scheinbarer Ehrerbietung auf seine Füße sinken. Unter dem Schutz ihres Körpers wickelte sie hektisch die Schnur wieder um ihren Unterarm. Der Wesir wich einen halben Schritt zurück und krallte eine Hand in Myans kurzes Haar. Äußerst grob zwang er sie dazu, ihm ins Gesicht zu sehen.

»Verzweiflung sehe ich erst jetzt auf deiner Fratze«, zischte er. »Vorher war nichts davon zu erkennen. Das war der Blick von jemandem, der bei einem üblen Plan ertappt wurde.«

»Ja, ich fühlte mich ertappt, hoher Herr«, heulte Myan. Ristomor riss fest genug an ihrem Haar, um ihr echte Schmerzen zuzufügen. Zum Glück ließ ihre Zunge sich davon nicht bremsen: »Ich wollte mich doch wieder lautlos zurückziehen, statt Euch mit meiner unwürdigen Anwesenheit zu belästigen – weil ich mich so darüber schämte, mich einen Augenblick lang wichtig genug genommen zu haben, um Eure kostbare Zeit zu vergeuden. Ich weiß, dass Ihr glaubt, ich sei verloren. Und ich weiß, dass ich Euer hohes Wort annehmen sollte, statt darauf zu hoffen, noch einen neuen Weg zu finden – ich wusste es im selben Moment, in dem ich ganz gegen mein Recht durch diesen Vorhang zu treten wagte.«

Wie von Sinnen plapperte Myan fort, während sie nach dem Messer tastete. Sie durfte den Wesir nicht zu Wort kommen lassen. Er würde entweder die Wachen rufen oder sie selbst nach Waffen untersuchen.

»Ich konnte nicht vergessen, was Ihr über den Stein von Estryrur sagtet. Plötzlich drehte sich jeder meiner Gedanken um den Stein, ich konnte mich nicht davon lösen. In mir wuchs der brennende Wunsch, dieses Heiligtum mit eigenen Augen zu sehen – damit es mich stärkt und mir meine Zweifel austreibt. Die Zweifel, die Ihr so deutlich gesehen habt. Ein ganzes Leben in Zorantander –«

»Schweig!«, brüllte Ristomor.

Myan wurde zur Seite geschleudert. Erst durch den Schmerz, der in ihrer Wange aufflammte, begriff sie, dass der Wesir sie geschlagen hatte. Zu benommen, um gleich wieder an das Messer in ihrem Ärmel zu denken, tastete sie nach ihrem Gesicht. Sie schmeckte Blut. Offenbar hatte sie sich auf die Zunge gebissen. In Erwartung eines neuerlichen Angriffs duckte sie sich, doch statt weiterer Schläge oder Worte nahm sie plötzliche Helligkeit und das Rascheln einer Zeltplane wahr. Eine scharfe Stimme sagte etwas Unverständliches. Korotimber.

Mutlos sank Myan in sich zusammen. Der König verstand ihre Sprache nicht und sie kannte kein Wort in Inar. Ristomor war davon überzeugt, dass sie Böses im Schilde geführt hatte und sein Herr würde ihm glauben – egal, ob der Wesir ihre Lügen übersetzen würde oder nicht. Das Messer, die Schnur und der Beutel auf ihrem Rücken bewiesen ihre Schuld. Sie würde sterben. Zorantander war verloren.

Wie in Trance ließ Myan den Wortwechsel zwischen den beiden Männern an sich vorüberrauschen, bis Ristomor plötzlich aus seiner staatstragenden Rolle fiel und heftig wurde. Korotimbers Antwort klang, als ob er ein Schwert gezogen hätte: scharf, kalt und sirrend. Völlig unvermittelt tauchten seine Füße neben Myan auf. Eine Hand legte sich um ihre Kehle – nicht, um sie zu würgen, sondern um sie in eine kniende Position zu ziehen und ihren Blick aufwärts zu richten. Nichtsdestotrotz blieb die Hand eine unmissverständliche Drohung.

»Warum kamst du in mein Zelt?«, fragte Korotimber. Er formte die Worte besonders sorgfältig und langsam, um seinen Akzent zu mildern.

Anscheinend hatte er seine Sprachkenntnisse heruntergespielt und Ristomors Übersetzungen dienten ihm nur dazu, seine majestätische Würde zu bewahren. Verzweifelt fühlte Myan, wie ihr Mund sich öffnete, obwohl sie nicht wusste, was sie sagen würde. Zum Glück bremsten die Schmerzen in ihrer geschwollenen Zunge den ungebetenen Wortschwall und verschafften ihr etwas Zeit zum Nachdenken. Das wirre Geplapper, das von Ristomor abgeprallt war, hätte Korotimber weder verstanden noch geduldet. Außerdem schienen die dunklen Augen des Königs dazu fähig zu sein, jede Lüge sofort zu durchschauen.

Zuletzt sprach Myan die einzige Wahrheit aus, die keine Schuld auf ihre Schultern lud: »Ich kam in Euer Zelt, um den Stein von Estryrur zu sehen.«

Korotimbers Blick blieb ungerührt. »Wolltest du Ristomor töten?«, schnitt seine Stimme nochmals wie ein Schwertstreich durch die Luft.

»Nein«, stieß Myan hervor. Im selben Moment wusste sie, dass auch dies die Wahrheit war. »Friede«, stammelte sie weiter, zu ihrer eigenen Verwunderung. »Treue – Reinheit – Gleichheit – Mäßigkeit.«

Sie hatte Ristomor nicht töten wollen. Sie war nur davon überzeugt gewesen, es tun zu müssen. Nun zweifelte sie daran, ob sie es wirklich über sich gebracht hätte. Das Aufschluchzen, das Ristomor alarmiert hatte, sprach dagegen. Fassungslos lauschte Myan ihren Worten nach. Ihr unablässiger Kampf hatte ihr nie den Weg zur Tugendhaftigkeit gebahnt. Und jetzt, wo das Schicksal Zorantanders auf dem Spiel stand, war sie plötzlich unfähig, den fünf Tugenden den Rücken zuzukehren?

Korotimbers Hand verschwand von ihrer Kehle. Nur seine Augen hielten sie immer noch in ihrem Bann. »Geduld. Du wirst Stein von Estryrur sehen. Bald. Noch heute ziehen wir weiter nach Zorantander.«

»Heute?« Myan vollführte eine ungelenke Bewegung, weil sie vor Schreck beinahe aufgesprungen wäre. »Aber – wurde das Lager nicht aufgeschlagen, weil feindliche Truppen kommen?«

Die Mundwinkel des Königs zuckten zu einem Lächeln, das nicht einmal einen Wimpernschlag lang andauerte. »Reuglit schickte Soldaten für mich, nicht gegen mich.«

»Die Völker der Wüsten und Savannen haben es endlich verstanden«, stellte Ristomor gewichtig fest. »Sie können unseren verehrten König, der über die Macht von Estryrur gebietet, nicht aufhalten. Sie sind besser dran, wenn sie sich ihm sofort unterwerfen und unter seiner Führung gegen Zorantander ziehen.«

Ohne sich um die Dornen zu kümmern, stieg Myan auf den Haufen Buschholz, der seltsamerweise direkt vor Korotimbers Zelt aufgehäuft worden war. Die Stadt vor sich streifte sie nur mit einem Blick. Der beigefarbene, goldgeäderte Felsen von Zorantander war schon auf dem Marsch von weither sichtbar gewesen und sie kannte seine Umrisse besser als die ihres eigenen Gesichtes. Sie wollte wissen, was der Stadt gegenüberstand.

Auf dem Marsch hatte sie immer nur einzelne Teile des Heeres gesehen – Truppen aus Tryllog, aus Huloneim, aus Pock, aus den Wogopeischen Trichtern. Reugliter in ihren leichten Brustpanzern aus gehärtetem Leder und sogar einzelne Soldaten im roten Tuch von Bouhlokwon. Sie ließ sich nicht davon täuschen, dass die einzelnen Truppenteile nicht besonders groß waren. Die Stunde der Wahrheit schlug hier auf einem Hügel Bruchholz, der sie aus der Ebene heraushob. Und obwohl sie geglaubt hatte, auf das Schlimmste gefasst zu sein, schnitt der Anblick des versammelten Heeres ihr den Atem ab.

Das Lager zog sich in einem dichten, breiten Bogen um die Stadt. Korotimbers einziges Problem würde die Wasserversorgung sein. Unter Zorantander gab es reichlich, aber nicht im Umland. Die Bewässerungskanäle zu den Feldern waren beim ersten Anblick feindlicher Soldaten geschlossen worden. Wenn die Stadtbewohner zwei Tage lang durchhielten, würde die Wasserknappheit den Angriff zum Erliegen bringen.

Nun wandte Myan sich doch ihrer Heimatstadt zu. Selbst ihr ungeschultes Auge erkannte in dem Felsen eine schier uneinnehmbare Festung. Die vier engen Aufgänge, die sich an der natürlichen Stadtmauer aufwärtsschlängelten, konnten von wenigen entschlossenen Männern und Frauen mit Pfeilen und Felsbrocken verteidigt werden – ein Bruch mit dem Frieden, für den die Zorantani nur milde Bußen verhängten, weil er von außen aufgezwungen wurde. In der Geschichte der Stadt waren viele Angriffe ohne die mächtige Hilfe des Zorant abgewehrt worden. Doch keines dieser feindlichen Heere hatte eine magische Waffe bei sich gehabt.

Myan schloss die Augen und ballte die Fäuste. Sie lebte nur noch, weil der König Ristomor und seinen Leibwächtern verboten hatte, ihr ein Haar zu krümmen. Trotz ihres Angriffs auf den Wesir hatte Korotimber jene Frau, die ihn angeblich zum Zorant führen konnte, nicht einmal bestraft. Das gab ihr einen letzten Funken Hoffnung. Wenn er sich diesen Weg offen hielt, war die Macht seines Steins bei Weitem nicht so groß, wie er alle glauben ließ. Dennoch – oder gerade deshalb – würde sie noch einmal alles daransetzen, die magische Waffe zu zerstören. Ihr letzter Kampf mit den Tugenden stand bevor. Und diesmal musste sie alle fünf hinter sich lassen, statt vor dem letzten Schritt zurückzuschrecken.

Gerade als Myan den Abstieg von ihrem unsicheren Ausguck beginnen wollte, spürte sie eine Erschütterung im Holzstoß. Erschrocken machte sie sich darauf gefasst, in der Mitte eines zusammenstürzenden Haufens Dornenholz zu landen. Doch nichts geschah, bis auf weitere, weniger heftige Bewegungen in dem aufgetürmten Geäst. Myan warf einen Blick über ihre Schulter und sah, wie Korotimber den Stoß mit sorgfältig balancierten Schritten erklomm. Sie musste reglos auf der Stelle verharren. Jede weitere Erschütterung hätte den Holzhaufen unweigerlich ins Rutschen gebracht.

Weil an ein Niederknien nicht zu denken war, verneigte Myan sich tief vor dem König, sobald er neben ihr stand. Korotimber ließ seinen Blick erst über das Lager schweifen und richtete ihn dann auf den goldgeäderten Felsen. Seine Gesichtszüge waren unbewegt wie immer. Plötzlich fixierte er Myan mit seinen dunklen Augen. Es traf sie wie ein Schlag, obwohl Korotimber zu ihr aufsehen musste.

»Wo ist der Eingang zum Labyrinth?« fragte er in seinem sorgfältig gesetzten Savannen-Plistisch.

Wollte er etwa schon zu Beginn der Schlacht Soldaten in die Seegrotte schicken? Sie hatte darauf gezählt, dass sein Stolz es ihm verbieten würde, ohne Not die Dienste einer Überläuferin einzufordern. Nun würde sie die erste Bewohnerin von Zorantander sein, die starb – ohne einen weiteren Anschlag auf den Stein von Estryrur. Niemals würde sie feindliche Soldaten in die Seegrotte führen.

»Auf der Westseite …«, begann sie vage und fuhr mit größerer Entschlossenheit fort: »Ich kann den Weg nicht beschreiben. Nur wer den Eingang kennt, ist imstande, ihn zu finden. Dasselbe gilt für das Versteck des Zorant.«

Korotimbers Braue zuckte kaum wahrnehmbar. »Keine Angst. Wenn Soldaten in das Labyrinth gehen, führst du sie. Und du wirst reich belohnt werden. Mein Gefühl sagt, ihr werdet nicht gehen. Aber ein Krieger braucht kein Gefühl. Er braucht Pläne. Du bist mein letzter Plan.«

Korotimber wandte seinen Kopf und starrte den Felsen von Zorantander an, als ob er ihn allein durch seinen Blick vernichten könnte. Erst nach einer langen Weile bewegte er sich wieder.

»Meide morgen Ristomor«, befahl er mit scharfer Stimme. »Für ihn zählt Sieg des Steins von Estryrur am höchsten. Sein Wunsch ist: Zorantander soll durch ihn besiegt werden. Nicht durch Menschen. Für mich zählt Sieg am höchsten. Nicht Mittel zum Sieg.«

Myan verneigte sich erneut. Zu ihrer unermesslichen Erleichterung sah sie nur noch Korotimbers Rücken, als sie sich wieder aufrichtete.

19

Die Zeit schien stillzustehen, obwohl die Sonne sich wie jeden Tag erhoben hatte und stetig höher stieg. Myan hungerte nach dem Beginn des Unausweichlichen, damit der Zwang zu handeln ihre Anspannung ersticken würde. Aber der ganze Morgen wurde zu einer einzigen, feierlich langsamen Zeremonie. Die sonst so eilfertigen Leibdiener taten keinen schnellen Handgriff. Die Morgenmahlzeit für den König wurde mit derselben Ernsthaftigkeit und Konzentration zubereitet, mit der ein Priester das Zorantodion sprach. Verneigungen und Schrittfolgen, die an einen Tanz gemahnten, streckten die einfachsten Verrichtungen ins Endlose.

Myan glaubte schreien zu müssen, als sie sah, wie der Frühstücksteller für den König dreimal völlig neu angerichtet wurde, bis endlich jeder Wimpernschlag zur Zufriedenheit ausgeführt worden war. Sie konnte sich nicht einmal durch Arbeit ablenken. Niemand ließ einen Zweifel daran, dass ihre Hilfe an diesem besonderen Tag unerwünscht war.

Der Klang der Trommeln, die das Heer zum Aufmarsch riefen, brachte nur eine kurze Erleichterung. Auch die Truppen waren der zeremoniellen Verzögerung unterworfen worden und nahmen mit der Geschwindigkeit eines uralten, zu schwer beladenen Legroms Aufstellung. Sie bildeten einen Halbkreis um den Hügel aus gerodetem Dornbuschholz vor dem königlichen Zelt, der zu einem hohen Podium zurechtgeschichtet worden war.

Myan stand gemeinsam mit der Leibdienerschaft links vor dem Zelt und würde das kommende Schauspiel größtenteils von hinten sehen. Ihre Unruhe wuchs ins Unermessliche. Erst als sie einen roten Fleck auf ihrem Ärmel entdeckte, bemerkte sie die blutigen Kratzer auf ihrem Unterarm. Sie krallte sich in ihre Haut, wie sie sich gern in die Zeit gekrallt hätte, um sie vorwärts zu zerren. Jeder einzelne Soldat, egal aus welchem Teil der Wüsten und Savannen er stammte, stand still und starr unter der Sonnenglut. Nichts rührte sich, kein Ton war zu hören – auch nicht aus der nahen Stadt, deren Bewohner ängstlich auf den Angriff warteten.

Ein plötzlicher Paukenschlag ließ alle zusammenfahren. Korotimber trat aus dem Zelt. Sein schimmernder Brustpanzer musste alle blenden, die vor ihm standen. Darunter trug er eine einfache schwarze Tunika, darüber ein orangefarbenes Halstuch. Unter gemessenen Paukenschlägen nahm er auf dem Podium Aufstellung. Dann geschah erneut für eine unerträglich lange Weile nichts. Obwohl sie inzwischen wusste, womit sie zu rechnen hatte, jagte der nächste Paukenschlag frischen Schrecken durch Myan.

Diesmal kündigte er den Wesir an, der nun ebenfalls aus dem königlichen Zelt stolzierte. Vor sich auf einem Kissen trug er etwas Schweres, mit einem orangefarbenen Tuch Bedecktes, dessen Ecken sich scharf unter dem Stoff abzeichneten. Myans Herz setzte für einen Schlag aus. Danach begann es dröhnend zu jagen. Hastig zählte sie die hervorstehenden Ecken, bis Ristomors Rücken ihr die Sicht verdeckte. Es waren sechs und eine davon lag höher als die anderen. So würde der Zorant aussehen, wenn man ein Tuch über ihn breitete – das konnte nicht sein! Obwohl …

Jene Reisenden, die Nitimone und Romeigur begraben hatten, waren aus dem Süden oder Osten gekommen. Rullipp hatte die Sprache und die Zeichen ihrer Inschrift als Runtinar bezeichnet. Runt-Inar … Korotimber kam aus dem Südosten und sprach Inar. Die Reisenden konnten den Zorant nicht erkannt haben, schließlich waren sie nicht einmal imstande gewesen, die letzte Botschaft des Hohen Paars zu entziffern. Sie hatten die Schale mit in ihre Heimat genommen, doch ihre Macht war ihnen verborgen geblieben. Erst Hunderte Jahre später wären die magischen Kräfte entdeckt worden …

Ein neuerlicher Paukenschlag holte Myan in die Gegenwart zurück. Mit einer wohl einstudierten Bewegung hob Ristomor das Kissen hoch in die Luft und senkte es dann auf eine Weise, die das dünne orangefarbene Tuch davonflattern ließ. In großartiger Geste präsentierte der Wesir den Soldaten zu seiner Rechten das Kissen, unsichtbar für Myan. Ihre Kiefer schmerzten, während sie ihren Körper mit größter Anstrengung dazu zwang, ruhig stehen zu bleiben. Zuletzt würde Ristomor sich bestimmt auch den Soldaten zu seiner Linken zuwenden, aber er schien sich nicht schneller zu bewegen als die Sonne oben am Himmel.

Endlich erspähte Myan einen Zipfel des Kissens, dessen Bezug wie Ristomors Gewand aus schwarzem Stoff mit orangefarbener Stickerei bestand. Zum ersten Mal in ihrem Leben war sie froh über ihre Größe. Niemand versperrte ihr die Sicht, dennoch stellte sie sich zusätzlich auf die Zehenspitzen. Sie nahm noch mehr tiefes Schwarz und orangefarbene Schlingen wahr. Endlich begriff sie, dass sie nicht nur Stoff sah. Auf dem Kissen lag ein schwarzer Steinbrocken, durchzogen von Adern in einem leuchtenden Orange. Seine Oberfläche glänzte blank, obwohl er unbehauen war und in scharfe, unregelmäßige Ecken auszackte. Die Form, die sich unter dem Tuch abgezeichnet hatte, war nur Zufall gewesen.

Myan sank in sich zusammen wie ein löchriger Wasserschlauch. Erleichterung mischte sich mit Bedauern und Ärger über ihre Dummheit. Seit dem Beginn seines Kriegszugs hatte Korotimber diese Zeremonie bereits viele Male durchgeführt und jeder Sieg hatte ihn näher an Zorantander herangeführt. Wenn sein Stein und der Zorant eins gewesen wären, hätte einer seiner vielen Soldaten ihn längst erkannt. Und danach wäre der Kriegerkönig mit fliegenden Fahnen vor die Heimatstadt der magischen Schale gezogen, um ihren entsetzten Bewohnern zu zeigen, wer nun über die Macht ihres Schutzschildes gebot. Sein großes Ziel wäre ihm kampflos in den Schoß gefallen. Abgesehen davon hätte er ohne die Lehren der Priester – altbekannte und wiederentdeckte – niemals einen Schlüssel zur Macht des Zorant gefunden.

Worin lag nun die Macht von Korotimbers Waffe? Angestrengt spähte Myan nach vorne. Immer wenn Ristomor sich nach links wandte, wurde der Stein für einen Augenblick sichtbar. In ihrer Konzentration nahm Myan kaum wahr, dass der Wesir zu sprechen begann – stets einige Sätze auf Inar, gefolgt von ihrer Übersetzung auf Savannen-Plistisch. Pompöse, salbungsvolle Worte über die hohe

Sendung des Kriegerkönigs von Tryllog zogen an ihr vorüber und fanden erst nach einer Weile Eingang in ihre Ohren.

»Vor uns liegt Zorantander«, dröhnte Ristomor. »Die reichste Stadt der Wüsten und Savannen, Hort des Wohlergehens. Die Stadt, die keinen Hunger und keinen Durst kennt – ein Ort des Überflusses. Die Reichtümer wären groß genug, um die Nöte der anderen Völker für immer aufzuheben. Zorantander könnte die Nährmutter aller sein. Doch die Stadt wird von einer Bande heimtückischer, habgieriger Priester beherrscht. Priester, die in Legrommilch baden und diese Milch mit Feuern aus getrockneten Palmfrüchten wärmen. Priester, die den letzten Blutstropfen aus jedem pressen, der in ihre Stadt kommt, statt ihren Reichtum zu teilen. Der Zorn der Völker der Wüsten und Savannen hätte den Orden schon längst hinweggefegt, wenn er nicht von düsterer Magie geschützt wäre. Die Priester kriechen unter den Schutz ihres Zorant wie giftige Sandläufer in ihr Nest. Sie nähren die magische Schale durch die Lebensfreude, die sie ihren Untertanen auf hinterhältige Weise entziehen.«

Vergeblich versuchte Myan, ihre Ohren wieder gegen die Worte des Wesirs zu verschließen.

»Ihre vorgeblich segensreichen Tugenden drücken nämlich in Wahrheit die Bürger nieder und rauben ihnen jene Kraft, mit der sich die Priester anschließend schützen. Heute wird dies alles ein Ende haben. Die Schöpferin der Welt erwählte einen Mann, um die Menschen der Wüsten und Savannen von der Herrschaft der Priester zu erlösen und ihr ergebener Diener Korotimber beugte sich mit Freude ihrem Willen. Er meisterte den Stein von Estryrur. Er sammelte Getreue um sich. Er stieg zum Herrscher von Begarunt auf. Er wurde zum König von Tryllog gekrönt. Er einte die Völker der Wüsten und Savannen. Er läutet ein neues Zeitalter ein – die Epoche, in der Zorantander zur Nährmutter aller wird – in den segensreichen Händen von Estryrur, der Schöpferin der Welt, und ihrem irdischen Stellvertreter Korotimber.«

Ristomor wechselte wieder zu Inar und begann eine Litanei, in der Myan trotz der unverständlichen Worte ein Gebet erkannte. Auch die übrige Zeremonie wurde auf Inar abgehalten. Schließlich wandte Ristomor sich zur Seite und fiel vor Korotimber auf die Knie, das

Kissen mit dem Stein von Estryrur hoch erhoben. Nun hatte Myan freien Ausblick auf das magische Kleinod. Wieder brachte ein einzelner Paukenschlag Leben in Korotimber. Seine Hände begannen einen seltsamen Tanz. Erst zogen sie weite Kreise, dann wurden die Kreise immer enger und zielgerichteter.

Unwillig schüttelte Myan den Kopf, um ein lästiges, hohes Sirren aus ihren Ohren zu vertreiben. Noch bevor sie entscheiden konnte, ob sie wirklich etwas hörte oder ob sie sich den Ton nur einbildete, breitete sich ein pulsierendes Leuchten in den orangefarbenen Adern des Steins von Estryrur aus – als ob im Inneren des schwarzen Brockens ein Herz zu schlagen beginnen würde und flüssiges Feuer durch seine Adern pumpte.

Sowie Myan merkte, dass der Anblick sie in ihren Bann zog, riss sie sich davon los. Korotimbers Hände malten immer noch Schlangenlinien in die Luft, aber sie trennten sich nie voneinander und vollführten stetig kleine, ruckartige Bewegungen aus den Gelenken. Die merkwürdige Haltung seiner Finger lenkte Myans Aufmerksamkeit auf seine Handflächen. Sie meinte etwas Schwarzes, Längliches zu erkennen – die Form von Messergriffen. Aber sie sah keine Klingen. Sie wollte ihre Augen bereits abwenden, als für die Dauer eines Lidschlags Sonnenlicht unter Korotimbers Fingern aufglänzte.

Anscheinend hielt der König Messer, deren Klingen dünn genug waren, um beinahe unsichtbar zu sein. Wetzte er sie aneinander, damit ihr Sirren das Leuchten des Steins hervorrief? War das die ganze Magie? Das pulsierende Licht hatte zweifellos eine hypnotische Wirkung, aber kein Heer würde jemals im Trancezustand eine Stadt erobern.

Nun stiegen eine Frau und ein Mann auf das Podium, wie Ristomor in schwarze, orangefarben bestickte Mäntel gekleidet. Mit perfekt aufeinander abgestimmten Bewegungen entfalteten sie große Fächer in denselben Farben. Feierlich begannen sie, die Wedel auf und ab zu bewegen. Ein Soldatentrupp setzte sich in Bewegung, um langsam an dem Podium vorüberzuziehen. Sobald wieder Platz war, folgte der nächste. Ristomors Gehilfen fächelten langsam, aber unablässig Luft in die Richtung der Soldaten.

Nur mit Mühe unterdrückte Myan ein Kopfschütteln. Diese Zeremonie ergab keinen Sinn. Ein Stein, dessen Adern unter dem

Sirren zweier hauchdünner Messerklingen leuchteten ... Dieses Pulsieren sollte die Kraft des Zorant brechen? Quint hatte recht gehabt an jenem Abend, als sie auf den Stufen zur Geweihten Höhe gesessen hatten. Korotimber glaubte nur, einen magischen Stein zu besitzen. Vielleicht erfüllte er sogar nur seine Soldaten mit diesem Glauben.

Schlagartig fühlte Myan, wie jene Kluft in ihrem Inneren wieder aufriss, die sich erstmals am Grab des Hohen Paars geöffnet hatte. Einen Augenblick später sträubten sich auch noch die Haare in ihrem Nacken. Dieser Schreck kam jedoch vom Anblick der Soldaten, die nach ihrer Prozession vor dem Podium am Zelt vorbeizogen, um Platz für andere zu machen. Eine Macht schien in ihnen entfesselt worden zu sein, die sie nur schwer bändigen konnten. Aus ihren Augen sprach Gier danach, ihre geballte Kraft zu beweisen und zu verströmen. Unwillkürlich rückte Myan von den vorüberziehenden Soldaten ab und geriet dadurch näher zum Podium.

Das unangenehme Sirren in ihren Ohren wurde lauter. Gleich darauf nahm sie auch den Hauch eines seltsamen Geruches wahr. Es war weder ein Gestank noch ein Duft, völlig fremd und unfassbar – metallisch, mit einer Note von Steinstaub, daneben Nachttau in der Savanne und ... Feuer. Kein Feuerrauch, sondern Feuer. Konnten Flammen tatsächlich einen Geruch verströmen? Myan schob sich noch näher zum Podium und nahm einen tiefen Atemzug, um mehr von dem unbekannten Aroma aufzunehmen. Auch in größerer Dichte blieb es fremdartig und unbegreiflich, aber das kümmerte sie nicht mehr. In ihr keimte eine nie zuvor gekannte Stärke.

An diesem Tag war alles egal. Alles, außer dem Stein von Estryrur, den sie zerstören würde, sobald diese Zeremonie geendet hatte und die Soldaten anders beschäftigt waren – diese Dummköpfe, die glaubten, Zorantander erobern zu können. Ein leises, tiefes Lachen quoll aus Myans Kehle hervor. Jemand zog sie am Ärmel, aber sie schüttelte die Hand ab. Im nächsten Moment wurde sie von vier Händen gepackt. Obwohl sie sich nach Leibeskräften wehrte, musste sie sich fortzerren lassen. Ihre empörten Blicke fielen auf Tinsalle und einen weiteren Leibdiener. Die Frau deutete mit ihrem Kinn auf das Podium und schüttelte nachdrücklich den Kopf.

»Soldaten – nur«, zischte sie in schwer verständlichem Akzent.

Nochmals versuchte Myan die Diener abzuschütteln. Weil es ihr nicht gelang, stellte sie sich zumindest auf die Zehenspitzen und streckte sich in die Richtung des Podiums. Sie wollte mehr von diesem unglaublichen Geruch. Sie wollte sich davon ausfüllen lassen, sie wollte darin baden. Gierig hielt sie ihre Nase hoch und sog Luft ein, aber in so weiter Entfernung erhaschte sie nur eine heiße, reine Savannenbrise.

Einige Atemzüge später fragte Myan sich, ob sie sich eigentlich seltsam verhielt. Nach zwei weiteren Atemzügen wandelte die Frage sich in einen deutlichen Verdacht. Und beim nächsten war Myan sicher: Sie verhielt sich höchst seltsam. Verwirrt stellte sie ihre Fersen zurück auf den Boden und wehrte sich nicht mehr gegen den Griff der Leibdiener. Tinsalle musterte sie eindringlich, dann ließ sie los und gab dem Mann auf der anderen Seite ein Zeichen, dasselbe zu tun.

Myan rieb sich die Augen und versuchte, ihren Kopf zu klären. Offenbar brachte der Stein von Estryrur doch mehr hervor als ein pulsierendes Leuchten ... Wie lange die Wirkung wohl anhielt, wenn man größere, unverdünnte Mengen von den Ausdünstungen einatmete? Lange genug, um im Rausch eine Stadt zu erobern? Oder müssten einzelne Soldatentrupps immer wieder an dem Stein vorbeiziehen, bevor sie in die Schlacht zurückkehrten? In diesem Fall würde sie kaum eine Gelegenheit bekommen, den Stein zu zerstören.

Wieder hieß es abwarten. Und wieder verfluchte Myan die kriechende Zeit. Es schien ewig zu dauern, bis der Zug der Soldaten ein Ende nahm. Korotimber veränderte den Tanz seiner Hände, breitete sie immer weiter aus und hielt zuletzt inne. Der Wesir legte das Kissen mit dem Stein nieder. Seine Gehilfen bewegten die großen Fächer nur noch langsam. Das nächste Gebet auf Inar war kurz, aber von seltsamer Wildheit. Auf die letzten Worte der Beschwörung antwortete Korotimbers Heer mit einem Schrei, der selbst das Lärmen des heftigsten Sandsturms übertönt hätte. Die Truppen setzten sich in Bewegung. Die Schlacht um Zorantander begann.

Geduckt huschte Myan zur Rückseite des Podiums, so rasch wie der gefüllte Wassereimer in ihrer Hand es zuließ. Sie versicherte sich, dass die verbliebenen Leibwächter im Kordon um das Königszelt wie immer streng nach vorne blickten und sich nicht darum kümmerten, was hinter ihrem Rücken vorging. Unablässig erinnerten donnernde Marschschritte, das Getöse der Waffen und das Geschrei der Soldaten sie daran, dass die Zeit für Zorantander ablief.

In der Stadt der Treue, des Friedens, der Reinheit, der Gleichheit und der Mäßigkeit starben Menschen bei der Verteidigung der Felsaufgänge. Das Entsetzen der Bürger über die fortwährenden Angriffe des riesigen Heeres würde wachsen und das Warten auf das Leuchten des Zorant würde immer dringlicher werden. Doch es würde nicht kommen. Deshalb mussten Korotimbers Soldaten am Verlust ihres magischen Steins verzweifeln, bevor die Menschen oben in der Stadt an ihrem Schutzschild verzweifelten.

Auf dem Podium wachten vier von Korotimbers Leibwächtern gemeinsam mit den Gehilfen des Wesirs über den Stein von Estryrur. Myan duckte sich hinter die aufgestapelten Dornenzweige und zog die metallene Doppelflasche hervor, die Quint mit den Wassern der Leneani-Quellen gefüllt hatte. Nach kurzem Zögern goss sie ein Drittel des Inhalts der rechten Flasche in den Eimer. Das musste reichen, wenn die fressenden Wasser auch noch für die Zerstörung des Steins ausreichen sollten. Mit äußerster Vorsicht fügte Myan den gleichen Anteil Wasser aus der linken Flasche hinzu und warf das Metallgefäß zurück in ihren Bastbeutel, während das Gebräu im Eimer bereits zu zischen begann.

Mit Schwung schleuderte Myan die Flüssigkeit in das Dornenholz, hetzte zurück zum königlichen Zelt, verbarg sich an seiner Seite und spähte angespannt zum Podium hinüber. Fahrig stopfte sie den Beutel durch den Halsausschnitt zurück unter ihre Tunika. Es würde etwas dauern, bis die fressenden Wasser ihre Wirkung entfalteten, aber dann … Myans Fingernägel gruben sich tief in ihre Handflächen. Sie zählte bis zehn. Bis zwanzig. Nichts geschah. Sie schluckte einen Laut hinunter, der halb Schluchzen, halb Stöhnen geworden wäre. Ihre Hand tastete auf ihrem Rücken nach der kantigen Form des Feuerkristalls in dem Beutel unter ihrem Gewand.

Offenbar musste sie das Podium doch in Brand setzen. Das Dornenholz war zwar staubtrocken, aber würde es schnell genug in Flammen aufgehen? Wenn das Feuer zu langsam aufloderte, könnten die Leibwächter und Ristomors Gehilfen den Stein von Estryrur ohne Mühe retten. Wenn es hingegen eine Stichflamme gab, würden die Wachen den Stein vielleicht auf dem Podium zurücklassen, aber er würde im Feuer zu liegen kommen – unerreichbar. Dann käme es darauf an, wie weit die Glut des Feuerkristalls sich ausbreitete und ob der Kristall Korotimbers Stein zu schaden vermochte.

So oder so, irgendetwas musste sie tun. Gerade als Myan den Beutel wieder hervorziehen wollte, um an den Feuerkristall zu gelangen, stieg ein dumpfer Ton aus dem Holz auf. Im nächsten Moment ertönte ein Krachen und Splittern. Das ganze Podium bebte. Noch bevor die Soldaten und Gehilfen begriffen hatten, was vor sich ging, geriet der ganze Aufbau ins Rutschen. Wie Spielzeug wurden die Wächter von ihren Füßen gerissen und stürzten, umgeben von einer Lawine aus Dornenholz.

Voll Angst, dass der Stein zwischen die dornenbewehrten Holztrümmer fallen würde, fixierte Myan ihn mit ihrem Blick. Doch zum Glück war der Brocken ins Rollen geraten, als das Podium sich zu neigen begann. Sein eigener Schwung trug den Stein über das splitternde Dornenholz und ließ ihn mit einem dumpfen Ton auf dem Savannenboden landen. Blindlings hechtete Myan auf ihn zu, packte ihn und begann zu laufen. Sie musste einen versteckten Platz finden, bevor jemand begriff, was überhaupt geschehen war. In irgendeinem Soldatenzelt oder zwischen angeleinten Glinks …

Myan stürzte und begrub den Stein von Estryrur unter sich. Die Kanten des Brockens rammten sich in ihren Leib. Als der Schmerz einsetzte, krallte er sich nicht nur in ihren Bauch und in ihre Ellbogen. Auch ihr Kopf schwamm vor Schmerz – besonders auf der rechten Seite. Ein Speerschaft musste sie getroffen haben. Grobe Hände packten sie und warfen sie ein Stück zur Seite. Sie fühlte kaltes Metall an ihrem Hals. Sowie sie imstande war zu blinzeln, sah sie einen Leibwächter über sich stehen. Nicht einmal Folansiöl hätte den glühenden Hass auf seiner Miene abgekühlt. Sie war zu langsam gewesen. Der einzige Grund dafür, dass der Soldat sie nicht gleich mit dem Speer durchbohrt hatte, war Korotimbers Befehl, ihr kein Haar zu krümmen.

Ein zweiter Leibwächter tauchte auf, leicht hinkend und übersät mit blutigen Kratzern. Er nahm den Stein von Estryrur an sich, damit sein Kamerad sich um die Verräterin kümmern konnte. Myan wurde am Kragen hochgerissen. Weil sie sich vor Schmerzen zusammenkrümmte, statt fest auf ihren Füßen zu stehen, wurde sie mehr oder weniger zurück zum königlichen Zelt geschleift. Nach einem ebenso aufgeregten wie unverständlichen Wortwechsel zwischen den Soldaten fühlte Myan, wie ihre Handgelenke hinter ihrem Rücken gefesselt wurden. Ein weiteres Mal schleppte ein Wächter sie mit sich und warf sie unsanft zu Boden. Sie presste die Lider vor Schmerz zusammen und spürte kaum, wie ein weiterer Schlag sie auf der Schläfe traf.

Benommen drehte Myan sich auf die Seite, damit wenigstens ihre Schultern und Arme nicht mehr schmerzten. Vor dem Pochen in ihrem Kopf schien es ohnehin kein Entkommen zu geben. Unwillig öffnete sie die Augen. Um sich herum erkannte sie die Ballen und Beutel mit Korotimbers Schätzen. Myan stöhnte. Es wäre besser gewesen, wenn die Leibwächter ihrem Leben gleich ein Ende gesetzt hätten, statt auf das Urteil ihres Königs zu warten. Nach diesem Desaster würde nicht einmal er noch glauben, dass sie in sein Lager gekommen war, um ihn zum Zorant zu führen und die Priester zu stürzen.

Sie hatte ihre Stadt noch ein letztes Mal im Stich gelassen und ihre einzige Chance auf die Zerstörung des Steins von Estryrur vergeben. Auf den letzten Rest dieses misslungenen Lebens hätte sie gern verzichtet, statt zwischen edelsteinbesetzten Schüsseln und Waffen zu schmoren, bis Korotimber Zorantander erobert hatte und Zeit dafür fand, sich Foltertechniken für eine zum Tod verurteilte Verräterin auszudenken.

Waffen … Myan hob den Kopf und ließ ihn gleich wieder sinken. Wann würde sie endlich einsehen, wie absurd alle ihre Pläne und Hoffnungen waren? Seit sie auf Korotimbers Lager zugestürmt war, hatte sie sich von reiner Verzweiflung treiben lassen. Aber selbst die größte Verzweiflung machte sie nicht schneller als Korotimbers Leibwächter oder gar unsichtbar. Was nützte es ihr also, sich von ihren

Fesseln zu befreien? Sie würde es höchstens wieder bis zum Kordon der Leibwächter schaffen. Und jeden Fluchtversuch würde Korotimber vermutlich mit einer weiteren Foltermethode bestrafen.

Myan rappelte sich mühsam in eine kniende Haltung auf und tat ihr Bestes, um die Schmerzen in ihrem Leib und ihrem Kopf zu ignorieren. Vielleicht würde sie den Mut finden, sich in eine Waffe zu stürzen. Vielleicht würden die Leibwächter sie doch töten, wenn sie es zu weit trieb. Auf keinen Fall würde sie es ertragen, untätig auf einen grausamen, langsamen Tod zu warten. Fieberhaft glitt ihr Blick über die unregelmäßigen Formen um sie herum. Etwa zwei Schrittlängen entfernt lag etwas, das wie die lederne Hülle jener Prunkaxt aussah, mit der Korotimber sich für eine Parade geschmückt hatte. So leise wie möglich rückte Myan darauf zu und stieß tatsächlich auf die edelsteinbesetzte Axt. Zumindest ihre Augen ließen sich nicht von ihren Wünschen betrügen.

Mit den Zähnen zerrte sie an dem dünnen Riemen, der die lederne Hülle an ihrem Platz hielt. Wie erhofft, glitt das Band über den Kopf der schweren Waffe, sobald sie in der Luft baumelte, aber die Schnürung lockerte sich viel zu schnell. Die Axt kippte aus ihrer Hülle. Obwohl Myan sich rasch nach vorne beugte, schlug der Kopf dumpf auf dem festgestampften Boden auf. Sie erstarrte unter dem Geräusch, das in ihren Ohren wie ein Donnerschlag klang, und konnte es kaum glauben, als zwei Herzschläge später immer noch kein Soldat im Zelt stand. Nun begann der schwierige Teil: Die Axt so zwischen zwei Bündeln einzuklemmen, dass sie den Strick über die Klinge ziehen konnte – alles mit auf dem Rücken gefesselten Händen.

Völlig schweißüberströmt und krampfgeplagt fühlte Myan zuletzt, wie die Fasern über ihren Handgelenken nachgaben. Doch bevor sie sich von dem Seil befreien konnte, wurde durch die Zeltplane hindurch Ristomors Stimme hörbar. Reflexhaft ließ Myan sich auf die Seite fallen. Ihre Hände hielt sie hinter dem Rücken zusammengeklammert und verdeckte mit ihrem Körper die Sicht auf die Axt. Draußen entspann sich ein aufgeregtes Gespräch auf Inar. Zweifellos berichteten die Wachen dem Wesir gerade von ihrem Versuch, mit dem Stein von Estryrur zu fliehen.

Womöglich würde sie nun den kurzen Prozess bekommen, den sie herbeisehnte. Ristomor forderte schon lange ihren Tod und jetzt, wo Korotimber kein anderes Urteil mehr treffen konnte, brauchte er den Zorn seines Königs nicht mehr zu fürchten. Blieb nur die Frage, ob der Wesir mehr danach gierte, sie unter Folter leiden zu sehen oder die Rache höchstpersönlich zu verüben. Aus Unschlüssigkeit verharrte Myan in vorgetäuschter Ohnmacht.

Schon machte die Zeltplane ihr flappendes Geräusch. Zwischen halb geschlossenen Lidern konnte Myan Ristomors schwabbelige Gestalt erkennen – nur sein Bauch war heute um den Umfang des Steins von Estryrur geschrumpft. Zu ihrem unermesslichen Erstaunen warf der Wesir lediglich einen flüchtigen Blick auf sie, dann sah er sich mit ruckartigen Kopfbewegungen um. Auf seiner Miene stand höchste Erregung und seine Hand hielt etwas umklammert – ein Stück des beigefarbenen, goldgeäderten Felsens von Zorantander.

Wie ein Verrückter stürzte er sich auf einen bestimmten Stapel und wühlte durch die verpackten Schätze. Die Raserei dauerte nicht lange. Ristomor schloss ein Bündel in die Arme, ließ sich mit seiner Beute zu Boden plumpsen und zerrte ungeduldig an dem Riemen, der die Basthülle über dem unförmigen Ding in der Größe eines Glinkeis zusammenhielt. Zuletzt zog er ein Messer und schnitt den Riemen durch. Gemeinsam mit der herabfallenden Hülle fiel auch jede Getriebenheit von dem Wesir ab. Mit weihevoller Gebärde hob er seine Beute höher – eine beigefarbene Steinschale mit goldfarbenen Adern und sechs Ecken, von denen eine sich nach innen neigte. Auf der Außenseite waren fünf Embleme eingraviert. Der Zorant.

Myan holte scharf Atem. Sie wusste, dass ihre Augen weit offen standen, als Ristomor sich ihr zuwandte. Ein grausam triumphierendes Lachen gurgelte aus seiner Kehle hervor – dasselbe Lachen, das Myan unter dem Einfluss des Steins von Estryrur ausgestoßen hatte.

»Wie es scheint, hatte unser verehrter König den Sieg über Zorantander von Anfang an in der Tasche.« Der Wesir sprach mit einer gefährlich leisen, samtigen Stimme. »Nun – ich hatte immer den Verdacht, dass diese Schale aus den Schätzen des Herrschers von Begarunt ein Geheimnis verbirgt. Sie strahlt eine geheimnisvolle Macht aus. Trotzdem wäre ich nie auf diesen Gedanken gekommen. In unserer Sprache heißt der Zorant ›das Herz des goldenen Zorantander‹. Deshalb dachte ich immer, es müsse sich um ein Goldgefäß mit fünf

Ecken handeln – fünf Ecken, fünf Tugenden. Erst dieses Steinchen hier gab mir zu denken.«

Triumphierend deutete Ristomor auf das Stück Fels, das er ins Zelt gebracht hatte. »Und natürlich die Fahne, die über Zorantander weht. Sie zeigt diese Symbole hier und hat genau diesen Umriss.« Nun wies er auf den Zorant. »Und dein Gesichtsausdruck gibt mir den letzten Beweis.« Er stand auf, um seine Verachtung noch besser auf sie herabschleudern zu können. »Ich habe dich von Anfang an für eine Verräterin gehalten, aber das Ausmaß deiner Lügen überrascht selbst mich.« Ein sardonisches Grinsen verzerrte Ristomors Miene.

»Dein ganzes Leben war eine Lüge. Du hattest den Zorant noch nie in deinem Leben gesehen und hast dich völlig umsonst mit den Tugenden gequält, die eure Priester von euch verlangen. Jeder Moment in Treue, Frieden, Reinheit, Gleichheit und Mäßigkeit war vergeudet. Du hättest dein Leben frei von allen Fesseln genießen können, denn euer Heiligtum war weit fort und die Priester hatten keine Macht über euch. Sich vorzustellen, was ihr alle auf euch genommen habt! Jede Lebensfreude habt ihr unter einer dicken Schicht Tugendhaftigkeit erstickt, um den Schutzschild über eurer Stadt nicht zu verlieren – einen Schild, der schon ewig nicht mehr –«

Myan sprang auf. Ihre Arme hoben sich über den Kopf und fuhren auf Ristomor nieder. Die Axt traf ihn mitten in die Stirn und schnitt ihm das Wort ab. Für einen Augenblick schwankte der Wesir, dann kippte er nach hinten. Myan krallte die Hände in seinen Mantel. Sie war nicht kräftig genug, um den Mann aufrecht zu halten, aber er krachte zumindest nicht mit voller Wucht zwischen die Bündel und Ballen, sondern sank ohne großes Geräusch zu Boden. Der Zorant entglitt Ristomors Griff, rollte an seinem Körper herab und kam auf seinen Beinen zu liegen. Myan fiel auf die Knie und hätte sich beinahe in den heiligen Schutzschild Zorantanders übergeben.

Sie heftete ihren Blick auf den goldgeäderten Stein, damit sie Ristomors Kopf nicht sehen musste. Was sonst nur ihre Zunge getan hatte, hatte nun ihr ganzer Körper getan: schneller als jeder Gedanke zu sein. Ristomors Hohn über die Kämpfe ihres Lebens war zu viel gewesen. Aber jetzt durfte sie erst recht nicht zu denken beginnen. Zorantander schwebte in größter Gefahr.

Wie von selbst begannen Myans Hände, Ristomors Mantel aufzuknöpfen. Sie rollte den Toten auf den Bauch, riss ihm das Gewand vom Leib, hüllte sich hinein und zog die Kapuze über ihren Kopf. Den Zorant wickelte sie in die Überreste seiner Basthülle, bevor sie ihn unter dem Mantel verbarg. Das Messer, mit dem Ristomor den Riemen durchschnitten hatte, lag noch auf dem Boden. Myan schlich zu der Zeltwand, zog einen langen Schnitt und schlüpfte hindurch. Die ersten Schritte setzte sie vorsichtig und leise. Dann stolzierte sie fort, ohne nach links oder rechts zu blicken, wie Ristomor es getan hätte.

20

Der Mantel des Wesirs und die einfallende Dämmerung trugen Myan durch die Linien von Korotimbers Heer. Sie lief unbehelligt durch eine Wolke aus Staub und Getöse, durch den Gestank nach Schweiß, Blut und Metall. Niemand hielt sie auf oder rief ihr etwas nach – weder die Soldaten, die sich zum Kampf bereit machten, noch deren erschöpfte Kameraden, die für eine Pause vom Ansturm zurückkehrten.

Im Schutz eines Palmenhains warf Myan den Mantel schließlich ab und sprang in einen Bewässerungskanal, der wegen der Belagerung ausgetrocknet lag. In gebeugter Haltung preschte sie vorwärts und ließ ihre linke Hand die Kanalwand entlanggleiten, damit sie die Abzweigungen zählen konnte. Bei der siebten bog sie ab und kletterte zuletzt zwischen den zerklüfteten westlichen Ausläufern des Felsens von Zorantander aus der Rinne. In diesem Punkt hatte sie Korotimber nicht belogen. Es gab einen geheimen Zugang zu der Seegrotte, den Fremde in dem Gewirr von Felsen niemals ohne Hilfe gefunden hätten. Sogar sie irrte sich zweimal, bevor sie den richtigen Durchschlupf fand, der nicht anders aussah als die zahllosen anderen Spalten im Fels.

Mit der schweren Steinschale in Händen und Blutergüssen auf ihrem ganzen Körper fiel es Myan schwer, sich durch die enge Öffnung zu schieben. Beinahe wäre der Zorant ihrem Griff entglitten. Die erwartete Dunkelheit in der Seegrotte umschloss sie nicht sofort, irgendwo schien eine Fackel zu brennen. Myans erster Gedanke galt einem Wachposten, aber der Schein verschwand so schnell, dass sie überzeugt war, sich geirrt zu haben. Sie zog ihren Bastbeutel hervor und tastete nach dem Feuerkristall, damit sie etwas sehen konnte. Auf einmal zitterten ihre Hände genauso stark wie ihre Knie. Seit dem Frühstück hatte sie nichts mehr gegessen und seit der Mittagszeit nichts mehr getrunken. Dazwischen lagen endlose Zeremonien, Stürze, Schläge, ein toter Wesir und ein gefährlicher Weg durch ein feindliches Heer.

Sie biss die Zähne zusammen und zwang sich dazu, aufrecht stehen zu bleiben. Endlich gelang es ihr, den Feuerkristall aus dem Beutel zu ziehen. Das blaue Licht der kleinen Pyramide breitete sich in dem engen Felsengang erstaunlich weit aus. Es fiel auf eine Gestalt, die nur drei Schritte entfernt stand. In ihrer Hand hielt sie etwas, das den Schein des Kristalls zurückwarf. Ein Schwert. Unwillkürlich sprang Myan zur Seite und prallte gegen den Fels. Neuer Schmerz erstickte die Frage, ob sie es mit einem Wachposten zu tun hatte oder ob Korotimbers Soldaten gegen alle Wahrscheinlichkeit den Weg in die Seegrotte gefunden hatten.

Irgendetwas schepperte zu Boden, dann spürte Myan eine Hand um ihren Oberarm. Noch während sie sich darüber wunderte, dass es keine grobe Berührung war, versetzten ihre Nase und ihre Ohren sie in noch größere Verwirrung. Sie meinte den Hauch einer ganz bestimmten Gewürzmischung zu riechen. Gleichzeitig hörte sie:

»Myan …?«

Sie blinzelte die Tränen fort und lockerte ihre Finger, die sich vor Schreck verkrampft hatten. Erneut entließen sie das Licht des Feuerkristalls. Vor Myans Augen erschien tatsächlich Quints Gesicht, ungläubig und blass in dem bläulichen Schimmer.

»Beim Gestank der tödlichen Quelle – ich dachte, du wärest tot. Wie konntest du aus dem Heerlager entkommen? Aber wirklich lebendig siehst du ohnehin nicht aus.« Ein zaghaftes Lächeln stieg auf. »Gib das mal her.«

Vorsichtig, aber bestimmt nahm Quint Myan ihr Bündel und den Feuerkristall ab. Dann half er ihr, sich hinzusetzen, und ging neben ihr in die Hocke.

Schon im nächsten Moment wollte sie wieder auffahren und fand doch nicht die Kraft dazu. »Ich habe keine Zeit zum Ausruhen! Wie … wie sieht es oben in der Stadt aus?«

»Schlecht«, gab Quint zurück. Ein harter Zug um seinen Mund verriet die Untertreibung. »Die Verteidigung wird bald zusammenbrechen. Leider beten inzwischen immer mehr Leute um das Leuchten des Zorant, statt die Angreifer abzuwehren. Die Priester tun ihr Bestes, um neuen Mut zu wecken, aber die Panik greift um sich. Auf mich wollte von Anfang an niemand hören. Wahrscheinlich wird sich auch niemand von mir zur Flucht überreden lassen – ich bin hier, um zu sehen, ob man im Schutz der Dunkelheit durch diesen Ausgang entkommen könnte. Aber wie gesagt: Die Stadtbewohner werden ihre Hoffnung auf die Rettung durch den Zorant nicht aufgeben, bis es zu spät ist. Die Priester wagen es natürlich nicht, zu verraten, dass er verschollen ist.«

»Ich habe ihn«, stieß Myan hervor.

Quint legte ihr mit besorgtem Ausdruck eine Hand auf die Stirn. »Geht es dir gut? Da ist ein riesiger Bluterguss oberhalb deiner rechten Schläfe …«

Ungeduldig schlug Myan seine Hand beiseite und versuchte, mit ihrem Fuß die Schale näher zu sich heranzuholen. »Schau unter diese verdammten Bastfetzen, bevor du dir Sorgen über meinen Geisteszustand machst!«

Ohne seinen Blick von ihrem Gesicht abzuwenden, streckte Quint eine Hand nach dem Bündel aus. Die Sorge auf seiner Miene verschwand jäh, als seine Finger sich um die bastverhüllte Form schlossen. Der Bluterguss über Myans Schläfe war vergessen und wenige Augenblicke später starrte Quint völlig verdattert auf das Heiligtum von Zorantander.

»Myan … Wo –«

»Keine Zeit«, unterbrach sie ihn und zog sich an der Felswand hoch. »Wir müssen den Zorant auf die Geweihte Höhe bringen, damit die Priester ihn erleuchten können – mit den stofflichen Symbolen der fünf Tugenden.«

Erst am Ende des Satzes wurde Myan bewusst, dass sie »wir« gesagt hatte. In ihrem Zustand würde sie es allein vielleicht nicht mehr auf die Geweihte Höhe schaffen. Aber Quint hatte nie an den magischen Schutzschild geglaubt und plante bereits seine Flucht. Er schuldete weder ihr noch ihrer Heimatstadt etwas.

Quint nahm einen tiefen Atemzug. Sein Blick huschte vom Zorant zu Myan und zurück, bevor endlich Bewegung in seinen Körper kam. »In Ordnung. Gehen wir.« Er klemmte sich die heilige Schale unter den Arm und griff nach dem Schwert, das er zuvor fallen gelassen hatte.

Im Licht des Feuerkristalls lief Myan wie ein gejagtes Tier um ihr Leben, durch das Labyrinth und viel zu lange Treppen hinauf. Ein plötzlicher Griff um ihr Handgelenk riss sie aus einem tranceähnlichen Zustand heraus und ließ sie schlagartig wieder die Strapazen und die Verletzungen dieses endlosen Tages fühlen. Sie richtete einen anklagenden Blick auf Quint. Warum hielt er sie jetzt auf? Sie waren fast angekommen. Die Treppe direkt vor ihnen führte zu einem Ausgang am Fuß der Felsnadel. Nur noch ein Stück weiter und sie würden jenen verborgenen Durchgang erreichen, der Zutritt zu den Ordenshäusern gab.

Quint kümmerte sich nicht um ihren stummen Protest. »Warte einen Moment und hör mir zu! Nein«, schnitt er auch noch ihren Versuch ab, zu Wort zu kommen. »Hör mir zu! Wenn du den Zorant jetzt zu den Priestern bringst, wird er nicht leuchten. Ich erzählte Lurethe und Jivirokan zwar alles, was wir herausgefunden haben, aber sie wollten mir nicht glauben. Sie werden die stofflichen Symbole der fünf Tugenden nicht anrühren, sondern darauf warten, dass der Zorant von selbst seine Macht verströmt.«

Die Erinnerung an den Pilgerweg holte Myan mit voller Wucht ein und erfüllte sie mit Verzweiflung. »Was soll ich dann tun?«

»Den Zorant hier drinnen erleuchten. Und ihn dann hinaus auf die Straßen bringen, damit die Menschen ihn sehen können. Das wird ihnen hoffentlich den Mut geben, Korotimbers Soldaten weiterhin abzuwehren.«

Myan spürte Quints Skepsis, aber ihre eigenen Sorgen gingen weit darüber hinaus: »Ich kann den Zorant nicht erleuchten. Ich stehe nicht auf dem Pfad der fünf Tugenden. Ich bin eine Tochter der Sünde. Ich … ich habe heute einen Menschen getötet.« Sie starrte auf ihre zitternden Hände. Erst jetzt entdeckte sie kleine rotbraune Punkte darauf. Ristomors Blut.

»Bei allen Quellen!« Quint rollte mit den Augen. »Wenn du schon nicht glauben kannst, dass das Leuchten dieser Schale allein von den stofflichen Symbolen kommt, dann denk dir wenigstens, dass du niemals aus Korotimbers Lager entkommen wärest und den Zorant gefunden hättest, wenn du nicht auf dem Pfad der fünf Tugenden wandeln würdest. Und wenn das auch nicht hilft, halte dir eines vor Augen: Zorantander steht kurz davor, von einem Heer überrannt zu werden. Was immer du jetzt tust – du kannst es nicht schlimmer machen.«

Als Myan wie betäubt stehen blieb, setzte Quint den Zorant auf dem Boden ab und angelte nach dem Bastbeutel, der an Myans Hals baumelte.

»Los jetzt – ich helfe dir. Du musst allerdings das Zorantodion sprechen – ich bin nicht sicher, ob ich es noch richtig zusammenbringe. Ich füge die stofflichen Symbole in der Schale zusammen. Aber zuerst müssen wir sie vorbereiten. Wie war das? Wenn der Feuerkristall einen halben Finger hoch ist, brauchen wir eine ganze Fingerlänge Tingantholz, eine halbe Jiralnussschale Folansiöl ...«

Endlich beugte sich Myans Kopf und entließ den Bastbeutel in Quints Hände. »Vier halbe Jiralnussschalen von den Wassern der Leneani«, setzte sie mit bebender Stimme fort. »Vermutlich zwei von jeder der beiden Quellen. Und zwei halbe Jiralnussschalen Jelemat.«

Unschlüssig kniete Myan neben dem Zorant nieder. Quint hatte recht. Ihr blieb keine Wahl. Aber in ihr tobte dieselbe Angst, die sie bereits ihr ganzes Leben begleitet hatte: andere niemals schützen zu können, sondern ihnen immer zu schaden. Im nächsten Moment fuhr ihr die Erkenntnis durch die Knochen, dass sie kein Maß für das Öl, die Leneani-Wasser und den Sand hatten.

Quint reihte indessen unbeirrt den Inhalt des Bastbeutels vor sich auf, maß die Feuerkristalle gegen seinen Zeigefinger und wählte einen aus. Mit seinem Schwert hieb er ein Stück Tingantholz zurecht. Er griff in seine Tasche, zog eine Jiralnuss hervor, spaltete sie und warf den Kern beiseite. Er entkorkte alle Flaschen, stellte sie bereit und hob den Kopf.

»Die Nussschale ist kein genormter Messbecher, ich weiß«, antwortete er auf Myans fassungslosen Blick. »Aber wir müssen mit dem arbeiten, war wir haben.«

»Ja, natürlich«, wehrte sie rasch ab. »Ich bin nur überrascht – warum hast du eine Jiralnuss bei dir?«

Quint grinste. »Ich habe mehrere. Ich wollte sie verwenden, um Soldaten abzulenken, falls sie mir auf meiner nächtlichen Flucht zu nahe kommen sollten. Die Nüsse liegen nicht so schwer in der Tasche wie Steine. So …«, er breitete die Arme aus und das Grinsen versiegte. »Wir stehen kurz vor der Erleuchtung. Sprich!«

Die Anspannung wurde beinahe schmerzhaft. Unweigerlich kam die Erinnerung an jenen Morgen auf, an dem sie das Zorantodion zum ersten Mal gesprochen und vergeblich auf das Gefühl von Kraft und Ruhe gewartet hatte.

»Gib mir einen Moment.« Myan schloss die Augen und summte zwei Strophen des Morgengesangs der Zorantani. Sie nahm lange Atemzüge und zählte die Schläge ihres Herzens. Als sie die Augen wieder öffnete, nickte sie Quint zu. Er ergriff den Feuerkristall und hob sein Schwert.

»Flyndráng júrien pólaígrin.«

Die Schwertklinge fuhr herab und trennte den Kristall mit einem scharfen Geräusch von dem Muttergestein. Die blau schimmernde Pyramide fiel in den Zorant. Sofort flimmerte die Luft in der Schale vor Hitze.

»yóbindrár héleriz wosuonibeiréz kaletchiú-bend rómeiv.«

Quint warf das Tingantholz in den Zorant und hielt inne, bis Myan das Ende des Verses erreichte. Die giftig gelben Flämmchen sprangen jäh auf und verzehrten das Aststück zu Asche.

»fol ánsekiróntiu móchbloa káletchiort-pend rif.«

Myans Lippen sprachen die Worte des Zorantodion wie von selbst. Obwohl sie mit ihren Augen gebannt Quints Bewegungen verfolgte, blieb sie tief konzentriert. Während er eine halbe Jiralnussschale Folansiöl abmaß und es in den Zorant goss, griffen Worte und Gesten in voller Harmonie ineinander.

»holeírón grest.«

Diese Zeile war zu kurz, um irgendwelche Handgriffe zu erlauben. Der Feuerkristall zersprang unter der kühlenden Wirkung des Folansiöls. Seine winzigen Splitter versanken in einer sonnengelben, jäh erstarrenden Masse. Quint setzte die Hälften der Jiralnussschale in seine Hand und fügte zu den Worten

»ágouversta ágouverstua ágouvezton«

rasch die Wasser der Leneani aus der Doppelflasche hinzu. Die sonnengelbe Masse begann zu zischen und zu brodeln. Unwillkürlich wichen Quint und Myan zurück. Aus sicherer Entfernung streute er den Jelemat über die kochende Masse, sobald Myan zum vorletzten Vers ansetzte:

»churoú-wárleont quirírzeund tachblíuv enéirmand krin.«

Das Brodeln hörte auf. Die Masse wurde heller und dann verströmte plötzlich der gesamte Zorant Licht aus seinen goldfarbenen Adern. Mit zitternden Händen hob Myan die Schale hoch, um sie vor die Augen der Stadtbewohner zu bringen. Ein Tropfen der Masse schwappte über den Rand und fiel auf den Fels zu ihren Füßen. Die Adern im Gestein begannen zu glimmen, erst auf einer winzigen Stelle, dann auf einer größeren. Gemeinsam mit der letzten Zeile des Zorantodion stieg in Myans Gedächtnis das letzte Zeichen auf, das in der Inschrift über dem Grab von Nitimone und Romeigur stand – der seltsame Wasserfall.

»aalienár lonk.«

Myan hielt den Atem an, kippte die Schale und ließ ihren ganzen Inhalt auf den Felsen Zorantanders fließen. Neben ihr streckte Quint hastig die Hand aus, um sie daran zu hindern, aber im nächsten Moment verharrte er bewegungslos. Dasselbe Leuchten, das immer noch im Zorant gleißte, breitete sich aus. Es floss durch die Felsadern wie ein goldener, vielverästelter Blitz – strahlend, aber nicht grell, und langlebig, statt flüchtig verglühend. Nach drei Atemzügen waren Myan und Quint vollkommen von dem Leuchten umschlossen.

Sie richteten ihre Augen auf das Ende der Treppe und stießen zusammen, weil sie gleichzeitig ihre Füße auf die erste Stufe setzten. Für einen Herzschlag hielten sie inne, ihre Blicke ineinander gefangen, dann stürmte Myan aufwärts. Das Leuchten nahm kein Ende. Nur der tiefschwarze Nachthimmel über ihrem Kopf verriet ihr, dass sie den unterirdischen Gang verlassen hatte. Hinter ihr ragte die Felsnadel auf und überstrahlte alle Sterne. Zu ihren Füßen lag eine goldene Stadt, deren steile Flanken das Licht weit in die Savanne und in die Wüste hinaus warfen.

Noch zwei Wimpernschläge lang lag eine geisterhafte Stille über Zorantander. Sie wurde von einem unbestimmten Raunen abgelöst, das sein gemischtes Wesen erst verriet, als es anschwoll und sich teilte. In der Stadt erklang der Jubel von erfüllter Hoffnung, wiederkehrendem Mut und weggefegten Zweifeln. Aus der Savanne kam der Schrei des ungläubigen Entsetzens und der blanken Angst. Diejenigen Soldaten aus Korotimbers Heer, die beim Aufleuchten des Felsens nicht sofort die Flucht ergriffen, wurden in einem einzigen wütenden Ansturm der Stadtbewohner von den Mauern gefegt. Lange bevor das Leuchten zu schwinden begann, war kein einziger lebender Kämpfer mehr in dem Lichtkreis zu sehen, der wie ein magischer Schutzschild um Zorantander lag.

Myan senkte ihren Blick auf den Zorant in ihren Händen. Sein Schimmer verglomm langsam. Rund um den Eingang zur Seegrotte, an dem sie und Quint immer noch standen, fanden die Stadtbürger aus ihrer rasenden Erleichterung zu bewussterer Freude. Gebete wurden laut, völlig Fremde fielen einander in die Arme. Als jemand in ihre unmittelbare Nähe taumelte, verbarg Myan den Zorant reflexhaft hinter ihrem Rücken. Der Jubel der Leute steckte sie nicht an. Stattdessen fühlte sie Kälte in sich hochkriechen und konnte sich kaum mehr auf den Beinen halten.

Rasch schlüpfte sie an Quint vorbei, zurück in den Fels. Am Fuß der Treppe lagen immer noch die stofflichen Symbole der fünf Tugenden. Myan warf sie in die Steinschale und schritt im Licht des letzten Feuerkristalls tiefer in die Gänge des Labyrinths, bis sie eine verborgene Nische fand. Dort setzte sie sich nieder, zog die Beine an und lehnte ihre Stirn gegen die Knie.

Während der nächsten Stunden driftete Myan zwischen Schlaf und Wachen, zwischen Traum und Wirklichkeit. Bilder und Gefühle stiegen auf, vermischten sich und schwanden. Nichts war deutlich, nichts war sicher. Erst nach langer Zeit schlug zumindest eine Gewissheit Wurzeln: Korotimber war geschlagen. Es würde dem Kriegerkönig nicht gelingen, sein Heer nochmals zu sammeln und seinen Soldaten frischen Kampfesmut einzuflößen. Die Angreifer hatten gesehen, dass der Stein von Estryrur das Leuchten des Zorant nicht zu ersticken vermochte.

Aber woher kam das Leuchten? Kam es tatsächlich allein vom Feuerkristall, vom Tingantholz, vom Folansiöl, von den Leneani-Wassern und vom Jelemat? Oder setzten die Stoffe nur jene Macht frei, die erst durch Tugendhaftigkeit geschaffen werden musste? Und war das Leuchten die einzige Macht des Zorant? Der Schutzschild Zorantanders hatte die Feinde nicht niedergestreckt. Sie waren vom neu erwachten Mut der Stadtbewohner und von der eigenen Angst in die Flucht geschlagen worden. Vielleicht besaß die Schale keine Magie, vielleicht konnte ihre Macht sich in den Händen einer Person, die dem Pfad des Zorant fernstand, nicht voll entfalten.

Sie hatte einen Mann getötet – der größte Tugendbruch, den sie sich vorstellen konnte. Aber ohne diesen Mord hätte sie Zorantander nicht retten können. Es war unausweichlich gewesen, gegen Frieden, Gleichheit und Mäßigkeit zu verstoßen, um die Treue zu bewahren – Treue zu den Menschen ihrer Heimatstadt, die Schutz vor dem Kriegerkönig verdienten. Widersprüche. Die Tugenden waren voller Widersprüche. Es war eine Sünde, mit einem Tod viele Leben zu retten. Es war eine Sünde, zu lieben …

Myan zwang sich dazu, aus ihrem konfusen Dämmerzustand aufzutauchen und den Kopf zu heben. Ihr Blick fiel geradewegs in Quints Augen, die im blauen Licht des Feuerkristalls metallisch glänzten. Sie hatte die ganze Zeit gewusst, dass er ihr in die Seegrotte gefolgt war und nahe bei ihr saß. Nun, irgendwann musste er sie doch verlassen haben, denn er hielt ihr einen Wasserschlauch entgegen. Um ihre trockene Kehle nicht völlig sinnlos anzustrengen, nahm Myan ihn stumm entgegen. Erst nachdem sie ihn abgesetzt hatte, brachte sie ein heiseres »Danke« hervor.

»Keine Ursache.« Ein Grinsen blitzte auf. »Wenn ich dir kein Wasser bringen würde, müsste ich am Ende dich zum Wasser tragen. Und du bist viel schwerer.«

Myan sah ihn ernst an. Ihr Kopf schwamm immer noch, aber aus dem Gewirr lösten sich jene Worte, die gesagt werden mussten: »Ich meinte nicht nur das Wasser. Ich meinte: danke für alles. Für jedes Wort. Für jeden Handgriff. Und: entschuldige. Für … Für die Nacht, nachdem wir das Grab von Romeigur und Nitimone gefunden hatten. Ich war völlig außer mir und hätte mich dir nicht an den

Hals werfen dürfen. Aber glaub mir, es war nicht egal, wer bei mir war – es war nie egal.«

Quint blickte unruhig zur Seite und kratzte sich im Nacken.

Myan befreite sich aus ihrer Felsnische, um näher zu ihm heranzurücken. »Ich konnte es dir nur an diesem Morgen nicht sagen … Ich habe mich so schuldig gefühlt … Und es hätte auch nichts wiedergutgemacht, nur schlimmer …«

»Myan …« Er wandte sich ihr wieder zu. »Vergiss, was ich an diesem Morgen sagte. Ich war zornig auf mich selbst, weil ich mich von dir und meinen Hoffnungen hatte fortreißen lassen. Zerrissenheit wie deine verschwindet nicht so plötzlich, das weiß ich selbst am besten. Du konntest nicht von einem Augenblick zum anderen wissen, ob du noch in den Orden des Zorant gehörst oder … oder nicht.«

»Ich weiß es immer noch nicht«, hörte Myan sich sagen.

Schlagartig stürzte die Bitterkeit dieser unerwarteten Einsicht über sie herein. Der sehnliche Wunsch, sich mit Quint zu versöhnen und anschließend Ruhe und Sicherheit in seinen Armen zu finden, war ungebrochen. Aber ihre rasche Zunge war klüger als dieser Wunsch. Wenn sie ihrer Sehnsucht jetzt nachgab, würde es wieder genauso enden wie an jenem Felsen in der Kiesöde. Sie brauchte Wahrheit.

Myan senkte den Kopf und blinzelte die aufsteigenden Tränen fort. Quint sollte sich nicht schon wieder wie ein Glink fühlen, der ihre Lasten aufgebürdet bekam. Zu spät – er wühlte in einer Tasche seines Gewandes. Doch was er zuletzt in ihre Hand legte, war kein Taschentuch. Myan erkannte ein dunkelrotes Stirnband mit schwarzen Enden und eingestickten Symbolen. Ihr Stirnband. Unsicher hob sie ihren Blick und begegnete einem traurigen Lächeln.

»Dann musst du es herausfinden – ob du in den Orden gehörst oder nicht. Die Tore stehen dir zweifellos weit offen, nachdem du den Zorant mitbringst. Umso mehr, nachdem ich Lurethe und Jivirokan bereits vom Scheitern des Pilgerweges und vom endgültigen Verlust ihres Heiligtums berichtete.« Quint verzog sein Gesicht. Die Erinnerung an sein Zusammentreffen mit dem Hohen Paar war eindeutig unangenehm.

»Das kannst du jetzt richtigstellen«, sprudelte Myan hervor, nicht allein von ihrem Gerechtigkeitssinn getrieben. »Schließlich hast du die Stadt mit mir gemeinsam gerettet.«

Quint schüttelte entschieden den Kopf. »Ich werde keinen Fuß mehr über die Schwelle eines Ordenshauses setzen – das heißt, vielleicht betrete ich noch ein letztes Mal die heiligen Hallen der Quennagoar. Immerhin ist Korotimber jetzt besiegt und wir wissen, dass die stofflichen Symbole der fünf Tugenden nur auf den Felsen von Zorantander wirken. Dieses Wissen will ich meinen Leuten nicht vorenthalten. Mal sehen, was ihnen danach noch einfällt, um mich zu quälen.«

Mit den letzten Worten stand er auf. Myan rappelte sich ebenfalls hoch, obwohl der ganze Felsen von Zorantander auf ihren Schultern zu lasten schien. Quint setzte erst zu einem Wangenkuss und dann zu einer Umarmung an. Beide Male hielt er abrupt inne. Nur seine linke Hand wanderte nach oben, um seine Augen zu reiben. Als Myan wieder freien Blick auf Quints Gesicht gewann, klebte ein starres Lächeln darin. Seine Stimme klang gepresst:

»Wenn du dich entschieden hast – ob du im Orden bleiben willst oder nicht –, lass es mich wissen. Schick eine Nachricht an den Schmied Dionkuav in Kuv-Quarneak – das ist mein älterer Bruder. Er wird die Nachricht weiterleiten, damit …«

Der Satz blieb unvollendet in der Luft hängen. Quint wandte sich um und verschwand im Dunkel der Seegrotte.

»Wir wollten nicht glauben, was Quintolaon uns über das Grab in der Kiesöde erzählte.« Jivirokan stützte seine Ellbogen auf die Tischplatte. Eine durchwachte Nacht und ein Morgen voll aufwühlender Berichte hatten die Falten auf seinem Gesicht tiefer eingegraben. »Wie hätten wir einem Mann glauben sollen, der offen zugab, uns jahrelang etwas vorgespielt zu haben? Aber jetzt …« Der Blick des Höchsten wanderte über den Zorant und über die stofflichen Symbole der fünf Tugenden, die vor ihm ausgebreitet lagen. »Einer treuen Adeptin, die unser Heiligtum zurückbrachte und uns aus der größten Gefahr rettete, müssen wir wohl Glauben schenken.«

»Die Stadt verdankt ihre Rettung Quint genauso sehr wie mir.« Myans Stimme war rau von ihrem langen Bericht über die Pilgerreise.

Damit sie nicht wieder vor ihrem inneren Auge sehen musste, wie Quint in der Dunkelheit verschwand, blickte Myan zum Fenster hinaus. Von den Gemächern des Hohen Paars öffnete sich der Ausblick auf die Harreische Dornsavanne in der Mittagssonne. Der Boden war zertrampelt, mit zurückgelassener Reiseausrüstung und verlorenen Waffen übersät, aber frei von Soldaten. Das riesige Heer war noch in der Nacht geflohen und hatte seinen König gezwungen, dasselbe zu tun.

»Quintolaon erkennt die fünf Tugenden nicht an«, wandte Lurethe in ihrer hellen Stimme ein. »Er schätzt sein Leben höher als den Pfad des Zorant und dafür tötet er sogar. Ein solcher Mensch kann Zorantander nicht retten, vielmehr fügt er dem Schutzschild der Stadt den größten Schaden zu. Wir hätten von Anfang an erkennen müssen, was er ist. Es tut mir leid, mein Kind, dass wir dich mit einem falschen Bruder verschwisterten.«

»Ich habe auch getötet …«, flüsterte Myan kaum hörbar. Das Geräusch der Axt, die in Ristomors Schädel fuhr, begleitete sie in ständigem Grauen.

»Aber in bester und größter Treue zum Zorant«, donnerte Jivirokan. »Wie hättest du dieser Bestie sonst unseren heiligen Zorant entreißen können? Die Buße für diesen Bruch mit den Tugenden des Friedens, der Gleichheit und der Mäßigkeit wird milde ausfallen – sehr milde.«

Myan fühlte sich nicht befreit. Und es war nicht allein das Schuldgefühl, das sie zur nächsten Beichte bewog: »Ich habe außerdem gegen die Tugend der Reinheit verstoßen … Auf dem Pilgerweg. Mit Quint.«

Lurethe runzelte die Stirn. »Die Buße dafür wird härter ausfallen. Zwei Monde lang fasten.«

Mit neuer Wucht riss die Kluft auf, in die Myan zum ersten Mal am Grab des Hohen Paars geblickt hatte. In ihrer Erschöpfung schreckte sie vor dem Abgrund zurück, unfähig, ihn zu benennen.

»Quäle dich nicht mit unnützen Gedanken!« Jivirokans Ton wurde eindringlich. »Du musstest durch viel härtere Prüfungen gehen, als einer Adeptin jemals zugemutet werden dürften, und bist mit dem Zorant in deinen Händen von dem Pilgerweg zurückgekehrt. Das ist der untrügliche Beweis für deine vollkommene Tugendhaftigkeit.«

Für diese Worte hatte Myan ihr ganzes Leben lang gekämpft – für die Beteuerung, dass sie auf dem Weg des Zorant stand und dass die Sünde ihrer Eltern damit ausgelöscht war. Dennoch blieb die ersehnte Erlösung von dem immerwährenden Gefühl der Unruhe und Schutzlosigkeit aus.

»Was ist, wenn alles nur an den stofflichen Symbolen liegt?«, brach ihr größter Zweifel aus ihr heraus. »Auf dem Grab von Romeigur und Nitimone stand ›Vergesst die Tugenden‹ – vielleicht ist das wahr.«

Eine energische Handbewegung der höchsten Priesterin gebot Myan Einhalt. »Der Pilgerweg hat uns neue Fragen gestellt«, sprach Lurethe. »Wir werden unser gesamtes Archiv nach entsprechenden Aufzeichnungen durchsuchen. Wir werden sehen, was Plideman und Hajanburi während ihrer Amtszeit dazu bewog, die Verehrung der stofflichen Symbole zu beenden. Ebenso werden wir versuchen, mehr darüber herauszufinden, was Romeigur und Nitimone dazu brachte, auf ihren Pilgerweg zu gehen – der Zorant sei ihren Seelen gnädig und verzeihe ihnen den unheilvollen Gedanken, unser Heiligtum aus seiner Heimat zu entführen! Die stofflichen Symbole mögen notwendig sein, um die Macht des Schutzschildes zu entladen – dieses Wissen könnte während der langen Friedenszeiten verloren gegangen sein. Aber wenn die Bewohner unserer Stadt nicht die Tugenden einhalten würden, könnten nicht einmal alle Feuerkristalle dieser Welt dem Zorant ein Glimmen entlocken. Ohne Tugendhaftigkeit kein Schutzschild.«

Myan lauschte Lurethes Rede. Mit jeder Silbe wurde die Kluft in ihrem Inneren tiefer. »Warum fühle ich dann diesen Schutzschild nie?«, schluchzte sie am Ende. »Nicht einmal nach der vergangenen Nacht?«

»Ach Kind.« Jivirokan stand auf, ging um den Tisch herum und umarmte Myan mitsamt der Lehne des Stuhls, auf dem sie saß. »Du wirst den Schutzschild fühlen – sehr bald. Lass nur noch die Erschöpfung von dir abfallen, die deine schwere Prüfung in dir hinterlassen hat, und du wirst die Kraft des Zorant in dir fühlen – als die Erleuchtete, die du seit der vergangenen Nacht bist.«

Die Umarmung schien die letzte Kraft aus Myan zu saugen. Hilflos vergrub sie ihr Gesicht an der Brust des höchsten Zorantani.

21

Myan bekam viel Zeit, um ihre Erschöpfung von sich abfallen zu lassen. Verwaist wie sie war, musste sie eine der abgeschiedenen Zellen in der Seegrotte beziehen – begleitet von dem Versprechen, dass sie zur Zorantani geweiht würde, sobald ein Adeptenbruder reif oder ein Priesterbruder verwaist sei. Myan wartete auf die Ruhe und Sicherheit der Tugendhaften und war keineswegs überrascht, als das Gefühl ausblieb. Im Rückblick klangen die gewichtigen Worte der Höchsten hohl – wie Stimmen aus der Kluft in ihrem Inneren. Wo sollte sie nun Wahrheit finden, wenn nicht einmal das Hohe Paar daran interessiert war?

Nach siebzehn Tagen in der Seegrotte wurde spätabends völlig unerwartet die Zellentür geöffnet. Lurethe erschien auf der Schwelle.

»Bei Sonnenaufgang ist es so weit, Myan – du wirst zur Priesterin geweiht werden. Und hier bringe ich deinen zukünftigen Bruder, damit du morgen früh bereits mit ihm vertraut bist und während der Zeremonie all deine Gedanken auf die fünf Tugenden richten kannst.«

Die Höchste machte Platz für einen Mann, der die Zelle betrat und die Tür hinter sich schloss. Myan blinzelte. Offenbar wurde sie von einem Trugbild getäuscht. Doch die vertrauten Züge blieben – ein faltiges Gesicht auf einem kahlen, rundlichen Schädel.

»Jalongint!« Myan richtete sich hastig auf, fiel aber in ihre sitzende Position zurück, weil der betagte Priester Anstalten machte, neben ihr auf dem Bett Platz zu nehmen. »Wann bist du nach Zorantander zurückgekommen – und wie?«

»Langsam, du junges Wesen.« Jalongint ächzte. »Lass mir erst Zeit, meine alten Knochen zu ordnen. Und natürlich dafür, dir meine

Ehrerbietung auszusprechen. Wie ich hörte, hast du den Pilgerweg vollendet und unser verschollenes Heiligtum nach Hause gebracht. Der ganze Orden spricht davon, dass du die größte Zorantani aller Zeiten sein wirst.«

Myan biss sich auf die Lippe.

»Du scheinst nicht viel auf die Rolle der strahlenden Heldin zu geben«, bemerkte Jalongint trocken.

»Du warst doch selbst auf dem Pilgerweg«, wehrte Myan ab. »Du weißt, welche Gefühle diese Reise auslöst – heldenhaft sind sie nicht.«

Er richtete einen starren Blick auf die Wand. »In der Tat …«

Sofort machten sich Schuldgefühle in Myan breit. »Es tut mir leid, ehrwürdiger Vater. Ich wollte nicht … Es steht mir nicht zu … Aber ein Weg durch die Wüsten und Savannen ist immer ein Kampf.«

Die Falten um Jalongints braune Augen kräuselten sich leicht. »Ich weiß. Ich frage mich nur, warum du dich jetzt nicht wie eine Siegerin fühlst.«

»Ich habe so viele … Dinge gesehen. Und getan …« Mit einer heftigen Geste wischte Myan ihre Worte beiseite. »Du wolltest mir erzählen, wann und wie du nach Hause gekommen bist«, erinnerte sie Jalongint nicht ganz wahrheitsgemäß.

Der Priester rieb sich mit der Hand über den kahlen Schädel. »Ich kam gestern zurück. Natürlich mit einer Karawane.«

Diese knappe Antwort brachte nicht die erhoffte Ablenkung. »Ich bin froh, dass schließlich eine Karawane nach Urandib kam«, setzte Myan nach. »Die Oase ist sehr abgelegen. Hast du Glunlan wiedergetroffen?«

»Natürlich habe ich sie wiedergetroffen.« Jalongint lachte leise. »Ohne die Priesterin der Gräser wäre ich heute nicht hier. Ihr ständiges Gerede darüber, wie viel wichtiger Leben als Tugend sei, trieb mich zuletzt aus der Oase hinaus. Andernfalls hätte ich mir wohl eine nette Grabstelle in Urandib ausgesucht.«

»Hat Glunlan damit nicht recht?«, hörte Myan sich fragen.

Unweigerlich kehrte die Erinnerung an die Axt in Ristomors Schädel zurück. Trotz der vielen Leben, die sie dadurch gerettet hatte, lastete der Mord unerträglich schwer auf ihr.

»Natürlich hat sie recht«, gab Jalongint nüchtern zurück. »Sie verstand nur nicht, womit ich kämpfte. Die Tugenden waren es nicht …

Was ist eigentlich mit Quint geschehen? Jivirokan sagte etwas von seiner Rückkehr nach Zorantander, aber er brach sofort ab – als ob er sich verplappert hätte.«

Myan klemmte ihre Zunge zwischen die Zähne und richtete ihre ganze Aufmerksamkeit auf eine Falte in ihrer Bettdecke. »Quint ist … weg«, brachte sie nach einer langen Pause mühsam hervor.

Erst nach einer weiteren Pause wagte sie es, Jalongint mit einem Blick zu streifen. In seinen braunen Augen spiegelte sich tiefes Verständnis. Raue, knotige Finger streichelten sanft über ihre Wange. Irgendetwas brach in Myan.

»Jalongint … du und Tehli … wart ihr mehr als ein Priesterpaar?«

Ein schmerzliches Lächeln breitete sich über die faltigen Züge. »Unsere Liebe war jedenfalls mehr als geschwisterlich.«

»Das gibst du so einfach zu?«, platzte Myan fassungslos hervor.

Jalongint hob die Hände in einer hilflosen Geste. »Angesichts der Umstände wäre es unverzeihlich, deine Frage mit einer Lüge zu beantworten.«

»Angesichts der Umstände? Welche Umstände? Dass wir ein Priesterpaar werden sollen?«

Der alte Zorantani hielt für einen Moment inne. Dann nickte er auf eine seltsame Weise. Sein Kopf bewegte sich ebenso weit zur Seite wie nach vorne.

Unruhig zupfte Myan an ihrem Kissen. »Versuchst du, mich vor der Verschwisterung mit dir zu schützen, weil du vom Weg der fünf Tugenden abgefallen bist? Das kann nicht dein Ernst sein! Ich könnte die Verschwisterung doch nur ablehnen, wenn ich dein Geheimnis verrate – dein und Tehlis Geheimnis.«

»Du hast also Skrupel, es zu verraten?«, erkundigte Jalongint sich ruhig.

»Natürlich«, rief Myan. Erschrocken dämpfte sie ihre Stimme, bevor sie fortfuhr: »Warum sollte ich Schmutz auf ein Priesterpaar werfen, das jahrzehntelang musterhaft dem Orden diente?«

»Waren Tehli und ich nun musterhaft oder fielen wir vom Weg ab? Das ist die Frage, nicht wahr?« Jalongint streckte sich und legte eine Hand auf seinen Rücken. Anscheinend hatte er Schmerzen. »Tehli und ich verliebten uns bald nach unserer Verschwisterung zu einem Priesterpaar ineinander. Wir liebten einander genauso sehr wie die fünf Tugenden und den Orden. Wir waren davon überzeugt, die Reinheit zu pflegen, solange wir unserer Liebe mit reinen Herzen folgten. In unseren Augen konnte nur die wahnhafte, eifersüchtige und besitzergreifende Liebe gegen die Lehren der Zorantani sprechen – denn wie sollte ein Volk sonst die Reinheit leben, ohne auszusterben? Natürlich müssen Priester kinderlos sein, um ihren Dienst mit vollkommener Hingabe erfüllen zu können. Aber Tehli konnte wegen einer Verletzung aus ihrer Kinderzeit nicht schwanger werden. Das war einer der Gründe, warum sie sich für ein Leben im Orden entschieden hatte – alle Stadtbewohner sollten ihre Kinder sein. Also lebten wir unsere Liebe.«

Wehmut glitzerte in den braunen Augen. »Die anderen Priester taten nichts, was unsere Überzeugungen erschüttert hätte. Im Gegenteil – obwohl wir unsere Gefühle füreinander kaum verbargen, galten wir bald als Muster geschwisterlicher Bindung. Ich weiß nicht, ob irgendjemand ahnte, wie tief unsere Liebe wirklich ging, aber niemand äußerte jemals einen Verdacht. Wir waren glücklich miteinander und glücklich mit unserem Dienst für den Orden – meistens. Manchmal schien uns die Deutung der Tugenden etwas engstirnig zu sein …«

Jalongint nahm Myan das Kissen aus den Fingern und stopfte es sich in den Rücken. »Nach Tehlis Tod wollte ich ebenfalls sterben. Ich weiß bis heute nicht, warum ich mich überhaupt auf den Rückweg nach Urandib machte, statt einfach in der Wüste sitzen zu bleiben. Glunlan verstand meinen Schmerz falsch – sie dachte, ich würde mich für Tehlis Tod verantwortlich fühlen, wegen irgendwelcher Tugendbrüche – und hinderte mich nicht zuletzt deshalb daran, mich aufzugeben. Nach einer langen Weile bekam ich Heimweh. Der Ordensdienst würde mich von meinem Schmerz ablenken und die ganze Stadt ist mit guten Erinnerungen an Tehli erfüllt. Zuletzt war ich also froh über die Ankunft der Karawane aus Bouhlokwon. Das hatte ich übrigens Korotimber zu verdanken – wegen ihm wählte der Händler die abgelegene Route.«

Schweigen breitete sich aus, nachdem Jalongint geendet hatte. Myan flocht ihre Finger ineinander. Seine Geschichte klang so unglaublich einfach – das genaue Gegenteil ihrer eigenen.

»Du hast wirklich nie daran gedacht, dass Tehli gestorben sein könnte, weil ihr die Reinheit … anders gedeutet habt?«

Jalongint schnaubte durch die Nase. »Tehli wurde von einem Sandläufer gestochen. Jeder, der in die Wüste geht, muss mit diesem Ende rechnen. Der Zorant schützt uns nicht vor allem Bösen, seine fünf Tugenden können uns nur den besten Weg weisen. Außerdem hat sein Schutzschild viele Facetten. Vielleicht bewahrte er Tehli mit dem Stich des Sandläufers vor weiteren unerträglichen Strapazen auf dem Pilgerweg oder vor einem langsameren, qualvolleren Ende.«

Die Knöchel auf Myans verkrampften Fingern traten weiß hervor. Jalongint sprach in jener tiefen Ruhe und Gelassenheit, die sie so lange für ein Zeichen absoluter Tugendhaftigkeit gehalten hatte. Aber sie war von Quint eines Besseren belehrt worden. Sie würde sich nicht nochmals täuschen lassen. Der alte Priester verdiente diese Selbstsicherheit nicht im Geringsten – er hatte zugesehen, wie andere für das litten, was er und Tehli sich wie selbstverständlich herausgenommen hatte.

»Wie kannst du euch für tugendhaft halten, während meine Eltern aus dem Orden verstoßen wurden?«

Jalongint seufzte. »Myan, deine Eltern hätten nie im Orden sein dürfen.«

Sie konnte ihn nur anstarren. Diesmal kapitulierte sogar ihre rasche Zunge vor dem Ansturm wütender Worte, die einander beiseitedrängten, bevor sie eines davon hervorbringen konnte.

Bedächtig fuhr der Priester fort: »Deine Eltern fühlten sich nicht zum Dienst berufen. Deine Mutter trat wegen eines Schwurs ein, den sie als Zwölfjährige geleistet hatte. Damals war deine Großmutter unerwartet lange mit einer Karawane ausgeblieben und deine Mutter schwor, ihr Leben dem Orden zu widmen, wenn sie wohlbehalten zurückkehrte. Diesem Schwur fühlte deine Mutter sich verpflichtet, nicht dem Dienst am Zorant. Dein Vater folgte ihr, weil er heimlich in sie verliebt war und ihr nahe sein wollte. Als sie auch noch zum Priesterpaar verschwistert wurden, kam es, wie es kommen musste. Das Hohe Paar sah ihren Tugendbrüchen eine Zeit lang zu, in der Hoffnung, dass sie ihre Prüfung bestehen würden. Die Schwangerschaft setzte dieser Hoffnung jedoch ein Ende.«

Myan vermochte Jalongints Blick nicht länger zu erwidern und senkte den Kopf. Ihre Großmutter war im selben Jahr gestorben, in dem ihre Eltern aus dem Orden ausgeschlossen worden waren. Sie verstand nun, warum Onkel Filo stets seiner Schwester die Schuld an diesem Todesfall gegeben hatte. Doch etwas anderes beschäftigte sie mehr: »Wenn es mich nicht gegeben hätte, hätten meine Eltern also glücklich sein können – wie du und Tehli.«

»Nein.« Jalongint schüttelte entschieden den Kopf. »Sie wären nicht glücklich gewesen. Der Orden war nicht ihre Heimat. Sie hätten niemals zur Tugendhaftigkeit der Zorantani gefunden.«

Zorn wallte in Myan auf. Sie wollte die Selbstgefälligkeit des alten Priesters endgültig zerschmettern. »Und was würdest du sagen, wenn die Tugenden reine Erfindung wären? Wenn sie nichts mit der Magie des Zorant zu tun hätten – wenn die Schale überhaupt nicht magisch wäre?«

Jalongint umfasste sein Kinn – nachdenklich, aber keineswegs verstört. »Wie meinst du das?«

Die ganze Geschichte des Pilgerweges strömte aus Myan heraus. Nachdem sie erschöpft ihren Mund geschlossen hatte, schwieg Jalongint eine lange Weile. Irgendwann nickte er.

»Die Tugenden könnten in der Tat von diesen fünf besonderen Stoffen abgeleitet worden sein, wenn sie den Zorant auf jene Weise erleuchten, die du beschrieben hast. Die Geschichte unseres Ordens ist lang und seine Gründung liegt im Dunkeln. Es gibt nur Legenden.«

Endlich erhielt Myan eine ehrliche Antwort. Und endlich begriff sie, welcher Abgrund sich am Grab des Hohen Paars geöffnet hatte – auf welchem Boden sie zerschmettert war, um sich dann doch wieder auf die altbekannte Weise zusammenzusetzen, damit sie nicht in Scherben liegen blieb, weil die Wahrheit zu sehr schmerzte.

»Dann habe ich also umsonst um Tugendhaftigkeit gekämpft?«

»Umsonst?«, fragte Jalongint. »Sind Treue, Friede, Reinheit, Gleichheit und Mäßigkeit keine guten Lebensprinzipien mehr, nur weil sie einmal von Kristall, Holz, Öl, Wasser und Sand abgeleitet wurden?«

Myan schlang die Arme um ihren Leib. Natürlich waren diese Tugenden wahr und gut. Sie hatte in Korotimbers Heer gesehen, wie eine Welt ohne sie aussah. Egal, ob der Zorant magisch war oder nicht – solange die Menschen an seinen Schutz glaubten und seinem Pfad folgten, würden sie ein friedliches, ruhiges und sicheres Leben führen.

Dennoch widersprach sie: »Aber wenn die ganze Lehre von Kristall, Holz, Öl, Wasser und Sand abgeleitet wurde, könnten die Tugenden auch völlig andere sein. Schließlich haben der Feuerkristall und die Leneani-Wasser auch zerstörerische Kräfte.«

»Stimmt.« Jalongint schmunzelte. »Und auch die Ordensregeln könnten völlig anders aussehen. Zum Beispiel müsste die Reinheit nicht unbedingt geschwisterlich kühle Liebe verlangen.«

Ein überaus seltsames, völlig fremdes Gefühl kroch durch Myans Adern. »Du hast die ganze Zeit gewusst, dass der Schutz der Stadt nicht von der Einhaltung der fünf Tugenden abhängt«, beschuldigte sie den Priester.

»So kann man das nicht sagen«, wehrte er ab. »Auf ihre Weise schützen sie die Stadt durchaus, selbst wenn sie keine magischen Kräfte speisen. Eines war mir jedoch immer bewusst: Es gibt nicht nur jeweils eine Form von Treue, Friede, Reinheit, Gleichheit und Mäßigkeit. Manchmal muss man Frieden erstreiten, wie du am eigenen Leib erfahren hast. Ebenso kann es ungerecht sein, alle Menschen vollkommen gleich zu behandeln – jeder hat andere Bedürfnisse. Und sogar die Mäßigkeit kann schädlich werden, wenn sie übertrieben wird und sich damit selbst widerspricht. Es gab schon Priester, die sich zu Tode gefastet haben. Die Regeln unseres Ordens bauen auf einer bestimmten, besonders strengen Auslegung der Tugenden auf. Sie sind aber nicht die einzig mögliche Auslegung.«

Myans seltsames Gefühl – halb Kraft, halb Schwerelosigkeit – verstärkte sich. Ein letzter Widerspruch hinderte es daran, sich völlig zu entfalten:»Wie kannst du dann behaupten, meine Eltern wären nicht tugendhaft gewesen?«

Jalongint hob einen Zeigefinger. »Das habe ich keineswegs behauptet. Sie hätten nur nicht zu jener Tugendhaftigkeit gefunden, die den Zorantani durch ihre Ordensregel abverlangt wird. Deine Eltern fühlten sich nicht berufen, sie wurden wegen eines Schwurs und aus Verliebtheit Priester. Danach kämpften sie darum, ihren falschen Entscheidungen gerecht zu werden. Ein solcher Kampf muss vergeblich sein.«

Der Gedanke an ihre eigenen vergeblichen Kämpfe überwältigte Myan. Auch sie war nicht in den Orden eingetreten, weil sie sich berufen fühlte. Sie hatte die Sünden ihrer Eltern sühnen wollen und Schutz vor einem ähnlich grausamen Schicksal gesucht.

»Du willst mir sagen, dass auch ich nicht in den Orden gehöre«, sagte sie mit brüchiger, kaum hörbarer Stimme.

Jalongint streichelte nochmals über Myans Wange. »Nein. Das kann ich gar nicht beurteilen. Ich will dir nur sagen, dass du einen Weg wählen sollst, auf dem du nicht gegen dich selbst kämpfen musst.«

Unschlüssig hielt Myan inne und strich sich das Haar aus der verschwitzten Stirn. Die dunkelbraunen Türme von Kuv-Quarneak waren niedriger und standen weniger dicht als jene in Kuv-Rodinquaor, aber auch sie bildeten einen Wald, statt klarer Straßenzüge. Welchen Flecken mochte der Mann in der Karawanserei gemeint haben, als er vom Nionad-Platz gesprochen hatte? Ganz in der Nähe des nördlichen Stadttors ... Sie würde nochmals fragen müssen.

Aus einiger Entfernung drang plötzlich gleichförmiges Gehämmer an ihr Ohr, der scharfe Klang von Metall, das auf Metall traf. Myan folgte ihm und gelangte zu einem Turm, in dessen halb offenem Untergeschoß eine Schmiede untergebracht war. Dem Mann an der Esse hätte man seinen Beruf dank seiner breiten Schultern und kräftigen Oberarme auch an jedem anderen Ort angesehen. Sein Gesicht, das einen Ausdruck großer Konzentration trug, schien Myan merkwürdig vertraut – bis auf das spitze Kinn.

Der Schmied ließ den Hammer noch einige Male auf das glühende Erz niedergehen, dann legte er das Werkzeug beiseite und tauchte die neue Messerklinge in einen Eimer. Auf das scharfe Zischen folgten nicht minder scharfe Dämpfe. Rasch hob Myan einen Ärmel vor ihr Gesicht und musste trotzdem husten. Der Mann blickte auf. Seine klaren blauen Augen erinnerten Myan an eine ganz bestimmte Quellweise aus Kuv-Rodinquaor. Ihr Husten erstarb jäh.

»Entschuldigung«, presste sie hervor. »Ich suche Dionkuav ...?«

Er nickte knapp. In aller Seelenruhe wusch er sich an einem Trog Hände und Gesicht.

»Bist du Myan?«, fragte er mit heiserer Stimme, während er sich abtrocknete.

»Ja …« Ihr Erstaunen währte nur kurz. Wenn Quint seinem Bruder von einer hoch aufgeschossenen Frau aus Zorantander erzählt hatte, war sie unter den hellhäutigen Kuv-Viandri nicht schwer zu erkennen.

Trotz der blauen Augen und trotz des spitzen Kinns ähnelte Dionkuav Quint so stark, dass es Myan beinahe befremdete, als er nicht zu grinsen begann.

Er legte seine Lederschürze ab. »Komm mit!«

»Wohin?«, entfuhr es Myan. Sie fühlte einige misstrauische Falten auf ihrer Stirn stehen.

Nun zeigte sich doch der Ansatz eines Lächelns um Dionkuavs Mund. »Zu Quint. Ich dachte, du wärest wegen ihm in der Stadt.«

»Das stimmt.« Sie knirschte mit den Zähnen. »Aber ich konnte ja nicht wissen, ob er überhaupt hier ist. Wer weiß, auf welche Ideen der Ältestenrat inzwischen gekommen ist. Ich meine …« Hitze stieg in Myans Wangen auf. Ihre viel zu schnelle Zunge war offenbar nicht auf der Reise nach Kuv-Quarneak verloren gegangen.

Dionkuav breitete theatralisch seine Arme aus. »Der Ältestenrat hat in seiner großen Weisheit den Beitrag anerkannt, den Quint zum Sieg Zorantanders gegen den Kriegerkönig leistete.« Es dauerte einen erschrockenen Lidschlag lang, bis Myan den ironischen Ton auffing. »Auf diese Weise gab Quint seinem Volk einen Teil von jenem Schutz zurück, den er ihm mit dem Deuter der Quellen nahm. Seine einzige Strafe bestand deshalb darin, aus dem Orden der Quennagoar ausgestoßen zu werden.«

Myan holte Atem, klappte ihren Mund aber sofort wieder zu. Es war klüger, zu schweigen. Selbst im Scherz schoss ihre Zunge meist weit über das Ziel hinaus und Dionkuav war nicht der einzige Kuv-Viandri in der Nähe.

»Wollen wir?« Der Schmied zog fragend die Brauen hoch und machte eine Geste in Richtung des nördlichen Stadttores.

Myan nickte. Dionkuav führte sie auf die Quaorbat hinaus und den Felsabbruch hinunter. Überall dampften Quellen und brachten den ganz eigenen Geruch von Kuv-Quarneak hervor – nicht so faulig wie jener in der Hauptstadt, aber dafür schärfer. Myan war froh über Dionkuavs Schweigsamkeit. Ihr Herz jagte und ihr Atem ging stoßweise, doch sie wollte nicht einmal versuchen, sich zu beruhigen.

Hinter einer Wegbiegung erhaschte Myan endlich den ersten Blick auf Quint. Er war von zahllosen Gefäßen umgeben und betrachtete tief versunken den Inhalt einer flachen Schüssel.

»Quint?«, sprach Dionkuav ihn an.

»Hm?«, kam die geistesabwesende Antwort.

»Mach eine Pause mit deinen Quell-Experimenten. Du hast Besuch.«

Quint schnaubte unwillig und begann sich erst mitten im Satz umzuwenden: »Ach, sag bloß nicht, dass Mutter aus Kuv-Rodinqua– Myan!«

Für einen Moment stand er wie erstarrt, dann wanderte sein Blick zu Myans Stirn, von dort über ihr Gewand und zurück zu ihren Augen. Vorsichtig breitete er seine Arme aus – auf dieselbe Weise, wie er es an der Stadtmauer von Yiel getan hatte. Myan legte die drei Schritte zurück, die sie noch trennten – viel langsamer und doch so viel sicherer, als sie es an dem Felsen in der Kiesöde getan hatte. Das neue, immer noch fremde Gefühl von Kraft und Schwerelosigkeit stob auf wie Sand im Wüstenwind, während die Umarmung sich schloss.

Nach einem seltsamen Ruck, der wohl von einem brüderlichen Schlag auf Quints Rücken kam, hörte Myan, wie Dionkuavs Schritte sich entfernten. Erst viel später löste sie sich weit genug von Quint, um ihm ins Gesicht sehen zu können.

»Haben die Priester dich also doch noch aus dem Orden geworfen?« Unter seinem warmen, schelmischen Lächeln wohnte ein letzter Rest Zweifel.

Umso ernster gab Myan ihre Antwort: »Im Gegenteil. Jivirokan und Lurethe flehten mich geradezu an, zu bleiben.«

»Kein Wunder.« Quint lachte befreit auf. »Immerhin hast du den Zorant zurückgebracht. Was für ein Bild muss es machen, dass ausgerechnet du den Orden verlässt.«

Myan spürte, wie ihre Mundwinkel sanken. Das Hohe Paar hatte ihr tatsächlich in düsteren Farben ausgemalt, welche Unruhe ihre Entscheidung im Orden auslösen würde – umso mehr, weil bereits ein heftiger Streit über die Bedeutung der stofflichen Symbole tobte.

»Ich kann mich nicht mehr darum kümmern, welches Bild ich abgebe«, schüttelte sie ihr Unbehagen ab.

»Nein«, bekräftigte Quint. »Bilder sind völlig unwichtig.«

Das Funkeln in seinen Augen brachte Myans Lächeln zurück. »Dann wird es dich wohl auch nicht stören, wenn ich meine rotbraune Haut unter euch blasse Kuv-Viandri mische. Schließlich könntet ihr hier jemanden brauchen, der Glinks züchtet.«

»Du willst auf der Quaorbat Glinks züchten.« Dies war mehr eine Feststellung als eine Frage.

Myan nickte. »Die Karawanen, die hier Erz kaufen, können immer zusätzliche Lastvögel brauchen. Nur gibt es keine.«

»Wie wahr.« In Erinnerung an ihre schwierigen Reisevorbereitungen verzog Quint das Gesicht. »Wo nimmst du also die Zuchttiere her?«

»Ich brachte natürlich welche aus Zorantander mit. Mein Onkel Filo hat sie bezahlt. Er war froh darüber, mich endgültig loswerden zu können … Wenn du vom Ältestenrat fortgeschickt worden wärst, hätte ich mit den Glinks vorerst meine eigene kleine Handelskarawane gegründet. Es ist auch ein alter Weggefährte darunter.«

Ein besonders fieses Grinsen erschien auf Quints Gesicht. »Girestuur?«

Myan wollte das aufsteigende Lachen ersticken, doch ihr fiel rechtzeitig ein, dass sie diesem hochmütigen Feigling keinen Respekt mehr schuldete.

»Nein, Rok«, prustete sie. »Die Kirollor müssen ihn an einen Karawanenführer verkauft haben, der ihn in Zorantander wieder loswerden wollte. Er ist immer noch äußerst misstrauisch gegen alles Fremde. Das macht ihn nicht gerade zum besten Zuchttier. Aber ich konnte ihn einfach nicht zurücklassen.«

»Wir werden eine Aufgabe für ihn finden.« Quint legte die Stirn für einen Augenblick in Denkfalten. »Rok ist der perfekte Wachvogel. Sollten wir nochmals auf einen Pilgerweg gehen, müssen wir ihn auf jeden Fall mitnehmen. Er wird uns rechtzeitig warnen, wenn ein Kampf bevorsteht.«

Der Ernst holte Myan nochmals ein. »Ich will nicht mehr pilgern. Und ich will nicht mehr kämpfen.«

»Das halte ich für einen guten Plan.« Quint zog Myan enger an sich heran.

Ende

DANKSAGUNG

Herzlichen Dank, liebe Leserin, lieber Leser, dass du während Myans langer Reise durch die Wüsten und Savannen an ihrer Seite geblieben bist. Wie echte Menschen brauchen meine Charaktere manchmal etwas länger, bis sie sich aus dem befreien können, was ihr ganzes bisheriges Leben geprägt hat. Ihre Begleiter brauchen viel Verständnis, Offenheit und Vertrauen.

Herzlichen Dank, liebe Drachen, für euer Vertrauen und eure Unterstützung – allen voran Astrid Behrendt, Stephan R. Bellem, Rebecca Siebert, Michaela Retetzki, Alexander Kopainski, Christina Wallrath und Monika Weber.

Herzlichen Dank, liebe Familie und Freunde, für eure Diskussionsfreudigkeit, euren Widerspruchsgeist und eure vielen eigenen Wege.

Und herzlichen Dank, lieber Ben, für dein unfassbares Talent, andere Menschen so zu nehmen und zu lieben, wie sie sind.

Irene Euler

Das gleißende Band

ISBN: 978-3-95991-377-5, Klappenbroschur, EUR 16,90

Ein Wintersturm bringt Leovel in eine teuflische Klemme: Aus purem Zufall zieht sie die Thronerbin ihrer Erzfeinde aus dem Schnee und rettet ihr damit das Leben. Nun besteht ein gleißendes Band zwischen Leovel und dem Mädchen – stirbt eine von ihnen, reißt sie die andere mit in den Tod. Der Zauber wird sich erst lösen, wenn Leovel herausfindet, wer das Mädchen töten will. Als feindliche Schwertkämpferin ist Leovel im fremden Hofstaat Verdächtige, Gejagte und Jägerin zugleich. Umschlossen von einer Mauer aus Misstrauen muss sie sich mit einem verbrecherischen Magier einlassen, um einen ersten Hinweis auf die Verschwörer zu erlangen.

LIANE MARS
FUNKENMAGIE
FARBENSPIEL DER NACHT
DRACHENMOND VERLAG

DRACHENMOND VERLAG